Horst Leuwer

Die verborgene Wahrheit

୶ଢ଼

Rückführungen als spiritueller Neubeginn

Herstellung und Verlag: Books on Demand GmbH, Norderstedt
© 2009 Horst Leuwer
Deutsche Erstausgabe 2010
Text - Formatierungen und Gestaltung durch Tobias Leuwer
ISBN: 9783839147610

❧ INHALT ❧

I Vorwort

II Einleitung

III Beginn der Ausbildung
- Einführung in Reinkarnationslehre
- Erlernen von Entspannungstechniken

IV Erste Rückführungen
- Rückführung in Kindheit und Geburt
- „Erstes emotionales Gewitter – die lila Flamme"

V Innere Familie, Urlicht und Zwischenebene
- Arbeit mit Innerem Kind und Innerer Familie
- Tiefe spirituelle Erfahrung in Urlicht und Zwischenebene

VI Erstes und Letztes Leben (Einfluss auf Heute)
- Tiefe spirituelle Erfahrung am persönlichen Ursprung
- „Nicht-Menschliche" Existenzen
- Begegnung mit der geistigen Welt

VII Seelenfamilie, Familienthemen, Energieverbindungen
- Tiefe spirituelle Erfahrung in der Akasha-Chronik
- Schwerwiegende familiäre Verflechtungen

VIII Karma, verschiedene Ansätze
- Ursache und Wirkung
- Auseinandersetzungen mit der Wahrheit

IX Seelenverträge, seelische und körperliche Krankheit
- Physische und Psychische Erkrankungen
- Traumata und Ängste
- Tiefe spirituelle Erfahrung im Tempel der Heilung

X Besetzungen und Implantate
- Lösen von Fremdenergien
- Andere Lebensformen
- Erstes Channeling

XI Lemuria und Atlantis, Vergebung
- Leben in vergangenen Hochkulturen
- Raum der Vergebung
- Situationsveränderung

XII Haus der Seele, Seelenanteile
- Verlorene Seelenanteile
- Ausbildungsschluss

XIII Die Zeit nach der Ausbildung
- Channelings
- Schlusswort

Auflistung der Rückführungen

Kapitel IV:
- mehrere Rückführungen in Kindheit und Geburt

Kapitel V:
- Rückführung/Arbeit im „Haus der inneren Familie"
- Schwangerschaft, Zwischenebene und Urlicht

Kapitel VI:
- Erste – elementare Leben
- Letztes Leben
- Körperliche Leiden und Kindheit
- Familiäre Verstrickungen
- Depressionen

Kapitel VII:
- Leben mit ursächlichen Familienthemen
- Akasha-Chronik
- Körperliche Beschwerden und Erkrankungen
- Phobien/Todesangst
- Familiäre Auseinandersetzungen; Schutzengelkontakt

Kapitel VIII:
- Schwerwiegende karmische Verflechtungen
- Depressionen, Allergien, Heilung, Stolz und Trauer

Kapitel IX:
- Schwerwiegenden Verflechtungen durch Seelenverträge
- Abtreibung
- Emotionale Störungen, Essstörungen und Magen-Darmbeschwerden, etc.

Kapitel X:
- Besetzungen, Fremdenergien, Implantate
- Fremde Existenzen, andere Planeten
- Pollen- und Laktoseallergien
- Migräne, Rückenleiden
- Spiritualität, Urlicht, etc.

Kapitel XI:
- Lemuria, Atlantis, Avalon
- Allergien und sonstige körperliche Leiden
- Abtreibung, Verflechtungen mit Wohnort und Personen
- Familie und Harmonie, Lebensaufgaben und Ziele

Weitere Rückführungen ab Kapitel XII
- Erkrankungen und körperliche Leiden (Migräne, Bauchbeschwerden, etc.)
- Sinnkrisen, Karma, Besetzungen
- Familie und Harmonie, Auseinandersetzungen mit Mutter und Vaterthemen
- Heilen, Urlicht, erste Leben, Lebensaufgaben, etc.

Kapitel I

Ein Vorwort der etwas anderen Art

Dieses Buch ist mehr…

- Es ist mehr als nur ein Tagebuch
- Mehr als ein Erfahrungsbericht
- Mehr als nur ein Infragestellen
- Mehr als gewöhnlich
- Mehr als nur eine Wahrheitssuche

Es ist…

- „Das Finden meines Selbst"
- Die Darstellung eines spirituellen Neubeginns
- Eine Zeitreise durch alle Anteile meiner Seele
- Eigentlich zu persönlich um es der Öffentlichkeit preiszugeben
- An vielen Stellen viel mehr als Sie sich jetzt vorstellen können
- Eine emotionale „Neu-Geburt"
- Eine Ansammlung von spannenden Begegnungen
- Meine Wahrheit
- Etwas, das Sie berührt und verändert, wenn die Zeit für Sie reif ist

Hinweis:

Im Folgenden berichte ich jeweils zusammengefasst von unglaublich vielen Erfahrungen aus den Seminaren, von besonderen Begebenheiten aus dem täglichen Leben, von vielen wunderbaren Menschen und „Wesen", die ich bei der Ausbildung zum Rückführungstherapeuten kennen lernen durfte.

Die Suche nach der Wahrheit spielt eine zentrale Rolle in meinem Leben. Daher hat die Wahrheit auch eine besondere Bedeutung im Zusammenhang mit den elementaren Theorien rund um das menschliche Dasein.
Wann und wie hat alles angefangen, wer hat alles in Gang gesetzt, werden wir begleitet, wie sieht es aus mit Ursache und Wirkung, welche Rolle spielt die Polarität, und vieles mehr wird intensiv beleuchtet.

Ich berichte über sehr Persönliches und Intimes. Ich stelle dar, wie sehr sich meine Persönlichkeit innerhalb der Ausbildung durch viele Erlebnisse und Erfahrungen grundlegend verändert hat.

Es ist mir dabei sehr wichtig in die Tiefe zu gehen, denn diese Tiefe ist wichtig um sich und damit auch andere zu verändern. Diese Veränderung ist maßgebend, was damit gemeint ist, werden Sie später verstehen.

Klar war mir in dem Moment, als ich wusste, dass ich ein Buch schreibe, dass ich es nicht nur für mich tue, sondern auch für Dich (entschuldige bitte, dass ich die Du- Form wähle, aber es ist nun mal ein sehr persönliches Buch).

~ Kapitel II ~

Vorwort

Ich habe den Vorspann und das Vorwort bewusst etwas anders gestaltet als Du es von anderen Büchern gewohnt bist. Denn Du hast kein gewöhnliches Buch in den Händen. Eigentlich sollte es nur eine persönliche Aufzeichnung, ein Erfahrungsbericht sein, nur eine Art Tagebuch, das mich daran hindern sollte, meine Erlebnisse des letzten Jahres zu vergessen.

Es fing als Tagebuch an, dann wuchs es schnell und stetig an und bei jedem Nachlesen war ich erstaunt über das Geschriebene.
Also stellte ich mir die Frage: „Was wird das eigentlich?" Und die Antwort war: „Ein Buch." Nun, so sei es.

In erster Linie möchte ich Dir, lieber Leser, meine Erfahrungen, die ich im Rahmen der Ausbildung zum „Rückführungstherapeuten" und bei allen „Zeitreisen" gemacht habe, auf unkonventionelle Weise näher bringen.
Wie bei vielen Büchern beginnt der Einstieg „recht gemächlich", deshalb halte bitte durch, es wird sich für Dich lohnen. Aber lies bitte dennoch die Einführung und die ersten Kapitel um den wichtigen Einstieg nicht zu verpassen.

Zu Beginn möchte ich 2 Aspekte der Wahrheit ansprechen. Das das Thema Wahrheit zentraler Bestandteil des Buches sein würde hat sich erst mit zunehmender Zeit entwickelt:
- Zum einen verspreche ich, dass ich zu meinen persönlichen Erlebnissen nichts, rein gar nichts hinzugedichtet und erfunden habe. Es ist wahr, es ist das, was ich genau so erlebt habe
- Zum anderen hat sich für mich bezüglich meines Lebensinhaltes eine völlig andere Wahrheit ergeben. Deutlich wurde für mich: Es ist vieles nicht so, wie es scheint. Vieles, was die Menschheit als selig machend, als lebensnotwendig ansieht, ist Blendwerk. Lies bitte, was ich mit dieser Aussage sagen möchte
- Weitere Aspekte der Wahrheit erwähne ich später, zu gegebener Zeit im entsprechenden Zusammenhang

Zu meiner Person

Ich bin „Mittvierziger" und gehöre zu den Menschen, die sich mit der aktuellen Situation selten zufrieden geben, ständig alles hinterfragen und auch gerne im positiven Sinne kritisieren. Auch das Aufmerksam machen auf Unrecht, nicht eingehaltene Regeln, auf Unmenschlichkeit, und vieles mehr, sehe ich als persönlichen Auftrag. Bisher dachte ich oftmals, alles bis zum Schluss durchdiskutieren zu müssen.

Mein Leben war immer geprägt von extremer Kopflastigkeit, alles musste logisch sein, alles musste der Frage nach dem Warum standhalten.

Rationales Denken und Handeln hatte immer Priorität. Vielen um mich herum wird diese Einstellung das Leben sicher manchmal schwer gemacht haben. An dieser Stelle möchte ich mich dafür entschuldigen, insbesondere bei meiner Familie.

Was nämlich bei diesem rationalen Denken und Handeln zu kurz kommt, sind die Emotionen, sie werden im tiefen Tal des Rationalen versenkt und mit einem Deckel gesichert.

An meine Kindheit erinnere ich mich kaum, lediglich einige wenige Ereignisse und Situationen lassen sich aus der Erinnerung hervorkramen. Wie bei vielen Kindern der 60er Jahre galt der Leitspruch: „Das darf man nicht, das macht man nicht, das gehört sich nicht". Wenn man's trotzdem tat, gehörte „es" in den Beichtstuhl.

So ist spätestens hier ein erster Grundstein für das Verbergen von Emotionen und die vielen anderen wichtigen Bestandteile (m)einer Persönlichkeit zu finden.

Meine Jugend war bereits geprägt von der vorher beschriebenen Denkweise, der Kopf wollte alles logisch erklären.

Meine Ausbildung zum Krankenpfleger hatte ich eigentlich angetreten ohne wirklich zu wissen, was ich tue. Dennoch zeigte es sich, dass es keine falsche Entscheidung war. Menschen zu helfen, manchmal auch zu dienen kann erfüllend und zufrieden stellend sein. Außerdem ist das Krankenhaus ein guter Ort für jemand, der verändern möchte, der sich mit unsinnigen und verknöcherten Systemen nicht abfinden will. Auch Unrecht findet man hier an vielen Stellen vor. Doch muss man auch in diesem System oft feststellen, dass Veränderung nicht wirklich gewollt ist. Diesem Beruf bin ich lange Zeit (etwa 20 Jahre) treu geblieben, bis

ich mich entschied, an der Verbesserung der Strukturen, direkt anzusetzen. So landete ich im Bereich des Qualitätsmanagements.
Außerdem habe ich mich über 25 Jahre im Bereich der Kirche engagiert, Küsterdienst und Gremienarbeit geleistet, in Ausschüssen mitgewirkt, in einer ehrenamtlichen Hilfsorganisation geholfen und einiges mehr, also Arbeit an und für Menschen.
Dennoch ist es so, dass ich bereits seit langem das Gefühl habe, da ist noch etwas, noch etwas anderes, das ich tun soll.
Und auf dieser – oft verdrängten – Suche befand ich mich bis zum vergangenen Jahr.

❦

Der Weg zum Thema Rückführung

Angefangen hatte alles mit einem Referat in der Schule vor rund 30 Jahren (später mehr). Dann fand ich immer wieder Hinweise in Presse und Literatur, später in Film und Fernsehen. Viele Deja-vu- Erlebnisse, in denen ich dachte, „das hast du schon mal erlebt, hier warst du schon mal" und „hier bin ich zu Hause."
Immer brannte eine tiefe Neugier, ja eigentlich eine nicht definierbare Sehnsucht, ein Ruf, den ich lange zu ignorieren versuchte. Bis zum Zeitpunkt X.
Ich hatte wieder einmal den Hinweis „Nun mach doch mal" (auch dazu später mehr) bekommen, und suchte im Internet nach Adressen zur Rückführung.
Also wurde munter gegoogelt, was natürlich rein „zufällig" eine „folgenschwere Findung" brachte. Ich gelangte an die Therapeutin, bei der ich wenig später meine Ausbildung zum Rückführungstherapeuten beginnen sollte. Ich rief bei ihr an, wir sprachen einen Termin ab und ich fuhr hin.
Bereits vor der Türe nahm ich eine Energie wahr, die mir völlig fremd war. Ich spürte eine nicht zu beschreibende Präsenz, etwas, dass ich bisher in dieser Form nicht erlebt hatte.
Beschreiben kann ich es nicht, es gab dabei auch kein besorgniserregendes Empfinden, jedoch die Wahrnehmung: „Normal ist das nicht".
Nach der Begrüßung gab es ein kurzes Vorgespräch zu meiner Person und zu den Gründen, warum ich eine Rückführung möchte, und eine kurze Erklärung des Ablaufes der nun folgenden Sitzung.

Natürlich war ich aufgeregt, aber auch beeindruckt von der Therapeutin. Ich war zu diesem Zeitpunkt fest überzeugt, dass es reine Neugier sei, die mich hierher gezogen hatte.
Sie begann die „Vorstellung" mit der Abfrage meiner persönlichen Daten und nannte mir spontan etliche doch sehr treffende Informationen zu meiner Person, welche Stärken und Schwächen sowie Eigenarten und Eigenschaften ich hätte. Körperliche Leiden und „Weh-Wehchen" nannte sie mir nach kurzer Pause, alles doch ziemlich beeindruckend, weil zutreffend.
Sie gab noch letzte Instruktionen und los ging es. Der Ablauf der Sitzungen wird später noch genauer dargestellt, deshalb gehe ich an dieser Stelle nicht näher darauf ein.
Ich empfand das alles sehr interessant, kam jedoch weder in eine tiefe Entspannung noch konnte ich meinem Gehirn die Vorstellung von Wiesen, Natur, Toren und Sonstigem entlocken. So kam es dann, dass, nach etwa zwei Stunden die Sitzung ohne ein Rückführungserlebnis endete.
Ich war nur ein klein wenig enttäuscht, da das „Drumherum" doch bereits ein Erlebnis war. Wir unterhielten uns „ganz nett" und sprachen über einen möglichen nächsten Termin.
Bevor ich das Haus verließ, sagte sie: „Ich biete übrigens auch Ausbildungen zum Rückführungstherapeuten an. Ich nahm einen Flyer zum Thema mit, ohne wirkliches und sofortiges Interesse daran zu haben.
In den folgenden Wochen hatte ich dieses Thema jedoch ständig in meinem Sinn, so dass ich irgendwann anrief und mich nach den Modalitäten erkundigte.
„Wenn Sie teilnehmen möchten, dann müssen Sie sich bald entscheiden, die Plätze sind beinahe alle besetzt". Die Entscheidung war schnell getroffen und der Weg vorgeebnet.

Was ist eine Rückführung?

Ich möchte den Begriff aus meiner Sicht, mit meinen eigenen Worten erklären, geführt und beeinflusst von den Erlebnissen des vergangenen Jahres. Literatur und Wissenschaft werden sicher anderes zu berichten haben.
Ich möchte hier deutlich machen, dass es nach meiner Überzeugung nicht um ein Stillen der Neugier und ein persönliches Wunschkonzert geht, auch nicht, wie viele behaupten, um etwas Esoterisches oder um einen Auswuchs der New Age Bewegung, sondern um etwas zutiefst Spirituelles.
Ohne jeden Zweifel: Für mich ist es die tiefste Erfahrung, die ich mir vorstellen kann und die ich bisher machen durfte.
Es ist eine Begegnung mit dem Göttlichen, die ich mir so tief, so beeindruckend niemals vorstellen konnte. Außerdem ein Finden meines Selbst, das sicher längst nicht abgeschlossen ist.
Es geht hier primär nicht nur um die „Zeitreisen", die sicher ein zentraler Bestandteil der Rückführungen sind. Viele Rückführer, ob sie sich nun als Anwender oder Therapeuten oder was auch immer verstehen, führen hauptsächlich „Zeitreisen" durch, ohne dabei auf die Suche nach dem tieferen Sinn der aufgezeigten Erlebnisse zu fragen.
Bei meinem Einstieg ins Thema entsprach diese Vorgehensweise auch meinen Erwartungen. Was sollte denn sonst noch möglich sein? Was sollte sich außer dem Wissen, schon einmal gelebt zu haben, hinter den Informationen über frühere Zeiten und Leben weiteres verbergen?
Sehr viel, kann ich heute sagen. Wer nur die „Zeitreise" macht, hat sich bedauernswerterweise nie auf die eigentlichen, jedoch immens wichtigen Möglichkeiten eingelassen.
Natürlich ist es legitim den Klienten so zu bedienen, wie er es erwartet und wünscht. Dennoch sehe ich hinter der Rückführung den Auftrag, die Menschen auf einen Weg zu ihrem Selbst, zu ihrem Inneren, zu ihrem Sein und auch zum Göttlichen zu führen, oder besser, zu begleiten.
Selbstverständlich muss jeder selbst bestimmen können, ob er einen solchen Weg gehen will, ob er bereit ist oder, ob er es bei dem ersten Ansatz, der Neugier belassen will.
Doch ist dies meines Erachtens nie der Grund sich auf einen solchen Weg zu begeben.

Während Rückführungen bereits seit vielen Jahrzehnten in Hypnosen – auch von Psychotherapeuten und Psychologen – durchgeführt wurden, werden sie heute überwiegend in Tiefenentspannung/ in Trance durchgeführt.

Die Klienten werden dabei über eine Schwereübung und eine Meditation in eine tiefe Entspannung gebracht, die ihnen jederzeit die volle Kontrolle über das Geschehen lässt. Der Klient hört und spürt alles, was um ihn herum vor sich geht.

Er kann sich später an alles erinnern, was in der Sitzung geschehen ist.

Nach der Meditation wird der Zugang zum Unterbewusstsein über ein Tor, einen Nebel, Treppen, Fahrstuhl, ein Haus - je nach Ziel - gesucht und beschritten.

Dort angekommen, geht man nun entsprechend des anstehenden Themas „auf einen Weg", der vom Unterbewusstsein des Klienten, seinen Themen, der Erkenntnis (der Fähigkeiten) des Anwenders oder Therapeuten, aber auch „von oben" mitbestimmt wird.

Nach mittlerweile rund 300 miterlebten Rückführungen (durchgeführte, selbst erlebte und von den Ausbildungs- Kollegen geschilderte) kann ich mit Bestimmtheit sagen, dass immer nur das erlebt, gesehen und empfunden wird, was Anwender/ Therapeut und Klient verkraften können.

Je nach Grund und Thema für eine Sitzung kann es sich durchaus um freudige und glückliche Erfahrungen handeln. Nicht alle Klienten suchen nach Ursachen für Probleme und Erkrankungen, sodass es in diesen Sitzungen auch schöne Vergangenheitserfahrungen zu entdecken gibt. Das heißt, man erlebt hier Harmonie, Glück und so weiter.

Da es jedoch oftmals auch um eine Erkrankung, um Ängste und Phobien, um Familienthemen und - Ärgernisse sowie persönliche Enttäuschungen und Eigenarten geht, die den Menschen zum Klienten werden lassen, kann es auch zu intensiven Emotionen, Entladungen, hochemotionalen Erfahrungen, unglaublichen Begegnungen und vielem mehr kommen.

Nun fragen viele, was denn dann mit diesen Erfahrungen geschieht. Wie kann der Klient profitieren, wenn er sich als Täter oder Opfer mit allen „Wirkungen und Nebenwirkungen" sieht? Das soll aus den nachfolgenden Schilderungen und Rückführungsabläufen deutlich werden.

Möglicherweise musst Du, lieber Leser, jedoch den Mut aufbringen, selbst aktiv zu werden und Dich selbst auf den Weg machen.

Auch ich habe in mehreren Büchern gelesen: „Es hat seinen Grund, warum du dies liest." So ist es auch bei Dir, Du hast Dich – bewusst oder unbewusst – auf einen Weg gemacht, der Dich verändern kann, ja er

wird es, wenn Du Dich entscheidest. Es ist die berühmte Kreuzung, an der Du Dich entscheidest!
Aber ich kann Dir sagen: „Du musst es nicht, denn wir alle haben alle Zeit der Welt." Aber jede Minute, die Du vergeudest, hält Dich von wundervollen Erfahrungen fern und führt Dich möglicherweise in weitere „Zusatzschleifen". Nicht mehr und auch nicht weniger.
Innerhalb der Sitzungen ist das Erleben jedes Klienten anders. Es gibt nie identische Empfindungen. Während manche Menschen alles haargenau wie in einem Kinofilm sehen und erleben („Nein hier bin ich falsch, das ist ja wie im Kino"), sehen andere alles schemenhaft. Wieder andere „sehen nichts", sondern fühlen und empfinden alles. Sie können dabei genau sagen, wo sie sind, wer und was sie sind, ja sogar Farben und Umgebung „wissen" sie.
Da ich selbst zu dieser letzten Kategorie gehöre, kann ich sagen, dass auch dies beeindruckend ist, möglicherweise beeindruckender als das eigentliche Sehen.
Alle Erlebnisse und Erfahrungen werden in den Sitzungen protokolliert (für den Klienten) und vom aufmerksamen Anwender/ Therapeuten auf mögliche tiefere Informationen geprüft und auf Verbindungen oder Parallelen zum Hier und Heute hinterfragt.
Gibt beispielsweise ein Klient in einer Rückführung den Brand eines Hauses mit allen persönlichen Empfindungen wie dem Geruch des Rauches, der Erstickung und der Angst an, kann es sein, dass es im Hier und Heute zu identischen Empfindungen beim Aufkommen der Pollenzeit oder dem Kontakt mit Tierhaaren, kommt (mehrere Fälle im Buch). Diese Ursachen können dann – wenn man das Wissen und die Fähigkeit dazu hat – in die Auflösung gebracht werden. Ich wage zu behaupten, dass längst nicht alle Therapeuten dazu in der Lage sind. Also suchen Sie Ihren Therapeuten sorgfältig aus!
Meist kommt es zur deutlichen Verbesserung, manchmal zum Verschwinden der Beschwerden. Nach all den Sitzungen kann ich sagen: „Nichts ist unmöglich." Diese Phrase passt auch hier.
Lesen Sie später mehr in den Fallbeschreibungen (etwa 50 zum Teil ausführlich beschriebe Zusammenfassungen).
Körperliche Leiden, Depressionen und Traurigkeiten (unterscheide ich absichtlich), Allergien, problematische Familienthemen und vieles mehr wurden so zu meinem (unserem) Erstaunen erfolgreich beseitigt. Und sie blieben größtenteils beseitigt, auch wenn manche Kritiker mahnen: „Das hält nie lange."

Dazu kommen aber auch andere Erfahrungen, wie die Begegnungen mit der „geistigen Welt". Zugegeben, mit dem Begriff konnte auch ich vor einem Jahr nichts, überhaupt nichts anfangen. Und wenn ihn mir jemand erklärt hätte, hätte ich ihn möglicherweise für „nicht ganz normal" gehalten.

Sie werden vielleicht an manchen Stellen denken: „Was der da schreibt, ist doch überhaupt nicht möglich, das kann doch nicht sein." Ja, dasselbe hätte ich vorher auch gesagt, aber es ist wirklich das, was ich erlebte, und nach jeder Erfahrung war klar, dass das Erlebte über jeden Zweifel erhaben war.

Außerdem war es grundsätzlich so, dass wir in vier Gruppen gleiche oder ähnliche Erfahrungen machten, die dann zusammengetragen wurden. Immer hatten die Erlebnisse sehr unterschiedliche Aspekte, dennoch zeigten sie: „Vieles zwischen Himmel und Erde ist unserem menschlichen Denken verborgen und auf den ersten Blick nicht zu verstehen." Erst wenn man sich ernsthaft auf die Suche macht, wird man finden.

Die verborgene Wahrheit wird dann offensichtlich und dein Inneres weiß:
„Es ist wahr".

Also lass Dich überraschen, vermeide es sofort zu werten, geh nach meinem Motto vor: „Ich stelle es zuerst in die Ecke und schaue, was draus wird. Entweder ich verwerfe es oder krame es zur entsprechenden Zeit wieder hervor." Dieses Motto hat sich für mich bewährt.

Einige dieser „in die Ecke" gestellten Aspekte stehen dort heute noch, einige habe ich verworfen, die meisten haben mich jedoch schneller ein – oder überholt, als ich dachte.

Beispielsweise sprachen meine Kollegen über ihre Erfahrungen mit Engeln und anderen geistigen Wesen, über die Wirkungen von Steinen und vielem mehr.

Ich habe diese „Sachen in die Ecke gestellt" und wurde anschließend von einem Engel „überwältigt".

※

Persönliche Hinweise und die Frage nach dem Warum

Warum habe ich mich denn nun auf einen solchen Weg gemacht? Irgendwie war es mir, als wäre ich nach dem Motto aufgefordert worden, „Jetzt ist es an der Zeit."
Natürlich kann man das als Hirngespinst abtun, aber wie schreibt der Autor Detlefsen in einem seiner Bücher: „Wenn du reif bist für…, dann findet es dich".
So sollte es wohl sein.
Während viele meiner bisherigen Lebensfragen bisher nicht beantwortet wurden - weder von unserer „Mutter Kirche" und den darin Tätigen noch von Lehrern oder Eltern - blieb ich irgendwie immer auf der Suche nach Fragen und Antworten.
Die Fragen und Antworten, denen ich bisher begegnet war, waren oft logisch, stilistisch einwandfrei, belegt durch Wissenschaft und Lehre, Theologie und Philosophie. Aber sie bewirkten bei mir keinerlei Zufriedenheit und Bestätigung, ganz zu schweigen von der ersehnten Erfüllung.
Immer blieb das Gefühl: „Auch wenn es vordergründig zu passen scheint, irgendetwas stimmt nicht an dem, was ihr mir als Wahrheit verkaufen wollt".

Ich möchte behaupten, immer religiös und auf der Suche nach Gott gewesen zu sein.
Ich habe sehr konservative Phasen ebenso durchlebt wie liberale Zeiten.
Immer habe ich das Gebet, das Gespräch mit Gott gesucht. Es gab sicher kaum einen Tag in meinem Leben, an dem ich nicht gebetet habe.
Dabei habe ich letztlich nie an Gott, an Christus, an Heiligen und der Gottesmutter gezweifelt. Im Gegenteil!
Eines war mir in all den Jahren immer klar: „Ja, es gibt etwas Höheres."
Mit der in Bildern oft dargestellten „Vatergestalt", dem „grauhaarigen, langbärtigen alten Herrn" kann ich sehr gut leben und dieses Bild akzeptieren.
Ja, er hat auf vielen Darstellungen etwas Großes, Warmes und Gütiges.

Diese höhere Macht, dieser große liebende Gott ist grundsätzlich gut, dies war und ist mir klar. Dass es auf sein Wort ankommt und auf unser Tun an ihm und unserem Nächsten, ebenso.

Nun gut, da war also die Suche und das Finden: „Ist es wirklich das Richtige, was ich gefunden habe?"
Das weiß man nie. Ich denke jedoch, ja ich bin mir sicher, dass dies der Weg ist, den ich gehen muss (und auch will), dass es das ist, wo „Er" mich haben will.

Wenn man auf unzählige Fragen, ebenso viele unbefriedigende Antworten erhält, rechnet man nicht wirklich mit zufrieden stellenden Antworten. Doch ich habe viele begeisternde Antworten erhalten!
Antworten, die mich so mit Emotionen erfüllt haben, dass ich manchmal schier zu zerplatzen schien. Das glaubst Du nicht? Doch, das ist möglich!

Oder kann man sich auch von außen beeinflussen lassen – so wie bei einer Gehirnwäsche?
Natürlich habe ich mir auch diese Frage gestellt:
Kann man sich als hyperrationaler Freak Antworten und Emotionen einimpfen lassen, ist man so leicht zu irritieren oder beeinflussbar?
Möglich – aber ehrlich gesagt, glaube ich nicht, dass es bei mir und sieben weiteren „starken Persönlichkeiten" möglich ist, unser bisheriges Sein „links zu krempeln."

Ich lasse mich durchaus durch Andere beeinflussen, beispielsweise bei Stimmungsmache gegen Vorgesetzte, Geschwätz über Andere und so weiter. Aber dies sind nur kurzzeitige Beeinflussungen. Schnell kann ich dies für mich relativieren und revidieren und entsprechend einordnen.
Bei vielen Sachdiskussionen höre ich mir Meinungen, Einstellungen, Statements und Darlegungen an und lasse diese unkommentiert stehen, bis sie relevant sind und ich entsprechende Informationen zur Verfügung habe. Und dann wird neu bewertet und die notwendigen Schlüsse werden gezogen.
Was ich aber in der Ausbildung zum Rückführungstherapeuten, beziehungsweise in den einzelnen Seminaren erlebe, ist etwas völlig anderes, etwas bisher nicht Erlebtes. Es ist ein Ad- absurdum- Führen meiner Erkenntnisse und Lebenserfahrungen in den bisherigen 45 Lebensjahren.
Ich begebe mich in einen Kreis von mir völlig unbekannten Menschen (das hasse ich normalerweise), spreche mit ihnen über mich, meine persönlichsten Erfahrungen, meine Ängste und höre mir deren Geschichten ebenfalls an.

Ich höre völlig suspekte Theorien und bei vielen dieser Theorien spüre ich sofort „Ja, so ist es", andere lasse ich unbewertet stehen.
Ein für mich immer zentrales Thema, besonders in den folgenden Monaten, ist das Thema Emotionen.
Ich kann mich kaum an Phasen oder Situationen in meinem Leben erinnern, in denen ich wirklich für Sekunden oder gar Minuten auf einer „positiv- emotionalen Ebene" gelandet war. Definitiv gibt es zwei Situationen, die mir dabei in den Sinn kommen, aber es waren eigentlich nur „kurze Ausrutscher".
Demgegenüber stehen nun regelrechte „Emotionsgewitter".
Ich kenne die Gefühle Zweifel, Angst, Unsicherheit, Verlassensein, Einsamkeit, im Abseits stehen, Selbstzweifel, fehlendes Selbstwertgefühl, Abwehr gegen Hautkontakt, Unwohlsein bei verschiedenen Geräuschen und vieles mehr, als wären sie für mich geschaffen.
Ich bildete mir ein, so sollte es wohl sein, und akzeptierte diese Erkenntnis ohne dagegen anzukämpfen. Man gewöhnt sich an einen solchen Zustand und merkt nicht, dass „es" das eigene Selbst krank macht.
Krank an Körper, Geist und Seele. Man lebt mit diesen Problemen, man hegt und pflegt sie, sie machen ja das „Ich" aus – „Das bin ja ich". Und dieses „Ich" muss ich pflegen.
Ein Teufelskreis, aus dem man kaum herauskommt, man will es ja auch gar nicht, denn das Unterbewusstsein gaukelt einem ja Zufriedenheit vor. Es sind ja die Anderen, die für mein Unwohlsein verantwortlich sind, die Anderen, die für unliebsame Geräusche und Hautberührungen sorgen, die Anderen, die mich unter Druck setzen, die Anderen, die für Stress sorgen und so weiter.
Dass ich, ja das jeder für seine Erfahrungen, für all das was um ihn herum (seine Person betreffend) geschieht, selbst sorgt und verantwortlich ist, gesteht man sich nicht ein.

Nun gut: Mein Leben ist dennoch bisher recht gut gelaufen. Vielen geht es schlechter!

Noch ein paar Hinweise zum Begriff Therapeut, an dem sich möglicherweise der ein oder andere „reibt".

Definition Therapeut laut Wikipedia: In Deutschland ist die Bezeichnung Therapeut allein oder ergänzt mit bestimmten Begriffen gesetzlich nicht geschützt und daher kein Hinweis auf ein abgeschlossenes Studium. Der Begriff des Therapeuten ist in Deutschland frei und genießt grundsätzlich keinen besonderen Schutz.

Ich weise ausdrücklich darauf hin, dass ich innerhalb dieses Buches keinerlei Heilversprechen mache. Wie beim geistigen Heilen sind auch bei der Rückführungstherapie die Selbstheilungskräfte des Klienten angesprochen und von zentraler Bedeutung.

Kapitel III

Beginn der Ausbildung

Das erste Seminar
Themen sind: Einführung, Entspannung und Hypnose.
Es war eine lange Zeitspanne zwischen der „nicht erlebten Rückführung" und dem Ausbildungsanfang.
In dieser Zeit ergaben sich bereits einige interessante Gespräche zum Thema mit Menschen, welchen ich diesen Tiefgang nicht unbedingt zutraute. Ich selbst wusste eigentlich nicht, was mich erwartete, ich hatte mir auch die Inhalte der Seminare nicht durchgelesen oder sie intensiv studiert. Auch die Internetsuche hatte ich absichtlich unterlassen. Und das war gut so.

Bereits das Eintreffen bei unserer Seminarleiterin und Ihrem Lebensgefährten (Zweiter Seminarleitung) ist, wie bei meinem ersten Zusammentreffen im Vorjahr, für mich schwer einzuordnen, ich spüre eine „Energie", die ich nicht kenne.
Begrüßt werde ich als erster Kursteilnehmer so herzlich, dass meine Scheu schnell verfliegt.
Wir sprechen in eher oberflächlicher Art und Weise über die Struktur der Seminare, die Zahl der Teilnehmer und über einiges andere mehr.
Eine liebe Verwandte hatte gelästert: „Da treffen sich bestimmt eine Herde Esoteriker in Wollsocken und Batikhemden." Ehrlich gesagt, es hätte mich nicht gewundert, wenn wirklich eine solche Klientel erschienen wäre.

„Die, die sich hier treffen, tun das in genau dieser Konstellation, weil es so sein soll", teilen die Kursleiter mit.
Ist das so, oder ist es Unsinn? Ich werde es erfahren.
Wenige Minuten danach trifft ein Teilnehmer nach dem anderen ein.
Da ich in den vergangenen 15 Jahren eine Vielzahl an beruflichen Schulungen, Weiterbildungen, Seminaren und Vorträgen besucht hatte, kenne ich meine Scheu auf „Andere" zuzugehen.

Hier erlebe ich etwas völlig Anderes. Die sieben nun eintreffenden Menschen sind mir vertraut. Ich spüre keine Scheu, auch nicht die mir scheinbar „angeborene Distanz". Irgendwie scheine ich jeden zu kennen. Auch ohne die verbale Kommunikation besteht eine seltsame „Nähe".

Natürlich sind diese Schwingungen zu diesen „Sieben" unterschiedlich intensiv, aber insgesamt sehr außergewöhnlich.
Zur Eingewöhnung wird viel geplappert und erzählt, relativ offen, ohne große Berührungsängste. Dabei spricht man zum Teil sogar über persönliche Dinge und Erfahrungen.
Das macht man so eigentlich nur mit guten Vertrauten - ein bereits jetzt überraschender Einstieg!
Nach der Begrüßung und dem kurzen Einstieg folgt einiges an Theorie. Wer hat wann was über Reinkarnation gesagt, geschrieben und erfahren? Ein ganzer Vormittag. Gut und informativ sowie geeignet zum „Warmwerden".

Auch das gemeinsame Essen wird zu einer durchaus beachtenswerten Erfahrung. In wenigen Familien klappt das Zusammenspiel so wie in dieser zusammengewürfelten Tafelrunde. Tisch decken, abräumen, Tischsitten, alles merkwürdig geordnet und vertraut.

ೂ⋅ೀ

Nach einer Trainingseinheit folgt am Nachmittag die erste praktische Übung: Entspannungstechniken.

Wieder geschieht etwas für mich Ungewohntes. Es folgt die Aufforderung: „Jetzt wählt sich jeder einen Partner und begibt sich in einen der vier Übungsräume".
Ich kenne die Auseinandersetzungen bei anderen Veranstaltungen, wenn es um Gruppenarbeit geht: Wer geht mit wem wann wohin? Vielleicht doch nicht, nein, dessen Nase gefällt mir nicht und so weiter.
Ich stehe auf, bewege mich wie ferngesteuert auf meine „Partnerin" zu und suche mit ihr umgehend einen der vier Räume auf.
Dann folgt die kurze Klärung: „Wer ist Klient, wer ist Anwender?"
Zack, zack, auf die Liege und los geht's.
Wir (Maria und ich) wenden nun verschiedene Entspannungstechniken an, die wir vorher in der Theorie gelernt hatten.

Schwereübungen, Leichtigkeit, Farbentspannung, Schaltermethode, rückwärts zählen, Messmersche Striche und einiges mehr werden durchprobiert und angewendet.
Die Erfahrungen sind sehr unterschiedlich, wobei ich doch sehr erstaunt bin, dass das alles zum Teil erhebliche und überraschende Wirkungen

auf mich hat. Ich kann mich wider Erwarten zumindest ansatzweise entspannen.

Besonders aufregend ist die Erfahrung, dass ich beides kann: anwenden und „genießen", und beides mit Erfolg!

Außerdem gibt es den Hinweis auf Hilfestellungen durch die Seminarleitung. „Na ja", denken wir wohl alle, „vier Gruppen, zwei Seminarleiter, die können uns viel erzählen und versprechen". „Was machen wir, wenn wir sie brauchen, aber niemand da ist"?

Anmerkung: Sie sind und waren immer genau in dem Moment da, wenn wir sie brauchten. Dabei war ihnen jederzeit klar, was mit uns und in uns vor sich ging, wer wo war, wer was fühlte, wer was sah und so weiter. Wenn die beiden nicht so grenzenlos vertrauenserweckend wären, müsste man sich – ob einer solch, unbekannten „Hellsicht" - ängstigen. Mister Spock würde sagen: Faszinierend!

Der erste Tag endet, und damit hatte sicher niemand gerechnet, gegen 20 Uhr, und es war mir nicht lang (-weilig) geworden.

Der zweite Tag beginnt ebenfalls mit Theorie, Thema Hypnose: „Das kann jeder, ihr auch!"

Na ja, denke ich, das glaub ich nicht. Und ebenso erfolgreich und total überraschend wie der Vortrag verläuft auch der Sonntag: angewendet und hypnotisiert.

Ich kann das – und ich lasse mich in eine völlig abhängige Situation bringen.

Ich drehe meine Arme, und ich würde sie wohl heute und bis zum St. Nimmerleinstag drehen, wenn Maria mich nicht befreit hätte.

Auch zur Hypnose gibt es einige Übungen, alle interessant und für uns alle anwendbar.

Dann ist es vorbei, das erste Seminar, schade, aber man sieht sich ja wieder.

Ein freundliches, vertrautes Verabschieden beschließt das Seminar.

Kapitel IV

Erste Rückführungen

Zweites Seminar
Themen sind: Traumata, was muss bei Rückführungen beachtet werden, Kindheit und Geburt, Auflösen von Problematiken in der Kindheit.

Das Eintrudeln der Teilnehmer ist diesmal eher verhalten, alle sind müde, jeder will noch seine Ruhe: „Och nö, müssen wir echt direkt loslegen?"
Anders als letztes Mal: „Wo ist heute die Energie, die Spannung?"

Doch die Seminarleitung ist gnadenlos, es geht sofort zur Sache.
Wieder viel Theorie, aber auch wieder in einem angenehmen und guten Verhältnis zu den praktischen Übungen.
Es folgt die erste Rückführung. Oft wird es in den nächsten Monaten so sein, dass einer aus der Gruppe als „Vorzeigeobjekt" dient und vor der Gesamtgruppe zurückgeführt wird. So folgt nun die erste Vorführ-Sitzung.

Hier wird wohl wieder die richtige Auswahl getroffen, ich wäre sicher zu aufgeregt gewesen vor der Gruppe auf die Couch zu gehen.
Aber Maria lässt sich davon nicht beeindrucken.
Dafür ist die Rückführung in die Kindheit und in den Mutterleib für uns Beobachter umso beeindruckender.
Viele negativ beeindruckende Erfahrungen Marias lassen bei jedem von uns Mitgefühl und zum Teil auch ein wenig Besorgnis aufsteigen.
„Was ist, wenn es mir auch so geht, als Anwender oder Klient, wie gehe ich damit um?"
Insgesamt eineinhalb bis zwei Stunden dauert die Sitzung. Maria ist schon recht mitgenommen, aber auch sichtlich erleichtert.
Sie hat neben vielen Negativerfahrungen auch nicht erwartete Positiverlebnisse. Das vorher sehr negativ geprägte Vaterbild wird erheblich zum Positiven korrigiert.

Es folgt ein Zeremoniell, das sich in den kommenden Monaten einspielen wird:
Ab dem zweiten Seminar werden die Gruppen nach Impuls „von oben" zusammengestellt.
Es passt heute - und auch in den kommenden Monaten.

Ich hatte Charlotte im ersten Seminar nicht so in meinem Blickfeld, deshalb bin ich etwas überrascht über „die Wahl von oben". Ihr geht es da wohl anders, so begeben wir uns zielstrebig auf den Übungsraum zu.
Unser Thema ist heute die Rückführung in Kindheit und Schwangerschaft.
Was erwartet mich? Meine Jugend und meine Kindheit sind noch verborgen unter einem Schleier des Vergessens.

Und dann kommt sie, wie angeflogen, die große Aufregung. „Ich hoffe, ich kann das, welche Anleitung brauche ich, wo sind welche Blätter, wie geht die Musik an, was kam noch mal zuerst" und so weiter.
Doch nach wenigen Minuten ist die größte Aufregung vorbei, alles chaotisch in Papierstapeln sortiert und halbwegs klar, wer was macht.

Dann geht es los:
Wir wählen zur Entspannung eine Schwereübung mit anschließendem Weg über eine Wiese.
Es fällt mir jedoch sehr schwer, mir etwas vorzustellen, geschweige denn, etwas zu sehen. So zweifelt mein Kopf – geht's oder geht's nicht?
Auch den Weg durch ein imaginäres Tor zu gehen, durch den Nebel der Vergangenheit, alles spannend, aber bei meiner mangelnden Vorstellungskraft und meinem eingemauerten Kopf - doch alles recht schwierig.

„Die anderen können das bestimmt – ob es mir auch gelingt?" Diese Gedanken erleichtern den Einstieg nicht sonderlich. Im Hinterkopf steckt immer die Furcht zu scheitern, warum weiß ich nicht.
Trotz guter Umsetzung der Entspannungsübung spielt der Kopf doch eine große Rolle, mischt sich immer wieder ein und stellt alles in Frage.
Dennoch geht's weiter. Ich habe eher das Gefühl – oder auch die Befürchtung: „Es wird nicht viel passieren", doch dann spüre ich, ich spüre! Während die Mehrzahl der Gruppe „sehen" kann, spüre und fühle ich.

Ich spüre, wie ich mit einigen anderen Kindern Brennball (ein beliebtes Ballspiel in meinen Jugendtagen) auf einer mir bekannten Wiese spiele, eine Szene, die ich seit Jahrzehnten nicht mehr im Kopf hatte. Es macht Spaß und ich fühle mich ganz gut dabei. Diese Art zu spüren ist anders als das gewöhnliche Spüren. Es ist auf merkwürdige Weise mit Wissen verknüpft. Obwohl ich keine visualisierten Bilder habe, weiß ich genau, was geschieht, es ist schwer in Worte zu fassen.

Dann folgen meine ersten Gehversuche in unserer Küche im Beisein der Mutter, die mir klar mitteilt (durch ihre Gedanken): „endlich – das gab auch endlich Zeit".

Die Geburt kann ich nicht detailliert beschreiben, ich empfinde, beziehungsweise erkenne einige Einzelheiten. Das Lob der Hebamme nach den Anstrengungen meiner Mutter, die Anwesenheit einer weiteren Person und einiges mehr.

In der Schwangerschaft spüre ich, dass es in der Gebärmutter verdammt eng ist. Dies lässt nach, als es weiter zurückgeht (Monat für Monat).

Die Gefühlswelt der Mutter ist jedoch nicht so berauschend: Ein deutliches Gefühl der Ablehnung lässt nur ein trauriges und ungutes Gefühl zu.

Die weitere Suche nach Bildern und Gefühlen erbringt nichts, wobei die Stimmung nicht deutlich besser wird.

Der zwischenzeitlich herbeigekommene Seminarleiter erkennt die Situation und übernimmt die Führung der Sitzung.

Dass mein Unterbewusstsein alles in härtesten Beton eingegossen hat, ist mir durch meine narkoseähnlichen Schlafzustände und meine vergessenen Träume und Kindheitserlebnisse klar. So schnell lasse ich nichts und niemanden an mich heran.

Ich hatte sicher 35 Jahre lang kaum noch geträumt, beziehungsweise keine Erinnerungen mehr an meine Träume, und das hatte seine Gründe. Ich hatte als Kind immer wieder die gleichen heftigen, furchterregenden Albträume. Zum einen ertrank ich immer wieder im völlig überfluteten Nachbarort, zum anderen sah ich immer wieder eine furchterregende Szene in einem Waldgebiet, die etwas mit „bösen Menschen (oder einem bestimmten Mann)" zu tun hatte, aber nicht erklärbar war. Ich wachte dann immer in totaler Panik auf. In einer dieser Situationen wachte ich eines Nachts mal wieder auf, hörte eine Türe knallen und hatte das Gefühl: „Da ist jemand". In diesem Augenblick sagte ich mir „Du willst das nicht mehr träumen und du willst dich nicht mehr erinnern." Und das kam dann ganz genau so. Die Träume waren weg und die Erinnerung ebenso.

Manchmal ist es gut, so abgeschottet zu sein, aber es macht die Welt erheblich kälter, das Leben emotionsloser.
Aus der Tatsache, dass mein Unterbewusstsein nicht willens ist, mehr zuzulassen, fasst der Seminarleiter den Beschluss meine Sitzung vom Ablauf her abzukürzen und mich sofort in das „Lila Feuer der Auflösung" zu schicken.

Auch hier bin ich nun sehr, sehr skeptisch, ob das wohl klappen wird. „Lila Feuer der Auflösung", das klingt nicht sonderlich vernünftig und vertrauenserweckend.
Anfangs, kann ich mir schon ein Feuer vorstellen, auch dass es größer wird. Dann soll ich näher gehen und reinsteigen.
Werde ich das tatsächlich tun? Lieber zweifle ich noch ein wenig. Doch dann bin ich drin- ohne Zweifel; denn was dann „abgeht", ist mit Worten nicht zu beschreiben.
Sehen kann ich „eigentlich" wenig, doch habe ich viel Licht, Schatten bis Farben (also doch Sehen) vor meinem dritten Auge.
Und dann folgt ein „Emotionsgewitter".
Es fängt langsam an und gibt ein so wohliges Gefühl, wie wenn Weihnachten und Ostern bei schönstem Wetter und netten Leuten auf einen Tag fallen. Also etwas ganz Außergewöhnliches.
Doch dann geht es richtig ab: Schmetterlingsgefühl, Hochstimmung, Freude, alles zusammen, immer mehr, wie bei einem Anstieg auf den Mount Everest – etwa zehn bis fünfzehn Minuten.
Charlotte und der Seminarleiter verlassen mich und wollen etwa 25 Minuten wegbleiben. Ich bin froh dies alleine erleben zu dürfen. Das Hochgefühl bleibt etwa zehn bis fünfzehn Minuten, bevor es langsam, ganz langsam nachlässt.
Während dieser Zeit habe ich eine permanente Muskelkontraktion am ganzen Körper – besonders im Kopf-Nackenbereich, bretthart und kein Nachlassen und weiterhin dieses Hochgefühl, unbeschreiblich.
Nach insgesamt gut 20 bis 25 Minuten ebbt es ganz langsam ab, und als die beiden den Raum betreten, bitte ich um weitere fünf Minuten. Die brauche ich auch, da das alles mich sehr (im positiven Sinne) mitgenommen hat. Ich hatte noch nie, auch nicht ansatzweise in irgendeiner Form etwas Ähnliches erlebt.
Es war einfach Wahnsinn, purer Wahnsinn. Als die beiden dann wieder eintreffen, frage ich den Seminarleiter, wie er meine Situation wahrnimmt, denn ich sehe, dass er mein Innerstes erspüren kann.

„Da ist jemand total glücklich", so lautet seine knappe Zusammenfassung.
Das kann meinen Zustand nicht zusammenfassen, aber glücklich sein, das muss wohl so ähnlich sein. Ich brauche noch einige Zeit, um wieder in halbwegs normale Gefilde zu kommen.
Auch in der Reflexion der Sitzung bin ich noch sehr mitgenommen. Ich weiß eigentlich nicht, wie mir geschehen ist. Was ich weiß, ist, dass es etwas ganz Besonderes war und dass es mich verändern wird.

☙❧

Danach ist meine Partnerin dran; ich leite die Sitzung.
Bei Charlotte ist alles anders:
Der Weg in die Vergangenheit lässt sich mit leichten Unterstützungen (der Seminarleitung) recht gut finden und gehen.
Charlotte schildert eine Situation beim Versteckenspielen detailgenau. Ein Maisfeld, in dem sie mit einer Gruppe anderer Kinder spielt, das Weglaufen vor dem Bauern, ihre Kleidung, das Empfinden der Jahreszeit und vieles mehr.
Die Situation wird so detailgetreu geschildert, dass ich fast das Gefühl habe mittendrin zu stehen.
Als sie nach Hause kommt, wird sie von der Mutter ausgeschimpft, weil sie ihre Sonntagsschuhe beim Spielen anhatte.
Weiter in der Zeit zurück sieht sie sich als Kleinkind auf einer Bank mit den eigenen Zehen spielen. Sie sieht, wie sie von der Bank herunterrutscht und plötzlich Angst hat, sich an den Fixierträgern zu erhängen.
Dann führe ich sie noch weiter zurück: In der Schwangerschaft kann sie den Zustand in der Gebärmutter genau beschreiben, auch dass die Mutter wegen des hohen Alters ein wenig Angst vor einem Kind hat, dass sich aber beide Eltern dennoch sehr freuen.
Sie hat zwischenzeitlich heftigste Kopfschmerzen, die aber nach der Geburt wieder verschwunden sind. Sehr impulsiv wird sie, als es um die Suche nach ihrem Namen geht: „Ich will den, den ich mir ausgesucht habe."
Besonders beeindruckend ist der Kontakt mit den beiden anderen Säuglingen im Kinderzimmer. Sie schildert genau die Räumlichkeiten, das Inventar und auch die Energien in diesem Raum.

Auf die Frage, ob sie von den anderen Säuglingen etwas mitbekomme, sagt sie: „Einem geht's gut, er freut sich, während der andere große Angst hat".
Dieser Säugling teilt mit: „Ich habe ein Karma mitgebracht, aber das soll und darf dich nicht belasten." Mir läuft es dabei kalt den Rücken herunter – irgendwie glaube ich es zu empfinden.
Anschließend kann sie die Ankunft zuhause genau beschreiben. Das Aussehen, die Emotionen der anwesenden Geschwister, die sich zwar freuen, aber zum Teil etwas eifersüchteln, den glücklichen Großvater und vieles mehr.
Danach beenden wir diese erste „richtige" Rückführungsrunde.

Das war ein wahnsinnig spannendes und hochemotionales Seminar.
Dieses Gefühl wird einige Zeit anhalten.
Mir war - warum auch immer – in der lila Flamme ein Kollege in den Sinn gekommen. Dieser erzählt mir Tage später von einem Traum mit einer lila Flamme und hochspannenden Emotionen.
Für mich wurde – und das sollten die folgenden Wochen und Monate zeigen – ein Schalter umgelegt.

ॐ

Kapitel V

Innere Familie, Urlicht und Zwischenebene

Drittes Seminar
Themen sind: die Zwischenebene und die innere Familie.

Gibt es eine Steigerung von Vertrautheit?
Ja, denn das „Gruppenempfinden" wird jedes Mal intensiver.
Menschen, die ich schon seit Jahren und Jahrzehnten kenne, sind mir weniger vertraut als diese neun Menschen – das ist schon verrückt.

Natürlich sind folgende Fragen weiterhin spannend: „Was kommt denn heute und morgen?" und „Wer arbeitet mit wem?" Fragen, die jedoch keine Unruhe oder Aufregung, sondern eine „wohlige" Spannung erzeugen.

Mein privates Umfeld hat sich verändert, oder bin ich es, der sich verändert?
Gespräche verlaufen intensiver und sind weniger belanglos und sie haben einen größeren Tiefgang.
Die Spannungen zu einigen Personen haben nachgelassen, auch haben sich viele Kontakte deutlich intensiviert.

Hautkontakt und „Innigkeit" sind Dinge, die ich fast vergessen hatte. Oder nie besaß. Nun kommt es immer häufiger vor, dass ich Bekannte zur Begrüßung umarme – vorher undenkbar.

※

Mit dem Bewusstsein dieser Veränderungen steige ich ein in das nächste Seminar.
Wir treffen uns und sind alle „frischer" als beim letzten Mal. Selbst Peter ist trotz seiner anfänglichen Blässe anders drauf.

Themen in diesem Seminar sind die Zwischenebene und die innere Familie.
Los geht es wie immer mit Theorie, wie immer ist es interessant und spannend.
Und wieder stelle ich mir die Frage: „Das soll echt so sein?"

Ich kann jedenfalls mit dem Gehörten mehr anfangen als mit der Geschichte „vom Tod und der Auferstehung in meinem Leibe".
Ich habe immer an ein Weiterleben nach allem geglaubt, aber das, was mir durch die Institution Kirche an Erklärungen zum Thema Tod und Auferstehung gegeben wurde, hat mich nie überzeugt.
Aufgrund meines Berufes als Krankenpfleger, aber auch aus persönlichem Interesse waren das Thema Nahtoderfahrungen, die Bücher von Kübler Ross und ähnliches Material immer wichtig für mich.
Diese Erfahrungen finde ich in den Theorien an diesem Morgen ansatzweise wieder.

Nach der Theorie folgt eine kurze Pause und eine deutlich steigende Spannung bei mir: „Wird es heute klappen?"

≻≺

Dann folgt die Aussage unserer Seminarleitung: „Ich glaube, das könnt ihr ohne Anschauungsübung, Wenn Ihr uns braucht, sind wir ja da."
Das kommt etwas überraschend – doch wie wir wissen, ist das so.
Es kann losgehen, aber wer arbeitet heute mit wem?
„Die da oben" hatten entschieden:
Peter und Horst – „Passt das?" Warten wirs ab. Vor dem Seminar war das die Konstellation, die ich mir am wenigsten vorstellen konnte.

Wir entscheiden uns, über die gewohnte Schwere und eine Tiefenentspannung mit Licht in die Sitzung einzusteigen. Peter macht das gut und ich komme super schnell in die Schwere, auch die Lichtübung ist in Ordnung.

Dann geht es in die Zwischenebene. Dabei habe ich ein wohliges Gefühl, eine ungewohnte Sicherheit erfüllt mich, eine große Vertrautheit ist spürbar.
Ich habe keine Bilder vor Augen, erkenne jedoch ein sehr angenehmes, warmes, behütendes Licht, und ich spüre deutlich, dass ich nicht alleine bin.
Ich spüre, dass ich anscheinend an einem fremden Ort bin, einem Ort, der mir nicht auf Anhieb bekannt vorkommt, aber dennoch das Bewusstsein in mir aufkommen lässt: „Hier war ich schon oft."
Peter beginnt nun viele Fragen zu stellen, auch in Bezug auf mein letztes Leben.

Erinnerungen an ein letztes Leben habe ich nicht spontan, und ich habe auch noch kein neues Leben beschlossen. Doch ich weiß, wenn es sein muss, würde ich wieder gehen.
Dann fühle ich mich überredet und glaube noch etwas erledigen zu müssen. Dabei erlebe ich ein Gefühl der Spannung.

Auf die Frage: „Was sind deine Lernaufgaben?" fallen mir spontan mehrere Sachen ein:
- Meine wichtigste Aufgabe ist es zu helfen
- Außerdem will ich mich diesmal durchsetzen
- Emotionen soll ich lernen zu leben und zu spüren
- Außerdem will ich Sinn finden und die Leere überwinden
- Von meiner Mutter will ich die Traurigkeit abnehmen und spüre dabei eine intensive Spannung und Belastung sowie tiefste Dunkelheit, aber keinerlei Emotionen ihr gegenüber, ohne dabei selbst traurig zu sein
- Bei meinem Vater erfüllt mich eine große Freude, ein Gefühl, das ich nie im Zusammenhang mit ihm erwartet hätte. Wenn ich dies mit meinem Vater erleben wollte (Nähe, Freude, Gefühl, Zusammenhalt), dann habe ich in meinem jetzigen Leben allerhand versäumt
- Mit meiner Schwester Rita ist alles in Ordnung, also keine Besonderheiten
- Mit meiner Schwester gibt es deutlich mehr „Geschichte". Hier ist das Gemeinsame vorprogrammiert; aufeinander angewiesen sein, sich zu unterstützen sind Themen für das kommende Leben

„Wie oft warst du schon da?", fragt Peter.
„900-mal", antworte ich spontan. Was, so oft soll ich schon da gewesen sein? schießt es mir durch den Kopf.
„Und wie oft kommst du noch?"
„50-mal", kommt auch bei dieser Frage sehr spontan. Das schockiert mich doch ein wenig.

Es geht weiter, denn die Themen des Aufgabenkatalogs sollen ja abgearbeitet werden. Es folgt der Weg ins Urlicht.
Es ist „interessant und nett", aber das „Unheimliche" ist es nicht. Nun, das muss es ja auch nicht.

Ich spüre ein Gefühl wie „behütet sein", es ist irgendwie ein sehr gütiges Gefühl, das mich umschließt.
Wahrnehmen kann ich nicht nur ein angenehmes helles Licht, sondern genauso ein warmes, angenehmes schwarzes Licht - vertraut und freundlich. Später wird mir dieses Licht noch oft begegnen.
Peter führt mich über den bekannten Mechanismus zurück ins Hier und Heute. Ich bin erleichtert, denn so langsam „passiert" ja doch etwas.

༄༅

Es folgt die Sitzung bei Peter:
Als Anwender klappt es mit etwas Unterstützung der Seminarleitung schon ganz gut, von Übung zu Übung geht's besser.
Irgendwie hab' ich das Gefühl zumindest ansatzweise zu spüren, was bei Peter „so abgeht".
Er ist in der glücklichen Lage auch visuell im Thema zu sein, jedoch bleiben bei ihm die begleitenden Emotionen teilweise aus.
Die Zwischenebene und der Weg zum Urlicht sind für ihn sehr intensiv, er empfindet das Urlicht als Heimat, „es ist wie Zuhause sein".

༄༅

Am Sonntag geht es zur inneren Familie. Bei der Einführung halte ich das alles für Symbolik, für die interne Gefühlswelt, männliche und weibliche Seiten und so weiter.
Wir beginnen mit einer Meditationsübung – „Erzengel Gabriel" – eine schöne Übung.
Danach starten wir in die Sitzung zu unserem inneren Kind.
Bereits vor der Übung habe ich das Gefühl ein kickelndes Kind zu hören. Bin ich bekloppt?
Wir steigen wie gewohnt in die Sitzung ein und gelangen zum Haus der inneren Familie, zuerst zum inneren Kind.

Und dann ist er da, der Kontakt zum „Inneren Kind". Und dieses Kind ist so real zu spüren, dass es sich sicher nicht nur um Symbolik handelt.
Das innere Kind heißt Sarah und ist acht Jahre alt. Ich spüre ein kleines, ängstliches Mädchen, das in der Ecke eines Raumes hockt.
Ich spüre dabei eine tiefe Sehnsucht nach Geborgenheit, ich spüre fehlende Wärme und große Einsamkeit. Dies ändert sich jedoch relativ schnell, als ich Sarah in den Arm nehme.

Das führt dazu, dass wir uns beide richtig gut fühlen. Sarah möchte, dass ich wiederkomme, was ich auch fest zusage.
Ich fühle mich jetzt irgendwie „vollständiger".

☙❧

Peters Übung klappt ähnlich gut, Unterstützung ist nur wenig nötig. Er findet sein inneres Kind – Peter Julius, ein blonder, kleiner, verkümmerter Junge, einsam, verlassen und alleine.
Die beiden versöhnen sich, spielen miteinander und verabreden sich für weitere Treffen.

☙❧

Bei der nächsten Übung geht es um „Innere Frau und Innerer Mann". So besuche auch ich die innere Frau und den inneren Mann, die ich beide als eher vertraut wahrnehme.
Ich habe das Gefühl, die Frau (Erika) versteckt sich, sie will sich nicht zeigen. Daraufhin suche ich zuerst den Mann (Paul) auf. Er benötigt viel Vertrauen, Liebe und ist sehr einsam.
Er versteht sich nicht mit der Frau, will Liebe und Vertrauen von ihr.
Er hat dies alles nicht, weil sie keinen Kontakt mehr miteinander hatten.
Die Seminarleitung hat zwischenzeitlich die Führung der Sitzung übernommen. Sie entfernt die Wand zwischen Mann und Frau, so stehen sie voreinander – sie will aber keinen weiteren Kontakt, denn ihr fehlen Vertrauen, Liebe und Nähe.
Jetzt werden die beiden „Höheren Selbst" gebeten miteinander zu sprechen. Es wird heller – beide gehen aufeinander zu. Ich nehme die beiden an die Hand und gehe mit ihnen auf die Wiese wo Sarah bereits auf uns wartet.
Die „Höheren Selbst" vereinigen sich nun und werden aufgefordert sich mit mir zu vereinigen. Bis dahin bestanden bei mir immer noch viele Fragezeichen. Ist das alles Einbildung, Täuschung oder was?

Doch: Was nun folgt, ist schon sehr suspekt- und gleichzeitig überaus intensiv.
Ich spüre, wie sich diese drei Personen wie in einem Sturm als große Blase unter meinem Brustbein einfinden und „Einzug halten". Sie benötigen dermaßen viel Platz, dass mein Brustkorb zu zerspringen

scheint. Dann spüre ich mein Herz (dieses Gefühl kenne ich nicht). Wollen sie dort bleiben und „wohnen"?
Das soeben Erlebte war tierisch spannend, sehr wohltuend, vervollständigend - kurz intensiv.
Der „Einzug" der Inneren Familie war sehr beeindruckend, zwar nicht so intensiv wie die lila Flamme im letzten Seminar, und in der Zeitspanne nicht so umfangreich, aber doch sehr, sehr erfüllend. Diese drei sind existent, das ist mir jetzt klar, und sie gehören zu mir. Ich will sie behalten und spüre, dass wir uns brauchen. Wir helfen einander und unterstützen uns.
In einer Übung zuhause besuche ich die drei ohne fremde Hilfe und spüre, dass sie zu mir gehören. Drei, die mir helfen, „ich zu sein".

Am Ende des Seminars folgen wie immer ein Rückblick und eine Abfrage, wie es dem Einzelnen geht. Alle hatten bewegende Erfahrungen in der Zwischenebene und im Urlicht, aber auch mit ihren inneren Familien. Interessant war es bei Maria, die eine sehr heftige Auseinandersetzung mit der inneren Frau hatte – eine „echte Kratzbürste".

Es war wieder ein sehr interessantes Seminar, das viel Neues gebracht und meine Emotionen durcheinander gewirbelt hat.
Es war wie das zweite Seminar, auch „verändernd" für meine Person, meine Emotionen, meine Gradlinigkeit, meinen Umgang mit dem Nächsten und für vieles mehr. Meine bisherige Ordnung gerät langsam ins Wanken.

Es ist und bleibt spannend…

ಾ∼಄

Das erste Zwischentreffen außerhalb der Ausbildung

Mittlerweile treten wir Teilnehmer immer häufiger in Kontakt.
Nach kurzem Mailaustausch treffen Charlotte, Carola und ich uns um gemeinsam, jeder mit jedem zu üben.
Nach längerem „Vorklön" legen wir los, und ich liege schneller, als ich denken kann, als „Opfer" auf der Liege.
Wir gehen wieder den gewohnten Einstieg in die Kindheit, in die Schwangerschaft und weiter.
Das erste Mal meinen Herzschlag zu spüren, ihn im Ohr zu hören ist ungewohnt und interessant. Der Weg weiter nach vorne ist sehr wechselhaft. Und zwar zeigt sich alles mehr oder weniger in hellem oder dunklem Licht. Dabei werden die Gefühle bei Helligkeit beruhigender, sicherer, angenehmer, bei Dunkelheit genauso gegenteilig.
Das dunkle, beklemmende Gefühl (in der Brust) nehme ich heute vor allem bei Stress, bei Unbewusstem wahr. Im Zusammenhang mit meiner Mutter erlebe ich diese Gefühle bei ihrer Angst in der Schwangerschaft.

Ich erlebe diesmal die Geburt, es ist doch recht eng, meine Muskeln arbeiten mit, ich hechele ebenso wie meine Mutter, mein rechtes Bein ist total gestreckt, während mein linkes Bein angewinkelt und verkrampft ist und sich abzustützen scheint. Es ist stressig, ich spüre das Herzklopfen und einige andere Stresszeichen wie „live und in Farbe".
Meine Mutter denkt, es ist an der Zeit, dass es vorüber ist. Als die Geburt vorbei ist, fühle ich mich wohl, spüre auch, dass meine Mutter froh und glücklich ist. Die Hebamme sagt: „Das hast du gut gemacht", mein Vater ist nicht da, es kann sein, dass noch weitere Personen anwesend sind.
Beim ersten Mal in den Armen meiner Mutter sind wir beide glücklich.
Das erste Zusammentreffen mit meinem Vater (am ersten Tag) ist grundsätzlich positiv, er ist froh und glücklich. Als ich ihm in den Arm gelegt werde, habe ich ein merkwürdiges Gefühl in der Brust.
In seinem Arm zu liegen ist neu und ungewohnt. Ein Gefühl der Fremdheit strömt in den ganzen Körper.

Dann gehen wir in die Zwischenebene und fragen nach den Lernaufgaben für das jetzige Leben:
- Lernaufgaben mit meiner Mutter: ins Reine kommen, was irgendwie recht schwierig ist
- Lernaufgaben mit meinem Sohn: hier gibt es viel aufzuarbeiten; wir müssen lernen miteinander klarzukommen

Und dann geht es wieder in die lila Flamme; ohne die Bedenken wie beim letzten Mal. Der Marsch in die Flamme geschieht relativ problemlos. Ich steige ein und es umfasst mich ein warmes, wohliges, gütiges und helles Licht. Ich spüre sehr angenehme Emotionen, fühle mich wohl und merke, wie die Flamme von mir Besitz ergreift. Ja, das Ungute wird verbrannt. Das Wahnsinnserlebnis wie beim letzten Mal ist es nicht, aber es ist wirklich schön!

Danach ist Charlotte dran: Carola und ich machen das in einer gemeinsamen Aktion und es klappt gut, souverän, obwohl ich zwischendurch schon mal den Faden verliere. Aber zusammen haben wir keine großen Probleme, wir haben schon viel gelernt.

Charlotte ist alleine auf einer Wiese. Sie ist ungefähr sechs Jahre alt und nach dem Spiel auf dem Nachhauseweg.
Sie geht einen Feldweg entlang bis zu einer großen Hecke, die sie kaum überblicken kann. Sie bleibt stehen, denn es macht ihr irgendetwas Angst.
Es ist ein komisches Gefühl im Magen – es könnte was passieren.
Auch heute hat sie das Gefühl, wenn etwas auf sie zukommt, dem sie vielleicht nicht gewachsen ist.
Ob diese Sorge berechtigt ist?
In der Situation neckt sie ein Nachbarsjunge, indem er hinter der Hecke herausspringt und sie zu Tode erschreckt. Er hält ihr die Augen zu und macht sich anschließend lustig über sie.
Sie hat Angst und das Gefühl machtlos zu sein, ja absolut wehrlos.
Sie findet es so ärgerlich, was er gemacht hat. Es erfüllt sie mit Zorn und Wut, doch er versteht gar nicht, warum sie sich so ärgert. Darüber wiederum ärgert sie sich noch mehr. „Hört der mir denn nicht zu?"
Das erlebt sie auch heute so: Kommunikationsprobleme, man hört ihr oft einfach nicht zu.
Solche Situationen tun ihr nicht gut, sie beschäftigt das, es führt oft zu Kopfschmerzen.
Im Bauch der Mutter empfindet sie Folgendes: „Ganz gemütlich ist es hier im Wasser, entspannt, Mutter ist in der Küche – sie denkt an mich, sie hat Rückenschmerzen, meistens freut sie sich".
Charlotte sucht den Kontakt; aber die Mutter versteht sie nicht, sie hört nicht zu.

Die Mutter geht einkaufen; Charlotte geht gerne einkaufen, der Trubel im Kaufhaus, die Musik, sie möchte da bleiben – die Mutter nicht, sie geht einfach nach Hause. Die Mutter hört nicht auf sie, sie ist belastet, denn sie schleppt all' die Taschen.

Charlotte findet das alles gar nicht gut: „Nach mir fragt keiner." Auch das kennt sie heute, „den Willen durchsetzen wollen, aber nicht können", und das verursacht Kopfschmerzen und Wut.
Nach der Geburt regt sie sich fürchterlich auf, weil die Anwesenden sie überhaupt nicht hören.
„Die hat einen weißen Kittel an, hält mich einfach hoch und lässt mich schreien, versteht die mich denn nicht?"

Das waren zwei spannende Sitzungen, zum ersten Mal ohne die Hilfe unserer Seminarleitung, und dennoch hat alles super geklappt. Etliches konnten wir in der Flamme auflösen, uns geht es einfach gut, und wir sind auch ein klein wenig stolz!

Dann habe ich auch immer mehr (merkwürdige) Erlebnisse im privaten Bereich.
Nach einer Veranstaltung sitzen wir mit rund zehn Bekannten, lieben Leuten, Menschen die ich mehr oder weniger mag und schätze, zusammen.
Über Stunden wird gequatscht, relativ viel Alkohol konsumiert und wir haben einfach eine gute Zeit miteinander.
Je länger der Abend dauert, desto kleiner wird die Gruppe und ich diskutiere ausgerechnet mit einem Bekannten, von dem mir bewusst ist, dass wir ein Problem bisher ungeklärter Ursache mit uns herumtragen. Was ich noch nicht weiß, dass er mir in den kommenden Modulen in mehreren Rückführungen begegnet.
Mich hat seine ignorante, zum Teil auch arrogante Art, insbesondere seine verletzende Art seiner eigenen Familie (seiner Frau) gegenüber immer gestört. Mir ist durchaus bewusst, dass er gute Seiten hat, die ich auch wertschätzen kann. In diese Richtung entwickelt sich das Gespräch. Ich denke, dass wir etwa zwei Stunden diskutiert haben (mehr einen Dialog unter dem Zuhören seiner Ehefrau und eines weiteren Bekannten, die sich jedoch kaum einschalten).

Während ich noch vor Monaten selbst sehr gefühlsbetont (hat nichts mit den oben beschriebenen Gefühlen zu tun), aufbrausend und persönlich reagiert und agiert hätte, versuche ich hier trotz sicher erheblichen Alkoholspiegels ihn von seinen inneren Werten und seinen emotionalen Fähigkeiten zu überzeugen.
Ich spüre zwar, dass er noch nicht so weit ist, obwohl er schon sehr deutliche Zeichen „von oben" hatte (schwere Tumorerkrankung...).
Die weitere Diskussion wird jedoch von meinem Gesprächspartner beendet, er flüchtet an die Theke.
Solche Gespräche wären vor Monaten nicht auf diese Weise und so intensiv möglich gewesen, obwohl ich – in Fahrt gekommen – schon immer gerne intensivere Gespräch geführt habe.

In der gleichen Woche bin ich mit meiner Frau und mehreren Bekannten auf einem Kabarettabend und treffe dort eine gute Freundin mit Ehemann. Diese fragt dann:
„hör mal, was machst du eigentlich für Seminare?"
„Ich mache eine Ausbildung zum Rückführungstherapeuten".
„Echt? Das ist aber interessant", dann bricht sie sofort ab und beginnt sofort ohne jeglichen Übergang mit einem völlig anderen Thema.
Dies zeigt eindeutig, der Mensch will nicht missioniert werden. Die, die hören wollen, kommen um zu hören.
So gibt es viele sehr interessante Erfahrungen, insbesondere die Erfahrung, dass ich den Mut und die Fähigkeit habe, offen über meine Erlebnisse zu sprechen.

Kapitel VI

Erstes und letztes Leben

Das vierte Seminar
Themen sind: Wer war ich im letzten Leben, was hat es auf mein jetziges Leben für einen Einfluss; Gefühle, Akasha - Chronik, Frühere Leben, erste Leben, war man immer Mensch?

Die Anreise ist entspannt, wobei mir mein Gefühl sagt: „Heute geht's zum ersten Mal ans Eingemachte".
Die Begrüßung und das Zusammenkommen sind wie gewohnt herzlich, das Zusammenwachsen wird immer intensiver.
Mit dem einen mehr als mit dem anderen – aber trotzdem mit wahnsinnig viel Vertrautheit, Freude, es ist einfach schwer in Worte zu fassen.
Charlotte bringt es in einer Sitzung auf den Punkt, später mehr zu ihrer Aussage…

Begonnen wird wie immer mit der Reflexion der letzten Wochen. Jeder trägt seine Erfahrungen der vier Wochen vor, insbesondere die Erlebnisse die etwas mit den Themen des letzten Seminars zu tun haben.
Die Reflexion wird von Seminar zu Seminar spannender.
Auch spüre ich, dass bei den Menschen, die hier zusammenkommen, in den letzten Wochen einiges geschehen ist. Wir haben uns doch schon ganz schön verändert. Und ich glaube, das ist gut so.
Wie immer sind der Start, die Theorie gerade recht um richtig anzukommen.
Spannend und mal wieder so, dass ich offen bin, interessiert und mit dem Gefühl: Lass es mal so stehen – schau es dir an.

Die erste „Vorzeigeübung" hat das Thema „Erste Leben".
Wichtige Informationen wie wir unsere Sitzungen gestalten, dass wir alle bereits als Tier, Stein/ Mineral, Pflanze, Mensch da waren, folgen noch, bevor Peter auf der Couch landet.

Nun startet die „Vorzeigeübung" mit gewohntem Einstieg. Es ist immer wieder interessant der Seminarleiterin zuzuschauen, wie souverän sie eine solche Sitzung ohne jegliche Vorlagen und Hilfestellungen durchführt. Das beeindruckt uns „Schüler" immer wieder.

Man spürt, dass sie „mittendrin ist", sie verfolgt nicht nur die Antworten des Klienten, sie „erlebt" sie mit.

Peter sieht vier verschiedene Türen, die jeweils für relevante Leben in unterschiedlicher Form stehen.
Er durchlebt alle angekündigten „Elemente". Er genießt es, als Baum im Wind zu tanzen, die anderen Bäume zu spüren, und hat dabei Schwierigkeiten sich zu halten. Er steht an einem felsigen Hang und kippt irgendwann mit seinen zu flachen Wurzeln um.
Als Krieger hat er Erfolg auf der Bärenjagd, wird jedoch wegen eines Diebstahls (von berauschenden Beeren) zur Feldarbeit abgestraft. Er stirbt in einem kalten Winter wegen fehlender Nahrung.
Auch als Wildkatze und als Stein hat er Erfahrungen gesammelt.

Die „Vorzeigeübung" ist beendet, alle sind beeindruckt und nun: „Ran an die Vergangenheit"!

༺༻

Wer wird heute mir, dem Kopfmenschen zugeteilt?
Maria, das freut mich.
Wir verschwinden in der Übungsstube. Wir sprechen uns ab und haben schnell geklärt, dass ich beginne.
Immer noch bin ich als Anwender etwas mehr angespannt als in der Rolle des Klienten. Krampfhaft sucht man nach den Unterlagen, einer Vielzahl an Kopien und achtet auf deren richtige Sortierung. Dann muss abgesprochen werden, was der Klient an Musik wünscht, welchen Einstieg in die Sitzung er bevorzugt und vieles mehr. Dann gibt es noch dies und jenes zu beachten.

Maria lässt sich ohne Probleme in die ersten Leben führen.
Sie erlebt sich als endloser und mächtiger Lavastrom, der irgendwann im Meer erkaltet. Sie kann alle Kraft und lebensspendende Energie, die die Lava aus der Erde mitbringt, so detailliert beschreiben, dass ich es regelrecht miterleben kann. Ich fühle dabei die unendliche Kraft, die dort ausströmt.
Außerdem erlebt Maria sich als eiskalter Fluss, der den Auftrag hat, das trockene Land zu bewässern. Irgendwann verliert der Fluss jedoch seine Kraft und trocknet aus.

Sie erlebt sich als schweinegroßes Pferd, das im urzeitlichen Urwald ums Überleben kämpft. Die Geräusche, die sie beim Laufen als Minipferd hinterlässt, macht sie nach, was mich doch fast zum lauten Lachen bringt.
Als Frau in einem (Steinzeit-?) Dorf sieht sie sich in armseligen Verhältnissen. Aber alle Erfahrungen empfindet sie als wohltuend und uneingeschränkt gut.

Auch hier waren alle Leben ausgestattet mit Aufträgen, beziehungsweise Lernaufgaben. Dabei muss ich sagen, dass die Informationen so klar und eindeutig sind, dass es mich total verblüfft. Außerdem berührt es mich. Und zwar in der Form, dass ich immer mehr Achtung, ja Hochachtung vor Gottes großer Schöpfung erlange.
Stimmt es doch, dass unsere ganze Erde (oder gar das ganze Universum) beseelt ist? Früher habe ich das als Unsinn abgetan – ein Irrtum?

గా

Nun liege ich auf der Couch:
Das erste Leben: Der Weg dorthin ist problemlos, es geht zügig.
Ich spüre mich in einer nicht greifbaren Weite. In mir steigt ein sehr erhabenes Gefühl auf. Ich empfinde mich als riesig groß und bedecke alles!
Ich erlebe mich als eine unendliche Schnee- oder Eisdecke. Dieses Erleben ist total beruhigend, ich bin riesig und ich bedecke alles, es ist wie die Fläche der Arktis.
Ich schaue über alles Erschaffene – Gott ist groß – und ich bin ein Teil von Ihm! Dann – sicher nach sehr langer Zeit – zerfließe ich, aber das ist überhaupt nicht unangenehm. Ich steige nach oben – hinein ins tiefe All, und dabei scheinen Himmelskörper an mir vorbeizufliegen.
Ich erlebe ein Gefühl der Unendlichkeit. Es ist, als wolle Er, dieser unendlich große Gott, mir mitteilen: „Schau, wie groß ich bin!"
Genau dieses Gefühl (eigentlich höre ich es regelrecht) werde ich von heute an immer wieder haben und erleben.
Auf die Frage: „Welche Lernaufgaben hattest du in diesem Leben?", kamen folgende Informationen:
- Die Grenzenlosigkeit des riesigen Universums spüren
- Stille als etwas Wundervolles erleben
- Das Sein aushalten und dabei die Erfahrung machen: „das Sein ist angenehm"

Nun erlebe ich mich doch tatsächlich als Pflanze, unglaublich!
Ich bin ein großer, überaus langer Baum inmitten von vielen anderen Laubbäumen in einem Regenwald. Ich habe starke Wurzeln und spüre feuchte Wärme.
„Mensch, ist mir warm", der Schweiß läuft nur noch so runter. Am liebsten würde ich meine Zudecke wegwerfen.
Die Lernaufgaben die ich als Baum habe sind:
- einer von vielen zu sein, die Gemeinschaft zu spüren
- mit diesen eine große Fläche zu bedecken und mich dabei als Teil des großen Ganzen zu fühlen

Es gibt ein jähes Ende dieser Inkarnation. Es brennt und dieser Brand ist vernichtend. Der Wald stirbt – es wird dunkel und es ist zu Ende.

Interessant ist, dass bei der Suche nach ähnlichen Erfahrungen im Hier und Jetzt meine Kindheit „auftaucht".
Ich empfinde deutlich das Gefühl ausgestoßen zu sein (vor allem in der Grundschulzeit), im Abseits zu stehen, andere machen sich lustig über mich. Und diese Erfahrungen sind ebenso vernichtend und leer wie die vernichtenden Flammen des Urwaldes.
Merkwürdig, dass mir genau diese Thematik als Spiegel für die ursprüngliche Vernichtung vor Augen gehalten wird. Ich hatte die gezeigten Kindheitserlebnisse alle vergessen.

Dann erlebe ich mich als Tier, es dauert ein wenig, doch dann spüre ich, dass ich keine Beine habe. Ich bin eine kleine schwarze Schlange und verstecke mich unter dem trockenen Laub, das habe ich mir selbst ausgesucht.
Die Lernaufgabe in diesem Leben ist der tägliche Überlebenskampf – ich glaube, die Aufgabe nicht bestanden zu haben.

Es folgt die erste Erfahrung als Mensch: Ich spüre kleine Frauenfüße, eingewickelt in Lappen, in einer Höhle. Ich suche dort Zuflucht, ich kann nicht lesen und schreiben, es ist ein primitives Leben.

Die Lernaufgaben in diesem ersten menschlichen Leben sind:
- Empfinden wie es ist, Mensch zu sein, ich soll „das Sein spüren".

Diese Aussage ist mir zu diesem Zeitpunkt noch recht fremd, dennoch beeindruckt sie mich.

❧❦

Die Reflexionsrunde ist natürlich nach einem solchen Thema superspannend und interessant. Jeder hat vieles zu berichten.

Alle acht haben Erfahrungen als Tiere, Pflanzen, Minerale und vieles mehr gesammelt, einer spannendere als der andere.
Beispielsweise als Kaktus, Blume, Baum, Kohlestück, als Mineral eingesperrt in einem Berg, Schneeflocke, Adler, Bär und einiges mehr.
Es gibt so viel Unglaubliches zu berichten, dass es uns alle sehr beeindruckt, insbesondere deshalb, weil ja jeder dies am eigenen Leib erlebt und erfahren hat.

Ich kann hier wiederum nur betonen, man sieht es, man fühlt es, man spürt Geburt und Untergang, Wärme und Kälte, Größe und Enge, Schönheit und Hässlichkeit und vieles mehr. Und diese Emotionen sind nicht auf Papier zu beschreiben. Dennoch hoffe ich, dass ich Dir, lieber Leser, annähernd beschreiben kann, wie es auf uns gewirkt hat.
Auch bei diesen Existenzen waren wir ausgestattet mit Lernaufträgen und Erfahrungen. Jeder von uns hatte sich bewusst eine Existenz dieser Lebensformen ausgesucht.

Alles, was wir empfinden, ist für uns in der Nachbetrachtung so eindeutig und überraschend klar, als hätten wir sie gerade eben erlebt.
Natürlich werden hier Psychologen, Parapsychologen und weitere Vertreter der „Infragesteller" viele Fragen, Hinweise und generelle Zweifel anmelden.
Wenn man jedoch Menschen in ihrem „Erleben" begleitet, vieles spürt und die emotionalen, zum Teil aber auch rein sachlich vorgetragenen Erfahrungen miterlebt, dann zweifelt man nicht mehr.
Das alles ist für mich, den vorher rational denkenden Skeptiker, „erhaben über jeden Zweifel".

Mir kommt immer wieder der Pilatus - Ausspruch „Was ist Wahrheit?" in den Sinn: Ich weiß es jetzt, das heute Erlebte ist ein weiterer Stein der Wahrheit. Ich fühle es!

Alles in allem kommt mir der Gedanke: Bei all unserer Individualität und unserem ewig langen Dasein sind wir doch nur ein („wichtiger") kleiner Teil eines unbeschreiblich großen Ganzen.
Die Frage nach dem Warum, stellt sich bei mir viel seltener als früher, obwohl doch alles so neu und ungewohnt, aber doch klar und eindeutig ist.
Durch diese Erfahrungen finde ich immer mehr zu meinen Wurzeln, ich lerne auf meinen eigenen Füßen zu stehen und stelle nicht ständig alles in Frage.

Ein toller Tag!

❦

Der nächste Seminartag:
Thema ist das letzte Leben vor diesem Leben.
Wir starten nach kurzer Einführung und Theorie direkt in die nächsten Sitzungen.
Ich bin zuerst der Anwender und Maria ist Klient:
Sie sieht sich als Mann (Tom) mit braunem Mantel (oh Gott hoffentlich landen wir jetzt nicht in der braunen Zeit!). Doch dann weiß sie: Tom befindet sich im Amerika des Jahres 1759.
Tom spürt Angst, weil er etwas Ungutes erwartet. Ein Stück Wild, denn er hat ein Gewehr in der Hand?
Ich führe Maria weiter zurück, um zum Ursprung dieser Situation zu kommen.
Dann sieht Maria sich als Junge in einem Klassenraum. Tom ist soeben dabei einen kleinen, dicken, dummen Jungen zu hänseln.
Richtig verletzend geht er mit ihm um. In der nächsten Situation hat Tom als junger Mann ein Verhältnis mit der Frau dieses vorher von ihm ständig verletzten Jungen. Dabei ist Tom der Meinung, dass diese Frau rechtmäßig ihm gehört.

Und dann kommt es zum Zusammentreffen in der Hütte (Einstiegsszene). Es kommt zum Handgemenge und zu einem heftigen Streit. Tom hat anschließend ein Messer im Unterbauch und er spürt, dass das Leben ihn verlässt.

Und im heutigen Leben gibt es eben diesen Menschen. Ein Mensch, der auch heute sehr bedeutend ist. Die Konflikte haben viele Gemeinsamkeiten, ja, es gibt verblüffende Parallelen.
Die Lernaufgaben, die Gefühle, die aufgelöst werden sollen, werden aufgezählt, aber da fehlt etwas! Ich schicke sie anschließend in die Flamme der Auflösung, denn in dieser Sitzung gab es viel aufzulösen.
Ich spüre eine so tiefe Sehnsucht in Maria – sage aber erst mal nichts. Ich will Maria nicht beeinflussen.
Die Seminarleitung ermuntert mich, sie nach der lila Flamme zu fragen.
Maria bestätigt mir diese Sehnsucht und möchte sie auflösen.
Mir gibt es ein tolles, bestätigendes Gefühl, ich spüre wohl doch ansatzweise, was in den anderen vorgeht.

Dann bin ich an der Reihe, „mein letztes Leben".
Es geht zügig los und in der ersten Situation spüre ich große Unruhe und Angst.
Ich bin ein Mann und etwa 40 Jahre alt, es ist etwa 1350 in Europa; ich bin gut gekleidet und ich bin besser gestellt.
Bin ich eingesperrt? Habe ich gegen Regeln verstoßen? – Ist mir egal. Dass ich mit anderen mir vertrauten Menschen eingesperrt bin, spüre ich, und es tut weh.
Ich bin auf einem Schloss oder auf einer Burg und dort habe ich Widersacher. Ich habe große Angst, doch ich will haben, was mir zusteht, die Macht, das Recht, das mir zusteht, die Macht und das Recht der Herr zu sein.
Die anderen wenden kalte Gewalt an, sie sind böse, es sind Schweine!
Es ist eine bedrückende, kalte, absolut dunkle Macht, die zutiefst böse ist. Es beeindruckt mich sehr. Dieses abgrundtiefe Böse habe ich so noch nie gefühlt. Der, von dem dieses abgrundtiefe Gefühl ausgeht, ist mein Bruder, er hat mir die Macht geraubt.
Dann der Blick ins Jetzt: Das Thema ist der Machtentzug, und der damalige Bruder ist mein jetziger Sohn. Mir wird die Hilflosigkeit, die Enttäuschung der letzten Jahre jetzt so bewusst, und ich spüre und verstehe sie jetzt.
Dieses Erleben ist verblüffend real und auch erschreckend zugleich.
Meine Souveränität wird mir auf böse Art entzogen. Es macht mich wütend, ich hasse diese Wut, aber auch die Hilf- und Machtlosigkeit und zwar damals so wie in den letzten 20 Jahren im Hier und Jetzt. Und ich habe immer gedacht, es lässt sich alles mit Vernunft und mit gesundem Menschenverstand regeln und wegdiskutieren.

Es fällt mir quasi wie Schuppen von den Augen. Diese Probleme, diese Ursachen konnten nicht auf herkömmliche Weise geklärt werden.

Was mir noch klar ist: Dieses Thema zieht sich schon über viele Leben wie ein „dunkler" Faden durch unser gemeinsames Sein. Ist es eine nachhaltig negative Verbindung mit meinem Sohn?

Die Lernaufgaben sind unter anderem:
- lernen ohne Hilfe dazustehen und auf sich allein gestellt zu sein
- lernen mit Enttäuschung fertig zu werden

Am Ende der Szene auf dieser Burg fühle ich irgendwann Erleichterung, es löst sich, es geht mir irgendwann besser, es ist wie ein geglückter Fluchtversuch aus dem Schloss, wie ein Neuanfang und aufkommende Hoffnung, doch eine spätere Wiederkehr in diese Situation zeigt den Grund für die Erlösung.

Puh, das war anstrengend! Es war wirklich hart, eine sehr schwere Erfahrung mit der dunklen Macht, aber es war auch eine gute Erfahrung, denn sie erklärt vieles.
In der lila Flamme der Auflösung wird wieder einiges aufgelöst und es geht mir deutlich besser!

Auch dieses Thema (letzte Leben) war super interessant und eine Erfahrung, die ich nicht mehr missen möchte.

❧

Die anderen Kollegen haben natürlich auch viel erlebt:
- Eine Magd in Holland (1840), die wegen eines Messerstichs auf ihren Herren ausgepeitscht und später aufgehängt wird
- Eine Lehrerin in einer Klosterschule die sich in den Gärtner verliebt hat, eine leider unglückliche Liebe ohne Happy End
- Ein Kindermädchen in einer deutschen Großstadt etwa 1925 und vieles mehr.

Einfach spannend.
Viele Lernaufgaben führen uns ganz langsam zum Ursprung und zu den Wurzeln.

In einer Pause stelle ich die Frage nach dem Ursprung: „Wann hat das alles angefangen, warum hat dieser gute, allmächtige Gott die Entscheidung getroffen es so zu machen wie wir es erleben?"
Möglichkeiten und Ideen gibt es viele, aber die Antworten muss wohl jeder früher oder später selbst entschlüsseln.
Maria empfiehlt mir das Buch: „Gespräche mit Gott". Das ist mir unbekannt. „Na ja, bestimmt lese ich es mal. Ich habe momentan noch so viel zu lesen, irgendwann werde ich es mir anschaffen."

Die Abschiede fallen mir immer etwas schwerer, ich hab' mich irgendwie an „euch" gewöhnt.

Ach ja, was hatte Charlotte erlebt? Sie war in einer Klostergemeinde geborgen und wohl behütet und sie fühlte sich sehr wohl – und sah die Parallele in unserer Gruppe!

Bevor ich gehe, wird mir angeboten an einem Energiekurs teilzunehmen. Am kommenden Wochenende. Aber da hab ich doch Termine! Doch eigentlich würde ich gerne sehen, was sich dort tut.

In der folgenden Woche habe ich viel an das zurückliegende Seminar gedacht, viel erzählen dürfen, Interessierte gibt es etliche.
Und dann finde ich Mitte der Woche ein Buchpäckchen in der Post. Da hat mir doch die liebe Maria das Buch als Geschenk geschickt. Was soll man sagen?

Dieses Buch wird mich verändern, so wie die vielen Erlebnisse des letzten Vierteljahres!
Dieses Buch heißt nicht nur „Gespräche mit Gott", es (er) scheint mit mir zu sprechen. Denn immer wenn ich Fragen habe, immer wenn ich überlege, wenn ich suche, finde ich hier die spontane - und das ist das besondere – die immer zufrieden stellende Antwort. Und das, obwohl ich doch sonst immer in Frage stelle und erst einmal skeptisch bin.

Und - es sollte doch sein - alle Termine lassen sich verschieben, das Energiewochenende kann kommen.

୨୦୧

Energiekurse I und II

Energie, Chakren, Aura: Begriffe, die ich schon mal gehört hatte, mit denen ich aber nicht wirklich viel anfangen konnte.
Und ehrlich gesagt, ich habe auch nichts von all dem gehalten – so ein „Gedöns" für Esoteriker (selbst mit dem Begriff Esoterik wusste ich eigentlich nichts anzufangen).

Umso erstaunlicher, wie schnell sich das änderte. Da es in diesem Buch in erster Linie um Rückführungen geht, komprimiere ich den Inhalt dieses Themas, dennoch ist es mir wichtig die Erfahrungen hier einzubringen.

Auch zu diesem Seminar fahre ich, ohne wirklich zu wissen, was mich erwartet. Ich habe mich nicht vorbereitet und fahre ohne jegliches Basiswissen und ohne Vorbehalte.
Ein paar Kollegen meines Rückführungskurses sind auch da, so fühle ich mich nicht so „einsam". Einige mir vorher nicht bekannte Menschen nehmen an dem Seminar teil. Auch nun kann ich wieder sagen: Unsere Rückführungsgruppe ist etwas Besonderes. Denn zu den „Neuen" dauert die Kontaktaufnahme deutlich länger.

Begonnen wird das Wochenende mit einer Farb-Meditation – sehr entspannend; trotz meiner Farbschwäche und der mangelnden visuellen Vorstellungskraft fühle ich schon einiges und erkenne auch schemenhaft. Energiebälle fühlen, weitergeben, Lichtenergiebälle „setzen", Energie im Kreis fließen lassen, alles spannende Übungen, bei denen ich tatsächlich einiges empfinden kann. Der „Energiefluss im Kreis" ist superinteressant („jeck"). Es ist toll, was bei mir an Energie ankommt, nachdem jeder persönliche Energien weitergegeben hat.
Spürbar werden komprimierte Trauer, Freude, Schwermut und Glück in einer so großen Fülle, dass ich gar nicht recht weiß, wie mir geschieht.

Erst da glaube ich, dass man so etwas wie „menschliche Energie" spüren kann.

Danach lernen wir das „Aura sehen", wir lernen Chakren zu erspüren/ zu fühlen, zu tasten, sie auszugleichen, anzudrehen und zu reinigen.
„Meine Wurstfinger" können spüren und fühlen das alles, eine tolle Erfahrung.

In den verschiedenen Übungen werden viele Störungen erfühlt, verändert, korrigiert, gereinigt und so viel mehr. Mir selbst werden die Chakren ebenfalls „geordnet", was doch einen erheblichen Wohlfühleffekt hat.
Unter anderem wird über meinem Chakra in der Herzgegend eine erhebliche Störung festgestellt, die ich gleichzeitig erspüre und bei der mir klar wird, dass ich diese Beschwerde/ Störung bereits über Jahrzehnte gespürt habe.
„Das kommt aus einem letzten Leben, wenn es bis in die 7. Schicht geht". Nun ja, ist wohl möglich, lassen wir es mal so stehen.
Chakren mit Steinen ausgleichen funktioniert überraschenderweise auch, wenn derjenige nicht da ist (weit entfernt ist, wie beim Fernreiki).
Eine Lichtkugel zu spüren und weiterzugeben, ist auch sehr spannend.

Der zweite Tag hat folgende Inhalte: Energieausgleich, Kosmische Eltern, mit Hilfe von Bäumen Energien reinigen/ ausgleichen. Sich von Fremdenergien zu trennen, wird mit mehreren Techniken gelernt und geübt, außerdem das Zurückerlangen geraubter Energie.
Alles sind Themen, bei denen ich vorher verständnislos mit dem Kopf geschüttelt hätte.

ॐ

Dann geschieht etwas, das mich nachhaltig verändern soll: der Besuch bei den kosmischen Eltern. Der Ablauf ist wie bei der inneren Familie, nur das Ziel ist ein anderes.
Bei diesem Besuch lerne ich meinen Engel Sirius kennen. Wir setzen uns im Haus der kosmischen Familie auf eine Bank.
Daraufhin habe ich direkt das Gefühl, dass ich nicht alleine dort sitze, ich spüre „Anwesenheit" rechts und links neben mir.
Von der Seminarleitung höre ich: „Ihr könnt Kontakt aufnehmen, ein Gespräch führen, euch die Hand geben und umarmen, alles was ihr wollt."
Mir ist das alles natürlich fremd, ich überlege auch, ob das alles sein kann, aber die Erfahrungen sind so eindeutig, so intensiv, ich weiß, dass jeder Zweifel unsinnig ist.
Warum soll ich nicht um eine Kontaktaufnahme bitten? Ich habe ja nie wirklich an eine „spürbare Existenz" der Engel geglaubt, nein, ich habe mir das nicht vorstellen können.
Nun frage ich also, wer und was sie sind.

Ihre Antwort ist: „Wir sind Engel." Dann frage ich nach Umarmung, worauf etwas Besonderes (eigentlich Unheimliches) geschieht:
Ich werde auf dem Stuhl sitzend von hinten umschlungen und habe das Gefühl tonnenschwer zu werden. Meine Arme fühlen sich an wie große Tonnen, es entwickelt sich ein pelziges und lähmendes Gefühl. Ich kann die Hände nicht mehr bewegen, sie sind wie verklebt. Trotz dieser „Fesselung" geht es mir wahnsinnig gut, ich spüre die Kraft dieses Engels, die „gute Macht", seinen Schutz, sein gutes Wesen – es ist wahnsinnig beeindruckend!
Nun will ich wissen, wer er ist und seit wann er bei mir ist. Er sagt mir, er sei bereits bei mir seit Anfang der Zeit, aber er sei nicht mein Schutzengel, das sei ein anderer.

Und dann wird die Meditation einfach beendet – es ist vorbei – schade. Ich bin jedoch zutiefst beeindruckt.
Dass Engel für mich erfahrbar sein könnten, hätte ich niemals erwartet – ich bin total „platt". Und ich bin total erschöpft und sprachlos.
Bei der Reflexionsrunde kann ich deshalb auch nur unvollständig meine Erlebnisse mitteilen („Ich habe zwei Engel – je einen rechts und links neben mir gehabt").
Später berichtet mir die Seminarleitung über „sein" Wesen:
„Ein riesiger kristallener Engel der hinter dir steht und dich von hinten umschlungen hat." Sie schildert mir detailliert das, was ich erlebt habe. Eine Bestätigung, die mich ebenfalls beeindruckt.
Die abschließende Lichtreise – Meditation ist dann noch eine Steigerung des vorher Erlebten.
Bei der Lichtreise über eine Wiese, einen Pfad, eine Treppe, mit Begleitung unserer geistigen Helfer in einen Kuppelbau zur Reinigung unserer Energiefelder werde ich durchgehend von meinem Engel begleitet, er schützt und unterstützt mich. Er spricht mit mir, beziehungsweise beantwortet meine Fragen und verrät mir seinen Namen: „Sirius".
Er gibt auf meine Fragen spontane Antworten, die so nicht von mir kommen können. Dies setzt sich in den kommenden Wochen fort. Er ist bei mir in dieser Meditation, er kleidet mich und setzt sich einfach über die Impulse des Seminarleiters bei der Meditation hinweg. Wir sollen eine Treppe steigen, er jedoch fliegt mit mir und all denen, die uns noch begleiten. Ein Wahnsinns- Erlebnis, nicht von dieser Welt – oder doch?

☙❧

Energiekurs III

Es folgen eine Theorieeinheit und eine neue Verteilung der Gruppen. Ich darf mit meiner Rückführungskollegin Hannelore die Chakrenreinigung üben und durchführen. Dabei liege ich zuerst auf der Couch.
Und obwohl ich nicht daran gedacht habe, besteht direkt wieder Kontakt mit Sirius. Ich spreche mit ihm und werde völlig überrascht, denn er ist nicht nur bei mir, er ist in mir, um mich herum, „er erfüllt mich".
Ein wahnsinniges Gefühl, es ist wie am Vortag, er ist so schwer, er drückt mich nieder, aber er fühlt sich wahnsinnig erhaben an. Es ist ein tolles Gefühl ihn an meiner Seite, beziehungsweise hinter mir, in mir zu haben.
Während dieses Erlebnisses kommt der Seminarleiter in den Übungsraum. Ich spüre, dass er es ist und dass er rechts neben mir steht. Er spürt und sieht, was vor sich geht, geht um mich herum und arbeitet wie Hannelore an mir, sicher auch um sie nicht zu verunsichern.
Auf die Frage: „Was geht hier vor sich?" kann ich vor lauter „Erfüllung" erst mit Verzögerung sagen „Ich bin erfüllt".
Später wartet der Seminarleiter auf meinen Bericht - er hatte die Situation anscheinend auch recht staunend betrachtet.
Das soeben Erlebte ist fast so genial wie die lila Flamme am zweiten Wochenende. Ich dachte, so etwas „so Göttliches" darf man nur im Paradies empfinden.

Die Übung mit Hannelore ist unabhängig von diesen Erfahrungen sehr gut.
Auch meine Aktivitäten funktionieren sehr gut: Ich kann besonders Hannelores Problembereiche (Erdung/ Wurzelchakra) sehr gut empfinden und ihre „Energiestörungen" sehr gut lösen. Sie fühlt sich danach deutlich besser.
Es ist definitiv so, wie die Seminarleitungen immer wieder sagen: „Ihr bekommt nur das, was ihr bewältigen könnt."
Ich hatte immer das Gefühl unterstützt zu werden, außerdem war Sirius bei mir, er ist ein guter Helfer.

Nach dem Energie – Wochenende ist es doch überraschend, dass es für mich einige „freiwillige Opfer" gibt, bei denen ich mein Erlerntes testen kann. So habe ich die Chance Farben fließen zu lassen (in der Familie), Energiebälle zu formen, Chakra zu fühlen und zu ziehen, Energiebälle bei Bauchkrämpfen und Rückenschmerzen einzusetzen und so weiter.

Bei verschiedensten Beschwerden wie Rückenschmerzen habe ich das Gefühl etwas ausrichten zu können, und ich lege los, ebenso bei den starken Bauchbeschwerden eines Familienmitglieds. In zwei von drei Fällen hat es recht positive Wirkungen, im dritten „Fall" bin ich geistig/seelisch nicht „auf der Höhe" und spüre, dass mir einfach die Konzentration fehlt.

Es ergeben sich weiterhin viele wertvolle Gespräche mit lieben Menschen, Kollegen, Freunden und in der Familie. Dass bei vielen eine so große Offenheit für spirituelle Themen besteht, ist realistisch betrachtet überraschend, doch überaus wohltuend. Wobei mir natürlich klar ist, dass sich dies zukünftig durchaus verändern kann.
Aber momentan ist es gut, so wie es ist.

Das Buch „*Gespräche mit Gott*" ist weiterhin für mich etwas ganz Besonderes. Ich spüre die geballte Wahrheit dieser Worte, ich habe das Gefühl an diesem Dialog beteiligt zu sein. Ich bin teilweise überwältigt von den Aussagen und dabei emotional tief berührt.

꙳

Ein weiteres Treffen mit meinen lieben Kolleginnen Carola und Charlotte findet zum Zweck des Austausches und Übens statt.
Zuerst berichten wir von den Erlebnissen der letzten beiden Wochen, es hat sich einiges ereignet, so dass wir uns irgendwann „zwingen müssen" zu arbeiten. Wir legen los, viel Zeit haben wir an diesem Tag nicht, deshalb geben wir Gas.

Wir klären kurz, wer denn heute mit welchem Thema „dran ist" und beschließen, dass Carola zuerst durch Charlotte zurückgeführt wird.
Das Haus der Reinkarnation wird zum Haus der Entscheidungen.
Carola landet in einem Gerichtssaal, wo sie als 25 jähriger „Martin" wegen Raubmordes angeklagt ist. Sie war nicht schuldig an diesem Mord, sie hatte lediglich mit einem Freund den Raub geplant. Der Mensch war durch einen Unfall zu Tode gekommen, der Freund hatte ihn verraten.
Martin hatte vor Gericht keine Chance und wurde zu zehn Jahren Kerker verurteilt. Seine Familie hat ihn in diesen langen Jahren verlassen, er muss anschließend als Köhler in den Wald und stirbt an Entkräftung.

Martins Lernaufträge waren Vertrauen und Entscheidungen treffen (diesen Auftrag hat Martin nicht geschafft und nimmt ihn mit in weitere Inkarnationen).

Dann bin ich an der Reihe.
Ich habe das Thema Beziehungen und gehe über das Haus der Beziehungen. Es geht praktisch wie von selbst ins 15. Jahrhundert. Ich lande als Franz nach meinem Gefühl im gleichen Dorf und Haus wie im jetzigen Leben und fühle mich doch irgendwie unwohl.
Ich bin verheiratet mit einer Frau aus dem Dorf, eine Glücksheirat war dies nicht.
Ich lebe in einer Zweckgemeinschaft mit viel Streit, wenig Liebe und ständigen Querelen. Unter den Häusern des Ortes scheint kein sonderlich gutes Verhältnis zu sein. Nach langer „Leidenszeit" entscheide ich mich, „diesem Schicksal ein Ende zu machen", ich verlasse meine Frau und gehe.
Ich bleibe im Ort und bin mit einer deutlich jüngeren Frau zusammen und werde mit ihr sehr glücklich. Es geht uns sehr gut, wir haben drei Kinder und scheinen eine harmonische Beziehung zu leben.
Im heutigen Leben ist diese Frau eine gute Bekannte, mit der mich immer etwas nicht genau Definierbares verbunden hat.
Auch bei mir scheint das Thema „Entscheidungen treffen" das Thema des Tages zu sein. Eine Beziehung als Zweckgemeinschaft zu führen war nicht Franz' Auftrag.

Insgesamt war dies keine wahnsinnig aufregende Rückführung, einige Parallelen zum Heute scheint es jedoch zu geben. Ob es bei diesen Entscheidungen oder Beziehungen jedoch nur um das Thema Partnerschaft geht, bezweifle ich, denn auf der Suche nach den gleichen Emotionen kommen mir eher die Beziehungen zu den Menschen im Beruf und der jetzigen Tätigkeit in den Sinn.
Ist es ein Hinweis etwas anders zu tun? Andere Lebensinhalte zu wählen? Dieser Hinweis kommt dann anschließend auch von Carola und Charlotte – die Zukunft wird es zeigen.

Gleichzeitig geschehen immer wieder erstaunliche Sachen:
Ein guter Freund namens Martin ist mir immer ein Stück voraus. Ich erzähle ihm von meinen Erfahrungen und er hat auf jedes Töpfchen ein Deckelchen. Als ich ihm von meinen Erfahrungen im letzten Leben erzähle, sagt er mir sofort, wer der Widersacher ist, er erzählt mir, dass er „Gespräche mit Gott" schon lange kennt und einiges mehr.
Ich bin froh einen solch „weisen Freund" zu haben.

Dann treffen wir auf einem Weihnachtsmarkt eine Frau, die uns unbedingt Steine verkaufen will. Zuerst versuche ich sie abzuwimmeln, doch dann kommen wir langsam ins Gespräch.
Nachdem wir der Ruhe halber Steine mit Inschriften gekauft haben, weist sie mich auf die Wichtigkeit hin meinen Weg weiterzugehen.
Zum Abschluss weist sie auf die kommende neue Zeit hin – die mit dem Jahr 2012 beginnen soll (das habe ich doch schon öfter gehört!?).

Eine Kollegin teilt mir einiges über meinen Engel mit, dass Sirius auch Metratron sei, ein mächtiger (Erz-) Engel, den es seit Anbeginn der Zeit gibt.

Meinen Kindern schreibe ich zu Weihnachten einen Brief zu den wichtigen Ereignissen der letzten Wochen und Monate. Es ist mir wichtig ihnen einen Impuls zu geben, bewusster mit ihrem Leben umzugehen, selbst auf die Suche zu gehen und zu spüren, was Wahrheit ist.
Außerdem bekommen alle „Gespräche mit Gott", da dieses Buch Spuren in meinem Leben hinterlässt. Ich hoffe, es wird auch im Leben meiner Kinder Spuren hinterlassen.

Die Weihnachtsmette wird auch zu einem „neuen Erlebnis". Niemals vorher war ich so gerührt von einem Gottesdienst. Ich habe (gut, dass es keiner bemerkt hat) etliche Tränen der Rührung vergossen. Die Menschwerdung Gottes war mir „nah wie nie".
Ein bewegender Gottesdienst.

Ein guter Bekannter möchte mir seine zutiefst depressive (unglückliche) Freundin schicken und ich weiß, dass ich ihr helfen könnte. Aber das wird noch etwas dauern.

Wir haben nach Weihnachten Besuch meines lieben Freundes Martin und seiner Frau und eines weiteren befreundeten Paares (liebe Kollegin mit Mann). Mit Martin und der lieben Kollegin kommt ein sehr intensives Gespräch über Reinkarnation, die Zeit, Dimensionen, Engel und über einiges mehr zustande.
Es ist wirklich spannend wie sich das Gespräch entwickelt. Nur einmal fehlt mir die spontane Antwort, die dann aber natürlich von Martin kommt. Ansonsten kann ich es kaum glauben, es fehlt mir nie die Antwort, so komplex und subtil die Fragen und Themen auch sind.

Viele Gespräche (alle wirklich wichtigen) verlaufen immer intensiver und mir fehlt es nie an einer Antwort – das ist schon erstaunlich. Außerdem werden manche Beziehungen tiefer, andere schwinden langsam – auch das ist so in Ordnung.

Ich darf mehrfach mit meiner jüngsten Tochter intensiv über *„Gespräche mit Gott"* diskutieren. Sie ist so intensiv mit der Thematik beschäftigt, dass ich doch sehr über ihre Weisheit überrascht bin. Ich glaube, sie ist dabei noch recht nüchtern, steigert sich nicht auf ungute Weise hinein. Sie hat ebenso an der „Wahrheit der Lehre" gezweifelt und findet hier nun Bestätigung. Ich dränge sie dabei grundsätzlich nie in diese Themen hinein, im Gegenteil, sie lauert auf Gelegenheiten mich zu löchern.
Es macht Freude solch intensive Diskussionen zu haben. Viele Gespräche verlaufen teilweise so überraschend, dass Fragen und Antworten nicht wirklich unserem bisherigen Dasein entsprechen. Habe ich mich/ haben wir uns bereits so sehr verändert?

Dass ich mit meiner Frau jemals ein tiefer gehendes Gespräch (über spirituelle oder religiöse Themen) haben würde, hätte ich vor wenigen Wochen überhaupt nicht für möglich gehalten. Nun sieht auch das ganz anders aus. Wir sprechen mehr über Gott als über die Welt. Ich glaube, sie ist auch infiziert.

Einen ähnlich intensiven Austausch darf ich dann mit meiner lieben Schwester haben. Die bereits beschriebene Nähe zu ihr erfährt eine Weiterentwicklung. Am Neujahrsmorgen hocken wir bis vier Uhr zusammen und tauschen uns aus. Irgendwie erwarte ich dabei, dass sie mich dazu aufruft auf dem Boden zu bleiben. Ich erzähle ihr von den Engelbegegnungen, der „Energieanwendung" (nur verhalten vorsichtig). Meine Erwartung ausgebremst zu werden bestätigt sich dabei nicht, im

Gegenteil, sie schafft es eher, mir (unbewusst) das ein oder andere genauer zu deuten.

Im täglichen Leben betrachte ich vieles anders, die Realität ist nicht so, wie ich sie vorher wahrgenommen habe. Ich nehme die Umwelt anders wahr, ich spüre…
Und ich bin dankbar (war ich früher auch – jetzt aber irgendwie anders) für Gottes Schöpfung und das, was mir jeder Tag bringt.

Ich habe in der Vergangenheit immer die Kirchenzeitungen gelesen. Nun schaue ich mir die gesammelten Ausgaben der letzten Wochen an und empfinde dabei nur Unverständnis.
Die Amtskirche und alles, was dazugehört, hat Jesus bis heute ebenso wenig verstanden wie die Juden des Altertums die Propheten. Auch die Meister unserer Zeit werden vom „Klerus" nicht verstanden.
Ist das ein Problem für mich? Nein, nicht nur *„Gespräche mit Gott",* sondern auch Sirius verneinen dies sehr eindeutig. Jeder wird von Gott, von seiner Seele und von vielen weiteren Impulsen angesprochen.
Ich habe Menschen nicht gegen ihren Willen zu missionieren und das akzeptiere ich so.

Ach übrigens, ich glaube, dass dieser „Stoff" Grundstock für ein Buch sein soll („Was meinst du, warum du das schreibst?"). Kommt Zeit, kommt Gewissheit.

৵৽

Dann folgten zum Jahreswechsel noch zwei Rückführungen:

Die erste mit meiner Frau Resi, die zum ersten Mal den Mut fasst sich „in meine Hände zu begeben".
Das ist schon ein besonderer Vertrauensbeweis, denn hierzu gehören nicht nur Mut und Überwindung, sondern auch Vertrauen in den Anwender, vor allem wenn man sich so nahe steht.
Wir machen uns auf die Suche nach einigen belastenden Beschwerden. Wir gelangen dabei recht problemlos in die Kindheit, in die Geburt, die Schwangerschaft und finden sehr positive Ereignisse wie auch sehr ungute Erfahrungen. Einige Ereignisse waren meiner Frau dabei überhaupt nicht bekannt.

Die Geborgenheit in der Schwangerschaft erlebt sie als sehr positiv, den ersten Herzschlag als rauschende Welle.

Sie empfindet den Sturz der Mutter in der Schwangerschaft und dass dieser Sturz auf einer ihr bis dahin fremden Treppe passiert (es stellt sich im Gespräch mit der Mutter heraus, dass die Eltern erst fünf Monate danach in ein neues Haus umziehen). Dass durch den Sturz die Geburt eingeleitet wird, war ihr nicht bekannt, sie ist deshalb auch etwas verunsichert in dieser Situation.

Die Mutter sagt in der Situation nach dem Sturz: „O Gott, noch nicht." Das Kind spürt, dass die Mutter Schmerzen und „Ziehen" hat. Sie gerät jetzt leicht in Panik, denn sie hat noch nicht alles für die Geburt ihres siebten Kindes vorbereitet.

Resi erkennt alles wie in einem Kinofilm, das ihr eher unbekannte Haus, die Reaktion des Vaters und vieles mehr.

Dann fühlt sie die kalten Hände der Hebamme auf dem Bauch der Mutter, die Hände des Arztes, der bei der sehr komplizierten Geburt das Kind mit „Gewalt" dreht. Das darauf folgende Morphin spürt sie mit heftigem Schwindel und Übelkeit (kennt sie auch heute).

Schmerzen am Kopf über der Nase und diese anhaltende Übelkeit ärgern doch sehr und machen auch in der Rückführung Probleme. Sie verschwinden aber sofort nach dem Weitergehen in der Zeit. Danach empfindet sie den ersten Kontakt mit der Mutter als sehr angenehm. Auch das positive Gefühl der Mutter empfindet sie als sehr beglückend.

Der Vater schaukelt sie so sehr hin und her, dass es ihr wieder übel wird. Sie erlebt einen Spaziergang im Kinderwagen, an der Hand der Eltern und Geschwister und mit „Engelchen flieg". Dabei erkennt sie den Spazierweg ebenso wie den holprigen Feldweg. Das Aussehen des Kinderwagens sowie des Kleidchens, das sie trägt, kann detailliert beschrieben werden.

Die Gefühle der Eltern kann sie genau wahrnehmen und beschreiben, „die Zwei haben Spaß".

In der Kindheit wird von einem Sturz mit einem Roller mit anschließenden heftigen Schmerzen am Po berichtet. Auch ein Sturz am Laufställchen mit ebenfalls lädiertem Po wird beschrieben. Vergleichbare Beschwerden sind heute ebenfalls vorhanden.

Sie geht anschließend ins lila Feuer der Auflösung und ist doch sichtlich (positiv) überrascht von der Wirkung der Flamme und von allem, was sie erlebt hat.

In der nachfolgenden Befragung ihrer Mutter gibt es einige bestätigende Überraschungen. Die Mutter ist sichtlich beeindruckt von dem, was ihre Tochter weiß, aber eigentlich nicht wissen kann.

⁂

Ja, und dann kommt es doch tatsächlich zu meiner Überraschung zur Rückführung der Freundin meines Bekannten.
Die Ärmste leidet sehr unter einer tiefen Traurigkeit/ Depression, ist sehr in sich gekehrt und scheint auch (ansatzweise) gefährdet.
Meinen Hinweis sich professionelle Hilfe bei einem Psychologen zu holen lehnt sie kategorisch ab. Zwingen kann man sie nicht.
Ich habe ein ausführliches Vorgespräch mit ihr und nach ein paar Tagen kommt sie zum vereinbarten Termin.
Vom ersten Moment an fühle ich mich absolut sicher (obwohl ich weiß, dass es sehr schwer werden kann). Schwereübung und Meditation fließen wie geölt, ich ergänze einiges intuitiv.
Der Einstieg in die Kindheit gelingt ohne Probleme. Wir brauchen etwas Zeit, die ich uns lasse, sie sieht nicht, aber dafür fühlt sie umso intensiver.
Und – was ich noch nicht erwartet hätte – ich fühle ebenso intensiv mit. Erlebnisse in der Kindheit, während der Geburt und Schwangerschaft spüre ich sehr intensiv, ich kann deshalb Fragen stellen, auf die ich so nicht gekommen wäre.
Sie empfindet sicher viele unerwartete positive Emotionen und Erfahrungen. Diese positiven Gefühle werden bei ihr Spuren hinterlassen.
Alle negativen Informationen und Gefühle nehmen wir mit ins lila Feuer.
Ich denke, das war ein richtig guter Start für sie (aber auch für mich).
Ich bin mindestens so beeindruckt wie sie. Wir haben ein kurzes Abschlussgespräch mit dem Hinweis, dass sie mich jederzeit anrufen kann und dass sie bestimmt, ob und wann eine weitere Sitzung folgt.

⁂

Wir, meine Frau und ich, besuchen am Wochenende ein bekanntes Ehepaar. Beide sind sehr gläubig, doch er scheint nicht so recht zu wissen, wo er hingehört, er spricht auch nicht über Privates, Persönliches, Emotionales ist ihm fremd.

Er ertränkt vieles im Alkohol und flüchtet vor der Nähe seiner Familie und drückt sich vor jeder Verantwortung. Seine Frau ist sehr konservativ katholisch und in dieser Religiosität auch etwas zwanghaft. Außerdem kämpft sie mit Ängsten.
Sie weiß, dass ich die Rückführungs- Ausbildung mache. Sie ist sehr interessiert, aber doch etwas ängstlich.
Dennoch wird es ein interessanter Abend. Meine Frau erzählt von den Erlebnissen bei der Rückführung und er ist, was ich nie gedacht hätte, total offen für die ganze Thematik, er interessiert sich sehr und hinterfragt vieles von Sinn und Ursache und so weiter.
Sie ist etwas skeptisch, wird aber immer offener. Ihre komplizierte Denkweise und das Zitieren von immer neuen Textstellen von Büchern erzkonservativer Theologen hemmen sie und verursachen eher Ängste, als dass sie befreiend wären.
Am überraschendsten ist dann, dass sie miteinander sprechen und diskutieren, ja, im Guten streiten. Wir reden sicherlich nicht zum letzten Mal.

Mit einer Kollegin diskutiere ich per E-Mail. Sie ist sehr verunsichert, ihr fehlt - aus welchen Gründen auch immer - jegliches Vertrauen und sie hat gleichzeitig große Probleme Entscheidungen zu treffen. Dafür, dass sie „wissend" ist, fehlt es noch am echten Faden. Sie nimmt einfach zu viele Eindrücke gleichzeitig auf, weiß sie aber nicht richtig zuzuordnen. Aber das kommt. Da bin ich mir sicher.
Sie hat mir zwei Engelbücher geschickt, die ich ein paar Tage liegen lasse, bevor ich sie mir zur Hand nehme. Sirius (hier eindeutig auch als Metatron bezeichnet) ist hier erwähnt. Eigenschaften, Aufgaben, und vieles mehr sind hier beschrieben. Vieles trifft überraschend genau zu. Das Gefühl und die Emotionen, die ihn begleiten, sein warmes dunkles Licht und so weiter.
Insgesamt verursachen die Bücher jedoch etwas Unbehagen, ich erhalte die deutliche Aufforderung: „Leg sie weg, sie entsprechen nicht der vollen Wahrheit, sie verunsichern und halten vom Wesentlichen ab." Ziemlich eindeutig, diese Ansprache. Ein weiteres Engelbuch wird als harmlos bezeichnet.
Nun gut, da die Bücher ja nun nicht wirklich wichtig für mich sind, ist das in Ordnung.

Carola fragt mich, wer und was denn unsere „Bonner Runde" sei: „frag doch mal deinen Begleiter".
Das tue ich!
„Ihr (sechs von euch) gehört zu einer Art Seelenfamilie, zwei nicht, aber auch sie haben zumindest damit zu tun. Eure Seminarleiter sind etwas Besonderes. Dass ihr so zusammen seid, habt ihr vereinbart und es soll euch und eure Seelen weiterentwickeln. Es wird euch als Gruppe, als Einzelne, aber auch viele um euch herum weit voranbringen." So die Antwort.

Mit meiner Frau und meiner Tochter mache ich die für mich so einschneidende Meditation „Lichtreise". Ich empfinde diesmal nicht dieselbe intensive Tiefe, dennoch ist es sehr angenehm. Meine Tochter schildert auch eine sehr angenehme Meditation, hat aber keine spürbare Begegnung. Meine Frau ist jedoch „unterwegs" und das nicht alleine. Sie hat Kontakt mit einem Engel, ist im Reinigungsbrunnen und zwar intensiv. Sie versäumt jedoch Fragen zu stellen, so dass sie nicht weiß, wie der / die Engel heißen, wer er/ sie sind.

❧

Die Freundin meines Bekannten kommt zur zweiten Sitzung. Und es geht ähnlich gut wie beim ersten Mal.
Schwere, Meditation, Rückführung, es geht alles behutsam und gut.
Die tiefe Traurigkeit taucht wieder in mehreren Situationen auf, die Verbindungen zum Jetzt sind deutlich, vor allem am Grab, beim Tod von Menschen und im Streit mit ihrem Vater.
Die Themen kommen klar und deutlich, jedoch ist ein tieferes Einsteigen und Klären schwer. Auch der Weg in die Zwischenebene geht relativ gut, eine Erkenntnis bringt es nicht wirklich. Sie nimmt ein gutes und behütendes Gefühl wahr, kann aber niemanden fühlen und erkennen. Auf die Frage nach der Lernaufgabe antwortet sie: „Leben". Nun gut, das würde passen, aber es bringt noch keine große Erkenntnis.

❧

༄ Kapitel VII ༄

Seelenfamilie, Familienthemen, Energieverbindungen

Das fünfte Seminar
Auf dem Weg zum nächsten Seminar kann ich feststellen: Ich bin doch mittlerweile sehr entspannt.
Ich kann ohne Einschränkung sagen: Ja, es geht mir gut. Natürlich gibt es auch noch „Störungen", aber mein Wohlbefinden hat sich drastisch zum Positiven verändert.
Ein wenig gespannt bin ich auf das Seminarthema Familie, ohne zu wissen, was auf mich zukommt.

Auf dem Fußweg vom Parkplatz zum Seminarort spreche ich vertraut mit meinem Engel. Die Gewissheit, dass er mich begleitet, wird mit einem deutlichen „Das weißt du doch" bestätigt.

Ja, und dann geht's wieder los. Das Begrüßen in der schon gewohnten Vertrautheit. „Ach, ich hab' euch doch alle sehr vermisst."

Die Reflexion über die Ereignisse der letzten vier Wochen wird zeitlich immer umfangreicher. Die Art und Weise, wie diese Ereignisse vorgetragen werden, und die Ereignisse an sich, zeigen die Entwicklung dieser Gruppe. Wir wachsen aneinander und miteinander und ich bin mir sicher, der da oben will das ganz genau so, wie es geschieht. Außerdem steckt ja in jedem Menschen ein Stück Göttlichkeit und somit auch in jedem von uns acht.
Bei allen positiven Entwicklungen, Ereignissen und Verbesserungen kann natürlich nicht verheimlicht werden, dass es auch weniger schöne Begebenheiten gibt. Alles wird besprochen, diskutiert und gemeinsam erörtert. Jedem, der Hilfestellungen benötigt, werden diese durch die Seminarleitungen, aber auch durch die Mitstreiter gegeben.
Negative Erfahrungen und Einflüsse drücken und beeinflussen den ein oder anderen. Oft hängt dies mit dem Thema des folgenden Seminars zusammen. Manchmal ist es so, als wolle man einzelne von der Teilnahme am Seminar abhalten. Auch ich soll das noch erleben.

༄

Nun geht es zur Einführung „Familie".
Es folgen viele Hinweise und Theorien.
Zentrale Bedeutung hat unter anderem der Hinweis, dass die Seelenfamilie nicht unbedingt etwas mit unserer heutigen, tatsächlichen Familie zu tun hat.
Was mir nach den vorherigen Seminaren bereits klar war: Es gibt keine Zufälle. Alles suchen wir uns aus, wir verabreden uns für gemeinsame Aufträge, Bindungen, Freundschaften und vieles weitere. Viele weitere Informationen folgen noch, das wird sicher spannend.

Wir gehen in das Haus der Familie. Dieses hat bei mir sieben Türen:
1. mein Vater mit fünf Türen und damit fünf gemeinsamen Leben
2. meine Mutter mit 15 Türen
3. meine Tochter Eva mit drei Türen
4. mein Sohn mit 17 Türen
5. meine Tochter Sarah mit einer Tür
6. meine Schwester mit 30 Türen
7. und eine Bekannte mit fünf Türen

Ich gehe heute in die vierte Türe, wen wundert's?

Nun bin ich doch schon wieder in einer Burg.
Ich glaube, es ist die gleiche Situation wie in „meinem letzten Leben".
Ich spüre nach anfänglichem „Heranspüren", dass ich (Klaus) im 14. Jahrhundert der Herrscher über ein größeres Gebiet bin. Ich bin reitend auf dem Weg nach Hause, zu der Burg, wo ich wohl eine Familie habe. Es geht mir gut dabei.
In der nächsten Situation erlebe ich dann, dass ich von vier bis fünf Männern überwältigt werde. Sie misshandeln, beschimpfen und verachten mich.
Alles engt mich ein, ich fühle mich hilflos, es zieht mich an Händen und Füßen wie in einem Sog nach unten (emotional).
Dieses Gefühl kenne ich auch im heutigen Leben, zwar wesentlich weniger intensiv als im damaligen Leben, aber doch mit deutlichen Parallelen. Im Job, aber auch in den nicht seltenen verbalen Auseinandersetzungen mit meinem Sohn ist mir das alles recht bekannt.
Die mir bekannten (sowohl im damaligen Leben wie auch im heutigen), aber nicht freundlich gesinnten Männer sind gut gekleidet, ich erkenne dunkle Kleidung, dunkle Hüte mit etwas wie Federn am hinteren Zipfel.

Einer der vier Männer, scheinbar der Anführer, ist mir bekannt, es ist mein Bruder (im heutigen Leben mein Sohn), der mir die Macht entreißen will. Er konnte es nicht ertragen, dass ich mehr zu sagen habe (oder gibt es da noch andere Gründe?).
Nun bin ich gefesselt und befinde mich in der Folterkammer, ich weiß wohl zu viel über sie. Die Folterkammer ist hell und groß. Sie foltern mich auf einer Streckbank.
Mein rechtes Knie schmerzt stark, sie haben es in ein Gerät, das ausschaut wie ein Schraubstock eingespannt (auch im heutigen Leben ist mein Knie eine Schwachstelle). Die linke Körperseite wird in der Streckbank gezogen, ich werde ganz schön lang gemacht.
In meiner Brust habe ich ein tiefes Gefühl der Angst, aber auch der Wut – „Die machen mich platt." Es ist, als lägen sie zu viert auf mir.
Die Angst ist danach schnell verschwunden. Ich weiß, dass ich keine Chance habe, diese Verbrecher tun mir eigentlich leid, dennoch empfinde ich Hass für sie.
Ich habe Angst um meine Familie, was wird aus ihr?
Dann bringen sie mich um, ich fühle, wie sie das Leben aus mir herausdrücken (ich werde regelrecht zerquetscht), ein wahrlich bedrückendes Gefühl.
Aber der folgende Todesmoment ist eine Erlösung, es geht mir gut. Wenn es die gleiche Situation ist, wie in der anderen Sitzung (was eigentlich völlig egal ist, geht es doch um die Erfahrungen), ist dieses Gefühl, dass ich damals als sichere Flucht interpretierte, aber nicht deutlich erkennen konnte, der Tod gewesen.

Danach geht's auf die Zwischenebene. Hier habe ich ein gutes, geborgenes Gefühl.
Die Lernaufgaben:
- mit Macht umgehen lernen (habe ich gelernt)
- dienen lernen (habe ich gelernt)
- mich behaupten lernen (habe ich nicht geschafft)

Und dann folgt ohne Pause eine weitere Rückführung, da das Thema mit der Person (Türe) ja abgearbeitet werden soll.
Ich spüre, dass ich schon wieder in einer sehr bedrohlichen Situation bin.
Ich habe schwere Stiefel an den Füßen, wir schreiben das Jahr 1914.
Ich irre als Franzose durch einen Schützengraben und bin panisch vor Angst und Wut!

Mein Name ist Peter und ich bin mit etlichen (80 bis 100) Kameraden in diesem Graben, in dem es ziemlich wild zugeht. Ich spüre das Chaos, es ist wie die Hölle auf Erden.
Ich nehme wahr, wie unser machtgieriger Kommandant uns mit aller Gewalt aus dem Schützengraben in den nächsten Angriff, den sicheren Tod schicken will.
Ich denke: Der ist doch verrückt, man müsste ihn erwürgen, diesen Schwachkopf. Dabei empfinde ich hilflose Wut.
Ich ergebe mich jedoch ebenso wie die anderen dieser Macht (dem bereits bekannten „Machthaber", mein heutiger Sohn) und verlasse den schützenden Graben.
Gelähmt vor Angst sehe ich mich - die Hände schützend über den Kopf ziehend - auf dem Schlachtfeld liegen. Es gibt kein Entrinnen.
Bei der Frage, ob ich im heutigen Leben dazu Parallelen kenne, weiß ich sofort: Diese Gefühle kenne ich abgeschwächt aus dem heutigen Leben bei den Fehlleistungen von Führungskräften.
Im Nachhinein erinnere ich mich, dass ich diese Panik, diese Angst, die mich wie angewurzelt stehen lässt, früher in vielen Träumen hatte, weglaufen und fliehen wollen, aber nicht können.

Meine Seele verlässt den Körper – Sterben ist doch ganz einfach und hat nichts Schweres.

Danach geht es auf die Zwischenebene. Hier habe ich wieder ein unheimlich gutes und geborgenes Gefühl. Es ist wie zuhause sein.

Die Lernaufgaben aus dem Leben von Peter, dem jungen Soldaten:
• mit Macht umzugehen und zu ertragen
• Vertrauen zu lernen
Ich glaube beides nicht gelöst zu haben.

Abschließend geht es in die lila Flamme, denn es gibt viel aufzulösen, insbesondere alles Negative, was mit dem Thema Macht zu tun hat. Und ich kann im Nachhinein sagen: Von diesem Seminar an habe ich kein Problem mehr mit dem Thema Macht. Die Widersacher auf der Burg sind mir ja auch heute alle aus meinem näheren Umfeld bekannt. Ich hatte bei allen immer ein unterschwellig vorhandenes „Vorsichtsgefühl". Das „Pass auf, die sind gefährlich" war tief in meinem Informationsspeicher eingebrannt. Nun scheint es gelöscht. Der Umgang mit diesen Personen ist nun frei und ohne negative Einflüsse.

Die lila Flamme ist zwar nicht mehr das Wahnssinnserlebnis der ersten Seminare, aber immer noch ein schönes, reinigendes, lösendes und entspannendes, ein wieder sehr wohltuendes Erlebnis.

ᓚᘏᗢ

Nach dem Zusammentragen und Reflektieren der Erfahrungen werden die Gruppen neu gemischt. Ausnahmsweise sind wir zu dritt, da sich eine Kollegin abmelden musste.
Nun folgt das Thema „Familie", Carola und Thekla begleiten mich:
Fünf Türen sehe ich im Haus der Familie:
- Glaube
- Hoffnung
- Liebe
- Macht
- Zuversicht

Welche Türe soll ich wählen? Eigentlich ist klar: Glaube würde mich interessieren, nach etwas Bedenkzeit weiß ich jedoch, dass ich zur Macht muss.
Der Einstieg in die Sitzungen geht mittlerweile immer schneller. Ich fühle mich in der Situation recht gut.
Ich erkenne mich als etwa 70 jährigen Mann.
Ich spüre schnell, dass es sich um kein schönes Erlebnis handelt. Ich erkenne, dass ich auf dem Totenbett mit nur einem Hemd bekleidet liege.
Ich heiße Peter und erkenne um mich herum meine Familie:
- meine Schwester (meine heutige Mutter)
- meine Frau (heute Tochter Eva)
- meine Tochter (heute Schwester)
- meinen Bruder (heute Sohn Tobias)
- und den Pastor – der auch heute unser Pastor ist.

Die „Frauen" trauern, was es mir nicht leicht macht zu gehen. Besonders deshalb nicht, weil mein Bruder nur darauf wartet, dass ich ablebe. Er kann dann alles übernehmen, ich glaube er hat schon länger darauf gewartet.

Mit dem Pastor hatte ich ein Problem im heutigen Leben: Ich hörte ihn in unserer kleinen Kapelle immer mit einem Echo – einer „Zweiten Stimme". Im ersten Gottesdienst nach diesem Seminar ist das weg. Und die Konversation ist irgendwie anders, freier geworden. Wir sind zwar keine Freunde, aber ich kann die Situationen akzeptieren, wie sie sind.

Dann geht's auf die Zwischenebene:
Thema gelöst? Ja, meine geistigen Helfer teilen mit, das Thema Macht könne gelöscht werden, denn ich hätte es nun endlich gelöst.
Für meinen Sohn sei es noch nicht gelöst, denn es sei ja auch sein Thema. Ich soll ihm dabei helfen. Er muss noch Erkenntnisse sammeln, auch deshalb bin ich sein Vater.

Und nun darf ich zum ersten Mal zur Akasha- Chronik. Es wurde uns in der Theorie darüber berichtet, doch vorstellen konnte ich mir mal wieder nichts darunter.
Dort angekommen, nehme ich ein Wesen wahr.
In einem strahlend hellen Areal erkenne ich ein nicht genau definierbares Gebäude. Davor steht ein zweifellos sehr weises Wesen mit weißen Haaren und einem langem weißen Bart (erinnert mich etwas an den Zauberer bei Asterix).
Und klar ist sofort, danach brauche ich nicht zu fragen, ich weiß es: Er ist der Hüter meines Buches, meiner Lebensgeschichte.
Ich frage ihn also, ob das Thema Macht aus dem Buch gelöscht werden könne. Er ist da nicht so begeistert, doch dann reißt er „widerwillig" die Seite mit Schwung aus der Chronik heraus, so als wolle er sagen: „Nun ja, du hast das Thema ja lange genug – du hast es nicht zur vollen Zufriedenheit gelöst, aber nun ist es endlich gut." Die Situation dauert einige Minuten, Minuten, in denen ich die „Erhabenheit" dieses Wesens spüre. Er will nur Gutes für mich, dennoch erlebe ich ihn heute nicht so besonders willig. Ich verabschiede mich und bedanke mich bei ihm, da er das Thema Macht als erledigt entfernt hat.

☙❧

Das nächste Thema ist „Verbindungen lösen". Ich kenne dieses Thema schon aus dem Energieseminar. Deshalb ist es mir nicht ganz fremd. Dennoch ist mir die Theorie am Vormittag wieder einmal eher fremd.

Wie soll man Verbindungen zu realen Personen aufgebaut haben und wie soll man sie lösen? Aber wie immer bin ich offen und lasse mich überraschen,
Doch nun folgt die Frage „Wen oder was wähle ich? Mit wem soll ich Verbindungen haben, bei denen es lohnen würde sie zu lösen?"
Die Seminarleitung schlägt uns Themen beziehungsweise Personen vor. Bei mir ist es mein Sohn – und das könnte gut und sinnvoll sein.

Und nun ist diese Sitzung auch noch meine Übungssitzung als Anschauungs- und Übungsobjekt.
Ich bin überraschenderweise nur leicht aufgeregt – also nehme ich Platz auf der Couch. Ich nehme nun plötzlich eine deutliche Unruhe wahr, die nicht bei mir ist, sondern bei dem, von dem ich gelöst werden soll (das ist mir sofort klar).

Die Seminarleitung führt mich auf übliche Weise in die Sitzung und ruft dann das höhere Selbst von meinem Sohn hinzu. Wir nehmen beide gegenüber sitzend auf der Wiese Platz.

Ich nehme wahr, dass ich etliche Verbindungen in Form von vielen Schnüren, Seilen, Fäden, Drahtseilen, Stricken und Tauen habe.
Von meiner Brust gehen Taue in Form einer „Würfelfünf" zu ihm. Aus meinem Auge ein dünner Faden, aus meinem Ohr eine Schnur, von meinen Fesseln Stricke, ein Drahtseil aus dem Bauchnabel und so weiter. Diese Verbindungen sind in diesem Moment so real, dass sie beinahe greifbar sind. In einer handwerklich anstrengenden Arbeit entfernt die Seminarleitung alle unsere Verbindungen.
Ich nehme nicht nur die Verbindungen wahr, sondern auch deren Trennung und Entfernung, ich spüre Erleichterung, nein, es ist eine Befreiung.
Ich bin nun etwas geschafft. Die Seminarleitung hatte zwar die Arbeit, aber auch für mich war es richtig anstrengend.

Nach der Sitzung geht's mir gut, ich fühle mich befreit. Schnüre und Ballast sind entfernt.
Werde ich nach all diesen „Lösungen" weitere Veränderungen in unserem Zusammensein entdecken und wahrnehmen können? Ist die Aussage: „Verändere dich und damit verändern sich auch die anderen" hier wirklich treffend?

Im Nachhinein kann ich sagen: Ja, so ist es. Ich sollte meinem Sohn noch weitere Male in den Rückführungen begegnen. Aber nach diesem Seminar waren viele Verstrickungen (kommt daher dieser Ausdruck?) und ungute Energien gelöst.
Die Beziehung hat sich „schlagartig" verändert. Und das ist richtig gut. Alleine dafür hat sich diese Ausbildung gelohnt.
Ich bin sehr, sehr dankbar dafür.

Was erlebten wir noch in diesem Seminar?
- Viele tolle Gespräche in den Pausen; es geht immer mehr in die Tiefe. Fragen nach dem Warum werden ersetzt durch Wie und Was kommt noch alles? Was spielen wir dabei für eine Rolle? Werden wir dem gerecht? Interessante Buchtitel, Erfahrungen, Außerirdische, weitere Seminare sind auch Inhalte unserer Gespräche.
- Eine Kollegin kam am Samstag wie ein Häufchen Elend an und ging mit Freude, Power und Elan nach Hause. Nun konnte ihr Urlaub nach Britannien mit besseren Vorzeichen beginnen.
- Viele unterschiedliche Erfahrungen mit dem Hüter der Akasha-Chronik wie: „noch zu früh zum Löschen, Löschen mit Bewährung", bis hin zum Wegstreichen der Schrift mit seiner Hand und Herausreißen der Seite waren beeindruckend.
- Sehr unterschiedliche Lösung der Verbindungen. Bei einigen ging das recht problemlos, die Schnüre wurden einfach durchtrennt. Ich durfte beteiligt sein am regelrechten Großauftrag die Verbindungen mit einer Person zu lösen. Hier waren regelrechte OPs notwendig. Er hatte sich so fest in sein „Opfer" gebohrt, dass es wahnsinnig aufwendig war, seine glibberigen Schnüre herauszubekommen. Dabei spürte man seinen Unwillen diese Verbindungen aufzugeben, ich sah ihn förmlich sich ärgernd hinter seinem Opfer stehen und darauf hinweisend: „Ich krieg dich ja doch wieder."
- Eine Kollegin landete bei ihrem Familienthema beim Tod auf einem großen Gräberfeld. Sie war mit vielen Ärzten, Heilern und Magiern schuld am Tod dieser Seelen. Nach einem längeren „Weg" konnte sie um Vergebung bitten und erlebte den Aufstieg dieser Seelen mit deren Vergebung. Sie spürte, wie jede Seele ein Fragment (der Vergebung) an sie abgab, was große Erleichterung bei ihr bewirkte. Da ich bei dieser Sitzung anwesend war, konnte ich einige dieser tiefen Emotionen beeindruckt mitempfinden.

- Eine andere Kollegin hatte im Familienthema eine Begegnung mit Machtauseinandersetzungen im Mittelalter. Sie bekriegt als sich Graf mit einem weiteren Grafen auf Kosten der Not leidenden Bevölkerung ohne jegliche Chance als Gewinner die „Arena" verlassen zu können. Sie erkennt als gegnerischer Graf eine heutige Vorgesetzte, mit der sie ein deutliches Missverhältnis hat. Vom Verlauf her scheint es wahrscheinlich, dass das Thema gelöst sein wird.
- Die nächste Kollegin sieht sich als junges Mädel mit einem gewalttätigen Mann in einer Hütte zusammen. An ihn wurde sie aus Not von ihren Eltern abgegeben. Sie hat später ein Kind von ihm und leidet sehr unter ihm. Irgendwann traut sie sich trotz Verbot das Gelände zu verlassen, auf den Jahrmarkt, wo sie einen jungen Mann kennen lernt, mit dem sie ein neues Leben beginnt. Sie lässt ihr Kind alleine bei ihrem Mann. Mit dem neuen Partner hat sie auch Kinder, leidet jedoch sehr darunter, dass sie ihr Kind im Stich gelassen hat. Auch im jetzigen Leben begleitet dieses Gefühl ihre Entscheidungen und ihr Leben (wenn ich das und das tue, verrate ich dann nicht meine Familie? und weitere ähnliche Fragen), bisher hat sie dafür keine verständlichen Gründe gefunden – hier liegen sie offensichtlich auf der Hand.
- Eine weitere Kollegin sieht sich mit sehr schwierigen Eltern und einem missbrauchenden Vater zusammen. Sie hat Angst und lebt in dieser Angst, bis sie zu einem wohlhabenden Mann kommt. Sie ist zufrieden, da sie zumindest jetzt Wohlstand erfährt. Doch auch bei ihm ist sie nicht sicher. Sie sieht ihren Vater mit diesem Mann zusammen verhandeln. Bei diesem Handel soll sie an einen Dritten für ein Geschäft „verdingt" werden. Sie lehnt dies kategorisch ab, spürt dabei heftigste Herzschmerzen und geht daran zu Grunde.

Alle haben in diesen Familienthemen sich selbst, die eigenen Themen, damals und heute beteiligte Personen, Problembehaftungen und vieles mehr gefunden.

Die Abfrage in der Zwischenebene zeigt das Verstehen und Nichtverstehen dieser Themen im entsprechenden Leben, das Erfüllen und Nichterfüllen der Lernaufträge sowie die Bedeutung für das heutige Leben.

Alle haben von den Erfahrungen in den Familienthemen profitiert.

Aber es waren auch für alle sehr anstrengende und aufregende Sitzungen.

Die abschließende Reflexion zeigt überraschte und doch glückliche Seminarteilnehmer. Dass nahe stehende Personen und Familienmitglieder „mit gutem Grund" gemeinsam mit uns unterwegs sind, war sicher nicht allen so bewusst. Dass es dabei jedoch solche Geschichten und Verstrickungen geben würde, hatte sicher niemand gedacht. Wir alle sind nun gespannt auf die Auswirkungen im privaten und dienstlichen Umfeld.

Auf dem Heimweg habe ich wie immer seit unserer „Bekanntschaft" noch einen intensiven Austausch mit meinem treuen Begleiter. Ich bitte ihn um Unterstützung. Eine Bitte, die ich mir sparen könnte, denn ich weiß ja, dass ich immer Unterstützung habe.

❧

Als ich nach Hause komme, erhalte ich die Information, dass jemand angerufen hat, um zu einer Sitzung zu kommen. Sie war bereits woanders in Behandlung und möchte nun zu mir kommen.
Wir telefonieren und sind uns sofort sympathisch. Sie erzählt kurz, was sie zu mir führt. Sie hatte Therapiesitzungen in Hypnose, die jedoch eher traumatische Erfahrungen hinterlassen haben. Weder ein Auflösen der Probleme noch eine entsprechende Reflexion wurden durchgeführt.

❧

Wir vereinbaren den ersten Termin. Sie ist der Meinung ein karmisches Thema zu haben. Das muss man sicher abwarten. Ich habe jedenfalls ein gutes Gefühl.
Frau T. kommt zum Termin und der erste Eindruck bestätigt sich – die Chemie stimmt. Sie ist physisch und psychisch sehr stark gebeutelt.
Ein langes Vorgespräch bringt dafür Erklärungen.

Sie sagt, sie habe ein Problem mit dem Tod, jedoch keine Angst vor dem Sterben. Das scheint etwas widersprüchlich, die Sitzung wird jedoch für Aufklärung sorgen.
Von Kind an hat sie Angst vorm Leben und sie hat Angst vor ihrer Vergangenheit.

Was mich überrascht, ist, dass sie bei verschiedenen therapeutischen Sitzungen bereits kurze Rückführungserlebnisse hatte. Diese haben ihr jedoch mehr Angst als Klärung gebracht. Kann ich es besser als meine Vorgänger?

Sie schildert mir, dass sie oft den Tod als Person („Sensemann") vor Augen hat. Sie träumt vom Tod, er verfolgt sie in den dunkelsten Gestalten und Situationen. Sie flieht in diesen Situationen vor ihm.

Der Einstieg gelingt trotz ihres doch sehr unruhigen Wesens sehr gut.
Ich nehme ihre Emotionen deutlich wahr und spüre auch später einiges von ihrem Hochgefühl.
Kindheitserlebnisse kann sie bis ins Detail schildern, alle anwesenden Personen, Kleidung, Gefühle und vieles mehr. Ich lasse sie bewusst zwei intensive, sehr schöne Kindheitserlebnisse schildern und merke, dass es ihr gut tut. Endlich weiß sie, dass es auch positive Phasen in ihrer Vergangenheit gibt.
Auch in der Schwangerschaft geht es ihr weitestgehend gut, bis auf die Tatsache, dass sie bei der Schwangerschaftsmitteilung der Mutter an den Vater deutlich spürt, dass es aufgrund des Alters, deutlichen Stress zwischen den Eltern gibt. Sie nimmt dieses Gefühl intensiv wahr und nimmt es auf. Sie versteckt sich im Bauch, macht sich klein und fühlt sich unerwünscht. Vor der Geburt hat sie nochmals ein ähnliches Gefühl, beides kennt sie aus dem heutigen Leben – in vielen Situationen, die sie sehr belasten. Hier ist Auflösung angesagt.
Dann geht es durch die Geburt, die nicht wie erwartet, nämlich mit Angst vor dem Leben und Negativerfahrungen beginnt, sondern mit vielen Glücksgefühlen. Sie nimmt das Leben bewusst wahr, die positiven Gefühle ihrer Eltern und so weiter.
Diese Erfahrungen sind für sie einfach nur gut – ohne Wenn und Aber.
Ich spüre, dass sie es eigentlich nicht so recht glaubt, aber – oder gerade deshalb - sehr erleichtert ist.
Wir gehen nochmals in die Kindheit und gelangen zum Todesereignis des Großvaters. Sie ist eineinhalb Jahre alt und sitzt bei ihrem Opa auf dem Schoß, vor der Haustüre auf einer Bank.
Sie spürt deutlich, dass es ihm nicht gut geht. Der Großvater setzt sie ab, so dass sie sicher auf dem Boden vor der Bank steht. Nun steht sie vor ihm und sieht, dass er stirbt.
Sie bemerkt es nicht sofort, doch bald weiß sie, er ist tot – aber irgendwie noch da.

Sie weiß, dass die Seele noch da ist und weiß nicht, ob sie ihn gehen lassen will oder dabei zurückhalten soll. Dann schreit sie. Die Familie kommt angelaufen und kümmert sich hektisch um den Opa, während sie von einer Frau (ihre Tante) weggebracht wird. Dabei denkt sie: „Die wissen doch gar nicht, wie sie ihm helfen können, Warum bringen die mich weg?"
Danach weiß sie, dass die Seele des Opas weg ist und dass es ihm gut geht. Sie weiß, dass es ihm dort besser geht, wo er jetzt ist. Eigentlich würde sie gerne bei ihm sein – denn dort wo er jetzt ist, ist auch ihr „Zuhause".
Dann wage ich es mit ihr durch Geburt und Schwangerschaft auf die Zwischenebene. Sie erlebt die Zwischenebene und kommuniziert mit ihrem Schutzengel, den sie detailliert beschreiben kann. Sie erkennt Michael, Jesus und weitere geistige Wesen.
Sie nennt alle Lernaufgaben klar und deutlich und ist sich dabei unsicher, ob sie all das bewältigen kann. Ich fordere sie auf, alle Anwesenden auf der Zwischenebene zu fragen, ob sie das schafft.
„Na, das weißt du doch", ist die Antwort. Und sie bestätigen, dass sie ihr dabei helfen. Zum Schluss erkennt sie ihre jetzige Tochter, mit der sie sich verabredet. Auch die wird ihr helfen.
Mit diesem Wissen kehren wir zurück, sie geht zur Auflösung in die lila Flamme und erlebt diese ganz intensiv. Das Nachgespräch ist interessant und macht Freude, weil ein anderer Mensch vor mir sitzt.
Frau T. ist wie ausgewechselt. Sie hat erkannt, dass das Leben schön sein kann, dass sie eigentlich keine Angst vor dem Tod hat und dass die Lebensaufgaben mit der Hilfe von all den Helfern kein Problem für sie sein sollte.
Eine frohe und glückliche und überaus dankbare, erste echte Klientin verlässt meine bescheidene Minipraxis.

❧≈

Mit einer Kollegin spreche ich über meine Ausbildung, sie ist total interessiert und gespannt!
Irgendwann möchte sie auch mal rückgeführt werden.

Mit meinem Sohn entwickelt sich ein deutlich entspannteres Verhältnis. Nicht nur, dass ich die gekappten Verbindungen und das Lösen des Machtthemas spüre, ich nehme bei ihm eine ganz andere Auftretensweise mir gegenüber wahr.

Während das bisherige Auftreten beiderseits begleitet war von Misstrauen, fehlendem Verständnis sowie fehlendem guten Willen und mangelnder Bereitschaft zu sprechen ist nun deutlich mehr Offenheit erkennbar. Ich erinnere mich immer häufiger an Szenen von früher, in denen er sich regelrecht mir gegenüber verweigerte, Gespräche abbrach, nicht klären wollte und so weiter.
Nach den „Erkenntnissen" verstehe ich nun endlich immer mehr. Dadurch, dass ich die Ursachen „gesehen" und erkannt habe, sie bewusst annehme und auflöse, schwinden sie immer mehr. Er ist sicher noch nicht bereit seine Themen anzugehen, aber zwischen uns wird's leichter.

Mir geht es insgesamt weiterhin recht gut. Emotional fühle ich mich in immer mehr Dinge hinein. Ich habe bei dem Besuch bei einer guten Freundin ein Bild gesehen, dass eine sehr ungute Energie ausstrahlt. Mit meinen Händen kann ich diese Energie so deutlich wahrnehmen, dass ich mich direkt abwenden muss.

An einem endlich terminfreien Sonntag mache ich mich mit meiner Frau auf, meine liebe „alte Freundin" Elisabeth zu besuchen. Wir haben zusammen eine Ausbildung gemacht und dabei viele gemeinsame Sturm- und Drangperioden erlebt. Danach haben wir uns nie aus den Augen verloren. Ihren Wohnortwechsel mit der Eröffnung ihrer Heilpraktikerpraxis haben wir miterlebt und ihr beim Einzug geholfen.
Einige meiner Familienmitglieder waren auch Patienten bei ihr, dennoch habe ich nie mitbekommen, dass sie ebenfalls „auf dem Weg" ist. Sie „sieht und spürt", sie weiß um die vielen Energien, Wesen und Kräfte (positiv wie negativ). Wir erzählen von vielen Erfahrungen, Erlebnissen und „Weisheiten". Wir sind sicher beide überrascht, wie sich „der Andere" entwickelt hat.
Meine Frau, die ich bisher diesbezüglich kaum erwähnte, „hält erstaunlicherweise gut mit".
Elisabeths Frage: „Was sagst du denn zu dieser Entwicklung?" beantwortet sie mit: „Nun ja, ich dachte anfangs, lass ihn mal machen, hätte damals jedoch nicht gedacht, dass es sich so entwickelt und dass es mich auch einfängt".
Sie hat mich nie auch nur ansatzweise „be- oder angezweifelt", kritisiert, die Kosten oder die Zeit angesprochen und auch keinen Widerstand ausgeübt.
Dafür bin ich ihr sehr dankbar. Ich wäre sicher auch mit Widerstand diesen Weg gegangen.

Wie sagte die Steinefrau auf dem Weihnachtmarkt: „Gehen Sie den Weg gemeinsam, sonst kommt es früher oder später zur Trennung".
Für uns kam es dann eher zur „Wiedervereinigung", die Beziehung wurde gestärkt. Sie hat eine Tiefe und „Kultur", die es so in den vergangenen 27 Jahren nicht gab. Ohne Zweifel ein Gewinn für unser aller Seelen. Vieles entwickelt sich.
Elisabeth jedenfalls hat Fähigkeiten, die ihre Klienten und Patienten bei weitem nicht alle abrufen. Missionieren und Bekehren ist aber nicht unser Auftrag.
Aber wer begleitende Seelen, karmische Ursachen und vieles andere erkennen kann ist mit „mehr" ausgestattet worden.
Schön, wieder und noch jemanden von den Wissenden zu kennen. Wie sich die Puzzleteile zusammenfügen ist wirklich spannend.

Am Tag danach ruft Carola an, sie hat mit Thekla gesprochen und beide haben nach der Trennung der Verbindungen Störungen, Grippe, „innere Kälte".
Wir wollen uns treffen um das aufzuarbeiten, ich rate, auch mit der Seminarleitung Kontakt aufzunehmen. Außerdem bitten die beiden, ich solle ihnen Energien schicken, was ich am Abend auch tue. Zum ersten Mal auf weite räumliche Distanz – ob das geht? Ich packe jedenfalls eine massive Energiekugel mit allem Guten was ich bieten kann. Beide melden zurück, dass die Energien ankamen und es ihnen besser geht.

ം

Am Sonntag nach dem fünften Seminar stelle ich meiner Frau die eigentlich überflüssige Frage, „Lust auf Rückführung?"
„Njooo", ist die Antwort, die aber eher „Au ja, hab schon auf die Frage gewartet" bedeuten soll.
Kurze Vorbereitung und los geht's. Ich habe mir vorgenommen, weitestgehend auf die Mappen und Vorlagen zu verzichten und starte ohne Unterlagen.

Wir gehen den schon gewohnten Weg bis zum positiven Erlebnis in der Kindheit und das geht wirklich zügig.
„Ich liege in der Wiege – ungefähr drei Wochen alt und es gucken immer zwei Geschwister (Bärbel und Thomas) oben rein.
Es ist schön warm, ich fühle mich geborgen, es geht mir gut. Die Mama strahlt und hat meine Schwester Elisabeth auf dem Arm, die isst

Zwieback und krümelt dabei in die Wiege. Jeder will ständig in die Wiege gucken."
Wir gehen weiter zurück in den Bauch der Mutter, die sich wohl in der zweiten Schwangerschaftswoche zeitweise übergeben muss.
Sowohl Mutter wie auch Vater wissen relativ früh von der Schwangerschaft. Und beide sind glücklich. Der Vater streichelt zart den Bauch der Mutter. Resi fühlt sich dabei gut und angenommen.
Dann geht es zur Empfängnis. Nackenschmerzen, Nässe und Dunkelheit sind das einzig Aufregende was empfunden wird.

Ich gebe ihr den mehr als eindeutigen Impuls in die Zwischenebene zurückzugehen. Dieser Impuls wird jedoch ignoriert (hatte es mir gedacht, beziehungsweise im Gefühl). Die Landung erfolgt wohl dort, wovon wir in den letzten Tagen vermehrt gesprochen hatten, in der Vergangenheit.
„Ich habe etwas Schweres auf den Schultern und einen Korb auf dem Rücken und spüre meinen rechten Arm nicht mehr. Auf der linken Seite habe ich ein kleines Kind. Wir haben beide keine Schuhe und sind sehr ärmlich gekleidet. Ich heiße Elisabeth und meine Tochter heißt Barbara.
Ein Bein schmerzt, an der rechten Hand ziehe ich einen Bollerwagen mit Holz, auch im Korb habe ich Holz gesammelt. Wir gehen zum Waldrand, wo einige ärmliche Hütten stehen und noch mehr Frauen und Kinder sind. Ich habe mit meinem Kind eine Hütte. Da gibt es nichts, kein Feuer und auch sonst nichts. Alles armselig. Nur ein einziges Feuer ist in der Dorfmitte.
Allen geht es wie mir, wir sind arm, haben keine Schuhe, wir sind Verstoßene, Männer sind keine da. Es laufen ein paar Tiere herum, Hunde und Schweine.
Wir wurden verstoßen, weil wir Schande gebracht haben, wegen der Kinder."

Wir gehen zum Auslöser, „Warum wurdest du verstoßen? Wir bitten dein Unterbewusstsein dich direkt in diese Situation zu führen."
„Ich bin 14 bis 15 Jahre alt und habe einen dicken Bauch, bin schwanger. Mein Vater schickt mich weg und ich weiß gar nicht warum. Er (Gregor) und meine Mutter (Mathilde) sagen, ich hätte ihnen Schande gebracht. Ich fühle mich so alleine, verstoßen und fühle nur Unverständnis."
„Wie kam es dazu?"
Es geht noch weiter zurück in der Zeit.

„Wir Kinder spielen am Wasser, einem See, viele Familien liegen dort, wir haben einen kleinen Ausflug gemacht. Wir wohnen in Paris und fahren mit einer Kutsche. Die Frauen tragen lange Kleider, es geht uns gut und wir sind wohlhabend, wir haben Diener, ich bin das einzige Kind. Wir wohnen mitten in Paris, Straßennamen gibt es, glaube ich, noch nicht.
Ich muss irgendwann und gehe ins Gebüsch. Dort fallen dann ein paar Jugendliche über mich her. Sie halten mich fest, misshandeln und missbrauchen mich. Es geht mir schlecht, ich habe Schmerzen."
„Kennst du diese Schmerzen, das Gefühl im heutigen Leben?"
„Das Gefühl weniger, aber den Schmerz, es ist der Schmerz am Steißbein. Es ist eigentlich genau so.
Jetzt werde ich verstoßen, ich muss gehen und verstehe dass einfach nicht.
Jetzt bin ich in dem Hüttendorf, wir halten zusammen, haben ja alle das gleiche Schicksal. Es ist wie in den Slums, einige arbeiten hier als Prostituierte".
„Nun gehst du weiter in der Zeit bis zu einem weiteren wichtigen Ereignis in diesem Leben."
„Ich bin jetzt 20 Jahre alt und mache mich als Hebamme nützlich (das habe ich nicht gelernt). Ich fühle mich gut, da ich mich nützlich machen kann. Die anderen sind froh darüber und achten mich wegen dieser Aufgabe."
„Und nun gehst du weiter zur nächsten wichtigen Situation."
„Ich bin nun 27 Jahre alt, habe einen Mann (Josef) kennen und lieben gelernt, habe mit ihm vier Kinder (Barbara ist auch da) und wohne in einem Dorf. Ich bin etwas traurig, denn ich darf keine Hebamme mehr sein."
„Und du gehst weiter zur nächsten wichtigen Situation."
„Jetzt bin ich 30 Jahre alt und sehe mich sterben, mein Mann Josef ist schon tot. Auch zwei meiner Kinder sind bei mir. Ich bin sehr krank, ich habe die Pest. Es sind viele um mich herum, alle haben die Pest.
Ich sterbe, es ist schön, es geht mir gut, ich schwebe, es ist hell und warm. Es ist jemand da, es ist Gabriel, es geht mir gut."
„Wer ist Gabriel?"
„Das ist mein Engel."
Sie gelangt nun in die Zwischenebene und fühlt sich nach diesem doch sehr beschwerlichen Leben an diesem wundervollen Ort gut.

Wir gehen nun noch die Lernaufgaben durch, dann schicke ich sie mit all den negativen Erfahrungen und Empfindungen noch in die lila Flamme. Es gibt ja genug zu transformieren.

Es geht Resi gut – trotz „Hammerrückführung". So weit zum Thema. Wie viel steuert man und wohin wird man gesteuert (Seele, Unterbewusstsein und Gott – und wenn es der Anteil Gottes in uns selber ist, der uns dorthin führt und begleitet, wo wir hin sollen)?

Zum Thema Steißbein sei hier noch der ergänzende Hinweis gegeben: Meine Frau hat seit etwa 20 Jahren eine chronische Steißbeinentzündung, die auch mit verschiedenen diagnostischen Methoden abgeklärt war. Alle medizinischen und therapeutischen Maßnahmen waren bislang erfolglos.
Doch nun sind die Beschwerden weg, selbst Fahrradfahren klappt nach vielen Jahren endlich wieder schmerz- und beschwerdefrei. Auch nach über einem halben Jahr sind diese Beschwerden nicht wiedergekehrt.

Ich habe einige Wochen nach meinem Energiewochenende „Besuch im Bett". Nach einem kurzen Austausch mit meinem Begleiter Sirius/ Metatron ist er intensiv „zugegen". Ich sehe helles, aber auch warmes und dunkles Licht sowie Schatten. Es ist superspannend, er ist wie vor Wochen wahnsinnig stark. Mächtig ist hier eigentlich der falsche Ausdruck, aber er hat eine Wucht, die einem schon ein wenig Angst machen könnte.
Er ist knapp zwei Stunden in mir aktiv, so dass ich nicht zur Ruhe komme, jegliche Müdigkeit ist verflogen.

Am darauf folgenden Abend spreche ich mit meiner Frau nochmals länger über ihre Erlebnisse im „alten Paris" und über die doch recht schweren Erlebnisse in diesem früheren Leben. Sie denkt viel darüber nach, hat aber keinerlei negative Probleme und Auswirkungen.
Sie fühlt sich gut. Die lila Flamme wirkt kräftig nach, es führt bei ihr zu mehr Wohlbefinden. Sie hat zur völlig ungewohnten Zeit einen Tag Zwischenblutungen und nun seit zwei Tagen keine Beschwerden am Steißbein.

Innerhalb dieses Gesprächs fragt mich meine Frau: „Hör mal, ich trau mich fast nicht zu fragen. Kann es sein, dass jemand bei uns im Zimmer war? Es stand jemand hinter unserem Bett und er hat uns beobachtet."

„Hattest du denn Angst, ist es etwas Böses oder Ungutes?"
„Nein, er ist nicht böse, aber es war schon komisch, es war ein sehr starkes und imposantes Wesen."
Sie war doch sehr überrascht, einen Engel wahrgenommen zu haben und ich bin ebenso überrascht, dass sie ihn wahrnimmt. Es ist doch mein Engel?!

❦

Es folgt unser nächstes Zwischentreffen, diesmal mit Carola und Thekla.
Es gibt wie immer viel zu erzählen, jeder hat in den letzten Wochen viel erlebt.
Zum Teil kämpft man immer noch mit mangelndem Vertrauen, manche auch mit realen Personen.
Dennoch, es ist eindeutig besser geworden, wir haben mehr Vertrauen und wir trauen uns immer mehr zu.
Thekla leidet seit der Verbindungstrennung unter einer inneren Kälte, sie spürt auch genau die Stelle, wo wir eine Verbindung gelöst haben, von dort strömt diese Kälte aus.
Es würde sich um eine Besetzung handeln, meint sie, und dieses Thema haben wir ja in einem der nächsten Seminare. Also wird dieses Problem aufgeschoben.

Da es mir momentan richtig gut geht, benötige ich heute keine Sitzung und Anwendung.
Also ist heute Carola dran. Hier bestätigt sich mein Gefühl, dass sich ihre gelöste Verbindung direkt nach der Lösung wieder angedockt hat.
Also schreiten wir erneut zur Tat.
Klar ist Thekla und mir, dass es wieder schwierig wird, aber – so weit zum Thema Vertrauen – wir schaffen das.
Die geistige Welt würde uns nicht auf dieses Thema ansetzen, wenn wir es nicht bewältigen könnten, wir schaffen das.
Carola kann uns einige Stellen nennen, wo noch Verbindungen bestehen, die wir dann in mühevoller Kleinarbeit lösen und entfernen.
Nach der Sitzung geht es ihr um einiges besser, ich habe ein gutes Gefühl, dass es diesmal hält (was Carola einige Tage später auch bestätigt).

In meinem Bekanntenkreis sind viele Menschen weiterhin sehr interessiert und ich glaube, es dauert zwar noch etwas, aber bald traut sich der erste.

Am Wochenende vor dem nächsten Seminar ruft eine liebe Verwandte an, die gehört hat, dass ich was mache, aber keiner weiß was. Sie benötigt Hilfe und landet bei mir, etliche Stellen hat sie schon angefragt. Alles Menschen, die etwas anbieten, von Reiki bis zum Geistigen Heilen. Sie hat mit sich selbst und mit einem ihrer Kinder heftigste Probleme, all dies erinnert mich doch sehr an meine eigene Geschichte. So kann ich natürlich gut nachempfinden, unter welchem Druck sie steht und welche Nöte sie hat. Wir haben ein gutes stundenlanges Gespräch, ich rate ihr erst einmal mit meiner Seminarleitung Kontakt aufzunehmen und dann sähen wir weiter. Ich bin mir sicher, dass ihr geholfen wird und ermutige sie zum Aufbruch.

Mit meinem Sohn klappts immer besser und entspannter. Es entwickeln sich Gespräche, die emotionale Barriere sinkt, auch wenn sie noch nicht ganz weg ist. Es gab ja auch den Hinweis – es ist noch nicht alles geklärt!

Abends machen Resi und ich noch die Meditation Lichtreise: Es ist wieder eine Reise zur „inneren Begegnung". Wir beide lernen neue geistige Helfer kennen. Resi macht Bekanntschaft mit Gabriel und Raffael, beide scheinen sich einen Spaß aus einem Verwechslungsspiel zu machen. Einer der beiden bläst einen kräftigen Windhauch, den Resi am Auge spürt. Sie zieht ein weißes Gewand an und wird von den Engeln begleitet.
Bei mir ist es eine ganz ruhige, aber intensive Reise in den Kuppelbau, das Wasser ist silberfarbene Masse und der Brunnen riesig, eher ein hypermoderner riesiger spiralförmiger Springbrunnen.
Ein goldenes Gewand erhalte ich und habe dann eine erste Unterhaltung mit meinem Schutzengel.
Gabriel ist sein Name. „Ich bin nicht der Erzengel Gabriel, ich behüte dich dein Leben lang bis zum letzten Tag, zusammen mit den anderen Begleitern unterstützen wir dich und helfen dir bei der Erfüllung deiner Aufträge. Ab Sommer beginnt etwas Neues für dich, du hast eine neue Aufgabe, wir begleiten und unterstützen dich. Du sollst helfen und heilen, dazu bist du da und das sollst du tun.

Natürlich wirst du das schaffen, denn du hast Helfer. Ihr alle (die „Bonner", die Freunde, Resi und einige mehr) schafft das."
Der Weg vom Kuppelbau läuft wieder entgegen dem angesagten Treppengang, es ist ein Gehoppse bis zur Wiese. Sieben Begleiter sind mit mir unterwegs (Gabriel, Sirius und fünf Seelen – Mitglieder meiner Seelenfamilie?).
Ein schöner Ausflug und eine tolle Stärkung für die Woche.

Das sechste Seminar naht.
Die Seminarleitung hatte angekündigt, dass es unter Umständen einige Energien geben würde, die uns an der Teilnahme am Karma- Seminar hindern wollten.
Es geht schon eine Woche vorher los mit den Störungen. Die Eltern entwickeln eine heftige Grippe und liegen zum Teil mit fast vierzig Grad Fieber zu Bette.
In der Vergangenheit war's klar, die Grippe geht nicht an mir vorbei. Bereits seit dem Wochenende hab ich „Bauchkrummeln" und leichtes Unwohlsein. Die Eltern unterstütze ich mit Energiekugeln und Chakrensteinen.
Es geht ihnen zügig besser.
Wir haben in den vergangenen Monaten einiges gelernt, wie man sich schützen kann. So kann man sich negative Energien und Erkrankungen leichter vom Leibe halten und so gehe ich diesen Schutz auch aktiv an.
Außerdem haben wir gelernt, dass die Gedanken schöpferisch sind. Schaffe ich mir denn nun die Grippe oder die Gesundheit? Ich bin, und ich bin gesund!

Ein Kollege hat eine Bekannte aus dem Saarland, mit der er „rein zufällig" auf das Thema Rückführung kommt. Wir treffen eine unverbindliche Verabredung zum Small Talk. Hier folgt mit der Zeit ein regelmäßiger Austausch.

Eine liebe Bekannte kommt zum erneuten langen Gespräch über viele verschiedene spirituelle Themen. Die Emotionen, die ich in diesen (meist langen) Gesprächen habe, sind sehr intensiv.
Hier besteht blindes Verstehen, sie ist wissend, auch sehend und spürend, wendet diese Fähigkeiten jedoch noch nicht an. Ich spüre aber, dass sie sich auch aufmacht.

Wenn sie zu mir kommt, ist sie Informations- „saugend". Und ich finde das gut. Mir bestätigt sie vieles, für mich ist es eine gegenseitige geistige Befruchtung. Und so ist das momentan mit vielem.

Andauernd begegnet mir ein Hinweis auf „meinem Weg". Im Tatort ist eine Heilerin (sehr gut gespielt) Mittelpunkt, bestimmte Musik „spricht mit mir", meine Engel korrespondieren mit mir, und zwar immer wenn ich in meine Mitte gehe. Auf Fragen erhalte ich Antworten.

Woher weiß ich jedoch, was richtig ist, woher weiß ich, welche Gedanken und Entscheidungen richtig sind?
In den letzten Monaten habe ich gelernt meine Mitte aufzusuchen. Ich schaffe es immer mehr Körper und Geist herunterzufahren und auf meine Seele zu hören.
Auf wunderbare Weise gelingt mir dies in Meditationen, hier ist eine Kommunikation mit dem „Innersten und Äußersten" möglich und überaus spannend.
Deine Seele, dein Gefühl - und nicht das Gefühl, das aus dem Kopf kommt und auf Erfahrungen beruht – trifft die richtigen Entscheidungen. Und deine Seele macht das aus ihrem riesigen Wissensschatz.
Dieses Hören auf die Seele hat nichts mit dem zu tun, was wir als „Bauchempfinden" oder „Bauchgefühl" bezeichnen. Dieses ist zwar auch wichtig, denn ich habe ja gelernt, dass die Entscheidungen aus dem Kopf mich viel zu lange eingemauert haben.
Nein, es ist etwas anderes, seine Mitte zu finden. Man muss es wollen und intensiv lernen. Umsonst erhält man diese Fähigkeiten nicht, Kompromisse helfen einem auch nicht. Es ist ein klares Ja erforderlich: „Ich will!"
Ich spüre mittlerweile besonders bei tiefgehenden Gesprächen mit Freunden, dass meine Seele sich regelrecht an der „Oberfläche" befindet.

ஓஐ

Es meldet sich der nächste Klient.
Sie hat einiges, was darauf hindeutet, dass es vielleicht nicht so ohne sein könnte.
So beeile ich mich nach der Arbeit nach Hause zu kommen, es gibt ja immer einiges zu organisieren, vorzubereiten und zur Ruhe zu kommen.

Unterwegs spreche ich mit meinen Engeln und bitte sie um Unterstützung. Sie sagen mir, das wird deine beeindruckendste Sitzung, das wird richtig gut – und das wird es dann auch…

Wir halten ein informatives Vorgespräch und gehen auf gewohntem Wege in die Entspannung.

Ihre Aufregung spüre ich intensiv – sie geht bei behutsamem Vorgehen gut mit und landet ohne große Probleme in einem schönen Erlebnis in ihrer Kindheit.

In der nächsten Situation ist sie bei den ersten Laufversuchen und die kann sie wie die vorherige Szene bis ins Kleinste schildern.

Alle Details wie Kleidung, Räumlichkeiten und vieles mehr, werden so deutlich geschildert, dass ich sie förmlich vor mir sehen kann.

In einer Situation empfindet sie eine besondere Freude, Emotionen, die ich deutlich wahrnehmen kann.

Sie macht ihre ersten Gehversuche und wundert sich, dass es so einfach ist. Sie läuft mit der Wahrnehmung alleine zu sein durch Wohnzimmer und Flur einer unbekannten Frau, die ihre Arme ausstreckt, entgegen.

„Ich kenne die nicht, sie ist mir zwar nicht fremd, aber ich kenne sie nicht – was ist das - sie hat ja kein Gesicht?!"

Ich sage ihr, sie soll sich mal genau hineinspüren, sie wisse, wer es ist (ich war mir nämlich sicher, dass sie weiß, wen sie vor sich hat).

Sie kann aber nichts darauf sagen – es bleibt für den Moment offen.

Also geht es weiter zur Geburt. Sie sieht die Hebamme, ihre überglückliche Mutter und einen überglücklichen Vater (was sie eigentlich so niemals erwartet hätte).

Ihr selbst geht es sehr gut.

Aber, da ist noch jemand – „die Frau ohne Gesicht". Und jetzt weiß sie: „Das ist mein Engel, ich kenne ihn, er ist immer bei mir."

Dann gehen wir ins Krankenhauskinderzimmer, wo sie sich schlafend im Bettchen liegen sieht.

Ich sage ihr, sie könne auch im Schlaf mit ihrem Gespür wahrnehmen, was um sie herum geschehe.

Sie zögert kurz und sieht dann einige weitere Säuglinge, „mindestens fünf oder sechs, aber da sind noch weitere Leute."

„Das gibt's doch nicht, das sind Engel, neben jedem Bettchen steht einer, neben einem Bett stehen sogar zwei, meiner ist auch da, und die unterhalten sich, das ist wunderschön."

Diese Situation, die Schwingungen und Energien sind so deutlich spürbar, dass sie den ganzen Raum erfüllen. Ich bin sehr beeindruckt!

Dann gehen wir in die Schwangerschaft. Sie nimmt vieles wahr: Lachen, Krach, Gespräche und die positiven Emotionen von Vater und Mutter beim Erkennen der Schwangerschaft.
Es geht weiter zurück bis in die dritte Schwangerschaftswoche und da ist sie:
Die Frau ohne Gesicht, sie hält ihr die Hand und sagt: „Ich habe es dir doch gesagt, das Herz fängt an zu schlagen, es funktioniert." Meine Klientin versteht das aber nicht.
Ich sage ihr, sie solle fragen, mit ihr sprechen, spüren, denn sie wisse, wie sie Kontakt aufnehmen könne.
Dann findet ein echter intensiver und minutenlanger Dialog statt, der zu persönlich ist um ihn hier aufzuführen.
Der Engel erklärt ihr unter anderem, was er ihr vor der Entscheidung ins Leben zu gehen alles über dieses Leben gesagt hat.
Ich frage sie noch nach den Lernaufgaben, die sie sich für dieses Leben vorgenommen hat.
Der Engel teilt ihr diese mit. Nun versteht meine Klientin die zum Teil doch schweren Prüfungen, die sie zu meistern hatte. Danach verabschieden wir uns vom Engel und halten noch ein kurzes Nachgespräch, es geht ihr gut, sie ist völlig fertig und „außer sich". Sie weiß nun, dass sie diesen Engel schon oft gespürt hat, dieses Gefühl jedoch immer beiseite geschoben hat. Sie kann sich beispielsweise an eine Situation erinnern, in der sie ihren Engel auf der Rückbank ihres Autos spürte. Sie war jedoch so verängstigt, dass sie das Gefühl verdrängte.
Die heutige Begegnung wird sie verändern!

☙❧

Kapitel VIII

Karma

Das sechste Seminar
Themen sind unter anderem: Ursachen, Erfahrungen und Auswirkungen auf das heutige Leben.

Am Seminar -Ort angekommen freue ich mich tierisch alle zu sehen. Es ist einfach gut, solch „Verbundene" zu haben!
Das Wohlbefinden von uns acht ist sehr unterschiedlich, von „mir geht es sehr gut" bis „es geht so". Letzteres trifft auch auf mich zu, sodass ich doch gut eine halbe Stunde brauche um richtig anzukommen.
Die übliche Abfrage, wie es uns allen ergangen ist, bringt mal wieder eine etwas längere Rückmeldungsrunde.
Es hat jeder einiges in Bezug auf die Energietrennungen erlebt. Grundsätzlich hat es uns allen sehr gut getan.
Ich bin wie gesagt „noch nicht richtig angekommen" und kann ja nicht von all dem erzählen, was ich erlebt habe, es würde den Rahmen sprengen. Auch wenn ich das gerne tun würde. Also erzähle ich nur, dass ich mehrere Sitzungen (Klienten) hatte und belasse es erst mal dabei. Ich möchte nämlich auch nicht als „Angeber" dastehen, wobei ich weiß, dass die anderen das nicht so bewerten würden.

Nun die übliche Einführungstheorie, diesmal zum Thema Karma. Informiert wird über die verschiedenen Arten des Karmas, was es ist, wie und warum es dazu kommt, die Ursprünge und den Umgang in den verschiedenen Religionen.
Wie immer ist es sehr interessant.
Ich konnte mit dem Begriff Karma vorher nie wirklich viel anfangen.
Auf das Kastenwesen der Inder schauend, kann ich mir eine scheinbar so ungerechte Sache eigentlich nicht vorstellen. Auch über die Bewertung, dass es sich hier um „Ungerechtigkeit" handelt, sowie über den Umgang der Inder, beziehungsweise Hindus mit dem Thema wird diskutiert und dann geht's langsam zur ersten Sitzung.

Es war mir klar, dass Hannelore in diesem Seminar meine „Partnerin" sein würde. Ich hatte dies auf dem Weg nach Bonn mit meinem Begleiter „besprochen" und dabei die Information bereits erhalten.

Und wie immer passt das. Es stellt sich mehr und mehr heraus, dass jeder der „Achter- Runde" andere Fähigkeiten hat und deshalb ist es wichtig, dass man für bestimmte Themen auch bestimmte Partner hat.

ಊಊ

Es geht in die erste Sitzung:
Bei mir klappts wie geschmiert mit der Einführung, ich nehme meine zwei Begleiter mit, und so geht es zügig in das Thema Karma. „Natürlich begleiten wir dich."
Dann schreiten wir ins Haus des Karmas und ich entdecke fünf Türen:
- mein Sohn
- meine Mutter
- mein Vater
- meine Schwester
- und eine Türe ohne Angabe, wobei ich ahne, wer „dahintersteckt"

Wie immer suche ich als Klient selbst aus, welche Türe „Hier und Heute" relevant ist.

Wir schauen in die Türe meines Sohnes, genauer in die Türe die unsere gemeinsamen karmischen Verbindungen zeigen wird.
Ich gehe in den Raum und sehe 17 weitere Türen, wir haben also 17 gemeinsame karmische Leben?!
Hoffentlich muss ich die nicht alle abarbeiten!
Also ab in die erste Türe. „Seid ihr bei mir?" Natürlich sind sie bei mir, dieses Vertrauen ist da, ohne Zweifel. Und ich weiß, ich brauche ihre Hilfe, es kann hart werden.
Mit meiner Begleitung geht's dann in den Fahrstuhl und rein ins Geschehen.

Wie zu erwarten ist das Einstiegsgefühl beim Thema Karma nicht besonders freudig.

Ich habe mal wieder Angst in der Ankunftssituation, aber auch ein wenig Wut. Ich stelle fest, ich bin eine Frau (kam bisher noch nicht vor), ich bin 17 Jahre alt und heiße Maria. Mein Bruder Franz (mein heutiger Sohn) ist etwas älter als ich und er ist ständig hinter mir her, er schlägt mich, misshandelt mich und macht mir das Leben zur Hölle.

Ich sehe, wie er mich immer wieder schlägt und empfinde dabei Wut und Enttäuschung und schaffe es irgendwann endlich zurückzuschlagen.
Er macht mich daraufhin nieder, ich sehe ihn auf mir sitzend, meine Handgelenke umklammernd. Es ist nicht zu ertragen. Unsere Eltern leben nicht mehr, deshalb macht er das über viele Jahre. Ich spüre nur noch Enttäuschung, Verzweiflung und Ausgeliefertsein. Zehn Jahre geht das so.
Ich habe das Gefühl, dass sich das alles in meinem jetzigen Wohnhaus abspielt. Es ist lange her, leider fragt Hannelore das nicht mehr ab, ich schätze es auf Mitte/ Ende des 19. Jahrhunderts.
Aufgrund des Zeitdrucks führt mich die hinzugekommene Seminarleitung direkt ins Karmaereignis.
Ich sehe mich 27- jährig hinter meinem Bruder stehend mit einem Beil in der Hand auf die Gelegenheit wartend. Dann schlage ich zu und treffe ihn voll in den Rücken rechts neben die Wirbelsäule.
Ich spüre das Beil in meiner Hand, es ist, als ob ich es jetzt im Hier und Heute noch fühlen könnte.
Später reflektiere ich diese Situation und ich weiß nun, warum ich immer, wenn ich ein Beil in der rechten Hand hatte und habe, ein ganz merkwürdiges Gefühl verspüre. Keine Angst, keine Unruhe, aber es ist merkwürdig. Es ist eigentlich so, als wenn ich das Beil am liebsten sofort wieder hinlegen würde. Es gibt sonst kein Werkzeug, wo ich Ähnliches empfinde, selbst bei einer Axt nicht.

Nach dem Mord bin ich befreit, erlöst – endlich! Ich spüre eine wirkliche Befreiung.
Die begleitenden Gefühle während dieser Situationen sind mir im Hier und Heute in vielen Lebenssituationen bekannt. Oft haben sie auch mit den gleichen Personen oder ähnlichen Situationen zu tun.
Dann geht es in die Todesstunde: Meine Helfer sind da, sie holen mich ab, es ist gut und beruhigend. Ich schaue vor dem Übergang in die Zwischenebene nochmals auf mein Leben zurück und kann spontan sagen:

- Ich will nie wieder so ausgeliefert sein
- und ich will endlich lieben

Dann geht es auf die Zwischenebene um meine Lernaufgaben herauszufinden:

- Lieben lernen - habe ich nicht gelernt
- Vertrauen – habe ich gelernt
- Durchboxen – auch gelernt
- alleine zurechtkommen – auch gelernt

Ganz eindeutig ist zu erkennen, dass ich diese Aufgaben zum Teil noch mit ins Heute genommen habe.

❧

Es geht zurück in das Haus des Karmas und hier in die entscheidende, beziehungsweise in die Ursprungstüre des Karmas. Ich wähle spontan ohne Nachdenken die 15. Tür.
Ich spüre eine bedrückende Situation, es liegt eine schwere Last auf mir.
Ich sehe mich als Schotten in voller Montur: Schottenrock, Jacke, Schal, lange Mähne.
Mein Name ist Steve und ich bin 30 Jahre alt. Ich bin der Führer eines kleinen Clans, eines Heeres, dem ein entscheidender Kampf bevorsteht.
Ich bin ein wahnsinnig stolzer Mann, ein Hüne von einem Mann. Diesen Stolz spüre ich bis in die letzte Zelle, bis in die Fingerspitze, bis in die Zehen.
Es ist ein tolles Gefühl. Es ist unbeschreiblich, Stolz, purer Stolz. Und für diesen Stolz und für meinen Clan würde ich in den Tod gehen.
Wir erwarten einen Kampf gegen die Krone und wir sind dem anderen Heer deutlich unterlegen. Sie wollen uns unser Land wegnehmen und das wollen wir nicht zulassen. So stehen wir uns nun auf dem Schlachtfeld gegenüber.

Doch die Krone ist nicht mein (unser) einziger Gegner, denn einer meiner Vertrauten ist ein Verräter, er hat uns an die Krone verraten, und wer könnte es sein – ein Freund (mein heutiger Sohn).
Er steht neben mir, ich schaue ihn an und ziehe mein Schwert (eine riesige, schwere Waffe, auf der sich ein großer Mann wie ich im aufrechten Stand bequem abstützen kann). Eine Waffe, die zu einem stolzen Krieger dazu gehört, sie ist wie ein Teil von mir.
Ich ziehe die überaus scharfe Klinge an seiner linken Halsseite vorbei, langsam, genüsslich und trenne ihm dabei den Kopf ab. Ich spüre

förmlich die Klinge in der Handinnenfläche, das tut gut, er hat's verdient, er muss büßen.

So schwierig diese Zeilen für Dich, lieber Leser auch sein mögen, die Situationen spielen sich jederzeit bewusst in der Vergangenheit ab. Der Klient realisiert dies auch zu jeder Zeit, da er immer Herr seiner Kräfte und Sinne ist und bleibt.
Das Erleben ist dabei so real, dass ich zum Beispiel das Schwert in meinen Händen fühlen konnte. Ist man zurück aus der Rückführung, ist es kein Problem (ich habe bisher – in etwa 300 erlebten Sitzungen keine gegenteiligen Erfahrungen gemacht) den zeitlichen Schnitt zu machen.
Nach der Sitzung ist die Erkenntnis über die Ursache für heutige Probleme fast immer das größere Aha-Erlebnis. Aber auch viele begleitende Informationen lassen Klienten oft von den Erlebnissen schwärmen.
Ich habe jedenfalls noch Wochen von den Erfahrungen in dieser Sitzung geschwärmt. Das Wesen dieses stolzen Schotten war ein gigantisches Erlebnis. Dass Stolz so toll sein kann, hätte ich nie gedacht.

Jetzt geht es in den Kampf. Es ist ein einziges Hingemetzel und wir werden vernichtend geschlagen.
In der Todesstunde mache ich einen Rückblick auf mein Leben und bekomme den spontanen Hinweis:
Ich will immer so stolz sein.

In die Zwischenebene gelange ich mit meinen lieben Begleitern. Ich werde wie immer mit Liebe und Freude empfangen (Hatte ich nicht getötet?).
Jedes Mal wird es intensiver. Ich fühle mich gut, es ist wie (mein wirkliches) Zuhause, und es ist gut zuhause zu sein. Ich spüre viele Seelen und geistige Helfer um mich herum. Wir kennen uns und es ist schön hier zu sein.
Wir schauen uns meine Lernaufgaben an. Ich wollte:
- Stark sein - geschafft
- Für andere da sein - geschafft
- Hoffnung lernen - geschafft
- Mich durchsetzen – geschafft, alles geschafft!

Nun, für den Schwerthieb nehme ich mir drei Ausgleichsleben (mein Karma), wovon zwei bereits gelebt sind, eines steht noch aus.

Nun geht es in die Akasha-Chronik.
Und das war beim letzten Mal bei mir nicht so.
Es ist hochemotional.
Er - der Hüter meines „Lebensbuches" - ist gütig und er weiß alles über mich, das ist mir absolut bewusst. Ich weiß, dass er alles neutral sieht und es gut mit mir meint.
Ich habe doch irgendwie „ein bisschen schlechtes Gewissen" (das ist nicht der richtige Begriff, denn schlechte Gefühle gibt es dort nicht!), dass ich so lange bis zum Verstehen brauchte.
Also komme ich im Schlepptau meiner Engel an und frage, ob ich meine Aufgabe, das Karma mit Tobias, erledigt und verstanden habe.
Der Hüter löscht die Seite und er löscht das gesamte Karma mit meinem Sohn.
„Du hast es verstanden und es ist an der Zeit es aufzulösen." Es klingt wie: „Du bist frei."
Der Hüter ruft uns zur Harmonie auf. Ich erhalte noch einige weitere Informationen, die wichtig für meinen weiteren Weg sind. Ich verabschiede mich dankbar und gehe auf die Zwischenebene zurück.
Dort geht es in die lila Flamme, denn diesmal gibt es besonders viel aufzulösen.
Die „Nie-wieder", beziehungsweise „Immer-wieder" Sätze sowie die negativen Gefühle werden aufgelöst und neue Informationen gespeichert. Es geht mir in der lila Flamme sehr, sehr gut und sie ist wieder super intensiv. Ich bin sehr froh, dass Hannelore mir viel Zeit gibt, denn die Flamme ist fast wie im dritten Seminar. Ich werde von einigen Emotionswellen überschüttet, es ist einfach toll.

Die Auswahl, wer mit wem welches Seminar - Thema bearbeitet, kommt nicht zufällig. Dies habe ich ja vorher schon angedeutet. Es hat bisher immer gepasst, eine bessere Partnerin als Hannelore hätte ich mir für dieses Seminar nicht wünschen können.

Ein ereignisreicher Tag geht zu Ende. Ich spüre die Befreiung des aufgelösten Karmas.
Auf dem Nachhauseweg telefoniere ich kurz mit meiner Frau und erzähle ihr in Kürze die blutige Vergangenheit ihres Gatten, wie gut ich mich dabei gefühlt habe, wie stolz dieser Schotte war (ich spüre ihn noch immer, diesen Stolz).

Später erfahre ich, dass mein Sohn sich danach ebenfalls gemeldet und berichtet hat, wie gut es ihm gehe. Das kommt eigentlich nie vor. Ist das nur Zufall?
Den Stolz und auch die imposante Natur und Statur dieses Schotten empfinde ich noch über Wochen. Ich ertappe mich, wie ich diese Handhaltung immer wieder einnehme, mit der ich das Schwert geführt habe. Ein lieber Kollege behauptet gar, dass ich diese Handbewegung mit rechts immer hatte. Kämpfe ich also schon länger?

Sonntags geht's weiter. Auch wieder die kurze Einführung und Problemabfrage. Dann ab in die nächste Runde.

ೞ

Diesmal suche ich mir die Vater Türe aus:
Ich – Alfons – bin 46 Jahre alt und habe eine harmonische Ehe mit meiner Frau Gisela (mein heutiger Vater).
Wir haben fünf Kinder und leben unter einem Dach mit meinen Eltern (meine jetzige Tochter Sarah und meine Schwester), zu denen das Verhältnis etwas angespannt ist.
Ich mache mir recht wenig daraus, ich mache es einfach nicht zu meinem Problem oder auf den Punkt gebracht: Ich entziehe mich der Verantwortung.
Ich spüre immer tiefer werdende Verletzungen und intensive Schmerzen im Bauch, die eindeutig psychischer Ursache sind.
Meine Frau ist sauer, sie ist zutiefst gekränkt und verärgert, sie scheint nicht mehr mit mir klar zu kommen.
Ich fühle intensive Wut in mir aufsteigen. Das alles hat mit dem schlechten Verhältnis zwischen meinen Eltern und meiner Frau zu tun. Sie mischen sich ständig in unsere Angelegenheiten ein. Meine Frau leidet sehr darunter. Ich jedoch entziehe mich ständig der Verantwortung und lasse Gisela im Regen stehen.
Nun gehen wir direkt in die eigentliche Karma- Situation.
Dort kommt es zu einer schweren Auseinandersetzung. Letztendlich stehe ich zwischen den Dreien und fühle mich als ständiger Sündenbock für alle. Ich fühle mich total überfordert. Doch ich reagiere nicht so, wie ich es eigentlich tun müsste. Ich unterstütze meine Frau nicht.
Das Endresultat ist, dass Gisela mich verlässt. Ich mache mir danach große Vorwürfe und leide weiter unter meinen Eltern und der gesamten Situation.

Nun bin ich alleine und werde seelisch krank. Ich spüre, es ist Zeit Schluss zu machen und nehme mir einen Strick. Ich erkenne genau, wie und wo ich ihn fixiere (Balken unter dem Dach). Ich spüre den Druck vom Knoten an einer Stelle, an der ich bereits seit Jahrzehnten bei Kopfschmerzen Muskelverhärtungen fühlen kann. Das Gefühl des überstreckten Halses ist sehr intensiv und mir irgendwie nicht unbekannt, um nicht zu sagen: sehr vertraut. Die Kopfschmerzen und Muskelverhärtungen sind ein halbes Jahr später nicht wieder aufgetreten.

Etliche der erkannten Probleme, Spannungen und Lebensumstände kommen mir sehr, sehr bekannt vor, etliche Parallelen zum heutigen Leben sind doch frappierend.

Das Abfragen der „Nie-wieder-Fragen" vor dem „Hängen" bringt folgende Aussagen:

- Ich will mich nicht mehr durch andere von meinen Lieben trennen lassen
- Ich will nie mehr durch Unfähigkeit andere verletzen und verlieren
- Ich will nie wieder vor Problemen die Augen verschließen

Und in der späteren Reflexion ist mir das doch aus meinem jetzigen Leben sehr, sehr nah.

Der Empfang in der Zwischenebene ist sehr herzlich, warm und froh machend. Ich fühle mich wieder behütet und zuhause. Es ist wundervoll. Eine sehr wichtige Erkenntnis ist:
Es werden weder Mörder noch Selbstmörder anders aufgenommen als jeder „Gerechte." Wieder ein Entlarven der Lehren, die ständig von der Schuld, der Sünde predigen.
Die diesbezüglich einzige Wahrheit ist die Liebe und diese Liebe lässt uns das Richtige tun. Und dabei sind alle vordergründig unguten oder bösen Aspekte möglicherweise nicht das, was sie zu sein scheinen. Denn ohne diese Erfahrung fehlt der Seele die Erkenntnis, die zu suchen sie sich auf den Weg gemacht hat. Mit freier und gut überlegter Entscheidung sucht sie sich diese Aufgaben aus.

Die Lernaufgaben im Leben als Alfons:
- Umgehen mit Problemen lernen   – nicht gelernt
- Nicht immer wegzulaufen   – nicht gelernt
- Auf mein Gefühl zu hören   – nicht gelernt
- Stark zu sein   – nicht gelernt
- Partnerschaft zu leben   – nicht gelernt

Das war eine wenig erfolgreiche Runde!

Insgesamt gebe ich an, etwa zehn Aufgaben gehabt zu haben (Die Seminarleitung korrigiert das auf insgesamt 32). Wie kann man sich nur freiwillig so überfordern?

Für dieses „Versagen" nehme ich mir acht Ausgleichsleben – eine harte Selbstbestrafung (schweres Karma)! Dabei ist kein Ausgleich für den Selbstmord fällig. Alle sind für die Schwächen in Bezug auf die Partnerschaft.
Drei dieser Leben habe ich gelebt, fünf sind noch offen. Mit diesem Wissen muss ich jetzt zum Hüter.

Beim Hüter der Akasha-Chronik gibt es auch diesmal ein „offenes Ohr". Ich habe wieder meine Begleiter mitgenommen (alleine, habe ich doch ein wenig Angst) und frage, ob ich es denn verdient habe, dass mir mein Karma erlassen wird.
Es ist wohl noch zu früh, er streicht drei Leben, zwei bleiben und können noch nicht gestrichen werden, ich habe die Lernaufgaben ja nicht verstanden, beziehungsweise erledigt.
Er sagt, ich wüsste ja jetzt, was zu tun sei. Das Schlüsselwort sei Liebe und ich solle andere an meiner Erkenntnis teilhaben lassen (unter anderem meine Familie). Das ist eine ganz schön anspruchsvolle Aufgabe. Offensichtlich hat es etwas mit meinen Eltern, aber auch mit meiner Partnerschaft zu tun.

Dann geht es in die lila Flamme. Auch diesmal ist es wieder schön, aber etwas weniger spannend, so dass ich etwas Zeit habe, nochmals in intensiven Kontakt mit meinem „großen Engel" zu treten. Er bestärkt mich wieder in meinem Tun. Klare Ansage ist, auf diesem Weg weiterzugehen.
Die Bonner Runde wird diskutiert: Wie geht's weiter?

Klarer Auftrag: „Arbeitet zusammen, lernt voneinander, unterstützt euch, helft einander, denn zusammen bewegt ihr viel." Vier (Carola, Maria, Christel und ich) werden das Gelernte anwenden (Hauptaufgabe), zwei weitere (Charlotte, Thekla) teilweise, und die beiden anderen werden es nur ansatzweise tun. Wir sollen jedoch aufeinander acht geben. Auch zu den Seminarleitungen soll unser Kontakt unbedingt bestehen bleiben. Das hört sich nach einem ernsten Auftrag an! Hoffentlich lässt sich das vermitteln. Mein Buch soll ich weiter schreiben.

Auch das ist lustig. Ich habe den ersten Teil dieses Tagebuches als kleine Hausaufgabe an die Seminarleitung geschickt. Sie hat es ihrem Partner gezeigt und gesagt, dass es ein Buch werden würde.

❦

Es geht weiter in die Muttertüren, sieben an der Zahl.
Ich nehme die dritte Türe.
Ich spüre ein ungutes, sehr belastendes Gefühl in Oberkörper und Brustbereich bis über die Schultern. Jemand unterdrückt mich.
Wir sind im 18. Jahrhundert, ich heiße Petra und bin 20 Jahre alt. Meine Eltern sind Maria und Fritz (meine jetzige Mutter).
Ich darf nicht so sein, wie ich wirklich bin, und darf nicht das, was ich will.
Ich habe keine Freiheiten und darf nicht gehen. Ich möchte Frau sein.
Ich glaube, mein Vater wollte lieber einen Sohn, der ihm mehr helfen könnte.
Ich möchte auf eigenen Beinen stehen, fühle mich eingegrenzt, eingeschnürt und möchte deshalb weggehen.
Ein halbes Jahr später fühle ich mich frei. Ich habe meine Sachen gepackt und bin in der Nacht abgehauen. Ich gehe in eine Stadt und anschließend weiter mit einer Gruppe von Leuten.
Wir gehen nach Amerika, wir haben eine Überfahrt gekauft. Ich weiß, ich bin dort auch angekommen (etwa zwei Jahre später) und sehe mich in einer kleinen, einfachen und primitiven Holzhütte. Die kleine Hütte ist umgeben von einem kleinen Birkenwäldchen. Alles sieht etwas ärmlich, aber doch idyllisch aus. Mit meinem Lebensgefährten Michael vertrage ich mich gut.
Dann geht es in die Sterbestunde (die Zeit drängt). Ich schaue auf mein Leben zurück und frage meine Lebensaufgaben ab.

Diese waren:
- Ich wollte stark sein
- Ich wollte mich um meine Eltern kümmern

Der Nie- wieder- Satz dazu hat mich – und da bin ich mir sofort im Klaren – bis heute verfolgt:
- Ich will nie wieder meine Eltern im Stich lassen!

Grundsätzlich ist das ja ein guter Vorsatz. Wenn es jedoch zum Zwang wird, der eine freie Entscheidung nicht mehr zulässt, dann ist es nichts Gutes.

Ich blicke nach diesem Seminar in meine Vergangenheit und weiß, dass viele Entscheidungen der letzten 30 Jahre eindeutig von diesem „Nie-wieder- Satz" beeinflusst waren.
Ich habe definitiv mehrfach entgegen jeglicher Logik, entgegen meiner Gefühle und auch entgegen jeglichem besten Wissen und Gewissen völlig paradox entschieden, wenn es um Arbeitsstellen und Ortswechsel ging. Auch in Bezug auf den Umgang und die Bindung mit meinen Eltern gab es Beeinflussungen und Verwicklungen, die sich durch die Einflüsse dieses Ausspruches jetzt erklären lassen.
Es geht überhaupt nicht um das Kümmern um die Eltern, wohl aber um die völlig überzogenen und beeinflussten Entscheidungen. Es ist auch nicht so, dass ich irgendetwas bereue, aber es hätte sicher deutlich entspannter sein können, wenn dieser unglücklich nachwirkende Satz unausgesprochen gewesen wäre.
Nun ist es gut, es ist, wie es ist. Die Ursache ist gefunden und kann beseitigt werden.

৯৵

Dann folgt das Hauptkarmaleben mit meiner Mutter.

Ich fühle mich entspannt- auch mal was Neues!
Ich heiße Philipp und bin wie meine Frau Erika 37 Jahre alt. Wir haben drei Kinder (Johann, Paul und Maria – meine heutige Frau Resi).
Johann (meine heutige Mutter) ist der älteste und mir liebste Sohn. Er will jedoch weg, was mich sehr traurig macht. Ich möchte ihn nicht gehen lassen und verbiete es ihm.

Nach einem heftigen Streit (etwa ein halbes Jahr später) geht er dennoch. Mich macht das sehr traurig und ich verbittere anschließend immer mehr. Ich fühle mich schuldig an seinem Weggang, der eher eine Flucht vor der Unfreiheit war. Ich weiß, dass ich Fehler gemacht habe, ich bin schuld an diesem Verlust.
Ich weiß, dass ich ihn mit meinem Segen hätte gehen lassen sollen. Das macht mich krank.

In meiner Todesstunde weiß ich:
- Ich will nie wieder andere in ihrer Freiheit einschränken (Auch das beeinflusst mich heute, aber eher auf positive Weise. Ich leide eher, wenn ich die Unfreiheit mancher Menschen sehe)
- Ich will das engstirnige Denken ablegen
- Ich will andere Menschen loslassen

Der Empfang in der Zwischenebene ist schön und intensiv. Ich nehme diesen Ort immer mehr als Heimat wahr. Ich reflektiere mein abgeschlossenes Leben und bin nicht zufrieden mit meinem Erreichten.
Ich nehme mir diesmal fünf Ausgleichsleben, wovon ich bereits im dritten Leben bin.
Der Hüter meiner Chronik ist mir wieder wohlgesonnen, irgendwie ist er ein wenig verschmitzt und sagt etwas wie „Doch nicht schon wieder du." Dann schaut er aber doch anerkennend und streicht die letzten zwei Leben mit Bewährung.
Ich erhalte die Aufgabe genau hinzuhören – ich weiß, dass er meine Seele meint. „Höre auf deine innere Stimme, lebe aus deiner Mitte".
Ich will es tun!
Hannelore führt mich in die lila Flamme, in der es natürlich viel aufzulösen gibt. Danach geht es mir trotz der doch sehr, sehr Kräfte zehrenden Sitzungen sehr gut. Immer – wenn die Zeitvorgabe es zulässt – sprechen die beiden Seminarpartner über das Erlebte und die Erfahrungen.
Und das ist oft sehr viel, denn immer häufiger spüren wir als Anwender Vorgänge, insbesondere die Emotionen der Klienten. Und das alleine ist manchmal ein Erlebnis der besonderen Art. Selten passiert es mir, wie vorher geschildert, dass ich etwas wahrnehme, was der Klient später schildert.
Mit Hannelore haben die Rückführungen eine besondere Tiefe und sind besonders emotional. Vielleicht liegt es auch daran, dass wir beide uns nicht so sehr unter Zeitdruck setzen lassen.

Wir sammeln uns zur Reflexion und ich sehe sieben geschaffte Kollegen, die jedoch alle überwältigt sind von den Erfahrungen des Seminars.
Die übliche Abschlussrunde bringt dem Thema entsprechend viel „Mord und Totschlag".
Wenn man betrachtet, was wir alles in früheren Leben getrieben haben, dann kann man dies wirklich mit „unglaublich" bewerten. Und das müsste eigentlich erschrecken (tut es aber nicht). Ich bin nicht der einzige, der sich dabei auch in manchen Situationen gut gefühlt hat!
Auch dazu noch einige erklärende Worte:
Ich weiß heute, nach all diesen Erfahrungen, dass viele meiner Probleme, Hemmungen, Ängste, Abneigungen, Krisen, Kontaktschwierigkeiten und vieles mehr, durch diese einst gelebten Zusammenhänge beeinflusst wurden und werden.
Ich muss dazu keinen Beweis antreten. Ich bin mir selbst Beweis genug. Denn ich habe dies alles selbst erlebt und kann nach den Veränderungen, die meine Persönlichkeit erfahren hat, ohne jeden Zweifel für das Geschriebene eintreten.
Außer mir gibt es noch sieben weitere Personen, die Gleiches erfahren haben, und ebenso für diese Wahrheit eintreten.

Hier einige kurze Zusammenfassungen der anderen Kursteilnehmer:
- Zwei Kinder bleiben in einer Seilbahn (Kabinenbahn) wegen Stromausfall stecken. Ein Junge nervt das andere Kind so lange mit ständigen obercoolen Sprüchen, bis dieses versucht das andere mit Sprüchen wie: „Du traust dich nicht" zu einer Mutprobe zu bringen. Das Kind stürzt ab und ist aus dem Weg geräumt
- Eine junge Frau hat einen nervenden Verehrer, von dem sie jedoch nichts wissen will. Er nervt so lange, bis sie ihn von einer Klippe stößt
- Ein mächtiger Abt -Stellvertreter bringt eine zu anhängliche Verehrerin in die Folterkammer und foltert sie genüsslich. Er liebt nur sich und seine Macht und bringt diese Frau ebenso um wie viele andere. Frauen sind für ihn niedere Geschöpfe
- Eine Frau passt auf die Kinder einer jüdischen Familie auf. Ihr Mann ist ein Nazi und bringt mit anderen Nazis die Kinder mit einer List in seine Gewalt um sie im Stadtpark im See zu ertränken. Die Kinder gelten danach als verschollen. Sie trägt diese Schuld als empfundene eigene Schuld durch ihr damaliges Leben und auch ins Hier und Heute. Nie wieder will sie auf Kinder aufpassen und Verantwortung für Kinder haben.

Nach dieser Abschlussrunde fällt der Abschied besonders schwer.
Schade, es ist wieder vorbei, es war schön euch zu sehen und mit euch zu arbeiten, mit euch Spaß zu haben und auch mit schwierigen Erfahrungen umzugehen. Es ist immer wieder traurig, wenn man sich trennen muss. Warten bis zum März, bis zum Thema Seelenverträge. Was das wohl wieder sein mag?

Der Nachhauseweg ist ein sehr meditativer.
Es ist entspannend etwas mehr als eine Stunde alleine zu sein, alles zu reflektieren und etwas zu träumen.
Überraschend ist in diesem Moment für mich, dass ich nichts in Frage stelle, ich nehme das Erlebte so, wie es ist, wie ich es erfahren und gefühlt habe.
Kritiker werden jetzt sagen: „Das darf man doch nicht unreflektiert akzeptieren."
Ich als ehemaliger „Kopfmensch" kann mittlerweile vertrauen. Ich kann darauf vertrauen, dass meine erlebte Wahrheit wahr ist!

ঌ❦

Noch einmal zum Thema Wahrheit

Ich fühle, nein, ich weiß, dass das Schreckgespinst Hölle und die vielen anderen Drohbotschaften, die ich in den letzten Jahrzehnten hörte, mit Gottes Güte und allumfassender Liebe nichts gemeinsam haben.
Ich denke dabei insbesondere an die Erlebnisse in der Zwischenebene, die unendliche Liebe und das Gefühl dort zu Hause zu sein. Hier spürt man die Gegenwart Gottes und man weiß, dass dieser Gott so etwas wie die Hölle niemals schaffen würde.
Die Erlebnisse vor dem Hüter sind jedes Mal so einschneidend, so erhaben, dass man sie wie vieles andere nicht in Worte fassen kann. Es ist wie in einem Märchen, aber wir sind mittendrin.
Und dann waren ja noch der Weg und das Sein beim Urlicht: Gott als unendliche Allmacht, als allumfassende Güte, Gott so zu erleben, wie er ist!
Gottes grenzenloses Vertrauen zu uns Menschen zu fühlen, zu erkennen und in mir zu spüren, ja, ein Teil davon zu sein, das hat mit den Schauermärchen von Hölle und den Drohbotschaften, die unsere Religion als Machtinstrument schuf, nichts, aber auch gar nichts zu tun.

Ich denke dabei, dass der Klerus mehr von dieser bedingungslosen Liebe weiß, als er uns glauben machen will.

Der gütige Gott, wie ich, beziehungsweise wir ihn in unserer Gruppe erfahren haben, wird dem Großteil der Gläubigen vorenthalten.

Wie soll sich der Mensch zu dem entwickeln, was er tief in seinem Inneren sein will, ein Geschöpf Gottes? Wie soll die Seele reifen und wachsen, wenn der Verstand des Menschen niemals die Wahrheit zu hören bekommt? Wir haben alle diese Wahrheit in unserem Inneren, aber sie wird durch die Vielfalt der Fehlinformationen unterdrückt.

Natürlich erreicht jede Seele irgendwann und zwar sicher zu der Zeit, wo es sein soll, die Wahrheit.

Dennoch halte ich es für sehr fragwürdig, wie man die Menschen in heutiger Zeit von Gott fernhält. Denn mir scheint es, dass niemand mehr an einen Gott glauben möchte, der droht, der Verdammnis bringt, der sich mit guten Taten bestechen lässt, der mit Ablässen handelt.

Aber die Menschen können etwas mit einem liebenden und gütigen Gott anfangen, mit dem Gott, den wir in unserer Gruppe kennen gelernt haben. Und das ist ein unheimlich wertvolles Geschenk.

Die Frage ist natürlich: Warum wird die Menschheit nicht über alle Wahrheiten aufgeklärt? Wenn ich die Informationen aus den bisherigen Rückführungen als Grundlage nehme, aber auch die vielen persönlichen Erfahrungen als Christ und als aktiver Ehrenamtlicher, die Impulse innerhalb der Ausbildung, die Erfahrungen mit meinen Engeln, Gelesenes und Gehörtes, dann gibt es dafür sicher viele Gründe.

Die wichtigsten sind Angst vor der Offenbarung der Unwahrheit, Macht und Geld, Angst den Einfluss und das Gesicht zu verlieren.

Ich habe erlebt und erfahren, dass weder Mörder noch Selbstmörder anders in der Zwischenebene aufgenommen werden als jeder andere.

Nicht Gott und auch nicht Jesus stehen dort und richten uns mit erhobenem Zeigefinger, sondern wir selber schauen rückblickend auf das, was wir erfüllt und verpasst haben. Wir entscheiden, freilich mit Hilfe unserer geistigen Helfer, was wir auf Grundlage dieser Erkenntnis zu tun haben.

Wir suchen uns auf Grundlage dessen bewusst unsere Eltern und alle anderen Begleitumstände für unser Leben mit allem, was es uns bringen wird, aus. Wir treffen diese Wahl mit dem Wissen, dass wir uns konsequent entscheiden müssen, aber wir haben die freie Entscheidung. Diese freie Entscheidung haben auch der Fötus und der Säugling.

Zu erleben, dass ein Embryo bewusst entscheidet: „nein das habe ich nicht gewollt, ich kann das nicht ertragen" ist eine einschneidende Erfahrung.

Zu erleben: „Ich bin nicht gewollt", warum auch immer, ist hart. Sich als Embryo im Bauch zu verstecken, weil man denkt: „Mache ich mich klein, dann verkraftet es die Mama besser", ist und bleibt für mich beeindruckend.

Und dann frage ich mich, wie sehr an diesen Seelen Seelsorge betrieben werden könnte?

Wie schön wäre es, wenn man den Menschen auf dem Weg zu sterben die Wahrheit über den Weg ins Licht vermitteln würde! Wie wichtig wäre es, den Menschen damit die Angst vor dem Sterben zu nehmen!

Wie schön wäre es, den Menschen den Kontakt zu ihren Engeln zu vermitteln!

Wäre das nicht „göttliche Seelsorge"?

Die Menschen suchen, und es werden immer mehr Suchende und „Findende".

Ich finde es dabei traurig, dass die Kirche, die Christus ins Leben gerufen hat, sich so sehr vom Seelenheil der Menschen entfernt hat.

Wenn sie es nicht versteht, wahrhaftige und menschenfreundliche Seelsorge zu betreiben, dann wird sie erleben, dass Gott die Menschen auf andere Weise zur Wahrheit führt.

Das kostet übrigens viele Leben, denn Täuschung, Macht und Zerstörung führen dazu, dass die Seele sich die oben beschriebenen Ausgleichsleben nimmt. Aber ich kann „Euch" versichern: Alle kommen wieder und alle Seelen erreichen irgendwann Vollkommenheit und spätestens am Ende der Zeit gelangen alle Seelen zu Gott, werden alle Eins.

Was wäre zu tun?

Nehmt Euch wirklich ein Beispiel am Herrn, er war kein Machtmensch, er hat ohne Bedingung (wenn du das nicht tust, dann passiert dir das) den Menschen geliebt, er hat die Steuer als Instrument der Politik und nicht als Gottesinstrument bezeichnet, er hat den damaligen Gesetzesmännern den Spiegel vorgehalten.

An den Machtverhältnissen die zu Jesu Zeit herrschten, hat sich in unserem Zeitalter nicht viel, nein, eigentlich gar nichts verändert. Sicher wird man diese Zeilen verreißen, sicher werden Bücher wie „Gespräche mit Gott" als Unfug abgetan und sicher werden viele Menschen weiterhin ihr Seelenheil außerhalb der Kirche suchen müssen, was sehr schade ist!

꙳

Mittwochs nach dem sechsten Seminar kommt meine erste Klientin zum nächsten Termin. Sie ist ein anderer Mensch als beim ersten Termin, sie hat sichtlich weniger Angst. Die Panik vor der Begegnung mit der Person Tod ist sozusagen unbedeutend geworden.
Sie kommt, weil sie doch noch ein wenig Angst hat und weiß, dass da noch mehr ist. Beide denken wir, dass da noch ein Karma als zentrales Problem zu finden ist.
Sie denkt das, weil sie darin die Begründung für ihre Ängste finden könnte, und ich denke es, weil ich das bereits beim ersten Mal erwartet hatte und ich nun das Karma - Seminar hinter mir habe.

Aber wie so oft – es kommt anders als erwartet.
Wir haben ein kurzes Vorgespräch, mein Eindruck, dass es ihr deutlich besser geht, wird von ihr bestätigt. Sie hat etliche körperliche und rheumatische Beschwerden und hofft, dass ihre geplante Kur ihr Besserung dieser körperlichen Probleme bringt.
Frau T. kommt ohne Probleme über die Einführung in das Haus des Karmas.
Dort entdeckt sie insgesamt fünf Türen.
Wir schauen in alle Türen hinein, stellen jeweils weitere Türen fest, und sie entscheidet sich für eine bestimmte Türe.
Über den üblichen Weg geht es mit Ansage direkt in ein Ereignis in einem (Karma-) Leben.
Sie landet im Wien Anfang des 19.Jahrhunderts. Sie sieht sich als sieben jährige Annabel vor einem Stoffgeschäft auf ihre Mutter wartend. Sie kann viele Details wie Namen, Kleidung, Pflastersteine auf dem Rathausplatz, die Kutschfahrt, das eigene große Wohnhaus, die Dienerschaft, den Hauslehrer, aber auch emotionale Verhältnisse schildern.
Sie erkennt auch einige Personen und deren Verbindungen ins Hier und Heute.
Auffällig ist, dass in allen Situationen der Vater geschäftlich unterwegs ist.
Erst in einer Situation an ihrem 21. Geburtstag sieht sie ihn, sie empfindet Respekt, mehr nicht und sie weiß, dass er sehr oft unterwegs ist.

Nun sieht sie sich voller Elan aus dem Haus laufen. Es fehlt Brot – sie will zum Bäcker und übersieht dabei die heranfahrende Kutsche. Die junge Frau wird von den Pferden überrannt und von der Kutsche überrollt.
Sie ist sofort tot. Wir durchschreiten die Situation ein zweites Mal, weil ich denke, da muss doch eine weitere Information versteckt sein, das kann doch nicht alles gewesen sein. Habe ich etwas übersehen?
Aber da ist nicht mehr. Die Lösung kommt in der Zwischenebene, wo ich sie nach ihrem Tod hinführe.
Sie erkennt ihre Engel und steht wie beim ersten Mal Jesus gegenüber.
Sie fragt nach ihren Lebensaufgaben, nach Sinn und Zweck und so weiter.
Er sagt ihr, es sei nicht ihre Lebensaufgabe, sondern die ihres Vaters gewesen.
Er soll den Schmerz kennen lernen, er soll lernen seine Frau und seine Familie zu lieben und zu lernen, was wirklich wichtig ist, zum Beispiel, dass Geld nicht wichtig ist.
Sie soll als Seele den Vater trösten und tut dies auch, sie gibt ihm die Kraft Hoffnung zu schöpfen und das Wissen, dass der Tod seiner Tochter nicht umsonst war.
Die Grunderkenntnis ist: „Schade, dass der Mensch vergisst Seele zu sein."
Für Frau T. ist nun klar – und sie erhält diese Erkenntnis wörtlich von Jesus: Sie braucht keine Angst zu haben, sie hat Hilfe!

Danach gehen wir zurück und nehmen direkt eine weitere Türe.
Sie landet auf direktem Weg als kleines Mädel auf einer Wiese. Sie sieht sich zerlumpt und etwas verwahrlost. Sie sieht Wald, Blumen, einen Bach. Sie weiß, dass sie nicht lesen und nicht schreiben kann. Sie wohnt bei etwa 30 anderen Menschen. Sie versteht und beherrscht keine echte Sprache und erkennt bei sich selbst nur Gestammel. Diese Gruppe von Menschen ist eine Gruppe, die fürsorglich zusammenhält, sie ernähren sich von dem, was die Natur hergibt.
Sie heißt Christina und es geht ihr emotional gut. Es stellt sich heraus, dass sie taubstumm ist und dass die meisten in der Gruppe ebenfalls eine Behinderung haben. Ihre Eltern sind nicht behindert, sie sind wegen ihrer Tochter in der Gruppe. Christina liebt sie sehr.
Der Grund, dass sie hier draußen sind, ist schlichtweg Ausgrenzung und Verstoßensein.

Verantwortlich dafür sind die Kirchenoberen in ihren prächtigen Roben und mit den tollen Ringen in der nahen Stadt (Frankreich). Denn dort haben die Behinderten und ihre Familien vorher gelebt. Dann haben der Bischof und die „Anderen" diese Menschen wegen angeblicher Besessenheit aus der Stadt verbannt.
Christina geht immer in der Nacht in die Stadt, weil sie neugierig auf das Leben und die Unruhe in der Stadt ist, sie sieht Gaukler und deren Ball- und Feuerspiele. Sie hat dabei Angst, denn sie weiß, dass diese Menschen sie bei Entdeckung umbringen, doch die Neugier siegt immer wieder.
Über die Jahre hin freundet sie sich mit dem Sohn eines Jongleurs an und verliebt sich später in ihn.
Irgendwann wird sie jedoch entdeckt und vom Bischof und den Kirchenmännern wegen angeblicher Besessenheit zum Tod auf dem Scheiterhaufen verurteilt.
Sie sieht sich dann auf dem Scheiterhaufen und nimmt das ganze Drumherum bewusst wahr.
Ihre traurigen Eltern, die schuldigen Kirchenmänner, die schaulustige und grölende Menge, aber auch wütende Menschen schildert sie detailliert.
Die Kirche nimmt sie als „die Macht der Welt" wahr, sie hat dabei jedoch keine Angst, sie vertraut auf Jesus.
Bei dem Ausdruck „Macht der Welt" schaudert es mich.

Sie schaut ihre Mutter an und fragt sich, warum Jesus die Mutter so leiden lässt.
Sie wird, ohne dass sie auf dem Scheiterhaufen Leiden spürt, von Jesus und von Engeln abgeholt.
Dann steht sie Jesus auf der Zwischenebene wieder gegenüber und erhält folgende Erklärung:

„Du hattest keinen Lebensauftrag, dein Tod jedoch musste für die Menschheit so geschehen."
Denn ihr Tod führt zur Aufruhr in der Stadt, die Menschen proben den Aufstand, stürzen und bestrafen den Bischof und seine Anhänger. Sie kommen vor ein öffentliches Gericht.
Andere bessere Kirchenleute übernehmen das Ruder. Die Mutter erlebt das alles noch. Die Ausgestoßenen dürfen wieder in die Stadt, sie erhalten Kleidung und Essen.

Das war der Grund für den Tod Christinas, sie hatte sich das selbst so ausgesucht. Sie wollte etwas verändern und stellte sich dafür zur Verfügung!
Sie erhält noch einige sehr persönliche Ratschläge von Jesus, den Namen ihres Engels und den Hinweis, dass dieser zu jeder Zeit für sie da ist.
Die wenigen negativen Gefühle haben Bezug zum heutigen Leben und können aufgelöst werden. Die lila Flamme wird als sehr angenehm empfunden und hat Wirkung.

Frau T. ist im Nachgespräch sehr glücklich, zufrieden und froh. Ihre Veränderung geht weiter!

In meiner persönlichen Reflexion dieser Sitzung denke ich mir: was für gesegnete Leben für diese Seele, für diese Frau, was für Entscheidungen, nur für andere zu leben!
Sie scheint dies auch zum Teil in diesem Leben zu tun, dennoch ist sie geplagt mit Ängsten und Sorgen.
Es sind berechtigte Sorgen, jedoch bei diesen Rückblicken nur relativ.
Die Angst vorm Tod und die gleichzeitige Liebe zum Sterben und zum „Drüben", die Sorge vor Not und Existenzgefährdung sind etwas rein Menschliches. Auch wenn wir in möglichen künftigen Sitzungen in der Kindheit und früheren Leben weitere Ursachen für diese Ängste finden würden, bleiben diese Problematiken Erfahrungen der Seele, die sich auf das Menschsein auswirken.
Das Wissen um die Begleitung durch die geistige Welt, durch Engel, Jesus und viele andere sind reine Erfahrungswerte und Weisheiten unserer Seele, die auch nur durch die Seele freigegeben und dann ins Leben integriert werden können.
Doch dazu ist viel Vertrauen in die Göttlichkeit, aber auch in uns selbst erforderlich.
Nur wer sich selbst annimmt und den Funken Gottes in sich spürt, kann auf der Suche nach der eigenen Seele und deren umfassendem Wissen erfolgreich sein.

Zweifel, Ängste und Nöte sind zutiefst menschlich. Und deshalb will uns die geistige Welt immer wieder auf die Auswege, auf die wirklichen Aufgaben unseres Lebens aufmerksam machen.
Deshalb bekommen wir Zeichen über Zeichen, Hinweise über Hinweise, Angebote über Angebote und Hilfen über Hilfen. Aber wollen wir diese überhaupt erkennen und annehmen?

Nur wenn wir wirklich verstehen, dass wir eine selbst gesteckte Aufgabe zu erfüllen haben, dann können wir auch aktiv auf die Suche nach den Zeichen und Hinweisen gehen.
Was ist zum Beispiel mit all den Situationen, in denen wir - besonders als Kind – Angst vor etwas haben, Situationen, in denen wir spüren, da ist was oder jemand?

Nur weil wir niemanden sehen, ist da auch niemand, denken wir.
Wir spüren dies gar nicht mal so selten, machen uns aber mit zunehmendem Alter und der angeblichen Lebenserfahrung nicht mehr die Mühe zu suchen. Denn wer glaubt noch an Engel oder geistige Begleitung?

Glaubt man daran oder spricht man gar darüber, wird man belächelt oder für verrückt erklärt.
In den vorher beschriebenen Rückführungen gab es viele Begegnungen mit Engeln und geistigen Helfern.
Besonders beeindruckend für mich waren die Begegnungen der Kinder und Säuglinge mit ihren Engeln, sie nehmen sie nicht nur wahr, sie sind für sie normaler Bestandteil der Realität, des Lebens.
Die Klienten, die einem Engel in der Rückführung begegneten, haben nach der Sitzung gesagt: „Ich wusste immer, dass er da ist, doch es war mir immer zu abwegig es zu akzeptieren."

Noch beeindruckender ist für mich persönlich natürlich meine Begegnung mit meinen Engeln und meiner geistigen Begleitung. Dass man auf alle Fragen auch Antworten erhalten kann, dass man Fähigkeiten abrufen kann, die man vorher nicht kannte, erschließt sich erst, wenn man endlich versteht, beziehungsweise zu verstehen versucht.

༺༻

Was ist denn nun Wahrheit?

Man erkennt die Wahrheit, wenn man sie wirklich sucht. Man erkennt sie klarer, als man es sich vorstellen kann, man fühlt sie und man kann sie sich von „oben" bestätigen lassen.
Das gelingt jedoch nur, wenn man nach innen geht, wenn man in sich hinein hört, wenn man endlich die vielen Einflüsse von außen begrenzt (Fernsehen, bescheidene Literatur und Presse, Stress, Gier nach Geld, Ruhm und Macht, und vieles mehr).
Das ist schwer, aber es geht. Und es verlangt von Dir, dass Du es wirklich willst.

Für mich ist sie mittlerweile unstrittig - diese Wahrheit. Wir gehen seit Anbeginn der Zeit den Weg dieser Wahrheit und die beruht darauf, dass wir als Seele und als ein Teil Gottes alle Erfahrungen sammeln, die uns vollkommen machen. Alle Erfahrungen!
Nach dem Prinzip der Polarität ist dies jedoch nicht so einfach oder vielleicht doch besonders einfach.
Denn wie sollen wir lernen gut zu sein, wenn wir nicht vorher das Böse und die Angst kennen lernen? Wie lernt man Dunkelheit ohne Helligkeit kennen? Wie lernt man Wohlbefinden ohne das Wissen um Schmerz und Not?
Dies versteht man, wenn man die Erfahrungen in Rückführungen erlebt hat. Wenn man nun auch noch Gottes Allmacht, seine Unendlichkeit, seine Güte und sein Vertrauen in sich spüren und erfahren darf, dann ist der Beweis für die Wahrheit nah.
Viele wissen mittlerweile, dass diese Wahrheit den Menschen wirklich dient. Viele sind auf dem Weg, und das ist ermutigend.
Rückführungen unterstützen uns auf der Suche, beziehungsweise beim Finden. Sie sind ein Teil unserer spirituellen kosmischen Reise zum göttlichen „Ich", zum „Alles in Allem".

Besuche meines Begleiters Sirius habe ich immer mal wieder und sie sind und bleiben wunderbar beeindruckend. Diese Kraft, diese Stärke, die mir scheinbar nicht nur sagen, sondern auch ausdrücken will: „Geh deinen Weg."
Er beantwortet alles, was ich frage, er stützt mich, er hilft, er lässt seine Energien einfließen.

Dies spüre ich nicht nur in den Rückführungssitzungen, sondern auch bei meinen Energiearbeiten.

Während der Energiearbeit bei einem nahen Angehörigen spüre ich dessen Angst, Angst die er nicht klar definieren kann, die aber klar und deutlich „anwesend ist". Es erinnert mich an „den schwarzen Mann". Meine diesbezügliche Anfrage an meinen Begleiter wird mit dem Hinweis beantwortet, es gebe einen Aufschub (bezogen auf sein Lebensende), bei dem er lernen und verstehen soll, worauf es ankommt. Auch soll ich ihn dabei unterstützen. Es ist wohl eine meiner Aufgaben und die übernehme ich gerne.

Das dürfte nicht ganz einfach sein, aber ich will mich bemühen.

Nun will ich natürlich nicht verschweigen, dass es auch Tage gibt, an denen es nicht nur Hochs gibt. Aber es sind wenige Tage. Doch auch diese haben ihren Sinn und Zweck.

Und wenn sie nur dazu da sind, mir zu zeigen, dass mein jetziger Lebensinhalt zu überdenken ist: „Du glaubst doch nicht wirklich, dass es das ist, was ich von dir erwarte?", höre ich des Öfteren.

Manchmal unterbricht man mich einfach in meinem Tun und lässt mich während meines „Surfens" einen Begriff googeln, der mich „staunen" lässt. Was haben bestimmte geistige Helfer an Aufgaben und Wirkungen und was hat es mit dem Jahr 2012 auf sich?

Mein Engel schließt sich nicht der Panikmache einiger esoterischer Kreise an. Und auch dies spürt sich wie immer mehr als eindeutig an: „Es verändert sich vieles, es ist im Fluss, und diese Entwicklung beschleunigt sich sozusagen, aber es geschehen keine so gravierenden Zeichen, wie sie manche vorhersagen. Es wird viele geben, die verstehen, sehen, fühlen und hören, es wird einzelne, aber vor allem Gruppen von Menschen geben, die um die Veränderungen wissen, an diesen teilhaben und auch selbst schöpferisch tätig werden.

Die Gedanken einer Gruppe haben Macht, denn wenn ein Mensch in der Lage ist, mit seinen Gedanken schöpferisch zu sein, kann eine Gruppe Großes bewirken".

Ich hab zwar noch nicht „geschöpft", aber das hab' ich doch schon mal gehört.

Diese Tiefs – auch wenn sie nicht so tief sind wie noch vor Monaten, nerven dennoch. Ein Hinweis ist dabei auch, dass ich „meine Sachen" tun solle, dabei auch nicht so sehr in meinen üblichen Arbeitstrott verfallen soll, dann komme es nicht zu diesen Tiefs.
Es ist für mich überhaupt keine Belastung, aber ich weiß, wenn ich nicht in mich hinein höre oder meine innere Stimme missachte, werde ich mir in der Zwischenebene wieder sagen (lassen) müssen: „Aufgabe nicht verstanden und erfüllt - noch eine Zusatzrunde."
Auch wenn das nicht so schlimm wäre (wie ich ja mittlerweile weiß), ich will nach weiterem Wissen, nach Vollständigkeit streben und verzichte dabei gerne auf selbst geschaffene, weitere Extraschleifen.

Der Kontakt mit meinen lieben Ausbildungskollegen ist weiterhin regelmäßig und befruchtend, wir lernen viel voneinander.

Am Wochenende besuchen meine Frau und ich liebe Freunde. Das Thema Reinkarnation ist für einen der Beiden nichts Neues, der Partner ist jedoch nicht sonderlich interessiert. Dementsprechend wird es besonders lustig oder eher spannend, als es zum Thema Rückführung kommt, denn sie will unbedingt mehr wissen.
Wir haben schon öfter das Thema durchdiskutiert und sie ist sozusagen „Feuer und Flamme". Während sie bei früheren Gesprächen noch etwas skeptisch war, ist sie jetzt soweit, dass sie über ihre eigenen Lebensaufträge, Zusammenhänge und Reibereien mit Familienmitgliedern nachdenkt. Wieder einer mehr, der auf der Suche ist, der das „Ankommen" lernt.

Wir besuchen ein beeindruckendes Kloster der Hildegard von Bingen, welches ich besonders ansprechend finde (das geht mir längst nicht in allen Kirchen so, denn in vielen spüre ich die unheilvolle Vergangenheit). Ich gehe in die Kirche, schaue mich dort um und wundere mich, dass mir diese Kirche doch recht vertraut vorkommt. Ich glaube, hier war ich schon mal (Klosterinsasse?).
Das Riesenbildnis des Christus kommt mir regelrecht lebendig vor, er scheint mir so nah, als könnte er mich umarmen. Die darunter gemalten Engel (fast menschengroß) scheinen im ersten Moment alle gleich. Dann erkenne ich doch einige Unterschiede, woraufhin ich mich frage: „Sind es Erzengel oder nicht und wenn ja, ist Metatron auch dabei? Ja, Zweiter von rechts, ist mein spontaner Gedanke.

Im Klosterladen kann ich mich mit meiner Frage nach den Engeln nicht zurückhalten. „Nein", sagt die Nonne, „die haben keine Namen, es sind einfach nur Engelbilder."
„Na", denke ich, „wenn die wüsste". Ich fühl mich ja sonst in den Klöstern nie so richtig wohl – aber hier ist es wirklich nett!

Auch die folgende Woche bringt wieder einige Besonderheiten.
Einige Auseinandersetzungen mit der gesamten Entwicklung. Es ist eine beruflich sehr anstrengende Zeit, ich habe viele Stunden zu leisten, dazu im Privaten einiges zu tun. Dennoch geht es mir deutlich entspannter als je zuvor.
Ich muss sagen, dass ich weiterhin den einen oder anderen Tag habe, an dem es nicht so ganz prickelnd ist. Auch Tage an denen die da oben eher still bleiben.
Die Botschaft dazu ist ziemlich eindeutig: „Du erfährst dich und mich, also alles was wesentlich ist, dann, wenn du zuhörst, wenn du offen bist, wenn du das Wesentliche wahrnehmen willst. Es ist also dein Ding, ob du dich weiterentwickelst oder aber nicht." Das ist mal wieder eine klare Ansage!

Nun gut, es ist doch nicht alles von mir abhängig, vieles wird von der Umwelt, von Familie, Beruf und vielem anderen bestimmt. Die Botschaft ist aber klar: „Trenne dich von dem, was dich vom Wesentlichen abhält." Also Entscheidungen sind gefordert.

❧

Die nächste Sitzung mit der nicht mehr so depressiven Freundin des Bekannten steht an.
Ich habe ein längeres Vorgespräch mit ihr, in dem ich versuche ihr klar zu machen, dass sie entweder offen sein müsse für einen neuen Weg oder sie ließe es besser sein (natürlich auf die sanfte Art).
In einer sehr behutsamen Weise steige ich in die Sitzung ein, ich gebe ihr – obwohl ich weiß, dass sie dazu bisher keinen Bezug hatte – ihren Engel an die Hand, führe sie auf dem üblichen Weg in das Haus der Inkarnationen. Vorher gebe ich ihr Impulse in die Leben zu gehen, die bedeutsam sind für ihre Traurigkeit und ihre Ängste.

Sie landet in einem sehr finsteren Raum als 27- jährige Marie. Was im Folgenden flüssig erzählt wird, muss wie ein Puzzle Stück für Stück zusammengesteckt werden.
Sie hat zu Anfang etwas Angst vor einem etwa 60 Jahre alten Mann, der zornig schaut und von ihr verlangt ein Schriftstück zu verfassen.
Dieses Leben findet im Paris des Jahres 1730 statt. Es stellt sich heraus, dass sie als eine der wenigen gebildeten Frauen für andere Menschen Testamente schreibt. Diese Menschen bitten Marie darum, weil sie todkrank sind, weil die Zeit drängt und weil Marie bereit ist, noch mehr zu leisten.
Im bürgerlichen Leben arbeitet sie für eine Zeitung oder einen Verlag.
In dieser, für sie wichtigen Nebenbeschäftigung, begleitet sie Menschen auf dem Weg zum Sterben.
Sie schildert die Sterbegleitung bei diesem Mann, der verheiratet ist und drei Kinder hat. Diese haben alle große Angst vor dem Tod des Mannes und Vaters. Deshalb übernimmt Marie das alles. Sie tröstet, begleitet, nimmt Zorn und Angst und schenkt ihm Beistand in allen Lagen.
Als sie sagt: „Ich habe ihm etwas gegen die Schmerzen gegeben", weiß ich sofort, was sie gemacht hat!
„Wie hast du das gemacht?"
„Na, ich hab ihm was gegeben"
„Was hast du gegeben?"
„Na irgendwas"
„Zum Schlucken?"
„Ja, ich denke?!"
„Dann schau noch mal genau hin, du hast doch etwas anderes getan?!"
„Ja"
„Hast du was mit deinen Händen getan?"
„Ich glaube"
„Du hast ihm die Hände aufgelegt und es ging ihm gut?!"
„Ja"
„Du machst das öfters und du weißt, dass du das kannst"
„Ja"
„Es ist schön anderen so zu helfen"
„Ja"
So weit ein Auszug aus der Sitzung. Marie hilft häufiger auf diese Weise, sie macht das nicht als Hobby, denn sie leidet mit den Sterbenden.
Sie hilft bei allem, bis hin zur Beerdigungsorganisation.

Das Sterben des Mannes wird eindrucksvoll geschildert, sie begleitet seine Seele zum angstfreien Abschied.
Danach geschieht nichts Bedeutendes mehr, wir gehen direkt in den Tod der Marie. Sie hat nicht das Glück begleitet zu werden.
Ihre Familie (Eltern, Bruder, Bekannte) hatte sich schon vor langer Zeit von ihr distanziert, sie fanden das alles „verrückt" und wollten nichts mehr mit ihr zu tun haben.
Sie stirbt unter starken Schmerzen, allein gelassen und vereinsamt.
Sie wird bereits auf dem Weg zur Zwischenebene von einer Seele und einigen geistigen Helfern abgeholt. Sie nimmt dort auch ihren Schutzengel wahr, er sitzt rechts neben ihr. Dann schaut sie nochmals und sagt:
„Das ist die Seele, die mich abgeholt hat, es ist der Mann!"
„Welcher Mann?"
„Na, der Mann"
„Es ist der Mann, den du begleitet hast, der ist jetzt dein Engel?"
„Ja, er ist es, er ist mein Engel und er heißt Sam"
Sie ist total gerührt, ich merke, wie sie die Tränen zurückhält.
Sie zählt ihre Lebensaufgaben auf, die allesamt um das Wohl der Schwachen und Leidenden gehen. Und sie hat alle erfüllt.
Ich lasse sie in der gesamten Sitzung, insbesondere aber in der Zwischenebene mit ihrem Engel bewusst wahrnehmen, wie sehr Marie anderen Menschen geholfen hat, welche Fähigkeiten sie hatte, wie positiv ihr Umgang mit der Trauer war.
Ihr Dialog mit ihrem Engel ist ausgiebig und für sie sehr, sehr aufmunternd.
Ich führe diesbezüglich auch ein kurzes Nachgespräch und wirke auf sie ein, ihre Fähigkeiten, ihre Hilfe, den Engel, ihre Gabe mit Krankheit, Schmerz und Tod umzugehen, bewusst wahrzunehmen und bewusster zu leben.
Zum ersten Mal erlebe ich sie befreiter, sie lächelt, sie kann sogar lachen.
Ich drücke ihr fest die Daumen, dass es ihr gelingt.
Ich treffe sie in den folgenden Monaten einige Male und kann feststellen, dass sie sich verändert hat.

Einige unserer Gruppe treffen sich wieder zum Austausch und zur „Rückführung unserer Selbst". Es macht total Spaß und Freude, egal was wir erleben!

Meine nächste Rückführung bringt mich doch tatsächlich schon wieder nach Schottland.
Es ist insgesamt etwas weniger emotional als beim ersten Schottlanderlebnis. Das heißt jedoch nicht, dass es weniger beeindruckend ist.
Es ist schnell klar, ich bin wieder Steve Mac B., Anführer eines Clans, der in einem kleinen Dorf lebt.
Ich habe eine Frau, sie heißt Mary und ich liebe sie sehr, es ist eine ganz besondere Verbindung. Und ich weiß sofort, diese Frau ist die Frau, die in meinem jetzigen Leben eine ganz besondere Rolle gespielt hat. Eine Rolle, die mich über mehrere Jahre in meiner Emotionswelt sehr beeinflusst (ja, letztlich auch belastet) hat. Wir haben drei Kinder, von der unsere Jüngste ein blond gelocktes, wie ein Engel aussehendes Mädel ist.

Ich sehe mich im Hochland auf einen langen Stab gestützt über mein Land schauen. Ich genieße diesen Anblick, ich bin mit diesem Dasein hier verschmolzen.
Ich bin stolz auf dieses Land, es geht mir gut. Ich lebe von Schafzucht und irgendwie auch von Waffen (Schwerter).
Dann geschieht etwas sehr Einschneidendes.
Meine Frau ist krank, erst hustet sie sehr, dann stirbt sie qualvoll an einer Lungenentzündung. Mich stürzt das für eine lange Zeit in eine sehr tiefe Trauer.
Der Clan hält in dieser Situation zusammen, alle kümmern sich um die Kinder und auch um mich, so dass ich mich mit der Zeit wieder erhole. Es muss ja weitergehen.

Dann sammeln sich die Clans. Sie haben öfter kleine Auseinandersetzungen, die jedoch mehr zum Spaß, beziehungsweise dem Kräftemessen dienen. Wenn es aber hart auf hart geht, halten sie zusammen.
Ich sehe, wie sich die Clans sammeln, sie kommen aus allen Ecken der Highlands um auf dem Weg ins Tal in der Ebene gegen die Krone zu kämpfen.
Und das ist, obwohl wir voller Stolz in diese Schlacht ziehen, ein mehr oder weniger hoffnungsloses Unterfangen. Ich weiß, dass die Schlacht verloren gehen wird, ich sterbe mit einer Lanze in der linken Brust.

Na, das war's dann. In der Zwischenebene werde ich freundlich empfangen, meine Helfer sind da, meine Lernaufgaben sind außer den vorher bereits beschriebenen:
- Mit Trauer umgehen lernen
- Mich um die Familie kümmern
- Mich für das Recht einsetzen
- Zu lieben
- Stark zu sein

Alle Aufgaben habe ich erledigt!

Ich erhalte von meinem Engel den eindeutigen Hinweis, dass die Erfahrungen mit meiner schottischen Frau und dem Hier und Heute natürlich zusammenhängen.
Dass eine Beziehung mit ihr in diesem Leben jedoch nicht erfüllt werden kann. Alle Erfahrungen werden auf Grundlage der Lernaufgaben selbst gewählt. Ich solle mich gedulden. In den nächsten Leben kann es durchaus weitergehen. Das ist schwer, aber es muss wohl so sein.
Ich verstehe nun einiges, was mir früher viel Last gebracht hat. (Und was ich natürlich zu diesem Zeitpunkt noch nicht weiß, es war nicht der letzte Ausflug nach Schottland, es fehlt noch etwas).

Diese Empfindungen begleiten mich einige Tage. Es ist schon traurig, aber es geht ja weiter!
Außerdem bekomme ich Gelegenheit ein großes Schwert in die Hand zu nehmen. Das beeindruckt doch sehr. Ich hatte so ein „Teil" im jetzigen Leben noch nicht in der Hand. Aber es ist mir sehr vertraut. Es liegt gut in der Hand. Mit etwas Übung könnte ich kämpfen.
Das Abstützen auf diesem starken, großen Schwert „ist in mir drin".
Überraschend ist auch das fehlende Zusammentreffen mit dem „Verräter" in der Rückführung.
Aufgelöst ist halt aufgelöst.
Carola möchte in ein Karmaleben mit ihrem Vater gehen. Sie erlebt dabei ein typisches Leben vom „Nicht verstandenen Teenager" bis zum Weglaufen.
In dieser Weglaufszene wird die Jugendliche von ein paar düsteren Gestalten missbraucht, vergewaltigt und umgebracht.
Begleitet von den geistigen Helfern gehen wir den Weg in die Zwischenebene und zum Hüter.

Sie erkennt ihre Aufgaben als nicht erfüllt, dennoch streicht der Hüter, der eine übergroße Güte ausstrahlt, das eine karmische Leben, das wohl ein Resultat aus dem nicht „Folgeleisten" der Tochter war.

Eine Kollegin klagt nach einem Arbeitsunfall vor etwa 2 Jahren und vor wenigen Wochen über starke Schmerzen an Schulter und Halswirbelsäule. Eigentlich möchte sie einen Rat zum weiteren arbeitsmedizinischen Vorgehen, den ich ihr natürlich gebe. Danach frage ich, ob ich mir die Schulter mal anschauen soll. Natürlich tue ich das nur mit meinen Händen, ich habe ein gutes Gefühl dabei und bin nach gut zehn Minuten fertig. Den Energiefluss spüre ich deutlich, sie ebenso, denn sie berichtet, ohne dass ich irgendetwas von meinem Wirken erkläre und ohne dass sie etwas sehen kann, von Wärme und einer deutlichen Energie in Schulter und Halswirbelsäule bis zum Ohr.
Nach vier Tagen kommt sie wieder und fragt mich, was ich denn gemacht habe, denn sie habe deutlich weniger Schmerzen und hätte endlich noch mal normal und schmerzfrei schlafen können. Ich arbeite nochmals nach und bestelle sie für ein paar Tage später noch ein Mal.

Meine Mutter klagt über starke Beschwerden am Hals. Ich fühle diesen ab, mit Angina und Lymphkotenschwellung hat das nichts zu tun.
Ich spüre deutliche „Verdichtungen" lateral und am vierten Halswirbelkörper. Es ist deutlich, und so gebe ich mir viel Mühe, schufte regelrecht und spüre danach deutliche Besserung.
Nach zwei Tagen gibt sie eine leichte Besserung an. Also arbeite ich noch etwas nach und spüre wieder an der gleichen Stelle Probleme, die jedoch nicht mehr so verdichtet sind. Also arbeite ich nochmals an den beiden Stellen. Nach weiteren zwei Tagen gibt sie eine deutliche Besserung an, es sei so ähnlich wie bei ihrer Grippe, da habe sie Schmerzen an jedem Knochen gehabt, „danach" sei alles weg gewesen.
Es erinnert mich ein wenig an die Rückführung mit dem Hände Auflegen.

ಶಿ⋅ಖ

Eine Klientin mit vielen Allergien hat sich angemeldet.
Eine mir bereits lange bekannte Freundin klagt bereits seit vielen Jahren über diverse allergische Beschwerden.

Wir gehen nach dem Vorgespräch und der Einführung auf die Suche nach ihren Allergien (Pollen, Staub, Parfüm und vor allem Tierhaare), die ihr allzu oft die Luft rauben. Pollen lösen bei ihr in den letzten Jahren immer heftigere Probleme aus, die über den üblichen Schnupfen und die Augenreizungen hinausgehen und teilweise asthmaähnliche Atemprobleme auslösen.

Über das Haus der früheren Leben und die Türen der Allergie landen wir recht zügig in einem ursächlichen Leben.

Ein kleines Mädchen – Lilly (sieben Jahre) ist mit ihrer Mutter beim Beerenpflücken. Sie erzählt viele Details von Natur, Landschaft, der Mutter und so weiter.

Danach geht sie mit der Mutter nach Hause und sieht sich anschließend schaukelnd mit drei weiteren Kindern (drei ihrer heutigen Geschwister). Danach spielt sie mit diesen Kindern mit kleinen bunten Steinchen. Schon auf der Schaukel spürt sie beißenden Rauch, will diesen jedoch nicht wahrhaben.

Im Spiel wird es dann jedoch immer schlimmer. Sie bekommt Angst und versucht mit den Kindern wegzulaufen, wofür es jedoch mittlerweile zu spät ist.

Sie kauern sich ängstlich auf der Erde nieder. Die Ursache für den Rauch erkennen sie nicht, sie wissen jedoch, dass es ein sehr bedrohliches Feuer ist.

Ich lasse sie durch das „Erlebnis Ersticken" gehen.

Sie nimmt es wahr und empfindet die Parallele zu den heutigen Beschwerden mehr als intensiv, in jeder Facette. Ganz langsam und bewusst lasse ich sie durch jede Phase der Erstickung gehen.

So stirbt sie und geht mit ihrem Begleiter, ihrem Engel und den drei anderen Kindern und deren Engel in die Zwischenebene. Der Weg hin zur Zwischenebene ist so intensiv, dass es ihr schwindelig wird.

In der Zwischenebene angekommen, folgt ein sehr intensiver Austausch zwischen Lilly und dem Engel.

Bewusst rege ich diesen Dialog an und erfrage nicht alles (als Anwender entwickelt man Gespür dafür, wo der Klient etwas Ruhe zur Kommunikation braucht).

Dann bekomme ich den Impuls: „Nun geht noch zum Hüter." Auch dazu ist zu sagen, dass solche Impulse nicht von ungefähr kommen. Immer wenn ich solche Impulse erhalten habe, waren sie treffend, also immer für den Klienten erforderlich und heilbringend.

Also gehen wir zum Hüter der Akasha-Chronik. Meine Klientin sieht dazu keine Bilder, spürt den Hüter aber umso intensiver. Die (positive) Macht, die Güte und die Barmherzigkeit sind für sie sehr, sehr beeindruckend. Ich rege an, sie soll mit ihrem Engel zusammen folgende Fragen stellen:
„Habe ich alles, was mit der Erkrankung, mit den Allergien zu tun hat, verstanden? Können die Ursachen, beziehungsweise die Auslöser für die Beschwerden gelöscht werden?"
Der Hüter gibt keine hörbare Antwort. Es folgt jedoch eine Antwort über Gedanken, eine gedankliche Auflösung. Er streichelt ihr sanft über den Kopf, woraufhin sie sehr, sehr gerührt ist.
Dann gibt der Hüter meiner Klientin noch einige persönliche Hinweise (auch hier spüre ich, dass sie nicht für mich bestimmt sind und frage nicht weiter nach) bevor wir zur Zwischenebene und in die lila Flamme gehen. Es gibt Etliches aufzulösen, insbesondere die vielfältigen körperlichen Beschwerden, die während der Rückführung genannt wurden.
Im Nachgespräch ist sie vollkommen überrascht über die Intensität des Erlebten, insbesondere über die intensiven Emotionen im Zusammenhang mit dem Hüter.

Die Klientin berichtet zwischendurch über den Stand ihrer Beschwerden. Sie hat während des kompletten Frühjahres keinerlei allergische Reaktionen gegen Pollen gehabt, obwohl der Pollenflug zum Teil sehr intensiv war. Der Familie ist in der Zwischenzeit eine Katze zugelaufen (Zufall?). Während die Klientin vorher kein Haustier in ihrer Nähe vertragen konnte, hat sie nun dabei überhaupt keine Probleme. Auch andere Tiere verursachen keinerlei allergische Reaktionen mehr. Auch sieben Monate nach dieser heilsamen Sitzung sind alle genannten Beschwerden weg! Die Katze gehört mittlerweile zur Familie und ist das Siegel für die Genesung.

Mir ist natürlich klar, dass man niemandem im Vorfeld eine Garantie für solche Verläufe geben kann. Die Ursachen für solche und viele andere Beschwerden können sehr vielfältig sein, deshalb sollte man sich immer sehr zurückhaltend in der Prognosestellung verhalten. Auch empfehle ich allen Klienten, immer einen Mediziner zur Abklärung aufzusuchen. Ein Heilversprechen wird nie gegeben.

Da ich mittlerweile einige dieser beschriebenen Beispiele erlebt habe, kann ich mit Gewissheit sagen, dass die Aussichten für eine Linderung oder gar Beseitigung der Beschwerden gut sind.

Was muss vorliegen um Veränderungen wie im vorher genannten Fall zu erreichen?

- Der Klient muss mit der Absicht etwas zu verändern den Therapeuten aufsuchen
- Dazu gehört auch die Bereitschaft möglicherweise spirituelle Erfahrungen zu machen
- Der Klient muss dem Therapeuten gegenüber mit offenen Karten spielen, das heißt, er muss im Vorgespräch ehrlich die bekannten Hintergründe darstellen
- Die Chemie zwischen Therapeut und Klient muss stimmen

Die Klientin meldet sich immer mal wieder und ist überaus dankbar für die Heilung. Denn sie hatte bereits etliche Versuche unternommen eine Linderung zu erreichen. Dazu gehörten Besuche bei Hausarzt, Allergologen und einer Heilpraktikerin. Alle Maßnahmen wie Desensibilisierung, Medikamente und verschiedene alternative Heilmethoden waren ohne jegliche Effekte geblieben, sie hatten nur viel Geld verschlungen.

Für mich, der ich mich nun langsam doch als Therapeuten sehen kann (ist mir noch ein wenig komisch), sind solche Erfolge immer mit viel Freude verbunden. Außerdem bin ich sehr dankbar für die Hilfe, die ich von der geistigen Welt erhalte.

Es gibt weiter etliche Interessierte, die immer wieder nachfragen, was sich ereignet hat.
Mir fällt im Internet „zufällig" die Botschaft des Erzengels Metatron („mein Sirius") in die Hände. Vieles ist mir momentan zu hoch, dennoch ist es, als würde er mit mir sprechen: „Ich habe es dir doch gesagt."
Im Fernsehen sehen wir uns den bitterbösen, aber dennoch urkomischen Film „Dogma" an. Und wer erscheint dort? Metatron! (Wieder ein Zufall?)

Ein sehr interessierter, doch sehr ängstlicher Bekannter meldet sich zum Termin an. Er hat seit Beginn der Ausbildung alle Informationen förmlich aufgesaugt. Grundsätzlich hat er großes Interesse, auf der anderen Seite hofft er, den Beweis zu erhalten, dass diese Veränderung seines Weltbildes nur ein Trugschluss ist.
Er hofft, dass seine Sicht der Dinge nicht erschüttert wird. Deshalb bin ich nicht davon ausgegangen, dass er tatsächlich irgendwann erscheinen würde. Nun spüre ich bei ihm so eine Art Trotzreaktion. Er will den Gegenbeweis.
Aber ich kann ihm frühestens in einer Woche einen Termin geben. Er hat somit noch eine Woche Zeit sich den Kopf zu zermartern.

Stimmungsmäßig geht es bei mir rauf und runter, wobei das Runter immer ohne die großen bekannten Täler ist. Ich kann mittlerweile sehr gut mit den Tiefen umgehen.

Einen Tag vor dem siebten Seminar gibt's noch ein mal ein spirituelles Hoch, wenn auch der Rest des Tages eher einen bescheidenen Anfang nahm. Auf der Heimfahrt von der Arbeit korrespondiere ich mit Sirius.
Er teilt mir klipp und klar mit (das heißt, er lässt es mich aussprechen), im Sommer beginnt der Wandel. Wenn du bereit bist für den Wandel dann wird „es" auch klappen. Dieses „Es" wird noch etwas detaillierter beschrieben, ich kann es akzeptieren.
Die Korrespondenz ist nett, klar und deutlich!

Zuhause angekommen, überlege ich, was ich noch tue. Ich weiß, es muss noch was Spirituelles sein. Also wage ich mich endlich ans Pendeln. Ich wollte das schon öfter, aber irgendwie bin ich nie dazu gekommen.
Ich nehme mir die Anleitung, die mir durch „Zufall" in die Hände gefallen ist. Ich suche mir die geeignete Position, lese mir die Anleitung durch, bin gespannt, was denn nun passiert. Also teste ich erst einmal die Neutralposition, das Ja, das Nein, und so weiter.
Was ich nicht erwartet hatte: es passiert tatsächlich etwas. Der Ausschlag ist mehr als deutlich.
Ich schreibe alles auf, denke mir einige Fragen aus und teste alles aus.
Auch hier einige klare Antworten. Auch spirituelle Fragen werden beantwortet. Ich frage natürlich auch nach uns acht, beziehungsweise zehn in der Ausbildungsgruppe.

Es folgt eine mehr als klare Antwort, wer wie innerhalb der Gruppe weitermachen wird. Das Ergebnis ist etwas abweichend von dem, was ich vorher (hörte) beschrieben habe, es gibt einen einzigen Unterschied. Ich hätte so deutliche Reaktionen/ Antworten nicht erwartet. Aber bei diesem Thema bin ich noch etwas skeptisch, obwohl mir mein Gefühl sagt, ich solle hier offener sein.

Auch danach ergibt sich nochmals ein wohltuender Austausch. Es ist schon nett, nein, es ist erfüllend. Sirius rät mir zum vorsichtigen Umgang mit „Die Neue Zeit", einem Fernsehsender mit religiösen Inhalten. Diesen hatte ich vor kurzem im Satellitenfernsehen entdeckt. Er schien mir zuerst interessant, dennoch hatte ich ein merkwürdiges Bauchgefühl. Er sagt: „Es ist zum Teil in Ordnung, aber es ist sehr genau zu filtern."

Seit dem Karma - Seminar kam es nicht mehr zum Austausch mit meinem Sohn - bis zwei Tage vor dem nächsten Seminar. Ich fahre ihn besuchen und habe einen lockeren Austausch mit ihm.
Ich fange nach etwa zehn Minuten an meine Gefühle genauer zu beobachten, es ist schon erstaunlich, ich unterhalte mich etwa eine Stunde relativ entspannt mit ihm (das ist uns vorher nie gelungen), und ich habe dabei keine unguten Emotionen.
Die früher anschwellenden Halsschlagadern, das „Grummeln" im Bauch, das Unverständnis bei seinen Entscheidungen, seine Beziehungsprobleme, seine manchmal merkwürdigen Einstellungen gegenüber seinen Mitmenschen – nichts ist mehr, wie es war.
Das alles kann ich nun ohne Missempfinden so stehen lassen. Welch eine Entwicklung.
Natürlich ist es etwas ungewohnt, aber ich kann ihn so sein lassen, wie er ist. Ich gebe ihm den ein oder anderen neutralen Rat und kann mich zum ersten Mal ohne jeglichen negativen Beigeschmack verabschieden.
Alleine dafür hat es sich gelohnt den Weg zu gehen.

Ich habe bereits seit Wochen den Auftrag mit einem nahen Verwandten ein Gespräch zu führen, ihm zu helfen sich vorzubereiten.
Dieses Gespräch ergibt sich endlich. Ich habe dabei viel Hilfe, denn ich spüre, dass nicht mein Kopf spricht, sondern meine Seele.

☙❧

Kapitel IX

Seelenverträge, seelische und körperliche Krankheit

Siebtes Seminar
Dieses Seminar wird wieder etwas Besonderes werden, das konnte ich zwar bisher von jedem Seminar sagen, aber diesmal gibt es so intensive, so emotionale Momente und Highlights, dass mir glatt die Luft wegbleiben wird.

Das Seminar hat unter anderem die Themen Krankheit, seelische und körperliche Wunden, Phobien, Traumata/ Unfälle und Seelenverträge und welche Auswirkungen diese haben.

Es ist schön einen Freund nach dem anderen zu begrüßen, wie eine Familie halt, sehr herzlich, es tut gut!
Es dauert mal wieder recht lange bis die Reflexion der letzten vier Wochen abgeschlossen ist. Alle erzählen von ihren Erlebnissen, insbesondere von den Veränderungen, die sich durch die Auflösung des Karmas ergeben haben. Nahezu alle haben deutliche Veränderungen in ihrem bewussten Zusammenleben mit den betreffenden Personen, mit denen ein Karma aufgelöst werden konnte, erlebt.
Es geht uns fast allen gut.
Nur Maria ist seit zwei Tagen mitgenommen, während sie sich vorher auf einem regelrechten Höhenflug befand. Sie kann es sich nicht erklären, es wird jedoch wie beim Karma - Seminar die Vorahnung sein, dass etwas „Unschönes" auf sie wartet, möglicherweise ja auf jeden oder einige von uns. Da ich das ja auch schon empfunden habe, ist dies nahe liegend.

Und dann kann es losgehen.
Im theoretischen Teil werden Ursache und Wirkung von Krankheiten, von Ängsten/ Phobien sowie von Unfällen behandelt. Ich kenne diese Inhalte bereits aus den Büchern von Detlefsen und Dahlke. Es ist ein sehr spannendes Thema, bei dem man sich fragt, warum es in der Schulmedizin keine Rolle spielt.

In meinen mittlerweile 28 Jahren Erfahrung im Pflegedienst, beziehungsweise Krankenhaus habe ich mich bei vielen Patienten gefragt, ob seelische Faktoren eine Rolle bei körperlichen Leiden spielen könnten. Ich habe jedoch nie eine klare Antwort erhalten. Die Schulmedizin plagt sich nicht mit solchen Fragen.

So habe ich bei langwierigen und chronischen Leiden oft das Gefühl gehabt, dass es möglicherweise mehr gibt als das, was der Körper zeigt oder auch nicht zeigt. Denn spätestens, wenn der Körper für die angegebenen Symptome keine offensichtliche Ursache zeigt, wird der Patient schnell als Spinner, Psycho-Ei, Arbeitsverweigerer oder Hypochonder abgewertet.

Nur ein gefügiger Patient, der in das normale Bild hineinpasst, dessen Symptome und Diagnostik zusammenpassen und dessen Beschwerden auf die Therapie hin möglichst schnell verschwinden, ist im heutigen Gesundheitssystem ein guter Patient.

Wer nach ganzheitlicher Medizin sucht, bei der auch Geist und Seele eine Rolle spielen, kann dies oft nur mit entsprechendem finanziellem Background tun.

Da jedoch nicht jeder die notwendigen Mittel zur Verfügung hat, setzt man sich gezwungenermaßen eher der invasiven Schulmedizin aus, die ist ja quasi gratis.

Deshalb stoßen solche Theorien, also die, die die Seele als Ursache für körperliches Leiden in Betracht ziehen, auch heute nur sehr selten auf offene Ohren.

Wie immer beginnt der Einstieg mit der Theorie. Es könnte spannend werden.

Der Einstieg zum praktischen Teil geschieht heute wieder über eine Vorführübung.

Im Haus der körperlichen und seelischen Wunden wird die Probandin bewusst in ein Leben geschickt, das mit heute bestehenden Hautproblemen in Verbindung steht. Dort zeigen sich Erkrankungen, deren Beschwerden / Symptome die gleichen ungüten Wirkungen zeigen wie im früheren Leben.

Also wird bewusst abgefragt, ob diese Beschwerden aufgelöst werden sollen. Nach der Zustimmung wird der Weg in die Zwischenebene gewählt, wo die gesamte Thematik auch mit den geistigen Begleitern besprochen wird.

Mit diesen geht es zum Hüter der Akasha-Chronik, der um die Zustimmung zur Auflösung dieser Beschwerden befragt wird. Danach geht es, und das ist wieder eine völlig neue Erfahrung, in den Tempel der Heilung. Die Probandin teilt detailliert mit, was sich an Wellnesprogrammen hier ergibt. Es ist vom Erzählen her bereits so spannend, dass man sich hineinfühlen kann: Licht- und Blüten- sowie Duftanwendungen und vieles mehr.
Sie kommt geheilt, aufgefrischt und aufgeputscht aus dem Tempel. Nach dem zusätzlichen Weg durch das lila Feuer geht es ihr sichtlich gut.
Wir anderen sind nun alle insbesondere auf diesen Tempel gespannt.

҈

Dann teilen wir uns auf, die Stimme von oben hat mich so zugeteilt, wie ich es erwartet habe. Auch Christel weiß, dass wir beide dran sind. Für dieses Seminar soll das so sein, und es passt – wie immer.

Zuerst gehe ich auf die Liege. Der Weg durch die Schwere und über die Wiese könnte fast übersprungen werden. Es geht immer schneller. Wer hätte das am Anfang gedacht?
Die Suche nach Krankheiten zeigt mehrere Türen, hinter der ausgewählten erscheint ein Unfallereignis.
Ich sehe mich als Bauer hinter einem Gespann mit einem Pflug gehen. Dann gehen die Kühe durch und ich werde mitgeschleift.
In der nächsten Situation erkenne ich mich als Krüppel, von der Halswirbelsäule an gelähmt. Ich spüre meine Unfähigkeit zu fühlen, kann nur noch denken und bringe das mit meinen früheren Gefühlen – emotional wie gelähmt zu sein – in Verbindung.

Eine weitere Situation zeigt mir einen Fahrradunfall, den ich mit sieben Jahren mit meinem Kinderfahrrad (mit Bananensattel, habe es sofort wieder erkannt) hatte.
Diese Szene dauert im Zeitlupentempo etwa drei Minuten. Alle Gefühle, Ängste bis hin zum Geschimpfe der Mutter gehen mir durch den Kopf. Jeder Gedanke, jedes empfundene Bild ist so real, dass ich völlig perplex bin.
Aber was, wenn ich wieder gelähmt bin? Die Verbindung dieser beiden Leben in einer Situation, das ist schon erstaunlich.

Ich kann es mir im Nachhinein nur so erklären, dass meine Seele in diesem Moment meinem Geist eine Information zur Verfügung gestellt hat um eine schnelle, richtige Entscheidung zu treffen.
Doch die nun aufkommende Angst macht mich zuerst unfähig das Fahrrad weiter zu lenken, ich bin wie versteinert, wie gelähmt.
(Zuhause wird mir dieser Fahrradunfall später von meiner Mutter bestätigt).
Das, was anschließend vor meinem inneren Auge abläuft, ist jedoch noch beeindruckender.
Ich sehe nun alle meine Unfälle und Beinaheunfälle (insgesamt etwa zehn) wie mit einem Filmstreifen gezogen an mir vorüberziehen.
Darunter sehe ich einige Ereignisse, die ich nie verstanden habe. Unfälle die wie von Geisterhand zum Guten gewendet und ohne schlimme Folgen geblieben waren. Zufälle waren das keine, ich habe mich nur immer gewehrt, mir Gedanken darüber zu machen.
Als dieser Film an mir vorüberläuft, höre ich meine innere Stimme. Oder ist es mein geistiger Helfer, mein starker Engel?
Die Stimme sagt: „Alle diese Situationen waren Abzweigungen, Kreuzungen, die du alle ignoriert hast. Du wurdest bereits so lange und so oft aufgefordert andere Wege zu gehen."
Ich wusste ja schon immer, dass ich begriffsstutzig bin, aber dass es so schlimm ist?! Aber ich glaube, ich hab's jetzt endlich (auch ohne neuerlichen Unfall) verstanden. Der bisherige Weg ist nicht mein Weg, deshalb muss der Wandel beginnen!
Nun geht es in die Zwischenebene. Dort warten meine Engel, meine geistigen Helfer und ich kann mich intensiv mit ihnen austauschen.
Ja, es ist so, das alles wurde mir als Hinweis für den Richtungswechsel gezeigt.

Ein Unfall ist immer ein Ereignis, alles Bisherige zu überdenken. Nichts geschieht zufällig. Es lohnt sich, sich Gedanken zu machen. Aber vielleicht sollte man es gar nicht erst zum Unfall kommen lassen.
Es geht zum ersten Mal in den Tempel der Heilung. Und auch für mich wird das ein absolutes Highlight.

Der Tempel ist hell, warm und lichtdurchflutet. Ich stehe in etwas, dass wie ein großer Brunnen ist, ich habe meine Arme nach oben ausgestreckt. Von dort kommt ein dichter, intensiver lichterfüllter Strahl, der eine unglaubliche Energie mit sich bringt.

Ich kann das nicht zuordnen, ich weiß es geschieht etwas Außergewöhnliches, aber ich weiß nicht was. Ich nehme auch Wesen um mich herum wahr. Meine(n) Engel?
Ich nehme wahr, dass der Seminarleiter den Raum betritt. Er ist wieder sofort in der Situation und hinterfragt meine Wahrnehmung, auch ob ich wahrnehmen könne, wer um mich herum sei.
Ich habe mich nicht intensiv hineingespürt, merke aber, dass das Wesen zu meiner Rechten mir sehr vertraut ist, sie hat das Wesen der Maria, der Muttergottes.
Es folgt die Information: „Der Strahl, den du spürst, versorgt dich mit Wissen und Weisheit, auch über den Tempel hinaus, immer wenn du offen und bereit bist."
Aber da ist mein Hirn wieder zugange. Warum soll ausgerechnet ich mit Wissen und Weisheit ausgestattet werden? Aber ehrlich gesagt, habe ich in der letzten Zeit um diese Weisheit gebetet. Denn letztlich ist es die Weisheit, die unsere Seele braucht um zu reifen. Vieles andere ist Nebensache.
Nun gut, hätte ich die Stimme meiner Unfälle früher gehört, wäre ich dann schon weiter?
Aber das ist jetzt egal, es ist gut wie es ist, mit diesen Menschen, an diesem Ort, all das erleben zu dürfen. Es ist der helle Wahnsinn und ich empfinde große Dankbarkeit.
Die Emotionen in diesem Brunnen kann man nicht beschreiben, es ist erfüllend. Ich hoffe, dass ich verstehe, was mir dieses Wissen und diese Weisheit sagen wollen.
Ich verabschiede mich aus der Zwischenebene und beschließe, keine weitere Türe zu nehmen. Die Emotionen waren so intensiv, mehr geht nicht!

Auch meine Partnerin erlebt eine ähnlich emotionale Rückführung und hat ebenso erfüllende Erlebnisse im Tempel der Heilung. Beide sind wir durch positive Erfahrungen völlig erschöpft!

Die anderen schildern etliche Erkenntnisse bezüglich Erkrankungen, Unfällen, Ängsten und vieles mehr.
Alle schildern die Zusammenhänge zum heutigen Leben, Beschwerden, Ängste und weitere Verbindungen ins Hier und Heute.
Allen gemeinsam sind die tollen Erfahrungen im Tempel der Heilung. Von der Lichtdusche über das Blütenbad bis hin zu Genesungsbädern und der Einbalsamierung mit tollen Düften und Ölen.

Alle werden von geistigen Helfern oder Engeln gehegt und gepflegt. Jeder Einzelne ist beeindruckt.
Erklären kann man dies kaum, denn die Emotionen und Wahrnehmungen, die man bei diesen Erlebnissen am eigenen Leib, im Geist und an der Seele spürt, sind faszinierend.
Mit diesen Eindrücken endet der Samstag.

Der Sonntag hat das Thema Seelenverträge. Was das wohl bedeutet? Es naht der wohl emotionalste Moment des Seminars (oder gar der Ausbildung?).

Am Sonntag gibt es eine kurze Einweisung und die Aussage: „Übungssitzung muss nicht sein, ihr seid so gut, ihr schafft das alleine". Also legen wir los.

☙❧

Die Sitzungen mit Christel verlaufen so schnell und haben eine so rasante Tiefe, dass ich es kaum glauben kann.
Es gibt insgesamt sieben Türen:

1. Tochter Sarah - eine Türe
2. Schwester – sechs Türen
3. mein Sohn Tobias – fünf Türen
4. meine Mutter – zwei Türen
5. mein Vater – drei Türen
6. eine sehr gute Bekannte fünf Türen
7. und eine Tür ohne Namen

Hinter diesen Türen befinden sich viele weitere Türen für entsprechend viele Leben.
Die Tür ohne Namen hat etliche weitere Türen. Diese Tür scheint jedoch heute nicht weiter relevant zu sein.
Zuerst fällt die Wahl auf die Tür, der mir sehr gut „bekannten Frau". Ich will eigentlich dort jetzt nicht hin, doch ich weiß, es bleibt mir nicht erspart.
Ich komme zackig in das wohl relevante Leben mit dieser mir bekannten Frau.

Wer hätte es gedacht, ich bin wieder der Schotte Steve Mac B. Ich befinde mich in einer Situation im Jahr 1460 und spüre deutlich: Mein einst so großer Stolz ist gebrochen, denn ich sitze am Bett meiner sterbenden Frau Mary.

Mary ist mir das Wichtigste in meinem Leben.

Die Traurigkeit, der Schmerz, der mich dabei erfüllt, ist so unglaublich heftig, dass ich nur noch weine (sowohl als Steve wie auch als Klient auf der Couch).

Ich nehme diese Emotion der Traurigkeit und der Trauer so intensiv wahr wie vor vier Wochen diesen unglaublichen Stolz.

Diese Traurigkeit (ver-) führt dazu, dass ich folgendes sage:
- Ich werde dich immer lieben, für immer und ewig
- Ich werde nie eine andere haben
- Ich will immer für dich da sein

Jede dieser Aussagen hat einen Seelenvertrag zur Folge. Sie werden mitgenommen und beeinflussen den Menschen über Leben hinweg.

Als Mary stirbt, bin ich abgrundtief traurig und sehe mein Leben als nicht mehr lebenswert. Das weitere Leben wurde ja oben beschrieben.

Als Klient hat mich diese Situation mitgenommen wie vorher keine andere, deshalb weiß ich in diesem Moment nicht, ob ich froh oder unglücklich über den Ausstieg aus der Sitzung bin.

Dennoch steigen wir jetzt hier aus und gehen sofort in die Zwischenebene.

Wenn ich mir überlege, wie schwierig das Hineinkommen in ein früheres Leben am Anfang der Entwicklung war, ist das mehr als bemerkenswert. Ich „hopse" aus dem Schottenleben in die Zwischenebene – einfach so – und werde hier superfreundlich empfangen, es geht mir richtig gut, ich darf so sein, wie ich mich fühle, ich werde angenommen, bin zuhause und begleitet.

Dennoch bin ich noch immer so traurig, dass ich bei meinen Engeln aufs Heftigste weinen muss. Dieses Weinen ist etwas, das nun überhaupt nicht zu mir passt. Ich glaube, es sind mehr Tränen als in meinen letzten 40 Lebensjahren zusammen.

Und unglaublicherweise ist die Seele von Mary auch da. Sie teilt mir mit, dass ich mir diesen Vertrag hätte sparen können. Sie hätte ihn mir nicht abverlangt. Ich jedoch, stehe in diesem Moment noch zu dieser Entscheidung.

Ich werde gefragt, ob es noch eine Tür anzuschauen gilt, und ich weiß sofort, dass eine weitere Tür wartet. Es ist die zweite von den fünf Türen.

శ్రీ

Also ab hinein, und was finde ich?
Natürlich wieder die gleiche liebe Bekannte und wir steigen sofort in die Hochzeit ein. Ein schönes Erlebnis, es wird gefeiert, es geht uns richtig gut.
Ich – Paul – heirate Angelique um 1800 in Nancy/ Frankreich.
Bei diesem tollen Ereignis, beziehungsweise in diesem Leben schwören wir uns:
• uns niemals zu trennen

Nun geht es wieder in die Zwischenebene. Es kommt die Frage:
„Bist du bereit diesen Seelenvertrag aufzulösen?" Und nun frage ich mich: Was soll ich tun?
Doch dann kommt der Hinweis:
„Löse diesen Vertrag, denn ein solcher Vertrag (insbesondere eine solche Liebe und ein solcher Schmerz) hindert (d)eine Seele zu wachsen."

In diesem Moment habe ich verstanden, es stimmt, dieser Vertrag hat mich sehr, sehr lange gefangen gemacht. Es war schön, diesen Menschen, diese Seele so intensiv lieben zu dürfen, es war auch eine beeindruckende Begegnung in meinem heutigen Leben, die ich nun verstehen kann.

Nun mache ich mich mit meinen geistigen Helfern auf den Weg zur Akasha- Chronik wo ich mit offenen Armen empfangen werde.
Und auch hier liege ich weinend in den Armen des Hüters. So liebevoll, so tröstend hatte ich ihn vorher noch nicht erlebt. Ich bekomme die Antwort ohne eine Frage stellen zu müssen.
Also habe ich es gelernt und darf von diesem Vertrag erlöst werden. Die Traurigkeit verfliegt, sie ist wie weggewischt.
Der Hüter entlässt mich sehr liebevoll, er tröstet mich und übergibt mich an meine Helfer, die mich wieder in den Tempel der Heilung führen. Und das ist mindestens so beeindruckend wie gestern. Ich liege auf einer Art Liegewiese unter einer intensiven Lichtquelle. Es ist göttliches, goldenes, heilendes Licht.

Ich spüre hinter mir einen Engel oder ein anderes Wesen, das mir am Brustbein meinen Brustkorb öffnet und die beiden Rippenflügel auseinanderklappt.
Es ist ein komisches Gefühl, es ist jedoch deutlich zu spüren: Die wissen, was sie tun. Mein Herz und mein Innerstes liegen offen, goldenes Licht dringt in meinen Körper und wird in mein Herz geleitet.
Es ist ein wahnsinnig erfüllendes, heilbringendes Gefühl – unglaublich!
Ich liege so einige Zeit und genieße intensiv, bis mein Brustkorb wieder verschlossen und meine Aura glatt gestrichen werden.
Danach werde ich von und mit einer Schar Wesen aus dem Tempel hinaus begleitet. Geleiten die mich hinaus?
Doch weit gefehlt, plötzlich bleibt diese Schar stehen und ich bekomme den Hinweis: „Nun bleibe stehen und nimm einmal bewusst wahr, was wirkliche Liebe ist."
Ich bleibe stehen und werde von einem Energiestrahl eingefangen, und mir ist sofort bewusst:
„Das ist die reine göttliche Liebe". Und ich bin sicher, dass es so ist.
Ich spüre wie bei meiner ersten Rückführung beim Erleben der Eisfläche:
Das ist die Allmacht Gottes, die ewige unbeschreibliche Liebe und Güte.
Es ist unbeschreibliche Größe, es ist das: „Alles in Allem" – „Das ganze Universum bis hin zum Einzeller".
Das alles ist er, Alles in Allem.
Diese Liebe kann man nicht beschreiben, ich bin tatsächlich sprachlos.
An dieser Stelle erhalte ich den Hinweis diese Liebe in meinem Herzen zu halten und weiterzugeben. Ich hoffe dies leisten zu können, ich will mich wirklich bemühen. Am liebsten würde ich ja für immer hier bleiben, aber der Zeitplan…

Zurück in der Zwischenebene fragt Christel, ob ich in eine weitere Türe schauen wolle, doch ich lehne sofort ab, ich bin total erschöpft. Das ist genug für heute.
Also holt sie mich ins Hier und Heute zurück und sieht einen wirklich erschöpften, sprachlosen, beeindruckten Partner vor sich.
Das alles hätte ich niemals erwartet. Was die da oben so alles parat haben- Wahnsinn.
Wie am Vortag erlebt auch Christel eine ähnlich aufregende Rückführung, und ich erlebe sie mit ihr. Das gleiche gilt für den Tempel der Heilung. Ich empfinde viel von ihrem Erleben und es ist für mich auch ein Gewinn Anwender zu sein.

Nachmittags folgt die nächste Runde. Ich muss sagen, ich bin mental total erschöpft. Eigentlich würde ich mich lieber in die Ecke legen und ausruhen und einfach alles reflektieren.
Einigen geht's ähnlich. Dann kommt die Frage, ob wir denn für heute Schluss machen wollen oder sollen? Wir überlegen kurz, dann ist klar, das kommt nicht in Frage, wir sind ja hier um zu lernen.

༺༻

Es folgen zwei emotional eher ruhige Erfahrungen, zumindest im Vergleich zu heute Morgen. Wir gehen in die Seelenverträge mit meinem Vater und meinem Sohn, also Türe zwei und Türe vier.

Der Rückblick in das Thema mit meinem Vater ist kurz und schnell abgehandelt.
Es ist mal wieder ein Leben auf dem ärmlichen Land.
Ich lande in einem früheren Leben in seiner Todesstunde und sage: „Wir werden immer füreinander sorgen."
Auch das hat natürlich einige Auswirkungen auf unser jetziges Leben. Ich denke, dass einige Entwicklungen in unserem jetzigen Leben anders verlaufen wären, sicher auch weniger zwanghaft, wenn es diesen Vertrag nicht gegeben hätte. Freiwilliges Helfen und Kümmern ist einfach etwas anderes als vertraglich, gezwungenes Handeln.
Das kann aufgelöst werden.

In der Türe meines Sohnes geschieht etwas völlig Unvorhergesehenes.
Ich fühle mich ganz, ganz merkwürdig. Alles geschieht wie in Trance. Schnell ist mir bewusst: Ich bin zum ersten Mal kein menschliches Wesen. Ich fühle mich von meiner Gestalt, meinem Wesen her, als hätte ich einen Körper wie eine Mumie, dicke globige Füße, bei denen ich mir nicht sicher bin, ob ich sie zum Laufen habe. Ich schwebe, und zwar in der Horizontalen. Ich bin nicht alleine, da sind noch viele andere, alles gleiche Wesen.
Es gibt da auch einen Machthaber (mein Sohn), aber es ist keine Macht, wie wir sie hier kennen. Auch die Kommunikation ist eine andere. Wir verständigen uns über unsere Gedanken. Außerdem ist ein sehr starker Energiefluss zwischen dem Machthaber und den Untertanen spürbar. Er hat eine schwingende Autorität. Ich kann es nicht genauer beschreiben, es ist einfach total fremd.

Zwischendurch hat der Seminarleiter den Raum betreten. Er fragt spontan, ob ich mich auf der Erde befinde, was ich klar und eindeutig verneinen kann. Es ist mir jetzt ganz klar: Ich bin in einer anderen Welt (auf einem anderen Planeten, was auch immer).
Der Kontakt, das Verhältnis zu diesem Machthaber ist nicht nur friedfertig, ich kann es jedoch nicht beschreiben. Es ist etwas völlig anderes, als ich es von hier, unserer Erde kenne. Vielleicht ist die Art des Kontaktes unter den Lebewesen auf diesem Planeten ja normal. Hier würde man es bedrohlich empfinden. Für mich ist jedoch klar, dass ich als Wesen diesem Machthaber verpflichtet bin. Daher kommt es zu diesen zwei Seelenverträgen:

- Ich bin hier um zu dienen und
- ich will mich der Macht fügen.

Danach kommt der Hinweis: Mehr gibt es da nicht in Bezug auf Seelenverträge.

Also geht es in die nächste Türe.
Das ist nochmals eine neue Erfahrung. Ich bin als Mitglied eines großen mongolischen Reitervolkes unterwegs und mache alles gemeinsam mit meinem Freund (mein Sohn), der mir wie ein Bruder ist. Wir reiten immer gemeinsam, wir kämpfen zusammen und sind unzertrennlich. Es ist ein tolles Gefühl, diese Weite und diese Freiheit gemeinsam zu genießen. Wir sind wirkliche, große Freunde und dabei entstehen folgende Seelenverträge:
- Wir wollen alles gemeinsam tun
- Wir wollen immer zusammen unterwegs sein

Danach geschieht Unvorhergesehenes. Wegen einer Frau wird aus Liebe und Verbundenheit Hass und Verfolgung. Es entstehen weitere Verträge:
- Ich werde dich auf immer und ewig verfolgen
- Du wirst nie wieder vor mir sicher sein

Auch das ist schon wieder ein „dicker Hund". Wenn ich mir die vielen Morde unter uns anschaue, dann das von mir ausgelöste Karma, und jetzt auch noch die Seelenverträge.

Dass das solche Auswirkungen hatte, wundert mich nun nicht mehr. Dass ein normaler, vernünftiger Kontakt mit Menschenverstand nicht möglich war, überrascht nicht mehr.

Dennoch muss ich an dieser Stelle nochmals sehr deutlich betonen: Keine der Rückführungserlebnisse, Ereignisse und Erfahrungen waren auch nur ansatzweise für mich im Hier und Heute belastend. Niemals hatte ich bisher auch nur ansatzweise das Gefühl, dass es mich gefährden, krankmachen oder nachhaltig einschränken könnte. Alle Partner und Klienten in den Sitzungen haben Gleiches berichtet, alle haben im Positiven profitiert.

Danach geht es wieder in die Zwischenebene, meine Engel empfangen mich und führen mich wieder zur Akasha- Chronik.
Der Hüter ist mit folgendem Hinweis bereit den Vertrag zu lösen: „Es ist einfach an der Zeit, du hast alles verstanden, was euch verbindet oder trennt, es ist an der Zeit dich zu befreien."
Die Seiten werden gänzlich gelöscht und es geht weiter in den Tempel der Heilung.
Meine Engel begleiten mich und werfen mich im Flug in eine Art heilende Quelle, eine Quelle der Kraft, Heilung und Stärke.
Ich liege in dieser Quelle und es ist so, als ob ich von meinen Engeln durch das Wasser gezogen würde, grad so, als wenn ich dann schneller rein und geheilt wäre. Aber es scheint ihnen auch irgendwie Spaß zu machen. Es ist wie im Team Spaß zu haben.

Zu guter Letzt haben wir wieder unsere Abschlussrunde und jeder berichtet von seinen Erlebnissen und Erfahrungen. Alle hatten etliche Seelenverträge. Vieles konnte aufgelöst werden. Uns allen geht es sehr, sehr gut und im wahrsten Sinne des Wortes ist die Stimmung gelöst.
Das Abschiednehmen fällt wie immer schwer, doch wir haben ja noch drei Seminare vor uns. Auf Wiedersehen.

Mit diesen Erfahrungen fällt die Heimfahrt leicht, ich sinniere intensiv über die Seelenverträge, tausche mich mit meinem kosmischen Begleiter intensiv aus und bin immer noch sehr überrascht über all die Auswirkungen, die diese Verträge hinterlassen haben.

Insbesondere dieser Liebesschwur hatte doch intensive Auswirkungen über Jahrhunderte gehabt und obwohl ich noch mit vielen angenehmen Erinnerungen und sehr gerne an das Vergangene zurückdenke, bin ich doch jetzt befreit.

Genauso geht es mir mit den Seelenverträgen mit meinem Sohn. Auch das ist, wie vorher bereits beschrieben, eine weitere Erklärung für alle Fehlregulierungen, Missempfindungen und Missstimmungen.

Wenn ich mir nun überlege, in wie vielen Fällen ähnliche „Vergangenheiten" als Ursachen für heutige Auseinandersetzungen zugrunde liegen, kann ich doch heilfroh sein, dass ich eine solche Gnade genießen darf, Ursache und Wirkung auf die Spur zu kommen.

❧

Es folgt eine weitere Sitzung mit meiner Frau, diesmal mit dem Impuls, weiteren Krankheitsursachen auf die Spur zu kommen. Ich möchte ihr ja auch den Tempel der Heilung zukommen lassen.

So geht's also in das Haus der Krankheiten, wo sich vier Türen zeigen. Die Themen klingen irgendwie merkwürdig:
- Pest
- Rücken
- Kopf
- Essen

Was das wohl soll? Ich denke noch: Was soll denn das mit dem Essen? Und prompt wird diese Türe gewählt.

Sie sieht sich als Maria, 20 Jahre alt, in einem riesigen, prachtvollen Palast. Sie sieht goldene Becher und edelste Teller, Menschen in prachtvollen Gewändern bis auf den Boden, alle tragen Sandalen. Sie sieht einen Mann (Herrscher), der mit Euer Gnaden angesprochen wird und viele Frauen sowie weitere Männer, allesamt Diener.

Es spielt sich in Syrien in früher Zeit ab.

Alle müssen sich vor ihrem Herrn verneigen. Alle, die in der Nähe des Herrschers sind, werden bevorzugt behandelt, während alle anderen einigen Abstand halten und weniger privilegiert sind.

Maria fühlt sich wie einige andere sehr unfrei, wäre jedoch gerne frei. Sie fühlt sich eingesperrt und kann nicht das tun, was sie gerne tun möchte.

Sie spürt, dass es noch andere gibt, die das gleiche empfinden, und man spricht darüber. Auffällig ist, dass von diesen unzufriedenen Frauen immer welche verschwinden. Klar ist, dass dies etwas mit dem Essen zu tun hat.

Maria bemerkt, dass von diesen Frauen immer welche nach dem Essen verschwinden, sie werden mehr oder weniger unbemerkt hinausgetragen, sie tauchen nicht mehr auf.

Eines Tages hat es auch sie erwischt, sie hat gegessen und sie bemerkt die Wirkung eines Giftes.

Alle folgenden Symptome können mit Unwohlsein bei bestimmten Nahrungsbestandteilen im heutigen Leben in Verbindung gebracht werden.

Es wird ihr schwindelig, die Arme werden taub und kribbeln, es wird ihr übel, sie hat Magenkrämpfe, sie bekommt Luftnot, der Darm spinnt und gluckert, sie spürt Völlegefühl und hat ein intensives Druckgefühl an Leber und Galle, sie verspürt Sodbrennen, Taubheitsgefühl der Mundschleimhaut und so weiter.

Heute hat sie intensive vergiftungsähnliche Symptome beim Genuss von Pilzen, Bauchbeschwerden beim Genuss von Kaffee und fettigen Nahrungsmitteln, Taubheitsgefühl der Mundschleimhaut bei vielen Obstsorten und Gewürzen und vielem mehr. Die Duplizität dieser Symptome ist so verblüffend, dass es mich zum Kopfschütteln verführt.

Maria überlebt das Attentat nicht, sie sieht, wie sie hinausgetragen wird. Dann sieht sie, dass ihre Engel sie abholen, sie fühlt sich schwerelos in der Zwischenebene und wird dort von ihren Engeln wohlbehütet und im Tempel der Heilung gut gepflegt. Danach lasse ich sie noch in die lila Flamme gehen, damit alle verbliebenen negativen Empfindungen aufgehoben werden können.

In der Folge tauchen keine der vorher genannten Probleme beim Genuss verschiedener Speisen und Gewürze mehr auf. Sie ist bisher weitestgehend beschwerdefrei.

Kurz danach möchte auch meine Tochter Eva gerne eine Sitzung machen um einem bestimmten Problem auf die Spur zu gehen. Ich hatte einen bestimmten Wochentag vorgeschlagen, sie schlug jedoch einen anderen vor. Vorher befrage ich meinen Berater Sirius, der mir andeutet, dass das nichts werden wird. Da ich ihr aber die Bitte heute nicht abschlagen möchte, versuche ich es dennoch behutsam und vorsichtig. Alle Wege scheitern jedoch. Ich stelle sie noch in die lila Flamme um ihre Enttäuschung ein wenig aufzufangen.

Die erste Sitzung ohne erfolgreichen Ausgang, aber das muss auch sein und bereitet mir erstaunlicherweise keine Verlust - oder Niederlagegefühle, es ist für mich in Ordnung, denn ich weiß, dass es immer einen Grund gibt. Es war heute nicht der richtige Moment. Außerdem waren Raum und Umstände nicht geeignet. Also demnächst weiter.

֍

Der kritische, vorher bereits beschriebene Bekannte, kommt in der Hoffnung alles auf einmal zu entdecken, zweifelt jedoch gleichzeitig an allem! Das ist immer noch zu spüren. Er ist sichtlich angespannt, eingemauert, das wird schwierig.
Er gibt nun an, er komme nur zur Befriedigung der Neugier. Das glaubt er sicher nicht selbst?!
An diesem Punkt war ich auch mal, aber damals ist mir nichts gelungen.
Ich habe heute Morgen Sirius gefragt, wie es denn heute Abend klappen werde.
Auf der einen Seite habe ich ein „Mini – Ungutgefühl", auf der anderen Seite jedoch von Sirius den klaren Hinweis: „Das wird gut".
Beim Vorgespräch klären wir noch ein paar Minuten den Ablauf, und ich weiß, es geht bis zur Zwischenebene, obwohl das ja nicht unbedingt beim ersten Mal üblich ist.
Da er bisher keine Kontakte mit Engeln hatte, brauche ich ihm die nicht mit auf den Weg zu geben. Aber ich setze meine Engel bewusst ein und bitte sie um Unterstützung und Kontakt zu des Klienten Helfer.
Wir starten langsam und behutsam auf dem üblichen Weg. Aber der übliche Weg ist es nicht, doch ich muss ihn gehen, das ist klar.
Wir gehen die Treppe in ein schönes Erlebnis in der Kindheit. Er fühlt „nix", also nächster Versuch über den Aufzug mit der Antwort „nix".
Mir ist jedoch die Antwort Sirius' bewusst und ich weiß – nein, ich spüre schon einige Minuten, dass er auf dem Weg ist, und ich weiß, es wird gelingen. Also gehe ich mit ihm in das Haus der Kindheit und der früheren Leben.
Während des bisherigen Verlaufes der Sitzung hatte ich überhaupt nicht das Gefühl des Scheiterns, im Gegenteil. Plötzlich kommt der Impuls: Hebe deine Hände, nimm ihm seine Unruhe und gib ihm Kraft! Das mache ich und bin beeindruckt, welche Energie dabei fließt.
Sie - „die da oben" - meinen es gut mit ihm (uns).

Im Haus sieht er sehr deutlich drei Türen. Es zieht sich in die Länge, er sieht eine Türe mit einem Namen, eine sehr schwere, massive und wuchtige Türe (mir ist klar, dass sie etwas mit ihm zu tun hat, aber nicht heute fällig ist), und eine in sich zerfließende, mit vielen wunderbaren Farben, wunderschöne und besondere Türe. Das ist sie. Ich stelle die obligatorische Frage dennoch, und er nimmt diese Türe.

Er steigt durch diese holographische Türe und kommt sofort an, aber nicht dort, wo es eigentlich und normalerweise hingeht.
Er sieht viele Gesichter um sich herumfliegen, er schwebt, er fühlt sich gut und so, als ob er dort hingehört. Obwohl ich direkt weiß und spüre, wo er ist, frage ich.
Er weiß es nicht und er ist etwas verunsichert wegen der auf ihn einströmenden Gefühle. Damit hatte er nicht gerechnet!
Er ist auf der Zwischenebene. Er ist schon oft hier gewesen, er findet es toll, ist fasziniert von den Wesen, die sich jedoch schnell entfernen, so dass er mit einem weiblichen Wesen (er spricht von einer Frau) alleine zurückbleibt.
Er fühlt sich mit ihr innig verbunden, es geht ihm gut dabei. Es ist in der Sitzung schwierig herauszufinden, dass es sein Engel ist, obwohl er das sicher sofort weiß.
Es ergibt sich ein inniger Austausch, er stellt viele Fragen, bekommt viele Antworten, die ich meist bereits vor ihm erhalte.
Er hört seine Lebensaufgaben und hat doch sichtlich Probleme damit, hier zu erfahren, was ihm eigentlich immer klar war. Er erhält vor allem mehrmals den Hinweis, dass er diese Aufgaben alle mit der Unterstützung seines Engels ohne Angst und Gefahr bewältigen kann.
„Warum ängstigst du dich? Ich bin doch immer bei dir!"
Der Austausch geht noch etwas weiter, bevor der Engel sich verabschiedet. Er beendet die Sitzung. Ich führe ihn noch in die lila Flamme, die er jedoch früher beendet als üblich. Aber was war heute schon normal?

Das Ganze beweist wieder einmal: Es kommt immer so, wie es soll. Er benötigte jetzt, Hier und Heute das Wissen einen Engel zu haben und das wird wichtig für ihn sein.
Das Materialistische in den Hintergrund zu stellen um das Spirituelle in den Vordergrund zu nehmen, ist von zentraler Bedeutung, ebenso wie der Hinweis: Gefahr und Angst werden durch die Inanspruchnahme der geistigen Kräfte gebannt.

Nach der Sitzung gibt es noch eine halbe Stunde „Zuhörbedarf". Da ist jemand völlig perplex, damit hatte er nicht gerechnet. Es war die richtige Antwort von oben. Er fährt mit einer Masse an Eindrücken nach Hause. Ich bin gespannt, wie er das verarbeitet.

Mir geht es momentan mental anders, es ist schwer zu beschreiben. Ich nehme Eindrücke wahr, die ich bisher nicht wahrgenommen habe.
Hier einige Beispiele:
- Die vorherige Intuition „Hebe deine Arme und gib mit deinen Händen Kraft und Energie und nimm ihm seine Angst und Bedenken".
- Meine Frau meinte, ich solle mir den Rücken meiner Schwiegermutter mal anschauen, was ich natürlich tue. Sie klagt über heftige Rückenschmerzen an der Brustwirbelsäule, sie kann nachts kaum schlafen, sie kann nicht lange sitzen und ihre Haushaltsarbeit wird zur Qual. Mir scheint dass alles ein deutliches Zeichen von Osteoporose zu sein, ihre ausgeprägte Kyphose spricht ebenfalls dafür. Also arbeite ich an ihrer Brustwirbelsäule, wie ich es bisher gesehen und am Energiewochenende gelernt habe. Ich spüre die genaue Stelle, die ihre Beschwerden auslöst. Ich arbeite gut zehn Minuten intensiv daran und bin mir sicher, dass es ihr hilft. Ich prüfe nochmals die Energie und merke, dass es sich verändert hat.
- Eine zweite Behandlung einige Tage später verläuft anders. Sie berichtet mir, dass es ihr viel besser gehe, sie habe fast keine Schmerzen mehr und könne wieder fast alles tun. Dennoch spüre ich beim Abfühlen noch die Energiestörung an derselben Stelle, jedoch weniger heftig. Ich weiß: „Benutze deine Hände so wie es dir deine Intuition sagt." Also lege ich sie vorsichtig auf die Stelle an der Brustwirbelsäule und spüre einen intensiven Energiefluss. Sie gibt ohne irgendeinen Hinweis von mir an, eine intensive Wärme zu spüren. Tage später ist sie beschwerdefrei.
- Ich habe zuhause einen Baum entfernen müssen, der den Boden angehoben hat. So wie ich es gelernt habe, habe ich den Baum um Verständnis gebeten und ihm gesagt, dass an dieser Stelle andere, neue Bäume wachsen werden. Es ist, als ob mir der Baum dankbar wäre. Er möchte jetzt eine andere Bewusstseins- Ebene erreichen. Schon merkwürdig?!
- Bei dieser Arbeit fahre ich mit meinem Traktor an einem kleinen Fichtenwald vorbei und schaue zwischen den langen, aber sehr dicht stehenden Stämmen hindurch. Dabei überkommt mich eine besonders friedvolle, ja glückselige Stimmung und ich weiß, denen geht's gut.

- Ich erlebe wieder einmal einen Gottesdienst, der mich besonders beeindruckt. In einem Buch habe ich einige Teile gelesen, wo es um Gesellschaft, Politik und Umwelt geht. Dieser Familiengottesdienst greift dann etliche dieser Aspekte, insbesondere die Armut, Weltpolitik, Umweltzerstörung und Hunger so auf wie es in diesem Artikel nahezu wörtlich beschrieben wird. Dort, aber auch in diesem Gottesdienst kommt der eindeutige Hinweis: „Tut etwas!"
- Eine liebe Kollegin kommt zu mir zur Kaffeepause und klagt über ihre seit Jahren andauernden Ischialgien, Taubheitsgefühl an der gleichen Körperhälfte bis hin zum Kopf (auch Arm und Schulter). Sie hat bereits etliche Therapien und Ärzte hinter sich (Medikamente, Therapeuten, Schmerzkatheter…). Sie hatte bereits eine Rückführung bei mir und hofft auf weitere Klärung. Immer hatte ich das Gefühl: Da kannst du helfen. Ich fühle die Energien ab und stelle zwei Stellen an Brustwirbelsäule und Lendenwirbelsäule als energetisch auffällig fest. Ich will wie üblich vorgehen, habe dann den Hinweis: „Lege einfach nur deine Hände auf, lass deine Energien fließen." Gesagt getan, die Energien fließen intensiv und ich habe ein sehr gutes Gefühl dabei. Eine Woche später kommt die Rückmeldung: „Es geht mir gut, ich spüre es noch, aber es ist fast weg." Wobei ich schon deutlich wahrnehme, dass noch Arbeit notwendig ist und die Ursache bei einer Rückführung beseitigt werden kann.
- Bei einem Klassentreffen ist auch meine liebe Bekannte, die mir meine erste Klientin geschickt hat anwesend. Ich habe einen sehr netten und guten Austausch über viele spirituelle Erfahrungen der letzten Monate. Sie erzählt mir, dass sie von meinem Engel geträumt hatte, wie sie ihn wahrgenommen hatte, dass er groß und mit mächtigen blauen Flügeln ausgestattet sei. Sie könne ihn mir ja mal malen. Ich bitte darum! Außerdem teilt sie mir mit, dass er doch ganz schön beeindruckend sei, denn sie nehme ihn ja schon die ganze Zeit hinter mir wahr.

Der Austausch mit den Seminarkollegen findet weiter statt und erhält Strukturen. Wir treffen uns regelmäßig in wechselnder Besetzung und bearbeiten verschiedene Themen. Große Diskussionen gibt es dazu nicht, denn es steht immer schnell fest, was für ein Thema wichtig für uns ist. Kommende Woche habe ich zwei Termine. Zeit habe ich eigentlich keine, aber es ist wichtig, für sie und für mich.

Wir treffen uns wieder in gleicher Konstellation wie beim letzten Zwischentreffen.
Ich arbeite dabei wieder mit Christel zusammen. Sie möchte keine weitere Sitzung an diesem Tag haben, da sie in der vergangenen Woche bereits eine sehr intensive und sehr anstrengende Sitzung hatte.
Also bin heute nur ich dran – mit der Fortsetzung der Seelenverträge.

ೋ

Es folgt wieder ein rasanter (aber dennoch behutsamer) Einstieg in die Sitzung. Heute sind die Seelenverträge mit meiner Schwester an der Reihe.
Hier gibt es insgesamt fünf Verträge und den Hinweis von vorne herein:
Alle Verträge haben damit zu tun, dass wir uns niemals alleine lassen wollen, immer aufeinander aufpassen und uns immer (geschwisterlich) lieben wollen und eine besondere Verbundenheit bestehen wird.
So beschütze ich sie im ersten Leben, indem ich mich schützend über sie lege und sie umarme, da unser gemeinsamer Vater uns (7 und 9 jährige kleine Mädchen) ständig schlägt und misshandelt. Mir ist klar, dass ich auf sie aufpassen muss.

- Ich will sie immer beschützen
- Ich werde sie nie im Stich lassen
- Wir gehören für immer zusammen

Im nächsten Leben spüre ich, dass ich (wir) in einem sehr hoch entwickelten Bewusstseinszustand leben.
Ich kann nicht sofort herausfinden wie und wo ich mich befinde, doch es ist schön, es ist ganz leicht, ich habe das Gefühl zu schweben. Es erfasst mich auch eine sehr kraftvolle, ungewohnte Energie, die mich sehr glücklich sein lässt.
Ich spüre, dass ich nicht alleine bin, ich spüre auch, dass es bereits lange (Tausende von Jahren?) zurückliegt.
Während ich im ersten Moment denke, ich wäre wieder auf einem anderen Planeten, komme ich mir doch eher wie ein Mensch vor; das spirituelle Bewusstsein ist jedoch sehr weit entwickelt. Das Leben hat eine ganz andere Qualität, es ist eine echte Hochkultur.
Dann ist es mir, als wäre ich eine Inkafrau, mein Name klingt so ähnlich wie Inkwa oder Inkra.
Die Situation und das Empfinden ändern sich. Ich kann dabei nicht sagen, dass es mir schlecht geht.

Ich nehme wahr, dass ich mit meiner „Liebsten" und einigen anderen dem Sonnengott geopfert werde. Es kommt mir vor, als würden wir in einem unterirdischen Tempelraum eingemauert. Wir tun das freiwillig, wir haben keine wirkliche Angst, es ist eine Ehre.
Wir wissen auch, dass dies nur ein Übergang in eine weitere Bewusstseinsebene ist, dass wir weiterleben werden. Ein Leben nach dem Sterben ist selbstverständlich und wir haben dies in unserem Wissen, in unserem Bewusstsein verankert.
Auch ist klar, dass meine Liebe mit mir geht.
Diese hochkultivierten Menschen haben trotz dieser Opferkulte ein erstaunlich hohes Wissen und hoch entwickeltes Bewusstsein.
Es ist wirklich erstaunlich und beeindruckend.

Bei der ganzen Sitzung war es wiederum verblüffend, wie schnell ich in der Schwere war, wie zügig ich in die Zwischenebene gelangt bin und wie unkompliziert in die Leben geschaut werden konnte.
So geht es anschließend wieder in die Zwischenebene, von wo aus ich zum Hüter begleitet werde.
Dieser löscht die Seelenverbindungen mit dem Hinweis, dass diese Verbindungen nicht als Belastungen zu sehen seien, dennoch wäre es sinnvoll sie zu lösen. Er gibt mir einige stärkende Worte in Bezug auf das Thema Zuversicht mit auf den Weg.
Meine Engel nehmen mich wieder in Empfang und werfen mich über einem heilenden Brunnen ab.
Man füllt mich wiederum auf, wobei die Energie diesmal andersartig ist. Ich spüre, wie sich mein Brustkorb hebt, vom Gefühl her sicher einen Meter, linksbetont. Es fühlt sich sehr intensiv an, Angst habe ich keine, wenn es auch heftig ist.
Ich erhalte folgende Information: „Heute wirst du mit Liebe aufgefüllt, nicht mit menschlicher Liebe. Diese Liebe ist nicht nur für dich, es ist eine energetische Liebe und die gibst du weiter, bei dem was du tust, beim Heilen und bei deinen Aktivitäten.
Mach weiter, du erhältst alle Unterstützung, die du brauchst, das Wissen und die Weisheit hast und erlangst du schon, hab Mut und lass dich von deinen Gefühlen leiten."

Ich bedanke und verabschiede mich, ich bin noch beeindruckt und brauche etwas Zeit um nach diesen intensiven Gefühlen hier auf der Couch anzukommen.

Christel und ich tauschen uns einige Zeit aus, da die andere Gruppe noch arbeitet.

Eine Kollegin berichtet über eine durchgeführte Rückführungssitzung zu einem bedeutenden Thema, der Abtreibung:
Da jede Seele vom Zeitpunkt der Entscheidung zu inkarnieren an - bewusst einem Körper innewohnt, ist es natürlich von erheblicher Relevanz, wie die Schwangerschaft verläuft. So hat es auch Auswirkungen, wenn die Schwangerschaft ungeplant beendet wird.
Die Rückführung bei einer Frau, die vor vielen Jahren aus psychosozialen Gründen eine Abtreibung vornehmen ließ, brachte folgende Informationen:
Die Seele dieses Kindes hatte den Weg zur Zwischenebene nie angetreten, sondern war bei der Frau geblieben (Dies ist in diesem Falle eine freie Entscheidung der Seele, in anderen Fällen kann dies anders sein).
In der Rückführung kam es zum intensiven Austausch zwischen der Mutter und der Seele des Kindes.
Die Mutter erklärte der Seele ihre damals schwierige Situation und bat um Verzeihung. Die Mutter und die Seele des Kindes waren sehr froh, ja glücklich über diese Aussprache und waren somit eigentlich im Reinen.
Sie tauschten sich noch einige Zeit aus. Auf die Nachfrage, ob denn die Seele nochmals in die gleiche Familie kommen würde, teilte sie mit, sie würde zu ihrem Sohn kommen.
Nach einigen Monaten stellte sich heraus, dass die Freundin des Sohnes schwanger ist.

Eine Frau aus meinem Bekanntenkreis meldet sich, da es ihr nicht gut geht. Sie hat nach einer Hirnblutung vor über zehn Jahren halbseitige Schmerzen, Taubheit und Missempfindungen von der Schädeldecke bis zu den Zehen.
Sie hat vom Neurologen über verschiedene andere Ärzte, Heilpraktiker und Osteopathen schon alles versucht. Es hat keine Veränderung gebracht. Zusätzlich wurde noch eine Boreliose festgestellt. Medikamente vielfältiger Art brachten ebenfalls keine Entlastung, so dass sie es eigentlich aufgegeben hat weiter zu forschen.
Momentan hat sie zusätzlich noch „normale" Rückenprobleme, so dass sie doppelt geplagt ist.
Ich „fühle" den Köper ab und stelle absolut eindeutige Energiestörungen an der linken Schädelhälfte über die linksseitige Halswirbelsäule fest.

Also lege ich die Hände genau so über Halswirbelsäule und Schädel, wie es mir eingegeben wird. Es ist erstaunlich – das funktioniert wie ferngesteuert.
Meine Bekannte sagt bereits beim Abfühlen, dass sie intensive Energieströme bis in die Füße spürt und sie ist dabei völlig verblüfft. Da ich hinter ihr stehe und ihr überhaupt nicht mitgeteilt habe, dass ich irgendetwas Aktives an ihr mache, ist ihre Reaktion schon interessant.
Ich spüre den Energiefluss ebenfalls sehr deutlich.
Nach Abschluss der Aktivitäten berichtet sie über eine völlig andere Wahrnehmung an der kompletten Körperhälfte.
Ich führe diese Maßnahme über etliche Wochen durch. Ich verändere die Anwendung leicht, vom Stehen zum Sitzen, dann liegend. Erst mit leichtem Abstand, dann auch mit ganz leichtem Körperkontakt. Nach vier Wochen drehe ich zum erstem Mal die Stellen an und bewirke erstaunliche Reaktionen: Ziehen bis in die Zehen, pelziges Gefühl in den Armen. Es tritt eine deutliche Schmerzreduzierung und eine erhebliche Verbesserung des Wohlbefindens ein.

ঔ৽ঌ

Mein „großer Engel" und das Thema Helfen

Sirius hat mein Leben verändert.
Geheimnisvoll trat er in mein (bewusstes) Leben. Zu einem Zeitpunkt, an dem ich an vieles andere eher geglaubt hätte als an einen begleitenden Engel.
Ich habe früher – als Kind – immer zu meinem Schutzengel gebetet. Irgendwann habe ich dieses Gebet vernachlässigt. Während ich behaupten kann, in meinem Leben viel gebetet zu haben, muss ich sagen, ich habe dabei die Engel immer ausgeklammert. Warum?
Ich weiß es nicht. Als Kind hatte ich schon irgendwie das Gefühl, da könnte so etwas wie ein Engel sein.
Mit zunehmendem Alter und den Erfahrungen des Lebens, den verschiedensten Umwelt- und Gesellschaftseinflüssen ist für Spirituelles wie Engel kein Platz im Leben des modernen Menschen.
Man wäre doch in den 70ern bis über die Jahrtausendwende hinweg eher belächelt worden, wenn man über Engel gesprochen hätte.
Selbst in der Kirche glaubt man doch nicht wirklich an diese Wesen (zumindest nicht durchdringend).

Sie kommen an vielerlei Stellen christlichen Lebens vor (Bibeltexte, Lieder, Gebete, Bilder und Statuen).
Dennoch glaube ich nicht, dass ich jemals einen Geistlichen über Engel habe reden hören, nicht in Predigten, nicht in Mut machenden Gesprächen, nicht bei Beerdigungen und auch nicht bei Taufen. Warum nicht?
Nun gut, ich habe sie völlig neutral in Gebeten und Liedern angesprochen, aber niemals versucht Kontakt aufzunehmen.
Bis zu dem Tag, an dem ihnen wohl „der Kragen geplatzt ist"?!
Es begann im Energieseminar bei einer Meditation und es ging dann in den folgenden Sitzungen weiter.
Der Erstkontakt war da, die weiteren Kontaktaufnahmen waren noch recht unbeholfen, obwohl seine Ansage mehr als deutlich war.
Seinen Namen Sirius hat er mir mitgeteilt; dass er prinzipiell ein Wesen mit dem Namen Metatron ist, wurde mir erst in den kommenden Wochen klar.
Seine besondere Stärke, seine Wucht, seine erfüllende Energie, seine unerschöpfliche Informationsflut, seine ständige Ansprechbarkeit, seine „Ursprünglichkeit" („Ich bin da vom Anfang der Zeit"), seine Hilfe in all den Wochen und bei all den Ereignissen - das alles ist etwas ganz Besonderes und Wertvolles.
Ich bin froh und stolz ihn an meiner Seite zu wissen.
Dass andere (meine Frau und meine liebe Freundin Elisabeth) ihn spüren und wahrnehmen können, ja sogar von ihm träumen, ist ebenfalls beeindruckend.
Dass er bei mir ist „von Anfang an" bis zu meiner „Heimkehr", ist mehr als nur ein Versprechen.
Er unterstützt meine Seele bei ihrem Weg der Reifung, er achtet darauf, dass ich den richtigen Weg einschlage, er „beschleunigt". Seine Antworten kommen manchmal schneller, als ich sie wahrnehmen kann.
Seine Hilfe in den Sitzungen gibt mir viel Vertrauen und Sicherheit.
Manchmal ist es schwierig zu entdecken, wer mich begleitet, insbesondere in Situationen wie im Tempel der Heilung. Ich weiß, er ist auch dort, er könnte mir auch dort das „Richtige" geben, aber es gibt wohl etwas wie Arbeitsteilung, „alles zu seiner Zeit".
Warum er oder sie mir immer noch nicht gestatten zu sehen, weiß ich noch nicht. Was ich weiß: Es hat seine Gründe, irgendwann wird es sein.
Mein kleiner Schutzengel Gabriel, der lustige, kleine, quirlige Vogel, ist ebenfalls immer bei mir. Ihn nehme ich auch wahr, ich weiß, er ist da. Er „zwickt und zwackt" mich immer mal wieder, immer so, dass ich das

Gefühl habe, dass er sagen will: „He- ich bin auch noch da!" Er hat recht, ich vergesse es manchmal. Und dabei denke ich wieder an all die Unfälle und Beinaheunfälle.
Einige Unfälle waren so merkwürdig vom Verlauf, dass ich eigentlich lange hätte wach werden müssen. Es waren sicherlich fünf Unfälle (beziehungsweise Beinaheunfälle) die wie von „Geisterhand gesteuert" ohne körperlichen Schaden, beziehungsweise nicht zum Tod geführt haben, ohne die vielen weiteren glimpflich verlaufenen.
Dass man dabei nicht wach wird, ist wohl schlichtweg als „blindtaube Ignoranz" zu bezeichnen.

Aber nun habe ich ja den Zugang und es geht immer weiter, das weiß ich. Ich weiß auch, dass ich mir und der geistigen Welt die Zeit geben muss, die wir brauchen. Was brauche ich, was brauchen wir noch?
- Ruhe, Offenheit und Vertrauen
- Mut zu neuen Wegen
- Abkehr von unsinnigen Dogmen
- Bewusstes Wahrnehmen von der Güte und Allmacht Gottes
- Wahrnehmen, dass jeder von uns ein „Stück Gott" in sich trägt
- Immer wieder die „offene Suche nach der Wahrheit", und vieles mehr.

Sehe ich beispielsweise ein Buch, frage ich erst: „Brauche ich es für meine Seelenreife?" Die Antwort ist immer eindeutig. Ähnlich ist es auch mit dem Kontakt und dem Austausch mit Menschen.
Bei Menschen, die mir und meiner Seele etwas bedeuten, ist mehr als nur ein vertrautes Gefühl wahrnehmbar, es ist so wie der Kontakt zu ihrer Seele.
Der Kontakt zu vielen anderen Bekannten verändert sich.
Alle Menschen sind natürlich wichtig, niemand wird verurteilt, niemand beschimpft oder belächelt. Menschen zu bewerten versuche ich zu vermeiden, denn es ist mit das schlimmste was wir tun, es steht uns nicht zu.
Ich versuche unbedingt bei der Wahrheit zu bleiben, versuche unbedingt Hetzereien aus dem Weg zu gehen.
Alle Seelen sind von Gott, alle tragen ein Stück Gottes in sich und alle Seelen haben ihre Geschichte. Der Mensch hat daher ein Recht darauf, so zu sein wie er/sie ist, und deshalb kann und darf es nicht sein, dass man sich auch nur über einen Menschen (oder eine Seele) erhebt. Niemand darf das!

Aber wie ist es mit dem Helfen, wem soll oder muss man helfen, wem nicht? Wenn es stimmt, was wir gelernt haben und auch oft diskutierten und was sich ja schließlich in den Rückführungen mehr als bestätigt, dann ist auch das Hilfe geben unbedingt genau zu prüfen. Dabei sollte man unbedingt auf die innere Stimme hören.
Jeder sucht sich sein Leben aus, also sucht auch jeder sich seine Aufgaben aus, die oft genug aus Not, Entbehrung und Enttäuschung bestehen.
Hat sich jemand eine Lebensaufgabe ausgesucht und ist auf der Suche nach dem richtigen Weg, hat dabei aber die entsprechende Erkenntnis noch nicht gefunden, dann wird ihn die umfassende Hilfe von außen bremsen.
Ja, es sieht so aus, als ob auch hier Macht eine gewisse Rolle spielen kann. Macht habe ich als Empfänger, weil ich es schaffe meinem Gegenüber ein schlechtes Gewissen zu machen, spätestens wenn dieser auf dieses schlechte Gewissen „anspringt". Als Spender habe ich viel Macht, weil ich den anderen abhängig mache, er profitiert von mir. Möglicherweise geht's irgendwann gar nicht mehr ohne diese Unterstützung des Spenders.
Wie soll ich dann meine Lebensaufgabe verstehen, wie gar bewältigen? Lebensaufgaben wie Helfen, Stark sein, Sich durchsetzen, Stärke entwickeln?

Also Hilfe geben und Hilfe annehmen ist wichtig, aber es muss ernsthaft geprüft werden, ob man seinem Gegenüber nicht schadet. Diese Problematik darf keinesfalls dahin führen, dass nicht mehr geholfen wird, denn wir sind zur Barmherzigkeit aufgerufen, auch das ist oftmals eine zentrale Lebensaufgabe.
„Überlege nun ganz genau und höre hin. Deine Seele sagt dir, was es zu tun gibt."
Viel wichtiger als ungeprüfte monetäre Hilfe ist es, auf das Seelenheil des Menschen zu schauen. Wie kann ich dem anderen helfen seine Aufgaben zu verstehen und zu entdecken? Nach guter und umsichtiger Prüfung kann ich dann auch materielle oder finanzielle Hilfe anbieten.

In meinem Umfeld stellt sich mir auch immer öfter die Frage, wie es sich mit dem Thema Helfen verhält.
Ich komme sehr gut mit dem vorher geschilderten Vorgehen klar: Genau prüfen und auf die innere Stimme hören, schafft Gewissheit.

Eine gute alte Freundin ruft mich an, sie hat von der Ausbildung gehört und ist mehr als nur gespannt. Sie hat familiär und persönlich große religiöse Bindungen und sich bis vor einigen Jahren nicht mit anderen spirituellen Themen befasst.
Da sie von Kleinkind an viele persönliche Verwicklungen, Trennungen und Erfahrungen machen musste, kann man sagen, dass sie viel durchgemacht hat. Sicher spielen Seelenverträge, Bindungen und Karma eine mögliche Rolle in ihrem Leben.
Wir haben uns lange über meine Ausbildung, einige Inhalte, insbesondere die Themen Seelenverträge und Bindungen unterhalten. Außerdem auch über Engel und geistige Helfer sowie meine Engelerfahrungen. Dabei hat sie sich dann getraut einige eigene Erfahrungen wie Déjà-vu Erlebnisse und das Gefühl der Engelbegleitung zu erzählen.
Sie hat auch gespürt, dass sie in schweren Zeiten Helfer hatte, es aber nie bewusst wahrhaben wollen/ können.
Ich habe in der Vergangenheit (vor rund 20 Jahren) viele Gespräche mit ihr geführt, aber dabei nie intensive Energien gespürt.
Jetzt ist aber klar – auch sie ist auf dem Weg, braucht aber noch viel Zuspruch, Klärungen und Unterstützungen.
Ich weiß nicht warum, fühle aber, dass es so sein soll, und aus diesem Gefühl heraus biete ich ihr an, ihr mein Skript zu schicken. Ich weiß, dass es bei ihr in guten Händen ist und ich spüre dass sie es jetzt braucht. Ebenso weiß ich auch, dass es für das Skript von Nutzen ist – wie auch immer.
Nach dem Gespräch kann ich nur mit dem Kopf schütteln, das alles entbehrt jeder Logik. Wandlung und Veränderung passieren, früher hätte ich gesagt „aus Zufall" – jetzt weiß ich, das ist kein Zufall.

Ich schicke ihr die Datei und empfehle ihr „Gespräche mit Gott" – das kam mir grad so.

Am Tag danach kommt der Dank und die neuerliche Zusicherung, dass das Skript vertraulich behandelt wird. Außerdem berichtet sie: „Mir ist Gespräches mit Gott letzte Woche in der Bücherei in die Hände gefallen, seither lese ich darin."
Auch Zufall ???

Die Sache mit dem entspannteren Schlafen ist übrigens seit Beginn so geblieben. Ich bin kaum vor 23.30 Uhr müde, lese dann noch, was ich vorher nie oder nur sehr selten tat. Es ist dann etwa 0 Uhr und später, bis ich einschlafe. Immer wieder habe ich kurz vor dem Einschlafen noch einen kurzen Austausch mit meinem Engel.
Morgens bin ich wesentlich ausgeruhter als früher. Sechs Stunden Schlaf reichen meist.
Dazu kommt, dass sich meine sonstigen Gewohnheiten erheblich verändert haben. Ich schaue mir wesentlich weniger Schund und Müll im Fernsehen an. Die TV-Zeit ist erheblich verkürzt, es gibt einfach andere Schwerpunkte. Ich genieße die Natur, habe kaum noch nutzlose, „faulenzige" Zeit.

Mir fehlen in den letzten Wochen keine Antworten auf Fragen. Werde ich von Bekannten, Freunden und Kollegen zu spirituellen Themen gefragt, habe ich Antworten. Bei anderen Themen habe ich einfach eine andere Sichtweise, nicht dass sie mir gleichgültig wären, nein, es wird einfach vieles so flach.
Mit was befassen sich die Menschen? Es ist vieles so belanglos. Und der Mensch merkt es nicht, bis es dreizehn schlägt.

Die Gespräche mit meinen lieben Seminarkollegen sind immer wieder interessant. Es wechseln sich Begeisterung und Zweifel, Vertrauen und Unmut ab.
Aber das wird so sein müssen, das ist es auch, weshalb wir die Erfahrungen zusammen machen. Jeder profitiert von der Gruppe.

So geht es weiter und weiter. Und das nächste Seminar naht. Es geht mit zügigen Schritten in den Endspurt – sehr schade.

Zwei Sitzungen stehen diese Woche noch an…

In meiner Dienstpause sucht mich ein flüchtiger Bekannter (nennen wir ihn den „geheimnisvollen Bekannten") auf. Ich habe ihn als Tagespraktikanten und später noch zwei Mal in der „Begegnung" kennen gelernt.
Er kam mir in diesen Begegnungen sehr verworren, seltsam und auch ein wenig merkwürdig vor. Nun hat er eine Frage zur Sauerstofftherapie bei Krebserkrankungen. Aber ich weiß sofort, das ist nicht der Grund,

weshalb „man ihn zu mir geschickt hat". Wir kommen im sehr kurzen Gespräch schnell ab von seinem Thema (ich habe ihm ein paar Infos aus dem Internet gezogen, womit er glücklich ist). Wir sprechen über das Thema Rückführung und über den Weg, der jedem bestimmt ist, und über einiges mehr.
Klar ist jedoch, er ist mir irgendwie geschickt worden und es war nicht unser letztes Zusammentreffen. Die paar Minuten haben mich sehr berührt.

Ich habe einen Tag später ein längeres Gespräch mit meiner Tochter. Es geht auch um den Glauben, ob es gut ist, zwar zu glauben, aber zu spüren, dass es keine Kirche gibt, zu der man wirklich gehören will, die man wirklich unterstützen will. Früher wäre ich besorgt gewesen. Heute bin ich froh über diese Mündigkeit. Sie will und sie wird ihren Weg gehen.

ঌ✥

Ein Klient sucht mich auf wegen seiner Unfähigkeit Emotionen zu zeigen und Entscheidungen aus dem Bauch heraus zu treffen.
Er sieht sich als Mann Ende 60 der eine junge Frau heiratet. Er liebt sie, hat sie jedoch zur Frau bekommen, weil er wohlhabend ist und sie einen Ernährer braucht.
Sie liebt ihn nicht, weiß jedoch, dass sie auf ihn angewiesen ist. Sie steht treu und loyal zu ihm, bis sie sich in einen ehemaligen Jugendfreund verliebt.
Von da an trifft sie sich regelmäßig mit diesem und hat ein geheimes Verhältnis. Dennoch steht sie zu ihrem Ehemann, bis zu seinem Tod, sie pflegt ihn und bleibt bei ihm bis zur Todesstunde.
Sein größtes Problem ist jedoch, dass er nicht mit Emotionen umgehen kann. Weder mit seinen eigenen, noch mit denen seiner jungen Frau.
Er leidet sehr darunter, aber er kann nicht über seinen eigenen Schatten springen. Er spürt sein Eingemauert- sein und kann diese Mauern nicht niederreißen.
Er kann seine junge Frau weder freigeben noch eine innige Beziehung pflegen. Er weiß und kennt seine Schwächen und Probleme, aber er ändert sie nicht.
So fällt auch seine Reflexion in der Zwischenebene aus.
Vieles was er als Lebensaufgabe mitnahm, hatte er nicht verstanden und wird folglich nicht gelöst.

Natürlich gibt es im heutigen Leben deutliche Parallelen, natürlich ist es das Thema der eingemauerten Emotionen, des nicht aus sich herausgehenkönnens.
Er fühlt sich eingemauert.
Er weiß, dass er diesem Thema weiter auf den Grund gehen muss.
Dennoch ist er sehr dankbar, denn diese Sitzung bringt ihm einfach Gewissheit.

Bei einem Treffen mit meinem Seminarkollegen Peter erlebe ich folgende Rückführungssitzung:

❦

Meine Rückführung geht in das Haus der Seelenverträge, denn dort habe ich ja noch offene Türen.
(Sieben Türen: Erstens Sarah mit einer Tür, zweitens meine Mutter mit vier Türen).
Heute geht es in die Muttertüre.
Ich befinde mich im England des Jahres 1432 als junge Frau.
Ich bin gefesselt und habe große Angst. Ich fühle mich tief traurig und bin sehr enttäuscht worden. Es ist wahnsinnig schwer das alles zu erleben.
Ich sehe mich als 19-jährige Frau vor einer gaffenden und grölenden Schar Leute stehen.
Hinter mir steht ein Priester (meine heutige Mutter). Er beugt mich sowohl mit körperlicher Gewalt als auch emotional und verbal. Er beschimpft und verhöhnt mich.

Und ich weiß, dass er dies zu Unrecht tut. Er macht es einerseits, weil er Angst vor dem hat, was ich kann, zum anderen weil er in mir eine Gefahr sieht. Er ist davon überzeugt, dass er zu Recht Macht über mich hat. Er, seine Kirche und seine Dogmen haben die Macht und das Recht.
Ich stehe hier, weil ich mit meinen Händen heilen kann und ich habe viele geheilt, auch viele aus dieser Menge. Und ich kann sehen. Meine Augen sehen das, was andere nicht sehen, ich sehe die Zukunft, ich sehe Krankheiten und die Wahrheit.
Deshalb bin ich eine Gefahr. Vorher habe ich ihnen (den Menschen) genutzt, heute beschimpfen sie mich. Sie lassen mich im Stich.

Nun wollen sie mich mundtot machen, ich soll der Heilerei abschwören.
In dieser erdrückenden Situation gebe ich folgende Sätze von mir:
- Ich werde mich immer vor dir beugen
- Ich will nie wieder sehen können
- Ich will nie wieder diese Fähigkeiten besitzen

In der Zwischenebene schaue ich mir dieses Leben an. Ich hatte mir das Heilen mitgenommen und auch die anderen Fähigkeiten und es auch ansatzweise geschafft.
Weitere Aufgaben waren:

- Ich wollte Menschen die Augen öffnen – nicht ganz gelöst
- Ich wollte standhaft sein - gelöst
- Ich wollte furchtlos sein - gelöst
- Ich wollte für den Glauben kämpfen – nicht ganz gelöst

Ich hätte versuchen sollen gegen diesen Priester anzugehen und mich ihm nicht zu beugen. Aber es war wohl noch nicht an der Zeit – die Zeit war für mich nicht reif.

Diese Sätze jedoch sollten mich lange Zeit einschränken. Nun hoffe ich, dass ich diese Fähigkeiten wieder erlangen darf, ich möchte es. Der Hüter gibt mich frei, die Seelenverträge werden gelöst. Er ermuntert mich weiter zu machen, meine Fähigkeiten zu nutzen, zu sehen und zu heilen. Und er betont wiederum: Man sieht nur mit der Seele gut.

Kapitel X

Besetzungen und Implantate

Das Achte Seminar
Ein wiederum Erlebnisreiches!
Im Hier und Jetzt ist es kaum zu glauben, was wir in diesem Seminar erlebt haben.
Ich habe ja immer an Leben außerhalb dieser Erde geglaubt, es hat jedoch keine besondere Bedeutung gehabt, nein, es war eigentlich eher unbedeutend. Zum Zeitpunkt an dem ich es schreibe, weiß ich immer noch nicht so recht, was es alles für mich und für die, beziehungsweise meine Zukunft bedeutet.
Dennoch sollte ein Auszug aus den Erlebnissen des Seminars wiedergegeben werden. Du, lieber Leser, solltest hier nach meinem Prinzip vorgehen, das Bewerten also einfach zurückstellen, bis es an der Zeit ist.
Das Seminar werde ich mit Thekla verbringen, auch das stellt sich wieder als gut heraus – da es passt.

Es fängt an mit den Themen Besetzung mit Elementalen und Besetzung mit (toten) Seelen.
Ich kann mir vorher nichts unter dem Thema vorstellen, aber es ist dann doch mehr als interessant.
In meiner ersten Sitzung geht es um die Seelenbesetzungen.
Der Einstieg in die Sitzung weicht etwas von unseren üblichen Rückführungen ab, er gelingt aber doch gewohnt unproblematisch.
Thekla fragt ab, wie viele Besetzungen ich habe. Ich erkenne drei und antworte dies auch spontan. Diese zeigen sich an Kopf, Halswirbelsäule und Herz.
Die erste Besetzung ist meine verstorbene Tante Anna (jetziges Leben). Sie war in den 70ern gestorben und hatte kein wirklich schönes Leben. Sie war geistig behindert und – so weit ich mich erinnern kann - auch immer so behandelt worden. Es gab zu dieser Zeit keine notwendige und sinnvolle Therapie für diese Kranken und keinerlei Unterstützung für die Menschen, die mit den Behinderten umgingen. Es war einfach keine gute Zeit für Tante Anna.
Sie starb und sie fand den Weg zum Licht nicht. „Ich wusste nicht wohin."

Sie teilt mit, dass sie bei mir nichts bewirkt habe, mich nicht negativ beeinflussen wollte, sie habe lediglich irgendwohin gemusst.
Diese Information bekomme ich sehr eindeutig. Sie wusste einfach nicht, wo sie hin sollte, bestimmt nicht deshalb, weil sie behindert war, vielleicht lag es eher an all den Begleitumständen. Es lag sicher auch an ihrer deutlich spürbaren Angst.
Sie war also den Weg ins Licht nicht gegangen, und warum auch immer, sie hatte sich in meinem Kopf „eingenistet". Sie wurde nach ihrem Tod im Sarg aus dem Haus getragen und dabei direkt an mir vorbei, daran erinnere ich mich noch genau.
Auch daran, dass diese Situation irgendetwas Unerklärliches hatte, erinnere ich mich.
In dem Moment als ich dieses erkenne, habe ich das Gefühl, dass mein manchmal leerer Kopf, meine mangelhafte Konzentration, die Hinderung frei zu denken, vielleicht auch meine Kopfschmerzen etwas mit dieser Besetzung zu tun hatten und haben.
Anna wird nun gefragt, ob sie bereit sei, den Weg ins Licht zu gehen, und ob sie Hilfe dabei brauche.
Thekla hatte dazu bereits vorher eine Lichtsäule erstellt und hilft Anna nun unter Händereichen ins Licht. Ich spüre, sie ist nun froh, gehen zu dürfen. Ich spüre klar und deutlich, dass mich etwas verlässt, und gleichzeitig nehme ich etwas Befreiendes wahr.

Die zweite Besetzung ist Jintra, ein Mann, der vor vielen hundert Jahren von mir (damals Antra) aus dem Hinterhalt erstochen wurde. Er besetzte mich an der Halswirbelsäule und sprach dabei den Satz aus: „Das sollst du büßen, mich wirst du nicht mehr los."
Er teilt mit, er wollte mir (An-) Spannung und Druck verursachen.
So ganz einfach will er mich nicht verlassen, ich muss und will mich natürlich entschuldigen.
Ich kann mich nicht an diese Situation des Ursprungs erinnern. Deshalb fehlt mir jegliche Möglichkeit etwas wiedergutzumachen. Dennoch verspreche ich ihn zu lieben, zu ehren, anzuerkennen und zu achten und so geht er dann in die Lichtsäule.

Die dritte Besetzung ist Evelyn, die einige Leben bei mir – Karl - (im Herz) war. Sie war meine Verlobte oder „Versprochene", wurde jedoch schwer krank (Schwindsucht) und starb. „Es ist gut, dass es vorbei ist, endlich bin ich erlöst."
Karl wollte, dass er nicht allein gelassen wird.

Eigentlich wollte sie in das Licht gehen, sah jedoch die große Trauer um ihren Tod und blieb bei Karl, weil er so traurig war. Evelyn will einfach nur bei mir bleiben, sie versucht mein Herz zu stärken. Sie will immer da sein, wenn Karl sie braucht, sie versucht auch die schmerzenden Gefühle (Trauer, Herzschmerz) nicht zu stark werden zu lassen.
Evelyn ist bereit ins Licht zu gehen, benötigt dabei Hilfe, die ihr von Thekla gegeben wird. Sie benötigt Gewissheit nicht mehr gebraucht zu werden, und diese können wir ihr geben. Also lässt sie sich gerne ins Licht helfen.

Für die Erfahrungen mit Elementalen bestand leider keine Zeit.

ೞ

Bei Thekla gehen wir auf die Suche nach Besetzungen mit Elementalen. Sie wird abgefragt, welche sie hat. Thekla hat mehrere Elementale und geht auf die Suche nach Angst.
Und sie sieht sich zum wiederholten Male im selben Leben als Krieger mit vielen außergewöhnlichen Fähigkeiten. Er kann am Wind erkennen, was im nächsten Moment passiert, er ist extrem schnell, er ist ein echter Krieger.
Wie in den letzten Leben sieht sie sich auf einem Felsen einer Giftschlange gegenüber stehend. Für den Krieger eigentlich kein Problem, er ist ja pfeilschnell.
Doch dann sieht er von oben seine Kinder in einem Fluss vorübertreiben. Und er erkennt sofort, dass er sie vor dem Ertrinken retten muss. Doch läuft er zu seinen Kindern, wird er von der Schlange gebissen. Geht er gegen die Schlange vor, ertrinken seine Kinder.
Nun wird Thekla klar, wo die Angst als Elemental sitzt: an den Augen. Sie spürt diese Angst intensiv, sie lähmt die Augen, der Krieger ist nicht mehr in der Lage so zu reagieren, wie er es gewohnt ist, er wird von der Schlange gebissen und stirbt.
Ich kann ihr das Elemental entfernen, sie spürt die Erleichterung und es geht ihr besser.

ೞ

Sonntags geht es auf den Weg zum Außerirdischen. Da ich damit bereits einmal die Erfahrung gemacht habe, hatte ich höchstens „Bestätigungserwartungen".
Aber es kam ja doch um einiges suspekter, als ich dachte.

Zuerst wird natürlich wieder Theoretisches erklärt, besprochen und diskutiert. Dass Menschen von anderen Planeten Implantate erhalten, ist doch schon sehr merkwürdig. Doch Wochen später soll ich dies bei einem Klienten genau so erleben.
Und wie bereits bei einem früheren Thema beziehungsweise Seminar, als ich nach Krankheiten abgefragt wurde, werde ich nun nach inaktiven (nicht mehr wirksamen) Implantaten abgefragt, abgesucht.

Folgende inaktive Implantate werden gefunden:

- Augen,
- linke Halsseite, Schilddrüse
- rechte Leiste
- linke Schulter
- beide Füße

Thekla beginnt mit der Entfernung, es sind Eingriffe, die mehr als deutlich zu spüren sind.
Bereits bei der Abfrage, wo welche Implantate sitzen, spüre ich diese sehr eindeutig. An den Augen sitzt ein Implantat sehr fest, so dass es sehr problematisch zu entfernen ist.
Ich merke regelrechte Verwicklungen dieses Implantates hinter den Augen. Doch die Entfernung klappt.
Bewusst werden mir in diesem Moment meine häufig tränenden Augen, mein zeitweiliges unangenehmes und lästiges Schielen, auch meine Farbenschwäche. Ob irgendetwas von diesen Problemen mit den Implantaten zu tun hat?
Bei der Entfernung (im Stehen) wird mir mulmig, der Körper wird schwer. Ich habe kurz das Gefühl mich hinsetzen zu müssen. Gleichzeitig bemerke ich die anderen Implantate, besonders das Implantat im linken Fuß, das ich vorher weniger wahrgenommen habe.

Auch die weiteren Implantate werden von Thekla entfernt.
Diese Entfernung hinterlässt einen Zustand der Befreiung.

Später, in der Pause sitze ich vor irgendwelchen Texten, die farbig hinterlegt sind. Dass ich die Texte anders wahrnehme, vor allem aber die Farben, ist schon auffällig. Montags kann ich für ungefähr zwei Stunden nicht richtig lesen. Nach zwei Tagen hat sich alles wieder normalisiert.
Monate später kann ich sagen, dass mein zeitweiliges Schielen seither nicht mehr aufgetreten ist, dass ich Farben deutlich intensiver wahrnehme und meine Augen weniger tränen. Mal abwarten, ob diese Veränderungen so bleiben, denn das Tränen trat in der Vergangenheit besonders in den kalten Jahreszeiten intensiver auf.

Die Entfernung von Theklas inaktiven Implantaten ist ebenfalls sehr spannend, es gleicht eher einem operativen Eingriff als einer spirituellen Handlung.

Nun geht es auf die Suche nach aktiven Implantaten und das geht nur am Ursprung des Implantates. Also auf ins Universum.
Ich darf zuerst auf die Reise gehen.
Mein Haus hat sieben Türen. Bedeutet das, dass ich sieben Leben in anderen Zivilisationen zugebracht habe?
Gemäß der Theorie machen wir uns auf den Weg.
Ich stelle mir ein Raumschiff aus meiner beliebtesten Science Fiction Serie vor, steige ein und starte mit dem Wissen der Begleitung (auch Thekla ist mit auf dem Weg) tatsächlich in Richtung unbekannte Welten.
Wir sind lange, lange auf dem Weg und landen auf demselben Planeten, auf dem ich bereits bei einem Seelenvertrag vor vier Wochen war, der Planet heißt Magnaton.
Die Reise ist sehr unruhig, bei einem Flugzeug würde ich von Turbulenzen sprechen.
Thekla kann sich immer intensiv in vieles hineinspüren, so nimmt sie diesen Planeten in den Farben orange – rot wahr, sie sagt, er sei wunderschön.
Doch für mich ist es ein ähnlich bedrückendes, schweres, leicht furchterregendes Gefühl wie vor vier Wochen.
Ganz langsam wechselt dieses Gefühl, es wird entspannter. Es folgt die Gewissheit, ein anderes Dasein als das eines Menschen zu haben.
Ich erkenne mich wieder schwebend, der Körper liegt tatsächlich in der Waagerechten, die Kommunikation erfolgt per Gedanken. Sprache ist wohl möglich, jedoch nicht nötig.
Nach dem Aussteigen haben wir das Gefühl, wir werden irgendwie am Kopf „eingeloggt – verbunden".

Um zu kommunizieren müssen wir unsere Schwingung erhöhen, damit wir auf gleicher Ebene mit den Bewohnern in Kontakt treten können.
So machen wir uns vom Raumschiff aus unter Begleitung von anderen Wesen auf zum Regenten des Planeten. Dieser ist der eindeutige Herrscher dieses Planeten, er bestimmt alles.
Es ist nach menschlichen Gesichtspunkten eine Art Diktatur, hier scheint es jedoch eine andere Ordnung zu geben. Ich habe das Gefühl, dass diese Diktatur für die Gesellschaft hier völlig in Ordnung ist.

Wir machen dem Regenten ein Geschenk (Musik) und bitten ihn um die Löschung meines Implantates. Er will dem zustimmen, insbesondere weil ja auch die Vertragslaufzeit beendet ist. Er weigert sich jedoch allen weiteren 50.000 Menschen, die das Implantat ebenfalls "besitzen", dieses auch zu entfernen. Er spricht dazu ein absolutes und resolutes „Nein" aus. Auch – und das teilt er uns ebenfalls unmissverständlich mit, sieht er sich nicht gezwungen sich an Verträge zu halten.
Er verhält sich uns gegenüber dennoch eher korrekt.
Obwohl die Implantate eine feste Vertragslaufzeit haben, fühlt er sich nicht daran gebunden. Ganz einfach ist er nicht, der Führer dieses Planeten.

Es finden sich vier Implantate mit folgendem Hintergrund:
- Lendenwirbelsäule: Bewegungsabläufe kennen lernen, Bodenhaftung/Erdanziehung spüren (Schwingung)
- Beide Hände: Bewegungsabläufe lernen, was machen Hände und wie greifen sie
- Linke Brust – Außenseite: Gasaustausch erforschen (sie wollen tatsächlich die Herzgeräusche unterschiedlicher Art hören – „es klappert so schön")
- Wange links in Richtung Ohr: Funktion des Kiefergelenkes und das Hören

Diese Implantate haben die Bewohner von Magnaton ebenfalls bei 50.000 anderen Menschen gesetzt um an ihnen zu forschen.
So machen sich die Mediziner des Regenten an die Entfernung der Implantate. Das eine Implantat an meiner Lendenwirbelsäule hatte ich schon beim Aufstehen morgens gespürt. Ich stand nämlich mit deutlichen Schmerzen an der unteren Lendenwirbelsäule auf, mir nichts Neues, an dieser Stelle jedoch schon.
Alle weiteren Implantate werden „chirurgisch" entfernt.

Alles hat zum Teil deutliche Beschwerden, auch Schmerzen zur Folge. Die Schmerzen an der Lendenwirbelsäule sind sehr deutlich und auch noch nach der Sitzung zu spüren. Abends sind sie verschwunden.
Alles in allem sind die Reisen zu den Planeten sehr spannend. Das Empfinden dieser Energien und Schwingungen ist etwas ganz Besonderes.
Man spürt die Andersartigkeit dieser fremden Zivilisationen, die zum Teil extrem hohen Schwingungen, deren Intelligenz sowie den hohen Bewusstseinsstand.
Die Andersartigkeit zeigt sich auch in völlig anderen, teilweise gasförmigen Körpern, in der Fähigkeit zu schweben, in der Fortbewegung die teilweise ohne sichtbare Bewegung stattfindet. Auch die Fähigkeit mit den Informationen der gesetzten Implantate zu arbeiten ist für uns nicht fassbar.

Zum Schluss des Besuches kommt eine unglaublich warme Energie zu uns zurück.

Und schon wieder ist ein Seminar vorbei.
Wir haben den abschließenden Austausch wie immer bei Kaffee und Kuchen. Klar ist, wenn uns jemand zuhören würde, er würde uns doch die Zwangsjacke schicken.
Was mache ich denn mit diesen geschriebenen Zeilen? Werde ich sie selbst zensieren? Werden sie so und zwar vollständig veröffentlicht? Mal sehen, es wird eine klare Antwort auf diese Frage geben.
Alle haben Reisen auf andere Planeten unternommen, jeder hatte andere Erlebnisse. Außer auf meinem Planeten und einer weiteren ähnlichen Erfahrungen haben alle nur sehr Positives zu berichten. Alle Planeten, beziehungsweise Bewohner waren uns Besuchern äußerst wohlgesonnen. Alle Implantate wurden entfernt. Alle Planeten wurden von hoch entwickelten und uns weit überlegenen Wesen bewohnt. Sie haben in dieser hohen Entwicklung überhaupt keine kriegerischen und feindseligen Schwingungen. Sie sind einfach nur gut.
Wenn man unsere kläglichen Versuche zivilisiert zu sein betrachtet, dabei jedoch viel Unfrieden und Barbareien im Kleinen wie im Großen entdeckt, dann ist es schon überraschend, dass es solch hoch entwickelten Zivilisationen geben kann.
Sie sind durchaus bereit, uns von sich lernen zu lassen.
Aber ich glaube, wenn es zum Kontakt kommen würde, wäre eine von uns ausgelöste Katastrophe vorprogrammiert. Aber es wird so sein, dass

es diese Kontakte bereits lange gibt und sie erst dann in offenen Kontakt treten, wenn wir so weit sind.

Es geht allen gut, wieder ist ein Modul abgeschlossen. Aber es ist doch eher so, dass wir traurig sind, dass es für unsere Runde langsam zu Ende geht.
Ich fahre nach Hause und habe wieder genügend nachzudenken.
Ich spüre in den nächsten Tagen mein Lendenwirbelsäulen- Implantat, beziehungsweise die Wunde. Sie schmerzt noch zwei bis drei Tage, danach ist es gut. Ich habe das Gefühl, dass sich an den Augen etwas verändert hat. Sie sind lichtempfindlicher und tränen weniger.
Das Erlebte dieses Seminars kann ich jedoch momentan kaum jemandem erzählen. Wer würde einem Glauben schenken? Eher würde man belächelt oder für verrückt erklärt.
Ehrlich gesagt, habe ich darüber nachgedacht, dieses Seminar mit seinen Erfahrungen aus dem Skript zu streichen. Doch ich denke, es gehört dazu, es soll uns zeigen, dass es in diesem Universum Leben gibt, sicher auch, dass wir die Vielfalt der göttlichen Schöpfung auch diesbezüglich begreifen sollen.
Außerdem sollen wir begreifen was ich auf den beiden Planeten erfahren habe, nämlich, dass menschliches Leben und Denken nicht alles ist, es gibt viel mehr in Gottes unermesslicher Vielfalt. Und es gibt Bewusstseinsstufen die mit unserem Entwicklungsstand kaum zu vergleichen sind.

҈

Ich habe einen weiteren Klienten: ein Kollege und Rückführungs-interessierter.
Nach einer kleinen Kaffeerunde, mit Einführungsgespräch steigen wir in die Sitzung ein.
Es wird eine Übungssitzung, wie sie gelernt wurde, mal ohne Überraschungen, was auch einmal wohltuend ist.
Eine unproblematische Entspannungsphase, ein geregelter Einstieg bis hin in die Kindheit übers erste Laufen und diverse Erfahrungen in der Schwangerschaft.

Einige interessante Begebenheiten:

- Bei der Geburt frage ich nach seinem Alter und er sagt sieben; später stellt sich heraus, dass er als Sieben- Monatsfrühgeburt auf die Welt kam
- Er spürt die Sorge der Eltern, aber auch ihre Freude
- Er nimmt sich im Brutkasten ebenso wahr wie ein weiteres Brutkastenkind, das Schläuche an Kopf und Fingern hat
- Beide sind froh da zu sein
- Seine jüngere Schwester ist mit dem Konkurrenten nicht so froh

Es geht weiter zur Zeugung, die von ihm bewusst wahrgenommen wird. Da er auch bewusst seine Herkunft – die Zwischenebene - wahrnimmt, gehen wir noch dorthin.
Dort nimmt er Lebensaufgaben wahr und teilt sie mit, er fühlt sich dort wohl und weiß, dass er schon oft hier war. Er kennt viele der Seelen, die er wahrnimmt, und tauscht sich mit ihnen aus, er gibt an, wie viele Leben er mit seinen Familienmitgliedern hatte.
Er geht noch den Weg zum Urlicht und gibt an, dass von seinen Seelenanteilen zwei bereits zurück beim Urlicht sind.
Ich führe ihn in die lila Flamme. Nach der Sitzung fühlt er sich gut und bestätigt.

Am darauf folgenden Wochenende (Ostern) sind wir bei Verwandten zu Besuch und besuchen dort den Ostergottesdienst.
Allgemein kann ich sagen, dass mir die Gespräche doch alle sehr flach und überflüssig scheinen. Es dreht sich bei vielen Menschen unserer Zeit um den Lug und Trug der Mitmenschen, das Fremdgehen der bösen Bekannten, Anschaffungen und, und, und.
Es ist doch immer und überall in etwa das gleiche.
Das ist schon immer ein Punkt gewesen, der mich massiv gestört hat, weshalb ich mich oft in Gesprächen zurückgezogen, sicher auch etwas isoliert habe. Nun ist es so, dass ich damit überhaupt kein Problem mehr habe. Ich höre es mir an, kann es für mich werten, weiß was davon zu halten ist.
Schade, sie haben vieles bisher nicht verstanden.
Gottes Liebe zu uns Menschen, und zwar zu allen, ist unbegreiflich.
Er hat keinerlei Erwartungen, er lässt uns alle Freiheiten, wir können uns entscheiden, ob wir uns mit Belanglosigkeiten beschäftigen oder uns

endlich auf die wirkliche Suche nach ihm, nach dem wahren Ursprung, nach „Alles in Allem" machen.
Beispiel: Es kommt an diesem Wochenende zum Gespräch mit einer offensichtlich sehr unglücklichen Frau. Ihr Mann ist bereits seit vielen Jahren dem Alkohol verfallen, ihre Tochter ist momentan Weltreisende.
Sie spricht über andere Bekannte, wie einfältig und mit wie vielen Unwahrheiten deren Leben verläuft. Sie spricht über andere Bekanntc, die durch den Berufswechsel des Mannes in einem Tal der Depressionen gelandet sind. Sie bedauert diese Menschen und ich spüre, dass sie selbst weiß, dass es ihr doch genau so geht. Wir haben ein gutes Gespräch, dennoch sind zu dieser Zeit und an diesem Ort nicht mehr Offenheit möglich. Als sie dann mit den anderen Frauen der Runde die fremdgehenden Ehefrauen des Ortes durch den Schlamm zieht, spüre ich, wie weit diese Seelen doch vom Licht entfernt sind. So sind wir Menschen.

In einem Buch las ich vor kurzem über die doch weiterhin sehr spärlich entwickelte menschliche Zivilisation. Andere Zivilisationen wären uns weit überlegen.
Interessant ist das deshalb, weil ich eine solche Zivilisation im letzten Seminar kennen lernen durfte. Dass ich mir dieses „Klein- Klein –Spiel", diese Schlammschlachten hier nun antun muss (oder doch besser darf), dient doch vielleicht der Reifung unserer Seele.
Nicht dass ich falsch verstanden werde, ich gönne den Menschen ihre Reibereien, ihre Hetzereien, ihre überflüssigen Diskussionen, aber es passt oft nicht zu dem Anspruch, den sie vorgeben, zu leben.
Jeder will ein guter Christ sein, jeder will gerechter als der andere sein, jeder hat den Stein des Weisen und jeder glaubt den anderen beurteilen zu müssen. Und das passt nicht.
Jetzt wirst du, lieber Leser, sagen: „Du tust es doch auch!"
Nein, ich tue es nicht, ich stelle es nur fest und ich kann es einfach so stehen lassen. Ich kann sehen und hören, beobachten und das alles einfach stehen lassen. Die Bewertungen stehen mir nicht zu, das übernehmen viele Zeitgenossen selbst. Doch wenn einer den anderen beurteilt (oder verurteilt) hat, ist es auch möglich einen Abgleich mit seinen eigenen Ansprüchen zu machen.

Der Ostermontagsgottesdienst: Eine relativ schwach besetzt Kirche, wo man spürt, dass erst mal jeder Anwesende die anderen beäugt. Die Messdiener und ein recht junger Priester kommen aus der Sakristei.

Bereits beim ersten gequält gesungenen Gruß weiß ich: Schon wieder einer, der Gott nicht wirklich kennt.
Er blickt suchend, gequält und singt laut Worte, die nicht aus seinem Herzen kommen. Schade – er könnte anders. Ich wünsche ihm, dass er einen guten Weg findet, aber ich zweifle ein wenig, dass er es schafft. Zu sehr ist er in seinem Rahmen, in den vielen Zwängen die er sich auferlegt hat und die von außen verstärkt werden, verhaftet.
Die Gottesdienstbesucher, der Küster, eigentlich alle – schauen nicht gerade so, als seien sie beim freudigsten Fest des Kirchenjahres. Es wird zwar oft genug erwähnt: „Christ ist erstanden", aber verstehen sie wirklich, was es heißt, von den „Toten aufzuerstehen"? Dies hat nun für mich eine ganz andere Bedeutung als früher.
Ich selbst habe mich mit der Auferstehungsfeier immer etwas schwer getan. Der Tod Jesu Christi an Karfreitag war für mich immer ein wesentlich bedeutenderer Tag als Ostern.
Dies hat seit dem Wissen der „ständigen Wiederkehr" eine ganz andere Dimension. Natürlich ist die Auferstehung des Christus für uns Christen ein ganz elementarer Bestandteil unseres Glaubens.
An den Kar- und Ostertagen stellen sich mir jedoch einige ganz andere Fragen und damit auch Antworten und Erkenntnisse.
Viele Propheten, Seher, Heiler, Verkünder, Männer und Frauen des Glaubens und der wirklichen Wahrheit hat Gott uns geschickt. Und in Jesus Christus, seinem Sohn, einen ganz Besonderen. Aber die Menschen haben sie alle nicht verstehen wollen. Wir machen es uns heute leicht, über die Juden und alle anderen Prophetenjäger zu schimpfen und zu urteilen.
Es würde, nein, es wird heute ganz genau so gehandelt. Ein Großteil der Menschheit hat „es" noch nicht verstanden.
Warum? Weil es immer einfacher ist mit der Masse zu laufen. Weil es immer einfacher ist auf die „Mutter" Kirche zu hören. Weil es Freude macht, andere zu verurteilen „Ich habe es ja immer gesagt."
Aber auch, weil es unbequem ist, selbst auf die Suche nach dem zu gehen, was tief im Inneren eines jeden Menschen verborgen ist. Nicht wie man uns immer glauben machen will, das Böse ist dort verborgen, sondern die Wahrheit.
Die Wahrheit, die Erkenntnis, die geplanten Lebensaufgaben sind verborgen in unserem Inneren. Sie begegnen uns jeden Tag, in vielen Ereignissen und in vielen Menschen. Wir würden sie wahrnehmen, wenn wir es wollten.

Doch unser ach so wichtiges Tagwerk blockiert uns bei dieser Suche. Dazu gehören viele unserer belanglosen Gespräche (die oft nur unheilvolle Inhalte haben), Fernsehen, Computer und vieles mehr.
Wen wundert es, dass wir dann auf der Zwischenebene mit Schrecken auf den Lebensfilm zurückschauen und uns sagen müssen: „ Schon wieder nichts verstanden, das muss ich nochmals angehen."
Aber das ist nicht schlimm, wir haben ja Erfahrung bei diesen Wiederholungen, und da die Seele ja lernen muss, lernt sie eben etwas länger.
Nun nochmals zurück zu Ostern und zum Emmaus-Evangelium, schon oft gehört, aber irgendwann nicht mehr wirklich wahrgenommen.
Da gehen also zwei Jünger Jesu, geplagt vom Schmerz über den Verlust und die Erfahrungen des Karfreitags zum weiter entfernten Dorf Emmaus. Jesus gesellt sich zu ihnen, aber sie erkennen ihn nicht.
In vielen Predigten habe ich schon viele verschiedene Deutungen dieser Szene gehört. Jesus hat sie für den Moment mit „Blindheit" geschlagen, der eigentliche Mittelpunkt ist das Brotbrechen, die Eucharistie, das verkündete Wort unterwegs.
Aber ist es nicht der Spiegel für die Menschheit?
„Schaut her, ich bin immer bei euch, jeden Moment eures Seins, ich begleite euch in jeder schweren Stunde, ich bin die Wahrheit und das Leben.
Doch was macht ihr Menschen?
Ihr verbarrikadiert euch hinter Dogmen, ihr schaut auf nebensächliche Dinge, die ich euch nur als Hilfen und Zeichen zur Verfügung gestellt habe, ihr hört nicht auf mein Wort, ihr hört nicht die, die euch die Wahrheit sagen, meine Begleitung nehmt ihr nicht wahr (ich bin bei euch bis zum Ende).
Stattdessen stellt ihr gebrochenes Brot in den Mittelpunkt und jubelt Menschen zu, die vorgeben die Wahrheit zu kennen, Menschen, die versuchen in einer Mutterkirche ohne Frauen (welch ein Widerspruch) das Wort Gottes unter Symbolen und Zeichen zu vergraben."

Dennoch sind wir Menschen nicht freigesprochen. Denn Unwissenheit schützt vor Strafe nicht. Das Nichterfüllen der Lebensaufgaben wird von uns selber bewertet und beurteilt. Da steht kein böser Gott und kein strafender Jesus, nein und nochmals nein.
Alle Seminarkollegen und Klienten, die in der Zwischenebene, beim Hüter, am Urlicht und im Tempel der Heilung waren, haben nur liebende Wesen, nur Umsorgung, Güte, behütet sein erlebt.

Ich kann an dieser Stelle nur betonen: Es geht mir um vieles besser als vor einem Jahr, ich kann die Menschen mittlerweile viel mehr lieben wie sie sind, ich nehme den Tag, wie Gott ihn mir schenkt, ich weiß, dass ich und nur ich verantwortlich dafür bin, was mit dem Tag geschieht, ich nehme jede Begegnung bewusst wahr und bin dankbar dafür. Ich nehme auch die beseelte Umwelt und alles, was um mich herum ist, bewusst wahr und ich weiß: „Was er gemacht hat, ist großartig."
Die Schöpfungsgeschichte wiederholt sich täglich so wie vieles aus „seiner Wahrheit".
Natürlich sind Dinge des täglichen Lebens wichtig für uns Menschen.
Denn ohne Geld, Wohnung, Arbeit, Energie und ein wenig Wohlstand fehlt uns unsere Existenzgrundlage.
Selten kommt es noch vor, dass ich in die mir vorher bekannten Gedankenmuster verfalle, in dem ich mehr über die Arbeit, Geld und die Frage, „Was schaue ich mir heute Abend im TV an" nachdenke oder grübele.
Es ist zwar nicht so, dass ich nur noch spirituell denke und handele, dennoch ist dies alles sehr in mein Lebenszentrum gerückt - und das ist gut so.
Warum? Das frage ich mich natürlich auch. Vieles davon habe ich bereits erwähnt, manches auch mehrfach. Letztlich beschäftige ich mich nicht mehr mit Gedankengängen wie: „Warum muss ich mir dieses oder jenes immer noch oder immer wieder antun?"
Vielmehr ist es jetzt so, dass ich denke, es ist gut so, wie es ist. Ich führe ein Leben, das ich mir so ausgesucht habe, wie ich es nun habe, so und nicht anders. Ich muss täglich forschen, was ich noch erreichen kann und will.
Mein Ziel ist nicht mehr der Hölle zu entgehen (ist natürlich ein wenig platt, aber so lebt man als Katholik doch oft?!), sondern so zu leben, zu suchen und zu finden, zu entdecken, zu lernen, Weisheit zu schlucken, dass die Seele reifen und in einer ständigen Evolution zur Vollkommenheit gelangen kann.
Ich weiß, das klingt vielleicht für manche total abgehoben, ist es aber nicht.
Es fühlt sich gut an. Es hat Inhalt. Und dann sind da ja noch meine Begleiter, sie sind da und zwar immer. Im täglichen Leben, abends vor der Nachtruhe, vor und in den Sitzungen, einfach immer.

Habe ich eine Frage, kann ich sie stellen, die Antwort kommt immer. Brauche ich Begleitung, Hilfe, Unterstützung, sie ist da, immer. Und das ist wunderbar!

☙❧

Dann kommt die nächste Klientin, mein Patenkind.
Sie hat trotz ihres jugendlichen Alters schon lange mit allerlei Beschwerden wie Migräne und starkem Heuschnupfen und einigem mehr zu tun. Sie leidet oft sehr darunter.
Familiäre Ursachen und Behaftungen sowie Verbindungen kommen hinzu.
Sie weiß, dass wir nicht in der ersten Sitzung in die Krankheits- beziehungsweise Ursachenforschung einsteigen werden. Ich weiß ja, dass eine gewisse Vorbereitung, eine Einstimmung und vor allem ein Eingewöhnen für das Unterbewusstsein notwendig sind.
Ich frage immer vorher meinen kosmischen Berater nach dem Verlauf der Sitzung. Auch hier der Hinweis, das wird gut. Ich kann es auch so interpretieren: „Ich helfe dir, du bist nicht alleine, wir sind da."
Mit diesem Wissen steige ich ein, behutsam wie immer bei der ersten Sitzung. Ich führe sie über die Treppe und spüre eindeutig ihr Ankommen. Sie sucht jedoch noch und weiß nicht, wo sie dran ist. Intuitiv lasse ich sie noch durch eine Türe steigen und sie ist in einem schönen Erlebnis ihrer Kindheit.
Sie erlebt einen Kindergeburtstag, von dem sie viele Einzelheiten erzählen kann. Danach geht es zum ersten Laufen, das sie ebenfalls detailliert mit Einzelheiten schildern kann. Weiter geht's in die Geburt und in das Kinderzimmer. Sie ist spürbar beeindruckt, was man alles als Säugling spüren und empfinden kann. Auch sie spürt die anderen Kinder im Kinderzimmer, sie spürt, wie es diesen geht, dass nicht alle glücklich sind. Sie selbst weiß jedoch, dass sie freiwillig gekommen ist, dass sie stark sein will und dass sie gerne da ist.
Es geht durch einige Phasen der Schwangerschaft und der Zeugung. Alles kann detailliert beschrieben werden. Emotionen, Geräusche, Wärme und vieles mehr werden geschildert.
„Angekommen", ist die Aussage bei der Zeugung. Da erübrigt sich zukünftig auch die Frage, „ab wann ist der Mensch Mensch". Die Seele betritt mit der Zeugung das neue Bewusstsein, alle, die ich durch die Zeugung geführt habe, haben das so festgestellt.

Dann, denke ich, ist es nach einem so reibungslosen Verlauf jetzt Zeit für die Zwischenebene, also gebe ich diese Richtung vor, wobei auch hier wieder das Gefühl da ist, sie soll einen anderen Weg gehen.
Und so kommt es. Sie ist:
Paul, über 50 Jahre alt und hat alte zerrissene Klamotten an. Paul lebt im Jahr 1868 im Wald. Er steht vor einer zerfallenen Hütte, mit der die Klientin keine Verbindung sieht. Beim Eintreten entdeckt Paul ein kleines, einsames Rehkitz, das ohne Mutter ebenso hungrig ist wie er. Er sucht das Muttertier, findet es jedoch nicht und lässt das Kitz laufen. Mehr lässt sich in der Situation nicht entdecken.
Ich führe sie weiter zurück und sie sieht Paul als Knecht für einen Bauern arbeiten, er ist alleine, hat keine Familie und arbeitet viel, ohne dafür entsprechenden Lohn, Essen oder Wohnung zu bekommen. Er lebt in der Scheune und hat oft Hunger. Nach vielen Jahren entscheidet er sich für ein Leben als Aussteiger, er ist es leid, er hat keine Lust mehr. Er geht in den bereits erwähnten Wald, der uns jedoch weiterhin keine weiteren Informationen zeigt.
Also gehen wir weiter zurück. Paul lebt mit seinen Eltern und seinen jüngeren Brüdern in einer armseligen Behausung. Sie hungern oft, es gibt einfach zu wenig zu essen für fünf Mäuler. Paul weiß, dass sich die Eltern oft über die Probleme unterhalten. Er weiß auch, dass er bald gehen muss um die Familie zu entlasten. Und so kommt der Tag, an dem die Mutter Paul die Situation mit den Worten erklärt: „Du bist der Älteste von euch, du kannst jetzt selbst für deinen Lebensunterhalt sorgen!"
So macht sich Paul als Zehnjähriger auf den Weg um sich als Knecht zu verdingen.
Er wird über die Jahre bei vielen Handwerkern, Familien, Bauern und letztlich bei dem vorher bereits erwähnten Bauern niedere Tätigkeiten aufnehmen um sein tägliches Brot zu verdienen.
Nun gehen wir wieder in den Wald. Dort sammelt Paul Holz, verkauft dieses im Dorf um sich wenigstens etwas Brot und Käse leisten zu können. Ansonsten ernährt er sich von dem, was der Wald hergibt.
Wir gehen in die Sterbestunde von Paul. Er schaut auf sein Leben zurück und ist letztlich mit dem zufrieden, was (und wie es) sich entwickelt hat. Er hat unter der Einsamkeit gelitten, auch darunter, dass er immer ausgenutzt wurde und keinen gerechten Lohn erhalten hat.
Dennoch war er trotz der Einsamkeit im Wald versöhnt mit allem, was zu seinem Leben gehört hat.

Ich will stark sein und ich will nie wieder ausgenutzt werden, waren für Paul zentrale „Glaubenssätze", die er auch in das Leben im Hier und Heute mitgenommen hat. Dies und auch einige weitere Punkte nehmen wir mit in die lila Flamme.
Doch vorher gehen wir in die Zwischenebene, Paul stirbt an Altersschwäche. Im Sterben bemerkt Paul, er ist nicht alleine, doch wer da ist, weiß er nicht.
In der Zwischenebene hat Paul zwei Seelen bei sich, die er aus dem heutigen Leben kennt (die einer verstorbenen Freundin und einer verstorbenen Großtante).
Die beiden teilen ihr mit, dass sie sie schon lange begleiten und dies auch zukünftig tun wollen. Auch ein Schutzengel ist da, sie kann jedoch noch keinen Kontakt aufnehmen.
Sie erhält klare Hinweise auf die Lebensaufgaben von Paul:
- sich durchschlagen
- auf eigenen Beinen stehen
- sich nicht ausnutzen lassen

Alle Aufgaben hat Paul erfüllt, dennoch hat meine Klientin einiges von diesen Aufgaben ins Hier und Heute mitgebracht.
Auch ihre Lebensaufgaben für das Leben im Hier und Heute erkennt sie zum Teil.
Eine interessante und lange Sitzung, die auch meine Klientin angestrengt hat.

ঌ∞ঌ

Drei Tage später kommt mein Patenkind zur nächsten Sitzung, ungewöhnlich, aber die Rahmenbedingungen machen dies erforderlich.
Heute gehen wir in das Haus der Krankheiten. Der Verlauf geht aus meiner Sicht für jemanden der erst die zweite Sitzung hat, schon sehr, sehr unproblematisch und zügig.
Sie hat vier Türen im Haus der Krankheiten und – dass habe ich auch noch nicht gehabt – drei Türen mit der Aufschrift „unwichtig" und einmal die Aufschrift „sehr interessant."
Hinter dieser Türe gibt es eine Türe, über die es mit dem Fahrstuhl direkt in das Leben eines kleinen, sechs Jahre alten Mädchens geht.
Sie, Lisa wohnt alleine mit ihrer Mutter und ihrem kleineren Bruder, der Vater ist nicht mehr da.

Es ist schon Jahrhunderte her, sie sieht ein Minidorf – eher eine kleine Siedlung – und Wiesen, Wälder, nur einfache Feldwege, keine Straßen, ganz einfache Häuser.
Insgesamt fühlt sie sich hier wohl, das einzig Auffällige in der Kindheit ist eine Brandverletzung an ihrer rechten Hand, die von ihrer Mutter mit Leinenbinden und einer Salbe versorgt wird.
Dann sieht sie sich zwölfjährig im Stall des Dorfes beim Kühemelken um für ein wenig Lebensunterhalt zu sorgen.
Sie spürt beim Kühemelken folgendes zum Teil sehr, sehr intensiv, so intensiv, dass ich es förmlich mit empfinden kann:
- Echte Abneigung gegenüber den Kühen
- Übelkeit wegen des beißenden Geruches im Stall
- Kopfschmerzen
- Der üble, nassfeuchte Geruch verursacht zunehmend größere Atemprobleme bis hin zum Erstickungsgefühl

Sie macht diese Arbeit dennoch nicht ungern, da sie ja damit für den Lebensunterhalt beitragen kann.
Die Parallelen (ihr Empfinden) zu diesen Beschwerden im heutigen Leben und den allergischen Reaktionen bis hin zu asthmatischen Beschwerden sind nach ihren Aussagen eindeutig.
Danach gibt es im Leben der Lisa keine Besonderheiten mehr, die von Relevanz zum Thema wären. So gehen wir in das Sterben, das schon recht früh geschieht. Lisa sieht sich von heftigen Kopfschmerzen geplagt mit Mitte 30 im Sterbebett liegend. Begleitet ist sie nur noch von ihrem Bruder, der auch im heutigen Leben ein Verwandter von ihr ist.
Sie sieht die Lebensaufgaben der Lisa deutlich und sie erkennt, dass sie diese aus den vergangenen Leben teilweise ins Heute mitgebracht hat.
Es geht wieder um Schwächen, Stärken und „etwas aus dem heutigen Leben zu machen".
Besondere Bedeutung haben auch die Kopfschmerzen, die sie im Heute ebenso kennt.
Sie durchlebt das Sterben der Lisa intensiv und gelangt mit den beiden Seelen, die sie auch in der letzten Sitzung begleitet haben, und mit einer weiteren verstorbenen Bekannten in die Zwischenebene. Auch dort geht es weiter mit dem Austausch dieser Seelen.
Sie geht zum Hüter der Akasha-Chronik, der alle ihre offenen Fragen beantwortet und die Krankheitsursachen auflöst. Im Tempel der Heilung und in der lila Flamme wird der Rest gelöst.
Sie ist geschlaucht, überrascht, aber auch sichtlich erleichtert.

Es ging – wie gesagt – für die zweite Sitzung recht gut und viel weiter (Chronik) als üblich.
Nach über einem halben Jahr ist kein Migräneanfall mehr aufgetreten, ihre Laktoseunverträglichkeit ist verschwunden (sie trinkt wieder Kuhmilch) und die Pollenallergie verlief deutlich schwächer als in den vergangenen Jahren.

ೋ෴ය

Das nächste Zwischentreffen mit Carola, Charlotte und Christel folgt.
Ein wie immer lustiges, wohltuendes Zusammentreffen von vier, neugierigen Seelen. Es macht einfach Spaß, davon abgesehen ist es immer wieder erfüllend.

Wir verständigen uns, wer mit wem übt, was Inhalt sein wird.
Also sind Carola und ich ziemlich zügig unterwegs zu fremden Planeten. Ich suche die zweite der sieben Türen im Haus der Implantate auf. Wie erwartet habe ich immer noch gleichviele Türen, denn die Implantatentfernung war offensichtlich nicht komplett.

Wir gelangen nach sehr langer Reise auf den Planeten Urbanus, der eine sehr dichte, aber auch sehr freundliche Atmosphäre hat. Sowohl das Licht (angenehm hell) wie auch das Farbenspiel der Planetenoberfläche (zartes Grün) lassen ein eher positives Gefühl zu.
Interessant ist mein Körperempfinden. Es ist sehr deutlich, dass ich keine Beine und auch keine richtigen Arme habe, ich komme mir vor wie ein Barbapappa (großer Rumpf, kleiner Kopf). Die Bewegung geschieht in der Aufrechten schwebend. Irgendwie bin ich wie ferngesteuert. Ich werde, nachdem Carola uns vorgestellt und unser Anliegen Implantate zu entfernen vorgetragen hat, direkt zum Regenten - einem Superhirn – „gesteuert".
Dort angekommen, werde ich am Nacken „angestöpselt"; es fühlt sich an wie über ein Netzwerkkabel mit dem Zentralcomputer verbunden zu sein.
Wir übergeben dem Regenten ein Geschenk und sprechen nochmals unser Anliegen aus, dem von Seiten des Regenten entsprochen wird.
Bereits auf dem Weg zum Planeten habe ich einen deutlichen Druck und ein merkwürdiges Gefühl im Bauch.
Man beginnt sofort mit der Entfernung der Implantate. Mehr als deutlich ist: Was ich im Bauch gespürt habe, ist die Schaltzentrale eines dichten

Netzes von Synapsen, das sich über den ganzen Körper zu allen Sinnesorganen zieht.
Und so spüre ich plötzlich, dass dieses Netz wie ein Anzug über den ganzen Körper gezogen ist.
Dementsprechend ist es nach der anstrengenden Entfernung dieses Netzes wie ein Ausschälen aus einem Anzug. Nach der Entfernung aller „Synapsen" und Implantate stellt sich ein positives Körpergefühl ein.
Im Universum haben die Bewohner des Planeten mehrere Millionen der Implantate gesetzt. Entfernt werden diese nur, wenn die Verträge abgelaufen sind, beziehungsweise wenn die Besitzer aktiv darum bitten. Schaden fügen uns die Implantate keine zu, sie werden lediglich zum Erlernen aller Empfindungen der jeweiligen Träger genutzt.
Nach der Entfernung der Implantate bedanken wir uns bei dem Regenten und den Bewohnern. Sie verabschieden uns sehr wohlwollend und wünschen uns alles Gute für die Zukunft. So machen wir uns auf den Weg zum nächsten Planeten.
Mir war es klar, dass ich wieder auf demselben Planeten wie beim letzten und vorletzten Seminar lande. Denn es war ebenso klar, dass das mit der Implantat-Entfernung nicht anhaltend funktioniert hat. Ich hatte es seit drei bis vier Tagen gespürt. Ob wieder neue Implantate gesetzt oder Reste aktiviert wurden, ist nicht deutlich.
Ich lande zum dritten Mal auf dem Planeten Magnaton und das Empfinden ist gleich.
Es ist wieder ein sehr schweres Körpergefühl und wieder schwebe ich in der Horizontalen. Wir brauchen uns nicht vorzustellen, man kennt uns und weiß, warum wir da sind.
Wir überreichen ein Geschenk an den Regenten, der mir auf die Frage nach dem wenig erfolgreichen letzten Besuch sein ausdrückliches Bedauern über das fehlerhafte Vorgehen ausspricht. Er entschuldigt sich mehrfach und betont, dass es ihm leid tue.
Also geht es wieder an das Entfernen der gleichen Implantate am Bewegungsapparat. Diesmal spüre ich sofort deutlich mehr Ansatzpunkte dieser Implantate, sie sitzen an allen großen und kleinen Gelenken, von den Zehen bis zum Kiefergelenk. Meine Hände fühlen sich an wie aufgeblasen. Auch bewirkt die Entfernung ein außerordentlich befreiendes Körpergefühl. Anschließend macht der Regent selbst eine Abschlussüberprüfung der Maßnahme mit dem Verschließen aller Wunden und aller Defekte. Das fühlt sich wirklich gut an.

Er informiert, dass ich noch einige Tage Erschöpfung, beziehungsweise Nachwirkungen spüren werde und bedauert nochmals das oberflächliche Vorgehen beim letzten Besuch. Wir werden diesmal doch deutlich freundlicher behandelt und verabschiedet.

Wir machen uns auf den Weg nach Hause. „Wohin sollen wir abschließend gehen?", fragt Carola.
In die Zwischenebene muss es noch gehen, da bin ich sicher.
Hier fühle ich mich wohl, wie immer, und befrage meine Helfer, aber auch alle anderen, ob denn auf diesen Planeten wirklich alles entfernt wurde.
Nachdem dieses bejaht wurde, hoffe ich, dass Carola mich einige Minuten in Ruhe lässt.
Meine Helfer sind da, viele mir vertraute Seelen, aber auch viele andere. Auch Jesus, Maria, und weitere sind anwesend, sie sind deutlich wahrnehmbar.

❦

Carola lässt mir keine Ruhe. Es beginnt ein beeindruckender Dialog!
Carola beginnt Fragen zu stellen, und aus mir kommen die Antworten, irgendwie anders als sonst. Ich bin nur ein Sprachrohr.
Es ist seltsam: Ich kenne Carolas Fragen zum Teil, es sind zum Teil Fragen, die ich meinem Berater bereits gestellt habe, es sind Fragen, die ich in den letzten Monaten an der ein oder anderen Stelle bereits gelesen habe.

Deshalb habe ich anfangs den Verdacht, dass die Antworten von oder aus mir kommen. Doch schnell merke ich, dass das nicht sein kann.
Erstens kommen die Antworten sehr spontan, ein Nachdenken ist nicht möglich, zweitens sind auch Fragen, mit denen ich mich noch nicht intensiv befasst habe, unmittelbar beantwortet, drittens sind die begleitenden Emotionen so ergreifend, dass ich mir sicher bin, einen sehr imposanten Gesprächspartner zu haben.
Außerdem gibt es ja auch eine begleitende Rahmenvorstellung.
Denn wir haben viele Zuhörer. Je nach Art der Frage oder je nach „Menschlichkeit" von Carolas Fragen kann ich schallendes Gelächter wahrnehmen. Er, der durch mich antwortet, und weitere Zuhörer lachen.

Carola fragt: „Lachen die mich aus?" Doch es ist kein Auslachen, nein, sie amüsieren sich köstlich über unsere komplizierte menschliche Art zu suchen, zu denken und zu verstehen.
Mein Gesprächspartner ist sehr willig, sehr einfühlsam, er hat uns gerufen, da bin ich sicher. Auch die Konstellation ist wieder mal absichtlich gewählt, warum auch immer. Es hat ja immer alles seine Gründe.
Folgende Fragen und Antworten haben wir notiert (Da alles recht schnell ging, ist die Auflistung nicht unbedingt vollständig):

- „Wie ist das mit den kosmischen Gesetzen, gibt es sie oder nicht?"
  → „Natürlich gibt es sie, jeder ist ihnen verpflichtet."
- „Warum halten sich denn einige Wesen nicht daran, oder scheint es uns nur so?"
  → „Es scheint wahrscheinlich nur so, manchmal liegen Verständigungsfehler vor, manchmal sind die Aktionen nicht klar, manchmal ist es aber auch einfach besser anders zu handeln als ihr Menschen es erwartet."
- „Warum verstehen wir vieles einfach nicht, warum können wir die Innere Stimme, die Hinweise unserer Berater nicht erkennen?"
  → „Das liegt daran, dass ihr versucht mit dem Kopf, mit den Ohren zu hören, erst wenn ihr mit der Seele hört, versteht ihr."
- „Warum muss das so sein, warum wird uns dass nicht alles gezeigt?"
  → „Weil euer Geist das nicht begreifen könnte; ihr würdet wahnsinnig; hier dient der Geist als Schutz."
- „Warum erkennen wir dann nur stückchenweise?"
  → „Das stimmt doch nicht, verglichen mit dem bisherigen Weg, habt ihr doch Quantensprünge gemacht."
- „Warum aber bremst das eine (Geist), während das andere lernen und vollkommen werden will?"
  → „Weil ihr Körper, Geist und Seele erhalten habt, diese Dreigestalt macht Sinn und findet sich an vielen Stellen des Kosmos."
- „Was passiert mit der Seele und warum?"
  → „Die Seelen bestehen seit „dem Anfang" und existieren bis zu ihrer Vollkommenheit."
- „Und dann?"
  → „Werden sie wieder „Alles in Allem" sein, wie Gott; denn jeder hat den göttlichen Funken in sich."

- „Wo?"
- → „Natürlich als Bestandteil der Seele; Gott empfängt alle Erfahrungen die die Seelen machen und erlangt damit Unendliches."
- „Ist das ein Grund für die Ausdehnung des Universums?"
- → „Natürlich! Jede Information, jeder Gedanke, jede Handlung, jede Erfahrung trägt dazu bei, dass Gottes Erfahrungen wachsen und damit das Gesamte, das Alles in Allem."
- „Was ist mit der vollkommenen Seele, ist ihre Reise beendet?"
- → „Sie kann das frei entscheiden, sie kann dort bleiben, was ihr Himmel nennt, sie kann auch als Helfer, als Berater zu anderen Seelen gehen, viele dieser Seelen sind bei euch unterwegs."
- „Wie ist das mit den anderen Zivilisationen, sind dort auch welche, die uns schaden wollen?"
- → „Viele dieser Wesen sind sehr hoch entwickelt im Vergleich mit euch, sie würden euch deshalb niemals schaden wollen; die meisten sind euch sehr wohl gesonnen und helfen euch, ohne dass ihr es merkt."
- „warum ist es dann zum Teil so schwierig die Implantate zu entfernen?"
- → „Die meisten Implantate sind nur zum Lernen, manche helfen euch sogar"
- „Ist es denn dann gut sie zu entfernen?"
- → „Wenn ihr dort hinkommt, ist es an der Zeit, denn sonst würde es nicht funktionieren."
- „Gilt dass auch für andere Behandlungsmethoden die wir gelernt haben?"
- → „Nur das, was ihr anwenden könnt, wird abgerufen, nur das, was der Hilfesuchende abruft, werdet ihr geben können, nur der, der reif ist, wird euch aufsuchen."
- „Wer kann helfen?"
- → „Nun, denkt an die Schrift der Talente, der Eine kann sehen, der Nächste predigen, der Nächste heilen. Findet heraus, wer welche Fähigkeiten hat, und ihr werdet sie anwenden können. Auch in eurer Gruppe sind die Talente sehr unterschiedlich vorhanden, deshalb solltet ihr sie gemeinsam nutzen."

- „Wenn eine Seele doch vollkommen ist, wieso muss sie dann reifen?"
→ **Die Seele beinhaltet das Meer der Möglichkeiten** und durch den Prozess der Reife weiß sie auf diese Möglichkeiten eine Antwort. Sie ist weise an Erfahrung geworden und hat auf ihrem Weg dazu beigetragen, dass Gott „wächst". Auf ihrer Wanderung durch die Zeit hat sie neue Möglichkeiten geschaffen, Möglichkeiten, die allen anderen zugute kommen.
Der Geist ist die Summierung der irdischen Möglichkeiten, geprägt von Normen, Ethik, sonstigen Verhaltensmustern und vielem mehr. Er sagt, was geht, was möglich ist ohne gleich die Erdhaftung zu verlieren oder von den Menschen ausgeschlossen zu werden. Er macht uns zu sozialen Wesen und wacht über uns."
- „Wie kann dann eine Entwicklung möglich sein, wenn der Geist doch die Außen -Welt der Gesellschaft repräsentiert?"
→ „Die Entwicklung geht immer von der Seele aus. Wenn sie bereit ist einen Schritt zu gehen, folgt der Geist. Er gibt uns die Grenzen und den Halt. Die Ausdehnung erfolgt von innen, eben durch das Reifen der Seele."
- „Warum höre ich meine Seele so wenig, so schlecht? Wieso findet keine echte Kommunikation statt?"
→ „Weil der Geist erst „nachziehen" muss, sozusagen „verdauen und einfügen" in den Menschen und das „Außenleben". Es braucht auch ein bisschen Übung und das sich „Einlassen."
- „Geht das nur über Meditation?" (kann ich sehr schlecht)
→ „Nein, man muss nur auf die Stimme der Seele hören."
- „Was ist der Gegenwert, den wir den anderen intelligenten Wesen geben können, wenn sie uns ihre Erkenntnisse mitteilen? Es muss doch ein Ausgleich der Energie erfolgen. Was können wir ihnen bieten, wo sie doch schon so viel weiter sind?"
→ „Ein sehr menschliches Denken. Es muss nicht sozusagen bezahlt werden, auch nicht mit einer Verpflichtung oder einer Art Seelenvertrag. Also nach dem Motto: und dann diene ich euch, oder dafür dürft ihr ein Implantat setzen. Sie bekommen schon ihren Lohn, das, was für sie wichtig ist, zum Beispiel unsere Freude, unseren Arbeitseifer beim Umsetzen auf der Erde, die Freude der Menschen, wenn es hilft, die menschliche Variante der Entdeckung, das kreative Weiterentwickeln. Jeder hat seinen Anteil an der Entwicklung. Wir sind ein Ganzes, ein Team, und der Lohn (Erfolg) und die Früchte der Entwicklung kommen allen zugute."

- „Was ist mit den Wesenheiten, die sich nicht so wirklich gerne an die Gesetze des Kosmos halten? Die, sagen wir, für uns nicht wirklich gute Absichten haben?"
  → „Sie gibt es tatsächlich, aber sie sind nicht wirklich im menschlichen Sinne böse, sie sollen etwas lehren. Die Seele bestimmt, ob sie mit ihnen zu tun haben will um etwas zu lernen. Aber auch für sie gilt das Gesetz des Kosmos."
- „Was bedeutet die Zusammenarbeit unserer Gruppe?"
  → „Ihr müsst nicht zusammen an einem Ort sein, allein durch eure Gedanken werdet ihr Kontakt haben, und natürlich wenn ihr euch trefft."

Diese Fragen sind nur ein Auszug aus dem Dialog.

Mit einem Male ist alles ruhig;
Carola holt mich auf gewohnte Weise zurück.
Ich bin absolut ausgequetscht und platt. So „alle" war ich noch nie.
Ich muss sagen: Ich kann nicht mehr, das hat Kraft ohne Ende gekostet.
Aber ich habe doch nur geantwortet?!

Tage später spreche ich mit unserer Seminarleitung über das Erlebte und erhalte die Information, dass sich dies anhört, als ob es ein Channeln eines Meisters gewesen sei.
Sie fragt ab, ob ein Meister unser Gesprächspartner gewesen sei – und wenn ja – welcher.
Die Antwort ist „El Morya."
Ich kann an diesem Tag und zu dieser Zeit nicht viel mit dem Begriff „aufgestiegene Meister" anfangen. Auch dies lasse ich erst einmal unbewertet stehen. Tage später, suche im Internet nach mehr Information und finde tatsächlich einiges. Manches ist ganz nett, manches recht suspekt und fühlt sich nicht so gut an. Dann lande ich, obwohl ich schon aufhören will, auf einer Seite, die sehr gute Schwingungen hat. Die Informationen passen erstaunlich genau zu dem was wir wahrgenommen haben.

ও‑ৎ

Eine weitere Klientin kommt zu mir, weil sie hofft, Hilfe bei ihren Rückenleiden zu erhalten.
Vor etlichen Jahren wurde ein Bandscheibenvorfall festgestellt, der immer wieder deutliche und unangenehme Beschwerden verursacht.
Auch vor der Sitzung klagt sie über deutliche Schmerzen und geht mit diesen in die Sitzung.
Auf dem üblichen Weg steigen wir in die Sitzung ein. Da die Klientin bereits Erfahrungen hat, gehen wir relativ zügig auf die Suche nach der Krankheitsursache in einem früheren Leben.
Sie landet im 13. Jahrhundert in einem gutbürgerlichen Leben als 20 jährige Roswitha in England. Sie ist das einzige Kind einer gut gestellten Familie (großer Gutshof), die viele Bedienstete hat.
Sie landet direkt in einer Jagdszene, sie ist mit vielen anderen auf dem Weg zur Fuchsjagd. Sie erkennt viele Details wie die Sitzposition auf dem Pferd, die Kleidung, das Hörnerblasen, die Hunde und vieles mehr.
Alle haben Spaß und ausgelassene Freude.

Sie treibt ihr Pferd immer mehr an und schaut nach hinten, was die anderen machen. Dabei übersieht sie einen Ast, der ihr ins Gesicht schlägt, was sie vom Pferd stürzen lässt.
Sie sieht sich auf der Erde liegend und umsorgt von den Reitern, die hinter ihr kamen.
Sie ist auf einen Fels gestürzt und spürt ihren kompletten Körper armabwärts nicht mehr. Sie klagt über heftigen Schwindel, kann sich nicht bewegen und wird von den Helfern Richtung Haus getragen.
Eine entgegenkommende Kutsche nimmt sie auf, sie wird im Haus auf ein Sofa gelegt. Der hinzukommende Arzt stellt die Lähmungen fest, kann jedoch nichts für sie tun.
Weitere Ärzte werden in den nächsten Tagen konsultiert.
Von ihrer Familie sieht sie zuerst nur ihre Mutter.
Es ändert sich nichts an der Situation, sie ist und bleibt gelähmt. Sie selbst und ihre Mutter wollen dies nicht wahrhaben und hadern sehr mit diesem Schicksal.
Sie bekommt eine eigene Zofe, die sich nur um sie kümmert. Sie erkennt in dieser Zofe eine ihrer jetzigen Schwestern und zwar eine, mit der sie einen nicht so besonders guten Kontakt hat.
Roswitha benötigt bei allem Hilfe, sie wird sehr verdrießlich und launisch, dieses Leben ist nicht mehr schön!

Sie kann nur mit ihren Händen aktiv sein, den Rollstuhl (sie kann ihn ganz genau beschreiben, hinten ganz große Räder, vorne ganz kleine) bewegen, Handarbeiten, aus dem Fenster schauen. Sie wird nach unten getragen und mit dem Rollstuhl nach draußen gefahren, doch alles ist sehr anstrengend.

Sie kommt sich vor wie eingemauert, fühlt sich immer unglücklicher und macht allen anderen das Leben sehr schwer, denn sie hatte sich ihr Leben anders vorgestellt, wollte Familie und Kinder haben.

Nach und nach wird das Haus leerer. Immer mehr Bewohner gehen und es wird immer einsamer. Die Eltern leben noch, trauern aber wegen der unglücklichen Situation ihres einzigen Kindes. Eine sehr, sehr traurige (spürbar) belastende Situation.

Sie sieht sich mit dem Rollstuhl vor der Treppe stehend. Sie hat die Zofe weggeschickt, dreht den Rollstuhl und fährt rücklings auf die Treppe.

Ich lasse sie bewusst Sekunde für Sekunde dieses Unfallereignis durchleben.

Dabei kommen ihr folgende Glaubenssätze:
- Ich will nie wieder auf andere Hilfe angewiesen sein
- Ich will immer jeden Tag leben

Diese Glaubenssätze hat sie zum Teil mit ins Heute übernommen.

Roswitha weiß, dass sie nur für sich gelebt hat, dass sie hartherzig geworden ist.

Sie geht mit ihren ständigen Begleitern auf die Zwischenebene und fragt dort alles zu den Erfahrungen ab:
- Sie erkennt dass sie einen Seelenvertrag mit der Zofe hat, denn sie hat ihr mehrfach gesagt: „Du bist meine Magd und sollst mir dienen"
- Ihr Selbstmord war nicht nötig, da sie sowieso bald gegangen wäre
- Ihre Lebensaufgaben waren, das Leben zu nehmen, wie es ist, auch wenn man es nicht ändern kann (hat sie zum Teil gelöst- aber nicht wirklich)
- Mitgebracht hat sie sich auch, jeden Tag so zu leben, wie das Leben ist

Wir gehen noch zum Hüter der Akasha-Chronik, der ihr den Seelenvertrag löscht und ihr verzeiht. Er ist sehr umsorgend und er löscht die körperlichen Beschwerden der Lähmung und Schmerzen.

Danach geht es noch in den Tempel der Heilung und in die lila Flamme, die beide als sehr wohltuend empfunden werden.
Begleitet wird sie von ihren Engeln, auch die Zofe und eine bekannte Seele erkennt sie.
Sie wird mit hellem Licht durchflutet und fühlt sich danach viel besser. Erst einmal sind ihre Beschwerden weg.
Der Ausstieg aus der Sitzung erfolgt wie üblich, anschließend noch das Nachgespräch, wo sie die momentane Beschwerdefreiheit bestätigt.

ಒಬ

Nun kommt die Klientin, die ihren Engel (Frau ohne Gesicht) in der ersten Rückführung kennen gelernt hat, zur zweiten Sitzung.
Sie nimmt diesen Engel mittlerweile bewusst wahr und ist sichtlich froh über sein Dasein und seine Begleitung sowie seine Hilfe in allen Lebenslagen.
Man kann ganz deutlich spüren, sie hat sich verändert, sie ist ausgeglichener und einfach froher, es geht ihr deutlich besser.
Nun kommt sie, weil sie erstens schon seit langem Probleme mit ihrem Rücken hat und weil sie ein ganz offensichtliches Familienthema hat.
Sie hat sich für diese Sitzung für das Familienthema entschieden (wobei mir klar ist, dass beides zusammenhängt).
So geht es durch die Schwere und die Entspannung in das Haus der Familienthemen (Karma lasse ich bewusst noch außen vor, obwohl ich die Information habe, dass es auch ein Karma zu lösen gibt).
Das Haus der Familie hat viele Türen, sogar auf mehreren Ebenen, sie sucht sich eine Türe aus, die aufgrund der Familiengeschichte nicht so große Priorität zu haben scheint.
Aber es kommt ja eh wie es kommen muss.
Sie hat ihren Engel dabei, ich habe bewusst den kennen gelernten Meister angesprochen, aber auch meine Engel. Es ist für mich emotional anders als sonst. Es lässt sich nicht genau erklären, aber die Gefühle bei den Wahrnehmungen meiner Klientin sind aufwühlender, teilweise nehme ich Frust, Ärger und Spannung wahr. Es ist anders als gewohnt.
Sie geht in die Türe ihres Großvaters (hat nichts mit den offensichtlichen Familienthemen zu tun).
Sie steigt schnell in eine Situation ein und sagt: „Hier bin ich falsch."
„Wie falsch?", denke ich und frage vorsichtig nach, was sie denn sieht.
„Das ist ja wie im Kino", sagt sie. „Ich sehe das so real, als wenn es echt wäre."

Sie ist inmitten einer Familienfeier. Sie sieht sich anfangs der 50er Jahre des letzten Jahrhunderts bei einer ausgelassenen Familienfeier als zwölf jähriger Frank (ein Mann, damit hat sie nicht gerechnet) im Freien.
Alle feiern ausgelassen, weil Franks Vater aus dem Krieg, beziehungsweise aus der Gefangenschaft zurück ist. Alle sind glücklich, doch Frank steht etwas abseits. Er freut sich, aber irgendetwas stört ihn an der Situation.
Er sieht viele Verwandte, fünf weitere Kinder, die aber nicht seine Geschwister sind.
Sein Großvater stirbt plötzlich während der Feier. Frank tröstet liebevoll seinen Vater (im heutigen Leben seine Schwester), alle anderen sind weg. Er weiß, dass diese Kinder „Kuckuckskinder" sind, also nicht von seinem Vater.
In einer späteren Szene sieht Frank seine Mutter und weiß sofort, dass er ein sehr angespanntes Leben mit ihr hat. Er verzeiht ihr die fehlende Treue nicht, es ist etwas Hass zu spüren.
Im heutigen Leben ist seine Mutter die Stiefmutter, mit der sie große Probleme hat. Sie empfindet im Hier und Heute genau dasselbe wie im Leben als Frank.

Später sieht sich Frank zweimal in einer Partnerschaft, die einmal bis zur Trauung geht, vor der er dann aber flüchtet. Er kann keine feste Bindung mehr eingehen. Er fühlt sich fortan einsam, er ist auch etwas unglücklich.
Dann sieht sich Frank auf einer Wiese sitzend die Biographie seines Vaters schreibend.
Sein Vater hatte sich das gewünscht und Frank tut es gerne. Innerhalb dieses Schreibens schaut Frank nochmals zurück und sieht etliche Aspekte seines Lebens, die Probleme mit seiner Mutter, die schwierigen Partnerschaften und die Einsamkeit.
Danach geht es in das Sterben von Frank; er durchlebt das Sterben und schaut dabei zurück und erkennt das Gleiche wie vorher.
Frank wird von einigen Seelen abgeholt, trennt sich jedoch aufgrund der Probleme mit seiner Mutter nicht gerne von der Erde.
Dann ist es gut, die Seele kann bewusst auf der Zwischenebene ausruhen, mit ihren Seelenfamilienmitgliedern Kontakt aufnehmen und sie intensiv befragen. Sie erkennt die Lebensaufgaben von Frank, die sich vor allem um das Thema Vertrauen drehen.
Klarer Hinweis von ihrem Engel ist aber auch, dass sie ein Karma mit ihrer Stiefmutter hat, aber dies hier und heute nicht zu lösen sei.

Sie erhält den Hinweis, es rechtzeitig zu erfahren, wenn sie bereit für das Auflösen sei. Auch zum Hüter soll sie heute nicht.
In den Tempel der Heilung darf sie gehen, anschließend lösen wir noch alles Verbliebene in der lila Flamme.
Sie fühlt sich nach der Sitzung viel besser, sie ist froh über das Gesehene, außerdem fand sie es sehr schön im Tempel und in der Flamme. Sie ist sehr froh über das Erlebte und sichtlich beeindruckt.
Sie meldet sich regelmäßig, ihre Beschwerden sind deutlich besser und der Umgang mit der Stiefmutter ist erträglicher geworden. Die großen Probleme, die sie vorher bei Begegnungen hatte, treten nicht mehr auf.

Dann kommt er wieder, der „geheimnisvolle Bekannte". Er wird kurz angemeldet und schon sitzt er wieder freudestrahlend vor mir.
„Hallo, ich wollte mehr über Rückführung erfahren."
Ich erzähle ihm, wie und wann ich zum ersten Mal von diesem Thema erfahren habe.
Im Alter von etwa 16 Jahren hatten wir bei einem sehr fortschrittlichen Geistlichen den Arbeitsauftrag ein Referat über ein selbst gewähltes religiös-spirituelles Thema zu schreiben und vor der Klasse zu halten. Er gab dazu Ideen, Vorschläge und stellte Material zur Verfügung. Ich betrachtete die Themen und landete, ohne wirklich zu wissen, was ich mir da ausgesucht hatte, bei einem Buch, dessen Titel mit Nahtoderfahrungen zu tun hatte. Das Thema berührte mich auffallend intensiv, so dass ich noch lange Zeit darüber nachdachte.
Jahrelang hörte ich nichts Neues, dann begegneten mir immer wieder Bücher und Filme mit den gleichen oder ähnlichen Themen.
Irgendwann wurde das Thema auch durch das Fernsehen aufgegriffen. Im öffentlich rechtlichen Fernsehen gab es ebenso wie bei einem privaten Sender eine längere Reihe über Nahtoderfahrungen und Rückführungen.
Alle diese Informationen berührten mich, doch sie sagten mir nichts Neues, ich wusste in meinem Inneren: „Das ist die Realität."
Ich suchte nie nach diesen Themen, sie begegneten mir. Ich spürte auch, wo das Thema übertrieben beschrieben wurde, was Wahrheit und was Dichtung ist.
Der „geheimnisvolle Bekannte" beschreibt mir seinen Lebenslauf von Kind bis Rentner. Wir haben wieder eine wirklich nette Unterhaltung, es geht um die Entwicklung der Seele, Zufall und Vorhersehung.
Ich gebe ihm einige Basisinformationen zum Thema Rückführung.

Er ist sehr interessiert. Dennoch scheint es mir wieder so, als gehe es mehr um den Spiegel, der mir vorgehalten wird. „Schau, du bist doch nun sicher, du kennst die Wahrheit, du kannst überzeugen, trau dich, mach weiter, es ist erst der Anfang."
Als er geht, bin ich dankbar für die Begegnung. Er kommt wieder…

༺༻

Eine weitere Sitzung mit einer Pollenallergikerin.
Ich führe die Klientin in dieser Sitzung relativ zügig in ein früheres Leben.
Sie hatte einige Themen: Lunge, Herz, Liebe, Augen und entschied sich für das Thema Lunge.
Sie erkennt sich als 14-jähriger Thomas (Aussprache eindeutig englisch). Er kann nicht lesen und schreiben und arbeitet bereits seit Jahren im Bergwerk (Kohle). Er hat zerschlissene Kleidung und keine Schuhe.
Er hat eine Mutter, eine kleinere Schwester, die auch schon arbeitet, und eine ganz kleine Schwester; der Vater ist bereits an den schlimmen Arbeitsbedingungen im Berg gestorben.

Im Berg arbeitet an dieser Stelle nur eine Gruppe von etwa 15 Kindern. Es gibt einen Anführer, ein Jugendlicher, der selbst nicht arbeitet, auf einem leicht erhöhten Vorsprung steht und alle antreibt.
Alle müssen eine bestimmte Menge Steine geklopft haben, ansonsten gibt es kein Geld.
Es gibt kein Licht, es stehen lediglich Kerzen auf Mauervorsprüngen. So müssen die Kinder teilweise tasten, was und wo geschlagen werden kann. Es gibt keine richtigen Bahnen oder Wagen zum Abtransport der Kohle, auch das muss sehr mühsam per Hand und „Kindeskraft" erledigt werden.
Die mitarbeitende Schwester kennt Thomas aus dem heutigen Leben (Schwester). Die Mutter ebenfalls (Großmutter).
Zuhause gibt es eine große Armut, lediglich das Geld der Kinder ist vorhanden, da der Vater ja tot ist.
Thomas geht es schlecht, er schuftet und leidet heftig an dieser immer stickigen Luft, an zu wenig Sauerstoff und an Augenbrennen.
Er bekommt nur in den Pausen zu trinken, es sind schlimme Arbeitsbedingungen.

Er beginnt zu husten, dies verschlimmert sich immer weiter, er hat das Gefühl zu ersticken, es wird immer enger um die Lunge, der Hals wird enger und so weiter.
Es sind alles Symptome, die die Klientin heute in der Phase der heftigen Pollenbeschwerden hat.
Thomas stirbt in diesem jungen Alter in einem Erstickungsanfall.
Um alle Beschwerden deutlich wahrzunehmen und mit dem heutigen Erleben zu vergleichen, lasse ich sie ganz langsam und wiederholt durch das Sterben gehen.
Im Todesereignis zeigt sich im Rückblick kein Glaubenssatz.
Es zeigt sich, dass Thomas die Rolle des Vaters übernommen hat, er ist Mutters Großer.
Im Tod wird er von zwei Engeln hochgezogen, sie haben ihn an der Hand.
In der Zwischenebene wird Thomas von seinem Vater Joachim abgeholt, er drückt Thomas, dem Vater laufen die Tränen.
Thomas hatte die Lebensaufgabe stark zu sein und zu kämpfen; das hat er geschafft.

Die Klientin hat nun noch einen langen Austausch mit zwei Engeln.
Sie erhält unter anderem folgende Informationen:

- Die Pollenbeschwerden sind nun zum Teil erledigt, alles was mit Luft und atmen zu tun hat
- Dahinter steht auch ein Seelenvertrag – aber kein Karma
- Heute lässt sich das nicht alles lösen – sie muss ein anderes Mal wiederkommen
- Sie soll alle Beschwerden mit in den Tempel der Heilung nehmen
- Heute gibt es nichts in der Chronik aufzulösen – sie braucht nicht dorthin zu gehen
- Es können immer viele Ursachen hinter einer Beschwerde stehen – man muss eben suchen
- Sie hatte bereits mehrere 100 Leben und das ist erst die Hälfte, sie hat jedoch mit viel Lernen, schnellerem Reifen und gutem Karmasammeln große Chancen die doch stattliche Anzahl an Leben deutlich zu verkürzen, und einiges mehr.

Wir gehen noch den Weg zum Urlicht. Dies ist eine so schöne Erfahrung, dass meine Klientin sie verankert. „Es ist so, als wären alle eins." Sie weiß, dass es der Urzustand ist, alle Seelen sind zusammen, bevor sie losgeschickt werden.

Anschließend gehen wir, wie empfohlen, in den Tempel der Heilung. Sie lässt sich dort therapieren. Danach geht es ihr deutlich besser, „es war schön".
Sie spricht noch mit ihren Engeln, in die lila Flamme muss sie nicht mehr, wann sie die Seelenverträge angeht, liege an ihr selbst.
Sie solle auch das verankerte Urlichtgefühl nutzen und sich weiterentwickeln.

Ich hole sie auf üblichem Wege zurück. Alles in allem sehr schön für sie als Klientin, aber wie immer auch für mich, den Anwender.

Nun steht unser vorletztes Seminar vor der Tür, die Wehmut wird stärker.
In der Woche vorher träume, beziehungsweise erinnere ich mich an einige Träume.
Einmal werde ich gegen Morgen wach und habe eine, wie vorher bereits beschriebene Erfahrung im halbwachen Zustand. Ich habe die Augen noch geschlossen und sehe Lichtbilder und Symbole. Unter anderem sehe ich eine riesig große sonnenähnliche Lichtscheibe, die aber einige Unwuchten hat; es scheinen regelrecht eingestanzte geometrische Formen zu sein. Vom Gefühl her ist es sehr interessant und angenehm. Ich weiß, dass es mit dem kommenden Seminar zu tun hat.

ॐ

༺ Kapitel XI ༻

Lemuria und Atlantis, Vergebung

Das neunte Seminar
Themen sind: die Hochkulturen Lemuria, Atlantis und Avalon sowie das Thema Vergebung.

Das Ankommen und Begrüßen ist wie immer sehr herzlich, wir freuen uns sehr über das Wiedersehen. Wir beginnen wie immer mit dem Austausch und dem Reflektieren der vergangenen Wochen. Alle haben viel zu erzählen, insbesondere über die überwiegend positiven Wirkungen der Implantatentfernung.

Wie immer dauert dies einige Zeit und wie vorher abgesprochen lese ich den lieben Kollegen unsere Channelerfahrung mit El-Moraya vor.
Obwohl ich diese ja selbst geschrieben, nach Carolas Rückmeldungen auch noch ergänzt und danach korrigiert habe, sind mir etliche Passagen relativ „fremd". Wenn es nun ein selbst gestrickter, im eigenen Kopf ersponnener Bericht wäre, müsste er mir noch präsent sein.
Jedenfalls sind alle recht beeindruckt, vor allem auch deshalb, weil wir doch mehrfach als Gruppe benannt sind.

Dann geht es wieder zu den theoretischen Grundlagen des Samstags:
- Lemuria
- Atlantis
- Avalon

- alles Orte, die mir nur vom Namen und aus „Sagen" bekannt sind. Es wird einige Male hinterfragt und diskutiert, da für einige Kollegen diese Orte nicht neu sind, anderen sind sie jedoch noch völlig fremd. Sicher haben die meisten aber auch gedacht, dass es sich lediglich um „Fantasy" handelt.
Sollte tatsächlich mehr an diesen Namen, an den Orten „wirklich" sein?

Die Seminarleitung vermeidet es während der kompletten Information (wie auch in den Monaten zuvor) etwas über Personen und Orte zu erzählen. Jegliche Beeinflussung soll vermieden werden.
Es kann losgehen. Diesmal werden die Pärchen anders bestimmt, es wird gelost.
Thekla und ich, schön, auf geht's!

Wir schauen, wie oft wir wo waren:
Lemuria hat dabei drei Türen, Atlantis siebzehn Türen und Avalon eine Tür.
Ich entscheide mich zuerst für eine der drei Lemuria Türen.

Ich fühle mich nicht wirklich schlecht, doch irgendwie bin ich innerlich „gebremst", und das schon seit ein oder zwei Tagen.
Es gab schon bessere Tage in den letzten Monaten. Dieses Gefühl hatte ich im Karma - Seminar zum letzten Mal.
So steige ich lahm und gehemmt irgendwo ein und weiß mal wieder nicht so recht, was ich davon halten soll.

Angekommen bin ich, aber wo, und wer bin ich?
Ich spüre eine Schwere und trotzdem gleichzeitig eine gewisse Leichtigkeit.
Bemerkenswert ist die intensive Erdung, eine große Verbundenheit mit „Mutter Erde".
Um mich herum sind viele Personen, alle sind groß und schlank, graziös und tragen ein helles und offenes Gewand und eine Art Sandalen, die mich an „Jesuslatschen" erinnern.
Ich bin ein Mann, mein Name klingt so wie „Echnaton" (zwar Ägyptisch, aber nun ja) und obwohl ich etwa 70 Jahre alt bin, fühle ich mich jung.
Das anfangs etwas schwere Gefühl hat sich in eine eher ausgeglichene und erhabene Wahrnehmung gewandelt. Die beeindruckende Erdung ist geblieben.
Ebenso beeindruckend ist das Hautgefühl. Es ist kaum zu beschreiben- die Haut ist angenehm warm, sie ist besonders sensibel und sie prickelt. Es erinnert ein wenig an eisige Füße im Winter, die langsam aufgetaut werden.
Ich glaube keine Familie zu haben, aber man fühlt sich, als seien alle irgendwie eine große Familie. Der Ort, an dem ich mich befinde, fühlt sich an wie eine alte griechische Stadt mit großen Plätzen, riesigen Säulen, Tempelanlagen, alles hell, einfach schön und zum Wohlfühlen.
Ich bin Lehrer und stehe vor – oder eher – in einer größeren Gruppe von Schülern (draußen). Ich lehre Geisteswissenschaften, dabei wird aber intensiv mit den Schülern diskutiert und (im positiven Sinne) gestritten. Es geht zum Beispiel um die Lehre vom Sein, die Entwicklung der Gesellschaft, die Verbindung zur Erde und vieles mehr.

Nicht alle Mitglieder der Gesellschaft beteiligen sich an dieser weitestgehend friedvollen Entwicklung der ganzen Gesellschaft. Einige stehen etwas abseits und betrachten dies mit etwas Argwohn. Eine gewisse Disharmonie ist wahrnehmbar. Diese Disharmonie macht die Elite dieser Gesellschaft traurig, doch man toleriert die Kritiker.
Die hinzugekommene Seminarleitung und Thekla versuchen die Verbindung zum Heute herzustellen.
Mein Unterbewusstsein sieht dabei im Heute:
- eine ähnliche Klarheit und Geradlinigkeit im Denken
- in der Erkenntnis
- beim Lehren dieser Erkenntnisse
- in der Evolution und der Fähigkeit den Horizont öffnen
- Weiterentwicklung für die eigene Person und für die Gesellschaft.

Ist das so?

ஓ—ஒ

Danach geht's nach Atlantis:
Es ist ein eindeutig anderes Körperempfinden als auf Lemuria.
Ich bin Duran, ein Mann, etwa 40 Jahre alt, ich trage einen dunkelblauen Umhang mit einem schwarzen Gürtel, der mir Zugang zu bestimmten Bereichen auf Atlantis ermöglicht.
Ich bin Angestellter der „Universität" (weiß nicht ob das so hieß) und an der Lehre beteiligt, jedoch mehr als Helfer oder Unterstützer.
Dies mache ich, indem ich Informationen sammle, Anschauungs- und Übungsmaterial besorge. Und diese Aufgabe hat es in sich... denn in dieser „Anstalt" werden Versuche besonderer Art vorgenommen, Menschenversuche.
Es wird operiert, es werden beispielsweise Herzverpflanzungen vorgenommen, aber auch viele weitere, zum Teil grausige Experimente.
Ich spüre jedenfalls, dass ich mit meinem Gewissen kämpfe, ich kann dieses Vorgehen nicht akzeptieren. Andererseits sehe ich die Professoren und die „Anstaltsleitung" als „herrschende" Allmacht, die massiven Druck ausübt.
Ich fühle mich dabei ausgenutzt, denn ich mache ja nur die Drecksarbeit.
Aber mein Gewissen sagt mir, dass ich mich mitschuldig mache.
Die Übungsobjekte scheinen als unterprivilegiert zu gelten.

Irgendwann habe ich jedoch die Nase voll und beginne mich aufzulehnen. Dies führt dazu, dass ich selbst zum Übungsobjekt werde, ich werde aus dem Weg geräumt.
Nach meinem Tod geht's in die Zwischenebene.
Duran hatte folgende Lernaufgaben:
- mit Unterwürfigkeit umgehen lernen, beziehungsweise können
- Recht vertreten und gegen Unrecht kämpfen
- Aufbegehren
- Nicht immer stillhalten
- Sich nicht am Unrecht beteiligen
- Schwächere unterstützen
- Schuldige benennen
- Recht und Unrecht unterscheiden können
- Selbst lernen

Alle diese Aufgaben habe ich nicht erledigt und mit ins heutige Leben genommen.
Für das Unrecht bei diesen Versuchen zugeschaut zu haben ohne aufzubegehren nehme ich mir 100 Ausgleichsleben!

Danach geht es zum Hüter, der mir mitteilt, dass viele dieser Leben bereits gelebt sind und mir die anderen erlassen sind, da ich ja verstanden habe, worum es geht.

Nun geht es noch ganz kurz nach Avalon.
Ich fühle dort eine sehr schwere Stimmung, Anspannung und Angst. Ich bin Mitte 30 und heiße Mary.
Ich spüre diese Angst vor allem im Kopf und in der Brust. Die Angst habe ich vor irgendetwas Herannahendem.
Da die Zeit drängt, gehen wir hinaus und fragen auf der Zwischenebene noch nach den Lernthemen.
- Zuversicht
- Aushalten können
- Gewissheit, dass sich alles zum Guten wendet
- Stark sein

Auch dies sind Themen fürs Heute.

Mit all diesen Themen aus Atlantis und Avalon begebe ich mich in den Tempel der Heilung. Hier lasse ich es mir gut gehen. Es ist wie gewohnt wunderbar, einfach aufbauend schön. So kann ich noch einen intensiven Austausch mit meinen geistigen Helfern erleben, bei dem es wieder um Wissen und Weisheit geht.
Auch die lila Flamme folgt noch, so dass es mir anschließend deutlich besser geht.

Thekla erlebt auf Atlantis ebenfalls interessante Dinge.
Sie ist die Tochter eines Professors, der an Meerespflanzen forscht. Da die Gesellschaft wächst und Nahrungsknappheit droht und zudem die vorhandene Nahrung zunehmend ungesund (weil vergiftet und verseucht) wird, muss nach Alternativen gesucht werden.
Sie wohnen in einem Domizil außerhalb der Stadt und sind wohlhabend. Sie haben Diener und wohnen dort, wo man auf die Bereiche der Stadt schaut, wo die Teile der Gesellschaft wohnen, die eher die Bediensteten der Privilegierten sind.
Sie forscht später gemeinsam mit ihrem Vater an diesen Pflanzen. Erkenntnisse dieser Forschungen sind zum Beispiel, dass die Gezeiten Einfluss auf die Entwicklung der Pflanzen haben, dass Kristalle, zu bestimmten Zeiten angewendet, das Wachstum fördern, dass auch der Mond Einfluss hat und vieles mehr.

Auf Lemuria ist sie Hüter eines Kristallparks. Dieser Kristallpark besteht für alle Bewohner und hat intensiven, positiven Einfluss auf sie. Die Kristalle haben einen besonders hohen Stellenwert bei den Lemurianern, denn sie haben Einfluss auf Erkrankungen und sie führen zum intensiven Wohlempfinden.

Auf Avalon ist sie der homosexuelle Sohn eines Händlers. Er kämpft ohne Erfolg um das Verständnis und die Anerkennung des Vaters. Auch Thekla erlebt Avalon eher schwer und angstbeladen. Insgesamt eine weniger positive Ära der Menschheitsgeschichte.

Der erste Tag ist vorbei; rückblickend muss ich sagen, dass es viele neue Eindrücke gab. Es ist auch so, dass es mich sehr überrascht, dass es diese mystischen Hochkulturen tatsächlich gab.
Jeder Zweifler wird zu diesem Buch sicher sagen, dass es für alles logische Erklärungen geben muss. Die gibt es möglicherweise auch.

Für mich ist das Erlebte jedoch so klar und eindeutig, dass ich selbst nicht zweifle. Da ich, wie anfangs beschrieben, ja selbst zu den Zweiflern an allen Phänomenen, die nicht mit normaler Logik zu erklären sind, gehört habe, habe ich für die Zweifler absolutes Verständnis.
Dazu kann ich sagen: „lasst euch ein auf dieses Abenteuer, das Abenteuer eurer Seelensuche. Es lohnt sich, ihr findet euch selbst."
Ich bin also überrascht, dass es diese Hochkulturen gab und darüber, wie weit diese entwickelt waren. Die Kollegen haben viele verschiedene Erfahrungen gemacht und überraschende Situationen durchlebt.
Die Medizin und die Forschung am Menschen waren sehr intensive Erfahrungen, die ich persönlich als nicht sonderlich rühmlich für dieses faszinierende Volk empfunden habe. Ich finde, dass es keine Rechtfertigung für diese ausufernden Wissenschaften gibt, aber da gehen die Meinungen sicher auseinander.
Es gab hoch entwickelte Laboratorien, die Astrologie, die Arbeit mit Mineralien und Kristallen, hochinteressante Instrumente, das Leben im Einklang mit der Erde und dem Universum und vieles mehr. Nicht alle Kollegen hatten das gleiche unangenehme Bauchgefühl wie ich.

Dennoch hatte ich in diesem Seminar ein kleines Tief, das außerdem begleitet wurde von einem familiären Problem, den unruhigen Tagen vorher und auch mit den Aussichten auf das leider vorletzte Seminar mit diesen wundervollen Menschen!
Eines ist mir jedoch hier schon klar: Während ich viele der vorherigen Themen unbedingt weiter bearbeiten möchte, werde ich den Weg nach Atlantis nicht mehr freiwillig wählen.

Auch der Besuch von „Rhein in Flammen" am Abend kann diese mäßige Stimmung nicht wirklich anheben.
Deshalb blicke ich eigentlich nicht sonderlich erwartungsfroh auf den nächsten Tag, den Sonntag.
Dennoch habe ich eine gute Nacht, ein gemütliches Frühstück mit meiner lieben Schwester und mache mich mit der gleichen Stimmung wie am Vortag auf den kurzen Fußweg zum zweiten Tag.

☙❧

Es beginnt mit einer kleinen Einführung zum Thema Vergebung.

Ich muss zugeben, ich hatte nicht präsent welches Thema heute ansteht, aber es hat halt etwas mit Vergebung zu tun. Wir erhalten eine kurze Einweisung und dann geht es sofort los.
„Jeder hat genau eine Stunde, das geht schnell und ist ganz einfach."
Also folgen wir diesen klaren und kompromisslosen Instruktionen und legen los.
Es wird neu gelost und wie immer soll es so sein, denn diese Konstellationen passen wiederum besser zum Thema. Wir werden es erleben!

Maria legt sich ohne lange zu fragen auf die Couch und wir starten zackig – übrigens mittlerweile fast ohne Papiervorlagen und Kopien – über die gewohnte Schwereübung und Meditation (alles nur noch „im Flug"), heute ins „zehnte Chakra" und in den Raum der Vergebung.

Da ich dies ja auch noch erleben werde und dies entsprechend beschreibe, halte ich die Beschreibung von Marias Erlebnissen kurz. Dennoch ist es mir besonders wichtig darzustellen, dass ich Marias Erlebnisse intensiv mitspüren kann, dass ich auch die Konflikte nachvollziehen kann; wie auch die Schmerzen und die Angst, die kurz aufkommen, alles kann ich wahrnehmen.
Nachdem ich erlebe, wie intensiv diese Erlebnisse für Maria sind, mit wie vielen Seelen sie „Vergebungserlebnisse" hat, bin ich sehr gespannt, was mich erwartet.
Aber ehrlich: Was ich erleben soll, hätte ich niemals für möglich gehalten. Und es gibt sie immer noch, diese emotionalen Highlights.

Wir hatten die Anweisung der Seminarleitung: „Bittet ehrlich um Vergebung, prüft, ob ihr es wirklich wollt, ob der oder das Gegenüber einverstanden ist und vergebt mit einer entsprechenden Geste."
So ist für mich klar, ich werde jeden der da kommt, wenn überhaupt jemand kommt, umarmen und ehrlich um Vergebung bitten. Warum soll denn da jemand kommen, habe ich wirklich so vielen etwas angetan?
Der Einstieg gelingt recht einfach.
Wir rufen im Raum der Vergebung alle Seelen, Wesen und Energien, mit denen ich ein Vergebungsthema habe. So stehe ich anfangs in diesem Raum und spüre, wie er sich langsam füllt.

Dieser Raum ist voll. Ich weiß, da sind Massen vor mir, ich spüre sie alle, ohne zu sehen, wer es im Einzelnen ist. Nach dem Einführungstext geht es los.
Wie gesagt, dieser Raum ist überfüllt mit Wesenheiten. Ich zähle sie zum besseren Verständnis zumindest teilweise auf, und zwar mit den jeweiligen Empfindungen, die zu spüren sind:
- Da steht zuerst meine Mutter vor mir, ja, wir haben uns viel zu vergeben, die Anspannung ist zu spüren, aber es ist gut. Wir verzeihen einander – in Ordnung
- Meine Kinder stehen vor mir, auch da ist gegenseitige Vergebung angesagt, es ist deutliche Wehmut zu spüren. All diese Fehler, all diese Unerfahrenheit bei der Erziehung hat doch zu großem Vergebungsbedarf geführt (Tage später lese ich in meinem Lieblingsbuch „Die jungen Paare sind nicht zur Kindererziehung geeignet, ihnen fehlt Wissen, Weisheit, Erfahrung" – wie wahr)
- Meine liebe Schwester, die Liebe ist deutlich spürbar – etwas Schlimmes kann's nicht gewesen sein - nun ist's gut
- Mein Vater – auch hier ist es eher so, dass mehr Traurigkeit als Ärger vorliegt, die Umarmung tut gut – die Trauer ist spürbar
- Mein Sohn – also zum zweiten Mal in wenigen Minuten – aber hier geht's mehr um die vielen vergangenen Leben, in denen wir uns bekriegt haben. Wir können uns vergeben – es tut gut
- Dann stehen gleichzeitig etliche Menschen aus meinem jetzigen Leben vor mir, es erfolgt eine Sammelumarmung, ein gütiges Gefühl umschleicht mich, es ist ein wenig traurig – aber schön
- Nun stehen viele Haustiere vor mir, Schweine, Hühner, Vögel, aber auch Wildtiere, eine Giraffe, ein Löwe, Schlangen, ein Nashorn, ein Krokodil, alle habe ich geschlachtet, gejagt und getötet. Dazu kommen noch weitere Reptilien, Ungeziefer wie Ratten, Mäuse und ein großer erhabener Greifvogel (habe ich vom Himmel geholt). Es ist ein doch bedrückendes Gefühl zu sehen, wie vielen wunderbaren Wesen ich den Garaus gemacht habe. Aber alle vergeben mir – das ist wirklich schön

Dann kommt die Krönung. Die Seminarleitung kommt mit der Erfahrung einer Kollegin aus einer parallel stattfindenden Sitzung und fragt:
„Bist du einverstanden, dass wir den Tod rufen?" Ohne mir Gedanken über mögliche Konsequenzen zu machen, stimme ich zu.
Wie bereits vorher beschrieben, hatten wir ja mehrfach das Thema Tod, deshalb hatte ich auch keine Angst vor dieser Gestalt.

- Also rufen wir den Tod, den Engel des Wandels. Ein besonderer Ruf ist nicht notwendig, er ist da und er steht direkt vor mir. Es ist dunkel, aber warm, er fühlt sich anders an als erwartet. Angst habe ich keine. Und so mache ich es ebenso wie mit allen vorher, ich traue mich ihn zu umarmen.
Es ist mir sofort klar, dieses Wesen, habe ich x-mal verflucht, ich habe ihn gehasst, weil er mir meine Liebsten nahm. Und ich spüre eine Traurigkeit, die man nur beschreiben kann, wenn man tiefste Trauer erlebt hat, es ist wie in den Highlands von Schottland. Ich bin tieftraurig, die Tränen überwältigen mich kurz, doch danach, nach der Vergebung, erfüllt mich eine besondere und übergroße Freude, eine erfüllte Freude, es wird mir wirklich warm ums Herz.
Dieser Wandel, den dieser Engel des Wandels bringt, war eben in mir. Es ist Wahnsinn. Ich könnte sofort aufhören, so besonders war dieses Erlebnis. Danke!
Dann geht's weiter – die Zeit läuft
- Ritter, viele, ich sehe sie auf ihren Pferden, in ihren „Blechbüchsen" (Tschuldigung – aber so großartig wie im Museum waren diese Rüstungen nicht immer). Die Entschuldigung wird akzeptiert
- Ich habe ein großes Feld mit Steinen und Kristallen vor mir. Ich habe sie mit Missachtung behandelt, gestraft, ich habe mich lustig über sie gemacht. Während sie sich vorher tot anfühlen, schwingen sie nun mit einer riesigen Aura
- Dann steht Feuer vor mir, habe ich wohl verflucht, weil es mir alles nahm, verziehen
- Genauso wie das Wasser, mal ertrunken, auch in Ordnung
- Der Sturm, er hatte mir mein Hab und Gut genommen, auch gut
- Ebenso Sonne und Kälte
- Dann steht doch tatsächlich mein Dorf vor mir. Das berührt mich sehr. Ich spüre, dass es nicht nur die Menschen sind, nein auch das Dorf, hier gibt es noch vieles, was im Verborgenen ist, es ist vergeben, und das tut gut!
- Ferner kommen meine Nachbarn, auch gut
- Ein Bekannter aus dem Ort, mit ihm hatte ich immer Probleme, beziehungsweise ein ungutes Gefühl – warum auch immer. Hier gibt es eine deutliche Information: Die Auseinandersetzung besteht schon von Anfang (Ursprung) an

- Das Kloster im Nachbarort – hier gibt es einiges auszuräumen – auch gut
- Geld und Macht. Mit beidem habe ich ein Problem – aber es wird verziehen
- Dann steht doch meine komplette Arbeitsstelle vor mir, mit allen Menschen wie auch das Gebäude als Ganzes – Vergebung wird ausgesprochen – und es umfängt mich ein tiefer Frieden – auch sehr schön
- Und zu guter Letzt –ein weiteres Highlight: Zuerst stehen meine Augen vor mir, sie habe ich verflucht, weil ich nicht mehr sehen wollte (Seherin – siehe oben) - nun war es gut
- Auch das Heilen steht vor mir – ich hatte es verflucht – nun kann es gut sein
- Und dann stehen meine Emotionen, insbesondere die Wut vor mir. Nach der Vergebung öffnet sich mein Herz, es entweicht eine warme, helle Energie, sie fließt einfach in die Weite, es fühlt sich gigantisch an. Sie ist frei, die Emotion

Ja – und dann ist doch einfach die Stunde um und ich habe den Raum nicht leer. Hier gehe ich wieder hin – das war genial – so schön kann Vergebung sein.

„Hier war so viel Liebe am Werk", das wird mir erst beim Schreiben klar. Was uns von unserem Gott und der geistigen Welt geschenkt wird, ist einfach unglaublich.
Danke!
Auch zehn Tage danach, als ich dieses Erlebnis aufschreibe, bin ich immer noch begeistert! Und ich bin mir noch immer sicher, dass ich hier schnell wieder hin will.

Eigentlich hätte ein solches Thema für einen Tag gereicht. Vor allem deshalb, weil es mir so wahnsinnig viel gebracht hat. Jedes emotional außergewöhnliche Ereignis ist für mich ein Gewinn. Und von diesen hat es im vergangenen Dreivierteljahr sehr viele gegeben.
Bei jeder Erfahrung habe ich gedacht: Eine Steigerung kann es nicht geben. Dennoch kann ich sagen, es gab immer wieder Steigerungen, wobei jede als herausragend beschriebene Erfahrung eine ebensolche war.

Bei jedem Nachlesen bin ich von verschiedenen Seiten wieder so berührt, dass ich fassungslos bin, solche Geschenke erhalten zu haben. Gleichzeitig bin ich wahnsinnig dankbar für alles, was sich ereignet hat, für alle, denen ich begegnen durfte, und für das, was ich sein darf!
Ja, ich kann endlich Ja zu mir selbst und meinem Gott sagen. Ja, ich bin!

Es sollte noch ein weiteres Thema an diesem Sonntag geben. Es wurde viel gearbeitet in diesen zehn Monaten. Ein Zuckerschlecken war es weiß Gott nicht.

☙❧

Es folgt das Thema „Situationsveränderung".
Was ist denn das? Gestern haben wir zusammen einen Spielfilm zum Thema gesehen. Hier hat jemand in der Vergangenheit eine Situation verändert und damit zum Teil Chaotisches angerichtet. Es erinnert mich ein wenig an die Chaostheorie. Schwingt in Korea ein Schmetterling seine Flügel, kann es hier erhebliche Auswirkungen haben. Ob das wirklich so ist? Ich weiß es nicht. Eigentlich interessiert es mich auch nicht.
Doch dieser Film hat uns alle sehr fasziniert, er war super spannend.
Also stellt sich die Frage: Geht es wirklich, eine Situation in der Vergangenheit zu verändern und richtet man nicht mehr Schaden an, als Positives zu bewirken?

Maria führt mich nun recht zackig in die Vergangenheit und ich lande mal wieder in einer bereits (in der Ausbildung) erlebten Inkarnation. Ich liege als Sechs- jährige im Bett vor meinem etwas jüngeren Brüderchen.
Im Moment, das wird mir sofort bewusst, ist es ausnahmsweise mal verdächtig friedlich. Doch das ist die Ruhe vor dem Sturm. Denn kurz darauf beginnt das bereits gewohnte und sich immer wiederholende Drama.
Unsere Mutter kommt (Nahe Verwandte heute) und sie schlägt wieder einmal wild auf uns ein. Ich versuche meinen Bruder (meine heutige Schwester) zu beschützen, indem ich mich schützend vor ihn lege. Doch irgendwie gelingt mir das diesmal nicht.
Sie trifft ihn und richtet ihn so zu, dass er diese Aggression durch eine dabei erlittene Kopfverletzung nicht überlebt.
Ich bin einfach zu schwach und in Angst erstarrt.

Es ist wirklich bedrückend, dies als kleines Mädchen zu erleben, so viel Aggressivität auf der einen Seite und die totale Hilflosigkeit auf der anderen Seite.

Dabei muss an dieser Stelle auch ganz klar betont werden, dass man auch in diesem Moment das Damals und Heute klar trennen kann – es ist kein Problem!
Dennoch versteht man anschließend die zum Teil bestehenden Hemmungen, Vorbehalte, emotionalen Störungen und Missempfindungen im Heute.

So werde ich von Maria gefragt, ob ich als sechs jähriges Mädchen in der Lage bin, irgendetwas an der Situation so zu verändern, dass es zu einem anderen Ende kommen kann. Ich bin ratlos. Ich schaue mir das abgelaufene Drama rückblickend nochmals an. Was soll ich gegen diese Furie tun?
Dann beschließe ich, meine kindlichen Kräfte zu bündeln und mit Gewalt zurück zu trommeln und gleichzeitig ganz laut zu schreien.
Ich gehe nochmals in diese Situation hinein und ich „darf" das ganze nochmals erleben. Und siehe da, mein Aufbäumen verzögert die Situation und mein Schreien ruft die Nachbarschaft zu Hilfe. Eine herbeieilende Frau greift in die Situation ein und hält unsere Mutter von der Tat ab. Sie wird überwältigt.

Wir gehen über die Zwischenebene zum Hüter der Akasha-Chronik. Ihm schildere ich die Situation und frage ihn, ob er die Situation verändern kann und will. Er verändert diese Situation tatsächlich, indem er die entsprechende Seite „korrigiert".
Dabei verändern sich alle nachfolgenden Seiten. Er blättert jede Seite durch und sie verändern sich automatisch. Unglaublich. Danach streichelt er mir über meinen Kopf, tröstet mich und sagt: „Jetzt ist es gut."
In mir verursacht diese Veränderung Ruhe und Frieden. Ich habe das Gefühl nicht immer beschützen zu müssen. Der Hüter lässt mich nochmals in die nachfolgende Situation schauen.
Ich sehe, wie meine Mutter bestraft wird, wir Kinder werden ihr weggenommen, gleichzeitig wird sie aber auch vor dieser schlimmen Tat bewahrt.

Meinen Bruder und mich sehe ich mit einer Frau im schwarzen Kleid und einer hellen Kopfhaube auf einer staubigen Straße zwischen großen verbretterten Häusern Hand in Hand weggehen. Das ist der „Wilde Westen", es ist Amerika im 18. oder 19. Jahrhundert! Und ich weiß, uns beiden geht's jetzt gut. Wir gehen zu einem kinderlosen Ehepaar, bei dem es uns sehr, sehr gut geht.
So hat doch diese Situation für alle Beteiligten eine gute Wendung genommen.

Unglaublich – stimmt – aber erlebt!
Danach darf ich wieder in den Tempel der Heilung und das ist wie immer „sau- schön".

Nun darf ich Maria „rückführen".
Sie erlebt sich als Mann. Er arbeitet im Amerika des 18. Jahrhunderts als Einwanderer in einem neu gegründeten Dorf.
Er baut sein Haus und arbeitet hart. Seine Frau ist bei ihm auf der Baustelle, Kinder haben die beiden keine.
Sie lieben sich sehr und sind voneinander abhängig. So arbeitet er an einem großen Balken und zieht daran, während er rücklings auf seine Frau zustolpert.
Er stößt diese an, wodurch sie auf einen spitzen Pfahl stürzt und sich diesen in ihren Bauch rammt. Die Wunde blutet sehr stark. Er versucht die Wunde durch Zudrücken zu stabilisieren, jedoch ohne Erfolg, sie stirbt.
Er ist außer sich vor Selbstvorwürfen, es belastet ihn sehr.
So suchen wir jetzt nach einer Möglichkeit diese Situation zum Vorteil aller zu verändern.
Nach langen Überlegungen beschließt er seine Frau vor der Aktion ins Haus zu bringen, so dass sie in diesem Moment nicht vor Ort ist.
Anschließend schauen wir uns diese Situation nochmals an und erkennen, dass die beiden ein glückliches Leben zusammen haben.
Auch hier geht's nun zum Hüter in die Chronik und wir bitten ihn um die Korrektur dieser Chronik.
Er stimmt zu und Maria sieht, dass sich in der Chronik jede Seite ab dieser Begebenheit verändert.
Nach dieser Sitzung fühlt sie sich gut, es hat eindeutig eine positive Veränderung aller Beteiligten stattgefunden.

Das Seminar ist mal wieder vorbei, wir halten wie immer Resümee:
Alle fühlen sich wie immer zum einen besser, zum anderen wieder mal überrascht ob der doch immer wieder „abgedrehten" Erlebnisse.
Die Reise in die beeindruckenden Hochkulturen am Samstag war hochinteressant. Man fragt sich dabei zwar, warum es in der Archäologie keinerlei Hinweise darauf gibt, aber gleichzeitig bin ich stolz darauf, mehr zu wissen, als andere glauben.
Auch wenn es nicht mein emotional bester Tag war, ein tolles Erlebnis war es allemal.
Die „Vergebungsgeschichte" war einer der Höhepunkte überhaupt. Trotz eines morgendlichen Tiefs und eher schwermütiger Stimmung war es „genial emotional".
Ich kann im Nachhinein sagen, dass die Begegnung mit dem „Wesen" des Todes, dem „Engel des Wandels", eine ganz außergewöhnliche und prägende Situation war.

Die Situationsveränderung war ebenfalls spannend; ergreifend war die dazugehörige Rückführung. Ob es eine Erfahrung ist, die ich nochmals aufgreifen und wiederholen werde, glaube ich eher nicht, aber wer weiß?

Der Abschied fällt wie immer schwer; da wir uns mittlerweile immer regelmäßiger zwischendurch treffen, ist es jedoch weniger schlimm.

ॐ

Die nächste Sitzung mit der Klientin mit der Pollenallergie:
Die zurückliegenden Tage waren durchwachsen. Der Heuschnupfen war da, jedoch schwächer als in den vorherigen Jahren, dabei ist die Atemnot weniger stark bis kaum vorhanden. Ein Ergebnis der Bergwerkgeschichte?!
Alles in allem eine Veränderung, für die Klientin eine Erleichterung, mir wäre mehr natürlich lieber.
Dabei muss man an den Hüter erinnern, er wies deutlich auf das Karma und auf Seelenverträge hin. Also ran ans Thema.
So gehen wir also in das Haus des Karmas und sie findet drei Türen (Rücken, Zähne, Schwindel). Warum das? Warten wir es ab.
Sie geht in die Türe „Rücken", hinter der sich weitere drei Türen verbergen. Hier wählt sie die mittlere Türe und gelangt mitten in die eigene Abtreibung.

Sie ist ein kleiner Embryo und erlebt direkt die Absaugung. Sie empfindet eine stark drehende Bewegung, die bei ihr einen deutlichen Schwindel verursacht. Sie spürt diesen heftigen Sog, der ihr regelrecht den Kopf kaputt zieht, sie spürt diese Wirkung an ihrem Kiefer und weiß, dass sie abgetötet wird.
Sie hatte bei ihrer Entscheidung in dieses Leben zu gehen bewusst das Leben gewählt, ohne dieses Ende bewusst zu erkennen.

Sie fragt sich nun (als Fötus): „Warum?"
Diese Frage bestimmt die kurze Sitzung. Sie findet keine Antwort. Dabei empfindet sie eine tiefe Traurigkeit.
Sie hatte sich den Namen Marie ausgesucht, ihre Mutter ist eine heutige Schwester. Die Mutter hat die Entscheidung getroffen, weil das Kind von einem anderen Mann ist (darf nicht bekannt werden).
So kommt es dann recht schnell zum Übergang in die Zwischenebene, dabei wird sie von ihren Engeln getragen (!) und ihr ist bewusst, dass sie folgende Seelenverträge gegenüber ihrer heutigen Schwester ausgesprochen hat:
• Du sollst nie wieder Kinder bekommen
• Es wird dir immer leid tun
• Das wird dich ein Leben lang verfolgen

In der Zwischenebene wird sie getröstet und bekommt keine wichtigen weiteren Informationen, so dass wir in die nächste Türe gehen.

Sie landet als 15 jährige Dorthe auf einem holländischen Bauernhof.
Sie wurde als Magd verkauft, da ihre Eltern arm sind und Schulden haben. Lesen und schreiben kann sie nicht.
Sie fühlt sich hier eigentlich nicht schlecht, sie bekommt zu essen, hat einen Platz zum Schlafen, aber sie muss schwer arbeiten.
Sie arbeitet auf dem Feld, im Stall, macht Heu, sie hilft beim Kühe melken und Stall misten und sie passt auf die Kinder auf. Die Arbeit macht ihr Spaß, auch wenn ihr vieles schwer fällt. Sie ist abends todmüde und spürt auch die Belastungen für den Körper, insbesondere für den Rücken.

Mit 17 betrauen die Hausherren sie mit der Aufgabe auf die beiden kleinen Kinder (Charlotte und Karst) aufzupassen, während sie unterwegs sind. Dorthe schläft jedoch beim Aufpassen am Teich ein. Als sie wach wird, fehlt von den beiden jede Spur.

Voller Angst im Herzen und aufkommender Panik sucht sie die beiden und findet erst die Spielsachen und dann beide ertrunkenen Kinder.
Schreckliche Angst und Panik, die sie besonders am Herzen merkt, aber auch so, dass es ihr regelrecht die Luft raubt, überkommt sie immer mehr. Wie soll sie das Geschehene den Eltern der Kinder beibringen? Gibt es eine Ausrede, einen Ausweg?
Sie weiß, sie hat einen sehr schweren Fehler gemacht, der sich nicht mehr gutmachen lässt.
Die zurückkommenden Eltern sind natürlich entsetzt, die Mutter weint, der Vater verprügelt Dorthe und jagt sie vom Hof.
Nun geht sie über die Dörfer nach Arbeit suchen und gelangt irgendwann in die Stadt.
Hier gerät sie schnell als Prostituierte auf die Strasse und schließlich in eine üble Absteige mit einem dicken, fetten Wirt (heute ihr Bruder), der ihr Zuhälter wird. Er kassiert das Geld der Frauen und behandelt sie schlecht.
Deshalb trifft sie die Entscheidung auszusteigen. Doch dieser Mann lässt das nicht zu, er setzt sie unter Druck.
Dorthe will sich wehren und versucht sich durchzusetzen, indem sie auf ihn einschlägt. Doch sie hat gegen diesen starken Mann keine Chance. Er schlägt sie heftig mit der Aussage: „Ich sorge dafür, dass du nirgends mehr arbeiten kannst." Er schlägt sie auf die Beine, aufs Gesicht und zerschlägt ihren Kiefer. Sie hat dabei starke Schmerzen und erlebt, wie der fette Kerl ihr ein Kissen aufs Gesicht drückt um sie zu ersticken. Vorher hat sie noch versucht sich zu wehren und zu schreien, nun hat sie keine Chance mehr.
In dieser Situation lasse ich sie nochmals Rückblick auf ihr Leben halten. Sie lässt alles nochmals an sich vorbeilaufen und weiß, dass sie folgende Glaubensätze ausgesprochen hat:
- Ich will nie wieder von jemand abhängig sein
- Ich will immer auf eigenen Beinen stehen
- Ich will immer meine eigene Meinung sagen dürfen

Nun erlebt sie wieder panische Angst, die Luft bleibt ihr weg, sie hat intensive Schmerzen an Rücken, Gesicht und Zähnen, alles kennt sie aus dem heutigen Leben.

Sie stirbt und gelangt mit ihren Engeln wohlbehütet auf die Zwischenebene.

Dort weiß sie, dass sie mit folgenden Lebensaufgaben losgezogen ist:
- Lebe jeden Tag (hat sie ins Heute mitgebracht), hat sie geschafft
- Verantwortung für andere übernehmen (auch heute), hat sie nicht geschafft

Sie weiß, dass sie sich für die gefühlte Schuld, dass die Kinder durch ihre fehlende Aufsicht ertrunken sind, fünf Ausgleichsleben (Karma) genommen hat. Drei hat sie schon gelebt, im vierten ist sie jetzt.
Sie fragt, ob sie in die Akasha- Chronik zur Löschung gehen darf, was bestätigt wird.
So geht sie dorthin und bittet um Löschung der Seelenverträge (Abtreibungsleben) und des Karmas, sowie der wiederum erkannten Ursachen für mancherlei körperliche Probleme (Atmung, Rücken, Zähne…).
Der Hüter führt einen intensiven Dialog mit ihr, gibt dabei einige Ratschläge und löscht einiges in ihrer Chronik. Die Auswirkungen der Seelenverträge auf die damalige Mutter (Abtreibung) waren bereits erlassen.
Sie erhält den deutlichen Hinweis endlich mehr Vertrauen zu haben und auf Zeichen zu hören, denn die bekommt sie immer. Auf die Frage, ob sie denn nun auf dem richtigen Weg sei, kommt die wohlwollende Antwort: „Frag nicht so dumm." (Das kenn ich doch schon irgendwo her).

Sie bedankt und verabschiedet sich und geht in den Tempel der Heilung. Dort ist sie von ihren Engeln, vielen Helfern und Seelen begleitet. Einen Helfer erkennt sie, der besonders für die Entwicklung ihres Gewissens da ist.
Auch die beiden ertrunkenen Kinderseelen erkennt sie. Sie haben ihr natürlich verziehen. Sie wird in ein wunderbares Licht eingehüllt, das sie eindeutig als Licht aus dem Urlicht erkennt. Sie erhält viel Zuspruch und geht in die lila Flamme, bevor ich sie wieder ins Hier und Jetzt zurückhole.
Das war eine sichtlich schwer beeindruckende, aber auch erlösende Sitzung. Es ist gut!
Es gibt noch Klärungsbedarf, der in einem ausführlichen Nachgespräch gedeckt wird. Die Klientin ist erschöpft, aber dennoch befreit.
Drei Tage danach zeigen Rücken und Zähne Beschwerdefreiheit.

Da ich auch diese Klientin dann und wann sehe, weiß ich, dass die Atembeschwerden weg sind, die Zahnbeschwerden weitestgehend, der Rücken ist deutlich besser.

Innerhalb der Familie geht's weiter:
Bei einem Familienfest mit Besuch wird sich intensiv über mein Pendel unterhalten. Wofür ist es da, was kann man machen, funktioniert das wirklich, wie geht es? Ich habe jedoch keine sonderliche Lust zu antworten und gebe eine Pendelanleitung zur Befriedigung. So lesen die Interessierten und probieren die Wirkung aus.
Dass es tatsächlich einige erstaunliche Reaktionen des Steins gibt, führt zur Verblüffung.

Meine Tochter stellt einige Fragen zum Schulalltag, zu anstehenden Entscheidungen und zur Frage: „Ist heute der richtige Zeitpunkt für eine Sitzung?"
Das Pendel gibt nicht unbedingt die erhofften Antworten, aber diese umso heftiger. Eindeutiger geht's nicht.
Die Frage nach der Sitzung wird positiv beantwortet, so dass wir eine entsprechende Entscheidung treffen.
Nach langem Weg und überraschenden Abzweigungen landet sie in einem hellen Raum und hat ihren Engel an der Hand. Sie nimmt ihn in den Arm und drückt ihn und hat dabei intensive Emotionen die ich ebenso intensiv mitfühlen kann. Auch mich berührt das sehr.
Sie nimmt weitere Helfer oder Engel wahr- was und wer es ist, weiß sie nicht.
Sie sieht einen sitzenden Mann und denkt sofort an Petrus. Es übermannt sie sofort der Zweifel: Das kann doch nicht sein, und schon ist er weg.
Den Engel hat sie noch an der Hand, aber auch er verschwindet langsam. Sie ist wieder in dem Raum und merkt, dass der Engel zwischen ihr und mir neben der Couch steht.
Ich bin froh, dass sie diese Erfahrung haben durfte, klar ist auch, dass es heute nicht mehr sein soll.
Also geht es noch in die lila Flamme und ab zurück ins Hier und Jetzt.

Meine liebe Bekannte hat weiterhin Beschwerden an ihrer Körperseite. Nach der „Energiebehandlung" geht es ihr immer deutlich besser, es hält einige Tage an. Innerhalb der Behandlung hat sie intensive Wärmeströmungen, sie spürt bis in die Zehen ein intensives Durchströmen, teilweise ein Zucken oder ein pelziges Gefühl.

Es ist für sie immer noch beeindruckend und wohltuend, da sie diese Wahrnehmungen in der Körperhälfte seit der Hirnblutung nicht mehr hatte. Nachdem sie diese Woche heftigen Stress hatte, wundert es mich nicht, dass sie diesmal viel deutlichere Probleme zeigt als beim letzten Mal. Dabei ist die Anstrengung für mich auch deutlich größer als bei den letzten Einsätzen.
Ich denke, bei ihr würde eine Rückführung etliche Klarheiten schaffen. Aber davor hat sie zu viel Respekt.

Am darauf folgenden Tag schaue ich bei einer Verwandten nach deren heftigen Rückenbeschwerden. Beim ersten Mal hatte ich erst einmal abgefühlt, wo die Probleme stecken. Eigentlich treffe ich den Punkt ohne Genaues zu wissen meist relativ genau. Bei ihr erkenne ich Probleme in der linken Lendengegend ganz eindeutig. Total überrascht höre ich jedoch, dass die Rückenbeschwerden in der rechten Seite mit Ausstrahlung bis ins Knie liegen. So daneben gelegen?
Einen Tag später teilt sie mir mit: „Ich habe nachgedacht, ich habe ja genau da eine Nierenzyste." Ich bin nicht so überrascht wie meine Verwandte, aber es freut mich. So nehme ich nun drei verschiedene Punkte an der rechten Lende zwischen Lendenwirbelkörper vier und fünf wahr, eindeutig. Die Behandlung ist intensiv. Mal sehen wie es wirkt.

Nächste Woche habe ich meinen ersten Reiki- Kurs. Ich bin ja mal gespannt, ob er mir neue Erkenntnisse bringt. Ich freue mich darauf.

ॐ

Eine neue Klientin kommt (die Frau eines Verwandten). Sie gibt vor aus reiner Neugier bei mir zu sein. Kenne ich das?
Sie will eigentlich nur „Beweise". Sie hat ja schon immer an „so was geglaubt." Nun will sie es erleben.
Der Einstieg geht richtig gut, ich lasse ihr Zeit. Ich spüre ihre Aufregung und schaffe es ganz gut sie in die Entspannung zu führen.
Dann ist sie schnell in der Kindheit und sieht sich mit einem guten Freund auf Ponys reiten. Sie erkennt und erlebt alles, die Wiesen, die Kleidung und vieles mehr.
Die Emotionen sind intensiv und deutlich spürbar. Sie sieht alle Umstände und Erlebnisse um ihre ersten Laufversuche und alle Personen, die beteiligt sind.

Von dort gehen wir in die Geburt, die sie ebenso detailliert und emotional schildert wie die Erfahrungen und Begegnungen im Kinderzimmer.

Es geht in die Schwangerschaft und sie erlebt alles sehr intensiv, sie spürt die Hand der Mutter auf dem Bauch im vierten Monat, ihre eigenen Emotionen als Reaktion auf Mutters und Vaters Gefühle.

So erlebt sie die starken Auseinandersetzungen der Eltern, die bei der Mutter zu Angst, Traurigkeit, Unterwerfung und vielem mehr führen. Sie selbst reagiert ebenso intensiv mit Traurigkeit, dem Gefühl, dass sich der Hals zuschnürt, sie will sich klein machen und versteckt sich.

Es ist doch immer wieder beeindruckend, wie empfindsam der Fötus und heranwachsende Mensch von Beginn an ist. Es wäre meines Erachtens nach dringend erforderlich, den Menschen dies klar zu machen. Ob die Eltern die Schwangerschaft anders durchleben würden, wenn sie wüssten, was diese kleinen Würmchen alles erleben? Ob die Beteiligten anders handeln würden? Ob die Hebammen noch mehr Achtung vor dem Leben hätten (Wobei ich denke, dass die Hebammen, die ich kenne, zum größten Teil sehr viel Gespür für diese Geheimnisse haben)?

Aber wie sieht es mit allen anderen aus? Den Ärzten, den Pflegekräften, den Verwandten? Ich erinnere mich an meine Tante, die vor vielen Jahren einmal sagte: „Alle Säuglinge sind hässlich." Früher dachte ich, dass sie gar nicht so Unrecht hat. Heute weiß ich, dass solche Aussprüche, Emotionen und Gedanken erhebliche Wirkungen zeigen. Außerdem weiß ich, dass alle Wesen einmalige Geschöpfe Gottes sind!

Dann gehe ich mit meiner Klientin zum Zeitpunkt der Zeugung und von dort aus in die Zwischenebene.

Anfangs hoffe ich, dass sie dabei nicht – wie schon ein paar Mal erlebt – direkt in ein früheres Leben einsteigt. Nein, es geht seinen normalen Weg. Ich lasse ihr ein wenig Zeit, sie soll behutsam erkunden, spüren und sich einfinden.

So spürt sie das schwebende Dasein sehr intensiv, und sie sieht noch andere Wesen, ohne direkt zu erkennen wer sie sind. Sie hat das Gefühl bei ihrem Ursprung zu sein.

Nachdem sie einige Zeit sucht, lasse ich sie konkret ihren Schutzengel ansprechen.

Erst Betroffenheit „Nein, der hat ja einen Bart. Ich kenne ihn, nein, nicht vom Sehen. Ich habe den immer gespürt, ich wusste ihn immer bei mir, und jetzt weiß ich, dass er mir schon ganz oft beigestanden hat. Was hat der denn für einen Namen? Wie kann denn ein Engel Marius heißen?"

Sie ist emotional sehr berührt und freut sich unheimlich über diese Begegnung. Sie fragt alles, was uns einfällt, nur zum Thema Lebensaufgaben gibt es keine freiwilligen Hinweise. Plötzlich spürt sie einen intensiven Schmerz an ihrer linken Schläfe. Wir suchen nach Ursachen und binden in diese Suche auch Marius ein.

Ich frage, ob die Ursache für diese Beschwerden in einem früheren Leben liegt. Auf das klare Ja kommt die eindeutige Mitteilung, dass wir da heute hingehen sollen.

Und – obwohl ich eigentlich der Meinung bin, dass es für heute genug ist – gehen wir aus der Zwischenebene mit Marius' Unterstützung direkt in das betreffende Leben.

Meine Klientin landet als Zwölfjährige in einem überaus armseligen Leben, direkt in ihrer Todesstunde. Sie wurde von einem asiatischen Reiter (Hunne, Mongole?) gejagt und mit einer Art Beil an der Schläfe getroffen und zur Erde geschleudert.

Wir gehen zurück zu einer relevanten Situation in dem Leben des Mädchens.

Im Alter von etwa sechs Jahren erlebt sie trotz der überaus ärmlichen Verhältnisse in der Strohhütte einen wundervollen Familienverbund. Sie spürt große Liebe, Freude, Geborgenheit, Eintracht – einfach eine liebevolle Familie. Im gleichen Moment erkennt sie jedoch nahendes Unheil. Die Mutter ist krank und stirbt ganz plötzlich, während sie am Kessel über dem offenen Feuer im Essen rührt. Ein großes Drama für alle Hinterbliebenen.

Sie spürt Angst, Trauer, Traurigkeit, das Gefühl, als würde ihr der Boden unter den Füßen weggezogen.

Etliche dieser Gefühle kennt sie auch aus dem Heute. Doch sie erlebt diese Gefühle überwiegend bei den Situationen in denen sich ihre Sehnsucht nach Harmonie nicht erfüllt oder wo sie in diesem Harmoniebedürfnis gestört wird. Wir gehen intensiv in diese Gefühle und Begleitumstände hinein.

Was sie hier zu sehen bekommt, ist interessant. Es geht danach wieder in die Sterbesituation, in der ich sie nochmals einen Rückblick machen lasse. Neue Informationen kommen dabei keine, jedoch die Bestätigung, dass sie Harmonie in einer Familie intensiv spüren wollte und sollte.

Und das hat sie dann auch. Sie wird von Marius in die Zwischenebene begleitet und hält erneut Rückblick. Alles hat mit dem Thema Familie und Harmonie zu tun. Alle negativen Energien nehmen wir mit in die lila Flamme, die ihr gut tut.

Auch sie ist sichtlich beeindruckt, sie hat es nicht bereut, da gewesen zu sein!

Es war wieder einmal sehr interessant, vor allem wieder die Wege zu sehen, die man geleitet wird.
Wir haben ja gelernt: „Es geht immer dorthin, wo Klient und Anwender/Therapeut hin müssen." Ich kann es voll und ganz bestätigen.
Mal ist es der Engel, dem man begegnen soll, mal ist es einfach nur die Emotion, für die man reif ist, mal ist es direkt die „volle Breitseite".
Es wird einem klipp und klar gesagt (nicht immer mit Worten), wie reif man ist, genauer – wie reif die Seele ist. Klare Ansagen wie: „Nein, heute nicht zum Hüter" oder „Frag nicht so blöd!"
Ich finde es „göttlich"!

Mein bester Freund Martin besucht mich wieder mal, wir haben wieder viel zu erzählen. Ich erzähle von den Erlebnissen des neunten Seminars, insbesondere vom Raum der Vergebung und von der Begegnung mit dem Meister.
Wir haben wie immer eine sehr intensive, tiefe Unterhaltung. Es ist gut, ihn zu haben.
Im Gespräch mit Martin gibt es kaum etwas, womit dieser nichts anfangen kann.
Es ist schon merkwürdig, wie viele Informationen er über Reinkarnation und alle mir vorher fremden Inhalte der Seminare hat. Auch die Diskussionen eröffnen immer neue und weitere Denkweisen und Dimensionen. Es ist erstaunlich. Vor Monaten hätte ich bei solchen Gesprächen abgewinkt, insbesondere, weil ich nichts kapiert hätte.

Es folgt unser nächstes Zwischentreffen, diesmal mit Carola, Maria und Charlotte. Wir (Carola und ich) hatten eigentlich einen groben Ablauf geplant, aber es kommt immer, wie es kommen muss. Wären alle pünktlich angekommen, hätten Carola und ich gemeinsam gearbeitet und wären zum nächsten Besuch bei Meister El-Moraya gegangen.
Doch wie gesagt: Es sollte anders kommen.
Da Charlotte für die Strecke, die sie sonst locker in anderthalb Stunden fährt, diesmal drei Stunden benötigt, planen wir kurzfristig um.
So verschwinde ich mit Maria. Carola arbeitet später mit Charlotte.

☙❧

Ein außergewöhnlicher Engelbesuch

Maria hat uns beim Warten auf Charlotte von einem kleinen „Sinn-Suche Tief" berichtet. Das ist ja Carola und mir nicht fremd, wir „sinnen und suchen" ja auch häufiger. Über die Entwicklung meiner Tiefs habe ich ja auch schon berichtet.
Heute ist klar: Es wird Antworten geben (mit denen wir so jedoch nicht rechneten).

Wie machen wir das heute mit dem Einstieg? Schnelle Schwere?
Ich bekomme klare Instruktionen: „Bitte schnell!"
Also gebe ich Gas und bekomme nach etwa drei Minuten ein Lächeln geschenkt. „He, ich bin schon da! Da war schon eine offene Tür und da bin ich rein, und da steht ein Engel."
„Da steht ein Engel"?
„Er ist der Engel der Antwort und er heißt Abiel'"
Nun verständigen wir uns, dass sie berichtet und mir ein Zeichen gibt, wenn ich Fragen stellen soll.
Ich sage ihr, dass ich den Namen des Engels schon irgendwie gehört habe, beziehungsweise er mir vertraut ist und er gibt die Antwort, dass er mich sehr wohl kennt, dass es da auch schon intensive Kontakte gab (ist mir aber so nicht bewusst – oder doch?).

Dieser Engel ist voller Liebe (sind sie sicher alle- aber dieser hat diesbezüglich ganz besondere Schwingungen). Ich spüre sehr intensive liebevolle Energien.
Welche Antworten erhalten wir?
- Zuerst beginnt Maria nach der Ursache für ihre aktuellen Sinnfragen zu suchen, beziehungsweise Abiel danach zu fragen und erhält die Antwort, dass dies mit der Angst in ihrem Herzen zu tun hat.
- Verletzlichkeit darf sein und man solle sie zulassen, es würde dadurch leichter Angst zu heilen und sich in die Heilung zu begeben.
  Sie erhält viel mehr Antworten, doch ich lasse natürlich einen vertrauten Austausch zu, er ist notwendig!
- Maria bekommt eine deutliche Antwort auf die Frage, ob sie das ausgewählte Studium beginnen soll.
- Ich muss wieder nach der Art unserer Zusammenarbeit fragen. Er teilt uns mit, dass wir uns das so vorstellen sollen, dass wir als energetische Wesen von überall her in Kontakt stehen würden, dabei Energien fließen und wir auch auf die Distanz voneinander profitieren würden.

- Ich würde dabei einfach die Gedanken (also Kopf – Geist) zu wichtig sehen – ja überbewerten. Das, worauf es ankomme, liege im Herzen. **„Wenn ihr im Herzen berührt seid, ist das Sein erfüllt."** Obwohl ich diesen Satz nicht sofort verarbeiten kann, haut er mich fast vom Stuhl
- Wir sollen einfach nur die Verbindung herstellen. Wenn der ein oder andere diesen Weg nicht mitgehen will oder kann, müssen wir anderen das akzeptieren – es muss sein. Jeder entscheidet frei und jeder geht seinen Weg und gelangt dann irgendwann doch ans Ziel, auch wenn es etwas länger dauert. Den anderen ansprechen sei wichtig, doch dann ist es genug, Freiheit ist wichtig zur Entfaltung des Seins.

Dann kommt eine für mich verblüffende Aussage des Engels: „Du hast doch Fragen mitgebracht." Er sagt, ich solle meine Frage ruhig stellen, denn ich hätte sie ja dazu mitgebracht, beziehungsweise bereits im Kopf.
Das stimmt übrigens, ich hatte nämlich unterwegs schon Fragen zu den Engeln (wo sind sie? in anderen Dimensionen? was sind andere Dimensionen? und viele mehr.).
Wenn ich einen Engel habe, von dem ich genau weiß, dass er riesig, aber doch als mein ständiger Begleiter bei mir ist, dann muss er irgendwo sein, also wo?
Mit meinem „kindlichen Denken" stelle ich mir auf der Fahrt zu Carola vor, ich sitze in meinem Minivan und habe einen riesigen, kraftvollen Engel hinter mir. Doch er schaut meterweit aus dem Auto heraus, er passt ja nicht rein. Ich muss lachen. Natürlich ist mir klar, dass es anders ist, aber wie?
Also frage ich genau dies.
- Es kommt der Hinweis, dass wir momentan noch nicht in der Lage seien, das gänzlich zu verstehen. Aber wir hätten uns bereits Hilfen gebaut. So würden wir uns vorstellen, dass Engel und die geistige Welt um uns herum oder da oben seien. Das sei gut, da wir es uns so besser vorstellen könnten. Doch es sei so nicht korrekt. Auch die Erklärung mit der anderen Dimension sei nicht ganz richtig. Denn eigentlich sei der Engel im Menschen, so wie ja auch der göttliche Funke im Menschen sei.
- Ist der Mensch entsprechend reif, beziehungsweise seine Seele und ist sein Bewusstsein entsprechend gereift, dann können diese Energien sogar verschmelzen. Dies sei mit unserem momentanen irdischen Bewusstsein schwer zu verstehen, dennoch seien wir auf dem Weg dorthin.

Unser Bewusstsein wird weiter, die Schranken werden weicher, es sei wie ein Kokon, der sich immer mehr erweitert und irgendwann gesprengt wird.
- Dabei kann von uns niemand auf der Strecke bleiben – jeder erreicht sein Ziel (früher oder später). Einladen und Hand reichen – dann ist's gut.
- Ich soll mir das so vorstellen: Ich trage jemanden über meinem Kopf auf meiner linken, nach oben offenen Hand, ganz leicht und völlig im Einklang mit mir, meinem höheren Selbst und ich fühle mich ermächtigt. Ich diene in Leichtigkeit – das darf ich tun – das dürfen wir tun!? Ihn trage ich auf dieser offenen Hand in eine andere Dimension, in ein anderes Verständnis. Aber das geht nur, wenn unser Bewusstsein weit ist, wenn wir es zulassen.

Noch einmal kommt von mir die Frage, ob jemand für sich dieses Bewusstsein erlangen kann. Ja, kann er die gewünschten Fähigkeiten ohne die Hilfe anderer erlangen?
- Die gemeinsamen Energien (sicher unsere, aber auch ganz sicher die von all jenen, die auch auf dem Weg sind) sind so machtvoll, dass sie diesen Planeten retten können. Die Energie eines Menschen sei groß, die Energie vieler „bewusster Menschen" sei jedoch unheimlich kraftvoll.
- „Nehmt eure Macht an, sie verleiht Größe, Weite und reicht weit über die Galaxis hinaus. Natürlich verleugnet ihr das".

Ich stelle die Frage nach der Angst, ob es zum Beispiel verschiedene Qualitäten von Angst gibt und so weiter. Ob es notwendig ist sich zu schützen, beispielsweise mit Symbolen, Steinen, Kristallen, oder ähnlichem. Ist dieser Schutz nicht ein Widerspruch für das Göttliche und die damit verbundene Furchtlosigkeit und den immerwährenden Schutz?
- „Jede Angst ist berechtigt, doch muss man der Angst mit Liebe und Verständnis begegnen. Ihr seid sicher und beschützt, nichts kann euch widerfahren und zustoßen."
"Alle Zweifel oder Ängste machen Löcher in euren Schutzmantel. Deshalb muss man aus dem Vertrauen heraus den Schutz aufbauen."
"Hilfe ist dabei eigentlich nicht notwendig, denn ihr habt alles, was ihr braucht. Unterschiedliche Qualität hat die Angst nicht, sondern nur unterschiedliche Intensitäten."

- „Ängste gibt es in diesen Ausmaßen, da die Menschen ebenso süchtig nach Angst sind wie nach Krankheiten. Viele Krankheiten bauen sich auf den Ängsten auf."
- Abiel ist schon lange bei Maria, sie hat ihn nur bisher nicht wirklich wahrgenommen.

Ich frage, warum denn jeder Mensch andere Engel mit unterschiedlichen Fähigkeiten, Energien und Schwingungen bei sich hat.
- Er sagt, dass jeder eine Vielzahl von Wesen/ Energien bei sich trage. Von diesen Energien profitieren wir.
- Wir tendieren dazu, diesen Wesen/ Energien menschliche Wesenszüge zu geben: das sei natürlich menschlich, aber nicht immer richtig.

Dann muss ich auch noch fragen, wie das mit dem Sehen ist. So wie vorher lacht er auch hier mal wieder. Es folgt ein klarer und deutlicher Hinweis:
- Du siehst alles, nimm es nur wahr, man sieht nicht nur mit den Augen…

Die Zeit ist weit fortgeschritten, doch Maria möchte diese Begegnung am liebsten festhalten und diese Emotionen noch ein wenig für sich alleine haben – was ich gut verstehen kann.
Deshalb verlasse ich den Raum zwischenzeitlich für einige Minuten und spüre bei der Rückkehr ein sehr intensives, wohliges und sehr liebendes Gefühl.

Maria teilt mir mit, es sei jetzt übrigens auch ein Engel mit weiblichen Schwingungen bei mir.
Ich habe diesen Engel bereits in meinem Herzen, wo er doch sehr, sehr intensive Emotionen auslöst. Es ist einfach toll, toll, toll, einfach liebevoll. Dass Ganze dauert einige Minuten.

Nun haben wir unser Zeitlimit deutlich überschritten. Hier müssen wir wieder hin, es war genial – es war ähnlich wie beim Meisterchanneling, aber doch mit anderen Schwingungen, und es hat kaum Energie gekostet. Es geht uns gut. Gut bedeutet in diesem Falle, Maria scheint ihr „Sinn-Such-Tief" überwunden zu haben.

Es ist doch immer noch so, dass wir trotz unserer umfangreichen Erlebnisse und Erfahrungen, dem Wissen, den Worten und Hinweisen unseren regelmäßigen menschlichen Sinnfragen begegnen.

Ich schreibe diese Zeilen zwei Tage nach der „Begegnung". So kann ich sagen, es ist gut, dass wir unsere Bodenhaftung, unsere Erdverbundenheit nicht verlieren. Denn es ist nicht unser Auftrag in höheren Sphären oder anderen Dimensionen zu verweilen.

Reifen und wachsen, lernen und erfahren können wir nur jetzt und heute und nur hier, deshalb ist es so, wie es ist. Obwohl ich mir manchmal wünsche, es wäre anders, obwohl ich mir manchmal wünsche, ich könnte dort bleiben.

Am Morgen nach dieser faszinierenden und emotional äußerst bewegenden Sitzung mit Maria und den beiden Engeln habe ich ein emotionales Loch.

Man kann solch emotionale Höhenflüge nicht einfach so verarbeiten – auf einer hohen Welle und dann hinunter auf den Grund der Welle. Doch nach einigen Stunden geht es wieder besser.

Ich weiß ja, dass sie da sind, diese wunderbaren Wesen, in mir und um mich herum. Vom Kopf her kann ich es noch nicht ganz fassen, aber mein „Bewusst-Sein" begreift langsam.

Es ist eine riesige Erfahrung: „Spüre dich hinein und du wirst es entdecken."

Wenn uns unsere Umwelt, unser „Ich", unsere selbstgebauten Mauern und Schranken nicht immer von den wunderbaren Geschenken des Göttlichen fernhalten würden, könnte es so schön sein.

Heute war im Gottesdienst, in der Lesung und im Evangelium die göttliche Liebe, gebracht durch Jesus Christus, das Thema, auch die Predigt befasste sich mit der Liebe.

Die Schrift, wie auch die Auslegung sagt alles Wichtige zum Thema, aber verstanden hat es kaum jemand. Viele sitzen wie versteinert, andere quatschen die ganze Zeit, die Schwingungen zeigen deutlich, dass die Anwesenden noch viel zu unreif sind – schade.

Ich urteile nicht, nein, ich habe gelernt, dass jede Seele ihren Weg geht, dass dieser akzeptiert werden muss und dass es gut ist, wie es ist. Jeder entscheidet seinen Weg eigenverantwortlich und niemand hat das Recht den anderen zu be- oder verurteilen. Auch dies sagt die Schrift im Zusammenhang mit der durch Christus gebrachten Liebe.

Mein Gefühl und mein verändertes Bewusstsein sagen mir auch, dass der Begriff Sünde in einem anderen Zusammenhang zu sehen ist. Letztlich weiß ich, dass es die Sünde, beziehungsweise das, was uns als Begriff Sünde beigebracht wurde, so nicht gibt. Sünde und Schuld – nennen wir es dennoch einmal so – haben lediglich Einfluss auf die eigene (Seelen-) Entwicklung.

Wir entscheiden anhand unserer Reife, ob wir gelernt haben, ob wir Aufgaben erledigt oder nicht erledigt haben und belohnen oder bestrafen uns selber. Bei Strafe dauert es halt ein wenig länger.

Nun noch die Frage: Wie gut geht es mir nach dieser Sitzung? Ich bin wieder mal überwältigt (war ich ja einige Male in den letzten Monaten, aber jedes Mal anders) und es ist schön!
Erst einmal die Art und Weise, wie diese Sitzung verlief, einmal mehr „von oben bestimmt". Wir landen ohne entsprechende Einführung in der Zwischenebene um dort ohne eigenen Einfluss Kontakt mit mehreren wundervollen Wesen zu haben.
Im Moment des Schreibens weiß ich, dass das nicht stimmt. Marias Zustand und meine Fragen, die ich im Vorfeld gestellt hatte, waren sicher Teilimpulse, die zu dieser Begegnung geführt hatten.
Wie hatte ich gelesen: „Ihr schöpft selbst mit euren Gedanken, Worten und Taten, weil alles Energie ist."
Dann die Anwesenheit des Engels Abiel in und um Maria, diese Liebe, diese Schwingungen, man kann es nicht beschreiben. Es ist wunderbar.
Und die Art und Weise, wie diese Antworten erfolgten, Antworten, die zum Teil so komplex sind, dass ich sie erst bei mehrmaligem Nachfragen und Nachdenken ansatzweise begreifen kann (wie bei El-Moraya).
Und dann, für mich sicher noch ein Hinweis (oder eher Beweis) der besonderen Art, diese Begegnung mit Meniael, dem Engel mit den weiblichen Schwingungen. Es war ein intensives – liebendes Gefühl. Etwas Besonderes.
Schade ist, dass man dies nicht alles festhalten kann, aber auch das Wissen des Erlebten ist schön.

Maria und ich teilen den anderen unsere Erlebnisse mit, dabei denke ich wieder an die Begegnung der Jünger auf dem Weg nach Emmaus: „Brannte uns nicht das Herz, als er uns die Schrift darlegte?"

Wir überlegen kurz, was wir noch machen. Carola geht mit Maria um einen weiteren Ausflug zu einem fremden Planeten zu machen.

ༀ

Seit langem darf ich wieder einmal von Charlotte geführt werden. Es geht schnell ins Haus des Karmas und (das hatte ich vorher schon bewusst entschieden, mit dem Wissen, dass es eh kommt, wie es kommt) in die letzte, noch nicht geöffnete Karmatüre (Nummer sieben).
Ich schaue mir alles nochmals an und entdecke auch die sieben Türen, weiß jedoch, die sechs Türen sind leer – sie sind erledigt.
Die siebte Türe steht hingegen offen, das hatte ich auch noch nicht. Was da wohl kommen mag, war diese Türe überfällig? Nun ja, es ist die Türe mit der Namensaufschrift meiner ältesten Tochter.
So geht's zügig in die Zeit um 1310 nach Genua, wo ich mich als „Ritter Richard" durch eine wunderschöne Landschaft reiten sehe. Ich reite auf eine Burg zu, die über der Stadt (Genua) thront und weithin sichtbar ist. Ich reite dorthin, um meine mir versprochene Ehefrau zu holen oder zu ehelichen.
Zuerst werde ich an der Stadtmauer abgehalten und nur nach erheblichem Protest eingelassen, um anschließend für einige Tage im Kerker zu verschwinden.
Ich weiß, dass hier irgendetwas faul ist. Sie wollen mich weich kochen um mir nicht das zu geben, was mir versprochen ist, was mir zusteht.
Nach einigen Tagen werde ich vor den Machthaber gelassen. Er macht mir klar, dass die versprochene Gemahlin bereits an jemand anderen vergeben wurde. Wenn ich diese Burg lebend verlassen wolle, solle ich mich damit abfinden und eine andere nehmen.
Zu der geplanten Hochzeit gab es einen Vertrag, welcher gleichzeitig auch mit meinem Machtanspruch zu tun hatte.
Die andere mir nun angebotene Frau wird mir gezeigt und ich bin total schockiert. Auf der einen Seite erhalte ich nicht die Frau, die mir versprochen wurde, und auf der anderen Seite habe ich nun eine in meinen Augen schrecklich hässliche, fette Frau vor mir.
Ich bin außer mir vor Wut und schreie herum. Zum einen wehre ich mich gegen das Unrecht, beschimpfe meine offensichtlichen Gegner und zum anderen beschimpfe ich dieses unglückliche Wesen, das sich sicher auch Hoffnung macht, an einen Mann zu kommen. Der Graf mit seinen drei Gefolgsleuten hingegen hatte das Ganze von vornherein geplant, sie wollten mich nur anlocken um mich zu vernichten. Die Heirat war von vornherein lediglich ein Vorwand.
Diese Frau, die von mir aufs Ärgste beschimpft wird, ist meine heutige Tochter. Ich lasse kein gutes Haar an ihr und beleidige sie mit den schlimmsten Bezeichnungen.
Ich schaue nur auf ihr Äußeres und verletzte sie sehr.

Sie hat ein unheimlich gutes und liebes Wesen im Inneren, wird aufgrund ihrer Hässlichkeit jedoch von allen verachtet.
Die Männer, die mit dem Grafen unter einer Decke stecken, kenne ich alle aus dem heutigen Leben. Allen macht es tierischen Spaß mich, aber auch diese Frau zu verletzen und sich über uns lustig zu machen.
Ich lehne eine Heirat mit dieser Frau kategorisch ab (das verletzt sie noch mehr) und werde nun zurück in den Kerker geworfen.
Danach sehe ich mich in der Folterkammer, ich werde gefoltert bis zum Tod. Dabei geht natürlich das Lästern und Verschmähen weiter („lieber ein fettes Schwein als zu krepieren").

Nach dem Tod werde ich zur Zwischenebene gebracht. Hier werde ich wie immer wunderbar empfangen und getröstet, auch wenn es mir schon ein wenig schwer ums Herz ist. Ich weiß sehr wohl, dass ich etwas Schlimmes getan habe.
Im Rückblick auf Richards Leben wird es offensichtlich:
Er hat nur sich gesehen, was ihm angetan wird, die Verletzungen, die er dabei dieser Frau zufügt, nimmt er gar nicht wahr.
Er hatte folgende Glaubenssätze ausgesprochen:
- Ich will nie wieder einen Menschen verletzen
- Ich will nie wieder so verraten werden

Seine Lernaufgaben waren:
- Nicht auf das Äußere zu schauen
- Hoffnung geben
- Über den eigenen Schatten springen
- Auf sein Herz hören

Keine dieser Aufgaben hatte ich erledigt. Tolle Leistung!
Einige habe ich ins Hier und Heute mitgebracht.

Seelenverträge habe ich keine abgeschlossen.
Aber ein Karma! Sage und schreibe 50 Ausgleichsleben habe ich mir auferlegt. Ich spüre anscheinend doch eine große Schuld.

Also mache ich mich mit meinem Engel auf den Weg zum Hüter, der mich trotz dieser Schuld wohlwollend empfängt.
Er nimmt mir die Schuldgefühle, gibt mir Trost und Hoffnung und erlässt mir die verbliebenen 20 Leben (30 hatte ich bereits gelebt).

Es kommt nochmals die Frage nach den Seelenverträgen und dabei öffnet mir mein Hüter die Augen.
Ja, ich habe mit allen anwesenden Personen Seelenverträge geschlossen.
- Mit der Frau, dass ich nie wieder etwas mit ihr zu tun haben wollte. Sie soll mir mit ihrer Hässlichkeit vom Leib bleiben
- Diesen vier Männern wünsche ich im Bezug auf Frauen „die Pest an den Hals". Sie sollen nie mit ihren Frauen glücklich werden

Das ist möglicherweise verständlich, aber doch ziemlich „unfreundlich". Was die Männer betrifft, kann ich im heutigen Leben sagen, haben sie kein sonderliches Glück in ihren Beziehungen: Trennungen, Streit, handfeste Auseinandersetzungen und intensive psychische Verletzungen. Ob das von mir auf den Weg gebracht wurde?
Der Hüter ist bereit alles zu löschen, alle restlichen Karmaleben, die Seelenverträge und die Glaubenssätze. Er entlässt mich in Gnaden, er sagt, ich hätte es gelernt und verstanden.

Der anschließende Tempel der Heilung ist wieder etwas ganz Besonderes. Nach anfangs gutem Gefühl und dem Wissen nicht nur viele geistige Wesen und Helfer dabei zu haben, ist nun auch Sarahs Seele dort. Wir beide schweben in einem wundervollen, heilenden Licht. Es ist so göttlich, dass es unheimlich gut tut. Danach verabschieden wir uns und ich werde von Charlotte zurückgeholt.

Ob das nun wirklich das letzte Karma- Leben war? Andere sagen, dass nach einiger Zeit – „wenn man reif genug ist es zu verarbeiten" – weitere Karmatüren sichtbar werden. Ähnlich ist es wohl mit den Seelenverträgen.
Mal abwarten.

Nachdem einige Tage nach der Auflösung des Karmas vergangen sind, kann ich sagen, dass die Begegnungen mit meiner Tochter sich deutlich verändert haben. Ich empfinde anders, wesentlich inniger und liebevoller. Nicht das ich das vorher nicht getan hätte, aber es ist anders, „wohliger".

Blicke ich auf die anderen Karmaleben zurück, kann ich ganz klar sagen, dass alle Auflösungen Bestand haben. Insbesondere die gravierenden Probleme mit einzelnen Personen haben sich verändert, beziehungsweise konnten ein für alle Mal beseitigt werden.

Natürlich hatte ich selbst diesbezüglich erhebliche Zweifel, insbesondere weil ich doch sehr, sehr kopflastig war.
Wie Du, lieber Leser, sicher bemerkt hast, bestanden anfangs immer wieder Zweifel.
Schaltet sich hier nicht das Gehirn ein? Ist nicht der Wunsch der Vater des Gedanken? Wird man nicht doch beeinflusst?

Wenn ich zurückblicke, gab es in dieser Zeit viele besondere Ereignisse, Sitzungen, Erfahrungen, Begegnungen und so vieles mehr.
Sicher sind es jedoch die ungewohnten und neuen Emotionen, insbesondere deren Vielfältigkeiten und Intensitäten, die mich verändert haben. Es ist schwer zu sagen, welches diesbezügliche Ereignis mich besonders berührt hat. Oftmals ist es ja so, dass besonders Emotionen nach Stunden, Tagen und Wochen vergessen werden.

Doch die Emotionen in der lila Flamme am Beginn der Ausbildung, die Emotionen beim Sterben meiner lieben Frau Mary in Schottlands Highlands und das Enthaupten meines Widersachers in den Highlands und ganz besonders die Begegnung mit meinem „großen kosmischen Berater" waren absolute Highlights.
Überragt werden diese Erfahrungen dennoch durch die erlebte Gottesnähe in den Begegnungen als Eisfläche, beim Urlicht und im Tempel der Heilung.

Es fallen mir die fragenden Blicke und Worte einiger Freunde und Bekannte ein, wenn ich ihnen von meinen Erfahrungen erzähle. „Steht es nicht im Widerspruch zur Religion, zu deiner Religion?"
Ich galt sicher bei meinen Bekannten immer als sehr gläubig und engagiert in der Gemeindearbeit.
Ja, ich habe immer an Gott geglaubt, aber erfahren, erlebt und gespürt habe ich ihn erst jetzt. Er ist da, er wohnt als göttlicher Funke in mir und das ist ein einmaliges Geschenk – etwas Größeres gibt es nicht.
Ich glaube nicht mehr – ich weiß, denn die Wahrheit ist erfahren, die Wahrheit hat sich geoffenbart (natürlich weiß ich nicht alles, nein, sicher immer noch nur ein winziges Bisschen, aber ich „weiß").

Ein Klient macht beim Erleben des Urlichtes folgende Aussage:
Ich spüre eine außerordentliche Kraft und diese Kraft ist die Liebe. Alles was ich bisher gemacht habe, ist aus dieser Liebe, alles ist aus diesem Urgrund. Sie löscht jeden Mangel. Wenn ich jemals einen Mangel an Geborgenheit hatte, finde ich den Ausgleich in dieser Liebe."

Ich möchte die Worte, die ich in diesem Buch über die Kirche schreibe, nicht als Be- oder Verurteilung verstanden wissen. Es ist vielmehr ein Bedauern, dass man es nicht verstanden hat, diese doch immer thematisierte Liebe Gottes zu erfahren und erfahrbar zu machen. Alle Begegnungen mit den geistigen Helfern und Begleitern waren so sehr von Liebe getragen, dass mir oft die richtigen Worte fehlten und fehlen, diese zu beschreiben.
Natürlich erlebe ich auch heute noch Gottesdienste, aber anders. Wie vorher erwähnt, sind einige Predigten und Feiern so gestaltet, dass sie mich mit Unverständnis erfüllen, teilweise berühren mich Gottesdienste so sehr, dass mir regelrecht das Herz aufgeht und Tränen kullern.
Dies ist aber auch möglich, wenn ich mich in Ruhe zurückziehen und in mich gehen kann. Die Feier der Zusammenkunft im Gottesdienst ist jedoch wichtig und muss auch künftig erfahrbar sein. Dazu muss die Kirche beginnen sich auf einen neuen Weg zu machen. Jesus lebt und Gottes Liebe ist erfahrbar, sein Funke ist in uns. „Sagt es allen!"

So sind auf der einen Seite die vielen Auflösungen von „Behaftungen" wahnsinnig wichtig für mein Leben, auf der anderen Seite aber die vorher beschriebenen Situationen der Gotteserfahrung, der Liebe und der Emotionen mindestens so bestimmend für meine Veränderungen.
Und es geht weiter…

༺༻

Ich habe meinen ersten Reiki- Kurs hinter mir. Vorher wusste ich nicht einmal, was es ist. Natürlich war mir klar, dass es etwas mit Energien zu tun hat, mehr aber nicht. So war ich schon sehr erstaunt über die Kraft und die Art und Weise, wie (diese) Energien fließen können.
Wir waren nur zu zweit bei unserer Reiki- Meisterin, so dass das Erlernen der Fähigkeit, die Energien anzusprechen und fließen zu lassen, um sie sich selbst oder anderen zu geben, sehr intensiv war.

Das aneinander Üben und die vielen Hinweise unserer Lehrerin machte dieses Erlernen relativ leicht, dennoch waren auch hier die begleitenden Emotionen sehr beeindruckend.

In den folgenden Tagen durfte ich diese Energien bereits einigen Menschen zugute kommen lassen. Ich schreibe bewusst „durfte", weil es mir klar ist, dass das alles ein Geschenk ist, und mit Geschenken geht man sorgsam um. Außerdem ist hier unendliche Dankbarkeit angesagt. Dankbarkeit hat auch etwas mit Liebe zu tun. Nur wer lieben kann, kann auch Dankbarkeit empfinden.

Ich habe als Hausaufgabe 21 Tage lang mindestens 30 Minuten täglich Reiki zu üben. Das ist etwas problematisch, denn die Tage sind ziemlich ausgefüllt.

So habe ich in der ersten Woche jeden Tag ein anderes Übungsobjekt. Da ich die meisten ja vorher bereits mit Energien oder auch nur so „versorgt" habe, könnte ja sogar ein Vergleich mit und ohne Reiki möglich sein.

Meine liebe Bekannte mit den weiterhin vorhandenen Problemen nach der Gehirnblutung hatte vorher stets intensive Empfindungen während der Anwendung und ein verbessertes Wohlbefinden. Mit Reiki hat sie am Tag nach der Anwendung eine weitere Verbesserung der Symptome.

Eine gute Bekannte hat erhebliche Beschwerden mit Blutungen, Zwischenblutungen und verstärkten Monatsblutungen sowie Rückenbeschwerden und weitere lästige Beschwerden. Hier suche ich vorher (auch durch Abfragen) mögliche Ursachen und wende ein „Misch – Masch" aus den erlernten Inhalten des Energiekurses und Reiki an. Sie fühlt sich anschließend gut. Ich hoffe, es hält an.

Trotz meiner verhaltenen Skepsis bezüglich der Reiki-Wirkung gehe ich mit Engagement an die Anwendungen und lasse mich selbst überraschen. Auch dabei geht's weiter!

ತಿ⊷ಆ

Und dann kommt mein „merkwürdiger" Besucher zu seiner ersten Sitzung.

Ich kann sagen, dass ich nicht mehr aufgeregt bin, wenn jemand Neues erscheint. Ich habe einen jener Tage hinter mir, die als eher bescheiden zu bezeichnen sind (wie vorher beschrieben, habe ich diese Tage mittlerweile ja seltener).

Dennoch bin ich relativ entspannt und erwartungsfroh, was diese Sitzung angeht. Alles geht etwas langsamer, er ist schließlich auch schon etwas älter (sicher um die siebzig Jahre alt).
Er lässt sich gut durch die Schwere und Entspannung führen. Er gibt auch zwischenzeitlich klar vor, wie er es haben will. „Nein, ich möchte keine Treppe hinunter, ich steige Treppen lieber hoch." Das finde ich lustig, aber auch spannend, einiges wird wieder anders laufen als gewohnt, das ist mir vorher schon klar.

Aber das ist das Schöne an dieser Art Menschen zu helfen (es ist eigentlich fast ein Dienen, denn jeder findet auf gewisse Weise zu sich und seiner eigenen Spiritualität), es ist immer wieder spannend.
Und für mich sind es immer interessante Erfahrungen, die zu meiner eigenen Entwicklung erheblich beitragen. Nicht eine Sitzung bleibt ohne Benefit für mich. Schön ist es besonders, wenn ich Kontakt zu den Klienten behalte und deren Entwicklung beobachten kann.

Nun zurück zu meinem Klienten (Eigentlich müsste man die Sitzung wörtlich wiedergeben, denn jede Mitteilung ist von einer tiefen Wahrhaftigkeit erfüllt.).

Wir gehen wie gewohnt zu einem schönen Erlebnis in der Kindheit. Ich empfinde dabei zuerst eine aufkommende Angst bei meinem Klienten. Er ist als vierjähriger Junge zu Fuß unterwegs und beschreibt detailliert seinen Weg zu einem Wald und einer Wiese. Er geht hier häufiger hin, weil er hier Kraft und Ursprung findet. Diese Kraft und diese Naturverbundenheit gehören zu ihm.
„Ich suche Verbindung, die Kräfte dieses Waldes, dieses Baumes beleben mich, sie machen einen Frohsinn, es ist ein Getragenwerden, ich hole mir aus diesem Wald die Kraft zu leben, eine Kraft, die ich sonst nicht finde."
Wir gehen weiter durch Geburt, Schwangerschaft und Zeugung. Obwohl auch hier einiges interessant ist, möchte ich mich mehr mit dem Folgenden befassen.
Ich führe ihn in die Zwischenebene, wo er die Begegnung mit „seinem geistigen Bruder", wie er ihn nennt, erlebt.
„Ich weiß nicht, wer er ist, aber ich habe ihn immer bei mir, er ist sozusagen in meinem Rucksack und er ist meine ordnende Kraft."
Sein Helfer muss ihn zurückhalten in das neue Leben zu stürmen: „Warte, du musst dich mit allem, was du brauchst, ausstatten."

So nimmt er sich seine Sinne, den Segen und alles, was er braucht, um Vorhandenes umzuwandeln.

Seine Lebensaufgaben haben viel mit seiner Spiritualität zu tun:
- Ich soll nicht wie die Propheten reden, sondern mit Taten, ich soll handeln
- Das ist für mich die Bestätigung des Wissens (der Wahrheit), für die anderen der Beweis des Möglichen
- Ich soll nicht dem Stolz verfallen
- Ich soll gut zuhören, lauschen

Er fühlt sich hier sehr geborgen, es geht ihm gut, dennoch hat er es eilig wieder ins Leben, in die nächste Aufgabe einzusteigen.
Ich habe trotz der fortgeschrittenen Zeit das Gefühl ihn noch zum Urlicht führen zu müssen.
Wir gehen dort hin und er erfährt dieses Urlicht so:
„Ich vernehme ein Geräusch, nein, ich höre es nicht, ich nehme es wahr. Es ist hell, es ist heiß, ich spüre eine gewisse Leichtigkeit, ich schwebe. Ich suche das Licht, ich komme vom Licht.
Alles vibriert, alles ist Klang und alles ist Schwingung. Ich spüre ein Getragen-Werden von dieser Schwingung. Das Näher kommen an das Urlicht ist getragen von einer anderen Kraft, die einen ins Universum hinaustragen lässt. Diese Kraft wird mich ermächtigen die Vielzahl der zu erarbeitenden Leben zu bewältigen.
Diese Kraft des Urlichtes ist eine außerordentliche Kraft und diese Kraft ist die Liebe, alles, was ich bisher gemacht habe, ist aus dieser Liebe, alles ist aus diesem Urgrund. Es löscht jeden Mangel. Wenn ich jemals einen Mangel an Geborgenheit hatte, finde ich den Ausgleich in dieser Liebe."

Wir verabschieden uns vom Urlicht, von der Zwischenebene und vom geistigen Begleiter, der weiter bei ihm sein wird. Er geht ins lila Feuer. Anschließend fühlt er sich sehr gut, er ist erfüllt von der Begegnung mit seiner „ordnenden Kraft" und mit dem Urlicht.
Dies war eine absolut faszinierende Sitzung mit einem außergewöhnlichen Inhalt, über die noch einiges mehr zu berichten wäre.

☙❧

Morgen geht's zum nächsten Übungstreffen. Ich bin total gespannt!

Trotz einiger Schwierigkeiten gelingt es mir, mich rechtzeitig von meiner Arbeit zu trennen.
An dieser Stelle muss ich etwas zu meinen zeitlichen Rahmenbedingungen und den vorhandenen Ressourcen sagen.
Ich erinnere mich an Zeiten, in denen ich als Jugendlicher eher mit Langeweile kämpfte und mir wünschte niemals mehr Langeweile zu haben, ein mit Aufgaben erfülltes Leben halt.
Dies stellte sich auch ein – und zwar in der Weise, dass ich regelrecht süchtig nach Arbeit und Aufgaben wurde.
Zuerst meine hauptberufliche Arbeit in einem sozialen Tätigkeitsfeld, dann als Helfer im kommunalen Dienst und nebenberuflich im kirchlichen Dienst, außerdem in verschiedenen Gremien der Kirche, in einem Verein für „mildtätige Zwecke", als Helfer hier und da. Hier kam es immer häufiger zum Umstand, dass ich mich danach sehnte wieder „freie Zeit" zu haben, was sich jedoch nicht in der Form einstellte, wie ich es erhofft hatte.
Lange Zeit habe ich mit diesem eher belastenden Umstand gelebt, bis ich endlich die Entscheidung traf die Ausbildung zum Rückführungstherapeuten zu machen.
Danach geschah folgendes: Zum einen war ich endlich so weit, den ein oder anderen „Dienst" ab- und aufzugeben. Zum anderen hat sich die Zeit sozusagen relativiert.
Ich verrichte in meinem Hauptberuf meist mehr Stunden als üblich (über 40 Stunden in der Woche), führe wöchentlich mindestens eine, meist mehrere Sitzungen durch, im Rahmen der Reiki- Ausbildung übe ich mindestens eine halbe Stunde bis eine Stunde täglich, ich befasse mich definitiv mehr mit meiner Familie, habe Haus und Hof mit viel zu pflegendem Außengelände und so weiter.
Und ich fühle mich deutlich ausgeglichener und entspannter als jemals zuvor. Natürlich hätte ich gerne noch mehr Zeit für mich (und meine Familie), aber es ist viel besser, als es war. Ich komme mit deutlich weniger Schlaf aus als früher, und bin deutlich ausgeruhter.
Auch das ist gut so. Es war nicht nur eine gute Entscheidung mich auf diesen Weg zu machen, es war die einzig richtige Entscheidung – ohne Wenn und Aber!

Nun zum nächsten Zwischentreffen, also nach der Arbeit ins 50 Grad heiße Auto und ab ins 100 Kilometer entfernte Köln. Die treue „Navi – Lisa" steuert mich ohne Verfahren zielsicher dorthin.
Zu Viert werden wir zu Werke gehen. Es ist mal wieder eine Freude sich zu treffen, es ist mehr als nur sich mögen, hier ist etwas sehr, sehr Liebevolles entstanden, und das ist einfach nur gut!
Wir haben natürlich wie immer wahnsinnig viel zu besprechen. Außerdem gibt's ja auch immer wieder Fachsimpeleien. Was hat wer in den Sitzungen erlebt? Was haben diese oder jene Erlebnisse und Erfahrungen zu bedeuten?
Außerdem haben wir auch die gewohnten tiefer gehenden Fragen nach der geistigen Welt, den kosmischen Energien, dem Energieausgleich und vieles mehr. Die Diskussionen sind immer sehr interessant, oft auch lustig, immer jedoch wohltuend. Sie festigen, weil niemand den anderen überzeugen will, weil niemand sich eine Meinung aufzwingen lässt, sie machen einfach bewusster und führen uns immer näher aneinander, aber auch hin zur Wahrheit, die damit immer mehr ihre Schleier verliert.
Wir einigen uns recht schnell, dass Carola und ich, sowie Thekla und Christel zusammen „sitzen".

Der Sitzungsverlauf zeigt folgendes: Carola sieht sich als Herrscher auf einer mittelalterlichen Burg an einem großen Tisch in Verhandlungen verstrickt. Sie erkennt eine gegnerische Partei, die sie unter Gewalt zwingen will, alles aufzugeben. Die Unterstützer der eigenen Partei sind sehr schwach und wankelmütig und beugen sich sehr früh der Gewalt, ihnen ist es egal, unter wem sie dienen. Der Herrscher wird durch die Gefangennahme und Folterung seiner Frau und Tochter zusätzlich unter Druck gesetzt. Er spürt diesen unglaublichen Druck sehr, sehr intensiv mit den gleichen Emotionen wie im heutigen Leben, versehen mit verschiedenen Auswüchsen von Entwicklungen und Entscheidungen. Alle diese Emotionen sollen später gelöst werden.
Unter diesem immensen Druck spricht er einige sehr tiefgehende Glaubenssätze aus, die auch das heutige Leben beeinflussen.
Außerdem schließt er Seelenverträge mit den Gegnern, seiner Frau und mit sich selbst ab. Alle Seelenverträge knebeln Carola auch im heutigen Leben. Es geht um Freiheit, Dienen, Mut, Schutz und einiges mehr.
Er gibt alles auf um das Leben von Frau und Kind zu retten, doch klar ist ihm schon vorher, dass er sein Leben verlieren wird.

So gehen wir in den Tod durch Erhängen und anschließend auf die Zwischenebene, auf der sich ein intensiver Dialog mit ihren Engeln entwickelt. Es geht zum einen um die Themen, die die Sitzung bestimmten, insbesondere um Mut und Vertrauen. Es geht auch darum, dass es wichtig ist für Ideale und neue Wege einzutreten und diese durchzusetzen. Doch für die eigene Entwicklung ist es wichtig, wie man dies tut.

Der Herrscher hat anscheinend versucht neue Wege zu gehen, neue Ideen zu entwickeln, dabei jedoch sowohl sein Volk unterdrückt wie auch seine Familie vernachlässigt.

Nun wird Carola klar gemacht, dass es zwar gut ist, solche Wege zu gehen und Ideen zu entwickeln, doch muss dies immer aus dem Inneren – aus der Liebe – entstehen. Dann sind andere bereit diese Wege mit zu gehen und Ideen zu entwickeln.

Sie geht nun zum Hüter, der bereitwillig und liebevoll alle Verträge und Glaubenssätze auflöst und ihr Mut zuspricht und einige gute Ratschläge mit auf den Weg gibt.

Es war eine sehr lange Sitzung, denn der Dialog mit dem Engel war sehr intensiv und tiefgehend.

Carola konnte viele persönliche und für sie wichtige Fragen klären.

Diese Engel, wundervolle Wesen, die nicht nur um unser Wohl bedacht sind, sondern auch unsere Entwicklung, unsere Reife und unser Bewusstsein im Blick haben.

ತ∞ಠ

Nach kurzer Erholungspause geht es in meine Sitzung.

Ich hatte unterwegs überlegt, was ich wohl noch offen habe. Bei der Abfahrt aus meinem Wohnort hatte ich das Gefühl, dass es an der Zeit sei, die merkwürdige Verbindung mit diesem Dorf zu prüfen. Also gehen wir in das Haus der Seelenverträge um nach Verbindungen zwischen mir und meinem Dorf zu suchen. Denn mir war es in einigen Rückführungen so, als spielten sich viele der Begebenheiten dort ab.

Ich lande als Peter im 14. Jahrhundert in diesem Dorf (hierzu gibt es übrigens scheinbar mehr als 30 Türen) und ich weiß, dass es um die Auseinandersetzung mit meinem Bruder Karl geht.

Karl existiert auch im heutigen Leben als Bekannter in meinem Dorf. Es hat auf jeden Fall etwas mit dem Erbe zu tun, er ist mir irgendwie vorgezogen worden, er ist besser bedacht worden als ich. Außerdem scheint er auch deutlich mehr Zuspruch zu erhalten und hat das Glück eine Familie zu haben, während ich alleine und einsam bin. Insgesamt führt das alles dazu, dass ich ihn und alles, was mit ihm und dem Dorf zu tun hat, unsagbar tief hasse.

Ich spüre in dieser Sitzung diesen abgrundtiefen, unglaublich zerstörerischen Hass.

Alles zusammen führt irgendwann zu einem Gewaltakt, ich metzele seinen Viehbestand ab, raube ihm (aber auch vielen anderen) die Existenzgrundlage. Ich spüre in jeder Aktion diesen extremen Hass, der sich erst legt, nachdem ich diese Tat (wohl eine Art Amoklauf, gut dass es noch keine Feuerwaffen gibt) durchgeführt habe.

In der nächsten Situation erkenne ich, dass ich zur Rechenschaft gezogen werde. Ein Gericht verurteilt mich. Dabei bin ich ebenfalls von großem Hass erfüllt, Einsehen und Schuldbewusstsein gibt es nicht. Ich hasse sie alle und spreche einige wüste Flüche und Seelenverträge aus.

Die Strafe besteht vor allem in körperlicher Gewalt. Ich habe schon beim Einstieg in die Sitzung gespürt, dass ich heftige Schmerzen im rechten Arm habe, er ist gebrochen und hat jegliche Funktion verloren. Man hat mich zum Krüppel gemacht.

Beim Ankommen in der Zwischenebene ist mein Wohlbefinden noch sehr geprägt von meinem doch sehr problematischen Verhalten gegenüber meiner Umwelt. Meine Aufgaben habe ich sicher nicht erfüllt (haben wir doch tatsächlich vergessen zu klären), stattdessen habe ich Wüstes auf die anderen herabgeschworen. Scheinbar trifft es mich aber mehr als die anderen.

Folgende Glaubenssätze und Seelenverträge sind wichtig (außerdem einige Flüche):

- Ich will immer alle zerstören
- Du sollst davon (Vieh) genau so wenig haben wie ich
- Ich will nicht immer nur benachteiligt werden
- Ich will nur noch hassen, alles zerstören
- Ich gebe mich erst zufrieden, wenn ich alles zerstört habe
- Ich will nie wieder Frieden mit euch (Dorf und alle Beteiligte, ich sehe einige Bekannte aus dem heutigen Leben)
- Ich verfluche euch alle
- Zum Teufel mit euch
- Ich will nie wieder solche Schmerzen haben
- Ich will nie wieder alleine sein (klar ist in diesem Moment, dass es die Einsamkeit war, die Peter in diesen Hass getrieben hat)

Danach geht es zum Hüter. Meine Engel begleiten mich wie immer. Diesmal ist es mir auch sehr wichtig, dass sie mitgehen, dieser Hass beeinträchtigt mich doch noch. Natürlich fühle ich mich geborgen in der Zwischenebene, dennoch ist mir das Herz schwer, ich trage schwer an dieser Schuld!
Der Hüter empfängt mich wie immer freundlich und umsorgend. Dennoch ist er diesmal etwas strenger mit mir, verständlicherweise. Er schaut mich streng an und sagt, er würde sich etwas schwer mit der Löschung dieser Seelenverträge und Glaubenssätze tun. Was ich da angestellt hätte und mit welcher Intensität ich es getan hätte, sei ja doch heftig gewesen.
Aber ich hätte ja nun einen ganz anderen Weg eingeschlagen, dabei ganz andere Aufgaben und hätte das alte Thema Hass endlich abgehakt.
Deshalb löscht er nun alles von den entsprechenden Seiten, mit allen dazugehörigen Erinnerungen und Rückbleibseln.
Sein Hinweis an mich ist ganz klar und eindeutig: Noch mehr aus der Liebe heraus zu leben, zu denken und zu handeln. Ich soll den Menschen mehr und mehr im Vertrauen und nicht in Misstrauen entgegentreten.
Ich gehe noch in den Tempel der Heilung, der mir wie immer gut tut. Eine heilende Kraft erfüllt mich und ich spüre die Anwesenheit etlicher Engel und Geistwesen, zu denen sich nach und nach weitere dazugesellen. Darunter sind einige aufgestiegene Meister wie El Moraya und Kuthumi.
Ich sehe sie nicht, aber ich weiß, dass sie da sind. Ich frage mit Carola um die Bewilligung unseres Anliegens, weitere Fragen an die geistige Welt stellen zu dürfen.
Dies wird überhaupt nicht in Frage gestellt. „Natürlich, dafür sind wir da, fragt, wir antworten gerne."

※

So starten wir eine weitere „Fragerunde":
- Ist es in jedem Falle richtig Fremdenergien/ Besetzungen ins Licht zu führen?

→ Grundsätzlich wird man nur an die Besetzungen gehen, die bereit sind ins Licht zu gehen, also wenn Klient und Therapeut dazu bereit sind. Die Besetzung wird bereit sein zu gehen, wenn man alles aus der Liebe heraus tut. Man muss nichts weiter beachten. „Tut es aus der Liebe heraus."

„Eine unreife Seele wird niemals beauftragt einer anderen Seele ins Licht zu helfen, die geistige Welt würde dies nie tun."
- Was bleibt zurück, wenn eine Seele geht, können Anteile zurückbleiben? Kann es sein, dass Beschwerden bleiben, Schmerzen oder Sonstiges?
→ „Es bleiben keine Seelenanteile zurück; natürlich können Schmerzen und sonstige Beschwerden bleiben; es sind schließlich Encrgien, die gelöst werden. Diese Energien reißen regelrechte Löcher – mal mehr, mal weniger."
- Was kann man dann tun?
→ „Ihr habt doch Instrumente genug an der Hand, ihr habt viel gelernt; denkt daran, alle Löcher und Defekte, die entstehen, könnt ihr mit euren Instrumenten schließen und behandeln/ heilen".
„Wenn ihr Liebe und Vertrauen habt, dann werdet ihr dies alles wirken können".
- Wird das immer gelingen?
→ „Ja natürlich, Liebe und Vertrauen. Außerdem macht ihr nichts ohne eure Helfer und Lichtwesen aus der geistigen Welt. Ruft sie hinzu, sie sind jederzeit bereit euch zu unterstützen."
- Wie ist das mit dem Sehen, wann hat man das volle Bewusstsein?
→ „Die nicht sehen, sind im Vorteil. Fühlen, spüren, erleben, erfahren ist wichtiger als sehen. Auch mit der Seele kann man sehen; aber dazu muss man in der Einheit sein und das entsprechende Bewusstsein haben. Das Sehen mit der Seele zeigt viel mehr als das Sehen der Augen (Bewusstsein nimmt die Schwingungen wahr)".

Weitere kurze Stichworte aus dieser Abfrage:
- Hauptaufgabe ist die Seele zur Vollkommenheit zu führen
- Liebe macht uns bewusster
- In der Natur gibt es alle Energie, die man benötigt

❧ Kapitel XII ❦

Haus der Seele, Seelenanteile

Das zehnte und letzte Seminar
Nun ist er da, der Abschluss, der auf der einen Seite erfolgreiches Ende einer Ausbildung bedeutet, auf der anderen Seite Abschied nehmen bringt.

Ich fahre mit gemischten Gefühlen und ein wenig Traurigkeit zum letzten Abschnitt der Ausbildung. Aber auch die Freude auf noch ein gemeinsames Seminar mit diesen liebgewordenen Freunden und die gemeinsame Abschlussfeier begleitet mich.
Wir kommen an und begrüßen uns inniger, als es Freunde tun.
Wir berichten rund drei Stunden von unseren Erfahrungen der letzten fünf Wochen, es könnte sicher noch weitergehen. Positive und negative Erfahrungen, „Wundschmerzen" und Freuden, Erfolge und Zweifel, Hoffnung und Unzufriedenheit. Vor allem wird, wie immer, in unterschiedlicher Fülle und Umfang berichtet. Überwiegend Positives bleibt jedoch immer unterm Strich. Während es tränenreiche Sitzungen gab, wurde auch viel, viel gelacht und Freude geschaffen (geschöpft).
Jeder von uns blieb in diesen zehn Monaten eigenständiges Individuum, jeder kam mit seinen Eigenarten und Gewohnheiten, seinen Macken und Eigenschaften.
Niemand hat diese Individualität abgelegt, trotz aller Veränderungen. Jeder hat sein eigenständiges „Sein" weiter ausgeprägt, jeder ist gereift.
Alle hatten vorher sehr, sehr unterschiedliche Fähigkeiten und die haben wir auch heute noch. Jeder arbeitet anders, jeder entlockt andere Informationen, jeder hat andere Klienten und Schwerpunkte, und „es passt".
Für die Zukunft kann es eine Basis geben, die uns, unseren Mitmenschen und unseren Klienten viel Segen bedeuten und bringen wird.

Wir steigen in das letzte Thema, „die Seele" und „Seelenanteile", ein.
Was ist heute zu erwarten?
Wir erhalten ein paar grundsätzliche Informationen, insbesondere Hinweise was die verschiedenen Kulturen sich unter der Seele vorstellten und vorstellen, natürlich auch, was die Religionen zu sagen haben.

Verschiedene kleine Übungen helfen uns dabei die richtigen Schwingungen zu spüren. So können wir in die Sitzungen einsteigen, die uns auf die Suche nach verlorenen Seelenanteilen bringen.

Wer übt mit wem? Es wird gelost und auch hier wird wieder klar, dass es immer gut ist, wie es ist.
Ich „sitze" mit Thekla, und das verspricht mal wieder Spannung für uns beide.
Ich nehme mir wieder meine Helfer mit auf den Weg, es ist mir, als würde ich sie heute brauchen. So geht es wieder zügig ins Geschehen und ich entdecke drei Themen zu verlorenen Seelenanteilen:
• Trauer
• Liebe
• Hoffnung

Diese werden es mal wieder in sich haben, und wie!
Also rein in die erste Türe – die Liebe.
Ich bin noch nicht richtig weg, da überkommt mich schon tiefe Traurigkeit.
Die Begegnung mit einer Frau, eine Begegnung, die mir längst verloren geglaubte Emotionen zurückbringen wird – Liebe!
Thekla fragt mich nach Hintergründen, nach der genauen Situation. Wann spielt die Situation, wer bin ich?
Und, ich glaube es erst nicht, es ist mein jetziges Leben. Vor gut sechzehn Jahren lerne ich bei einer Weiterbildung die vorher bereits mehrfach beschriebene Frau kennen, nachdem ich mir Wochen vorher das intensive Gefühl der Liebe herbeigesehnt hatte.
Die anfangs beschriebene Kühle in meinem Inneren, die mir durchaus bewussten emotionalen Defizite führten nämlich dazu, dass ich Gott bat, mir diese „Kälte" zu nehmen, „mich empfinden zu lassen".
Dass es mich dann so sehr treffen würde, hatte ich nicht gedacht.
Ich wusste sofort, dass dieser Zustand nicht normal ist (ist Liebe meistens nicht, aber hier gab es auch etwas „Verborgenes").
Doch ich wusste zu diesem Zeitpunkt, dass eine solche Liaison keine Zukunft haben konnte (ich hatte Familie, drei Kinder, davon eines kaum ein Jahr alt). Also beendeten wir das, was noch gar nicht begonnen hatte.
In der Folge erlebte ich Herzschmerz pur, verzehrende Sehnsucht, Trauer, Depression und Dunkelheit, mal mehr, mal weniger, über etliche Jahre hin. Heute weiß ich, dass es ihr damals genau so ging, sie litt unter starken psychischen, behandlungsbedürftigen Beschwerden.

So ist das Leben – und man weiß oft nicht einmal warum – obwohl es Erklärungen gibt!
Ich sehe also nochmals den Ablauf dieser Begegnung, der sich über einige Tage und Wochen hinzog ohne zur Beziehung zu werden. Es ist, als wäre es gestern gewesen. Und es ist genau so leidvoll – ach, wie kann Liebe schmerzen!

Dann folgt mal wieder der Einstieg in Bekanntes…
Ich sehe mal wieder mein Leben als Steve in Schottlands Highlands.
Es ist ein unheimlich glückliches Leben mit Mary, wie im Traum. Die erhabenen Highlands, ein Bild von einer Frau – eine echte Schönheit, eine kleine Familie mit drei wunderbaren Kindern in einem idyllischen Dörfchen. Es ist ein hohes Glücksgefühl – es ist beinahe zu vergleichen mit den Gefühlen in der Zwischenebene, auch wenn dies eigentlich nicht zu vergleichen ist.
Ich bin glücklich! Und ich glaube, so glücklich war ich sonst nie!
Ich fühle mich völlig unbegrenzt, ich habe ein großes unbegrenztes Herz, bin völlig unbeschwert, und ich habe eine grenzenlose und wunderbare Verbindung.

Doch dann falle ich ins Leid: Sie ist tot! Ich habe diese Situation ja schon mehrfach gesehen und durchlebt, aber so war es noch nicht.
Es ist, als würde ich selbst mit sterben. Es ist eine so unglaubliche Trauer, es ist nicht zu beschreiben, was ich fühle, ich liege hier und heule und fühle diesen Schmerz bis in die letzte Pore.
Und dann entscheide ich, ihr ein Stück von mir mitzugeben, damit ich es überhaupt ertragen kann.
Ich gebe ihr Seelenanteile mit und mit ihnen ein Stück meines Herzens, meiner Liebe und alles, was mit dieser Liebe zu tun hat. Ich gebe ihr meine grenzenlose Liebe.

Wir steigen aus dieser Situation aus und landen direkt in der nächsten, nämlich im Leben von Paul und Angelique, dem überaus glücklichen Ehepaar im Frankreich um 1800. Es ist alles so hell, so friedvoll, glücklich, einfach schön.
Doch auch dies ändert sich sehr schnell. Es kommt zu einer rasanten Umkehr der Gefühle. Gefühle des Verlustes, es wird düster, ich spüre diese Gefühle des Verlustes am ganzen Körper.

Meine Frau hat mich verlassen, sie ist für mich verloren. Und ich weiß, dass es meine Art, meine fehlenden Emotionen, meine Kühle, mein Wesen sind, was sie von mir weggetrieben hat, ich bin es selbst schuld gewesen. Dieses Wissen erhöht meine Trauer und meine Hoffnungslosigkeit. Die weggegangene Liebe in Person meiner wunderbaren Frau hinterlässt in mir riesige Leere.

Dann erkenne ich, dass ich auch hier Seelenanteile, nämlich die freudige Liebe, den Sinn des Lebens, den Willen und die Zweisamkeit sowie meine Leichtigkeit abgegeben habe. Sie sind weg und sie fehlen mir in den folgenden Leben.

Danach hat die Trauer ein Ende, ich darf in die Zwischenebene und mich ausruhen.

Ich schaue nochmals zurück und empfinde diese tiefe Traurigkeit abschließend nochmals und verstehe die Zusammenhänge dieser Leben mit meinem heutigen Leben – ja, ich habe verstanden, endlich!

Wir entscheiden, wir entscheiden alles. Wir entscheiden, was wir an Aufgaben übernehmen, was wir lernen wollen. Aber wir sind halt frei in unseren Ausführungen, und unser Leben erhält deshalb oft eine andere Wendung als gewünscht. Außerdem rufen wir mit unseren Gedanken und Wünschen Entwicklungen hervor, die wir später manchmal bereuen.

Nun begleiten mich meine Engel und viele weitere geistige Wesen zum Hüter der Akasha- Chronik.

Er empfängt mich sehr umsorgend, er nimmt sich sehr viel Zeit, einfach nur zum Trösten. Es tut gut, er ist einfach „väterlich".

Er zeigt mir die Zusammenhänge nochmals und bestätigt, „Du hast es verstanden." Es ist Zeit alles aufzulösen.

Der Hüter nimmt mich an der Hand und führt mich in einen hellen, goldenen Raum, wo ich mich niederlasse und von ihm behandelt werde.

Zuerst kümmert er sich um die verlorenen Seelenanteile und führt diese dann in meinen Brustkorb zurück.

Er legt mir die Hände auf und strömt eine große Ruhe aus, eine wohltuende heilende Ruhe.

Vom Gefühl her ist es wie die Einkehr der Inneren Familie, eine Raumforderung in meinem Brustkorb, die sehr intensiv ist, es drückt, zwickt und schmerzt auf beeindruckende Weise. Ohne Zweifel, hier geschieht nicht nur etwas Emotionales und Psychisches, der Körper nimmt ebenfalls deutliche Veränderungen wahr.

Es kehrt Ruhe ein, er spricht mir Mut zu, diese Seelenanteile bewusst zu begrüßen und in mir aufzunehmen.
„Lerne mit der wieder aufgenommenen Liebe umzugehen, liebe dich selbst und gib diese Liebe an andere weiter, das geht nicht auf einmal, lass dir Zeit. Auch deine Aufgabe anderen zu helfen wird von dieser Liebe beeinflusst."
Ich gehe in den Tempel der Heilung, in dem ich wie immer wunderbar umsorgt werde. Mein Herz wird gehegt und gepflegt und mit violettem Licht behandelt.

༺༻

Am kommenden Tag, unserem letzten, steigen wir nach kurzem, überraschend unproblematischem Morgengruß direkt in die nächste Sitzung ein.
Ich bin heute mit Hannelore zusammengelost worden. Hannelore hatte sich anfangs ähnlich schwer getan wie ich, unsere Persönlichkeiten sind sehr unterschiedlich. Deshalb war ich auch skeptisch, ob wir erfolgreich zusammenarbeiten können.
Gerade deshalb ist jedoch unsere Zusammenarbeit in den vergangenen Monaten sehr ergiebig und intensiv gewesen; mit ihr hatte ich zum Beispiel die wundervollen ersten Engelbegegnungen.
Also steige ich heute am Tag des freien Wunsches nochmals ins gestrige Thema ein, es gab ja noch zwei offene Türen.
Hinein in die Türe „Hoffnung". Ich sehe (!) diese Türe, durch den Rahmen kommt ein helles, wundervoll warmes Licht.
Aber dann bin ich doch schon wieder im selben Leben. Wann ist es denn wirklich abgearbeitet? Habe ich etwas übersehen? Ich hatte gestern den deutlichen Hinweis: „Es ist gut für heute." Und das war es auch, es war ja anstrengend genug!

Es beginnt wie es aufgehört hat, im Leben des Steve. Die Hoffnungslosigkeit nach dem Tod meiner lieben Frau schlägt sich wieder in Schmerz (am Herzen) nieder. Dabei spüre ich die Auswirkungen dieser Hoffungslosigkeit außer am Herzen auch in der kompletten Brust, im Kopf in einer unendlichen Leere und an den Augen, die nur noch Finsternis zeigen.
Es ist als wenn ich selbst tot wäre, die Hoffnungslosigkeit führt zu Dunkelheit im gesamten Körper.

Weitere Seelenanteile gehen verloren, die Hoffnung, die Zuversicht, die Freude und mein Glaube. Über 30 Prozent dieser Anteile gehen mir verloren.
Da die gesamten Erfahrungen und Empfindungen denen vom Vortag sehr ähneln, also ebenso leidvoll sind, schildere ich diese nicht nochmals.
Heute sind die Auswirkungen am Körper und vor allem an den Augen deutlicher als gestern.
Über die Zwischenebene geht es zum Hüter, der mich mindestens so heilend umsorgt wie tags zuvor. Er fügt meiner Seele die restlichen (!) verlorenen Seelenanteile wieder hinzu und verändert wie am Vortag meine Geschichte, das Buch.
Anschließend sagt er, ich soll nun wieder genau hinsehen, fühlen, spüren. „Deine Seele ist nun wieder komplett."
Ich soll nun an meine Aufgaben gehen, ich sei ausgestattet mit dem, was ich brauche, Wissen werde ich noch erlangen. „Macht euch an die Arbeit!"
Er entlässt mich in Frieden, ich hoffe ihn nicht zu enttäuschen. Über den Tempel der Heilung geht es wieder ins Hier und Heute.
Im Hier und Heute angekommen, fühle ich mich wirklich komplett. Obwohl ich vorher kein bewusstes Loch empfunden habe, ist es dennoch das Gefühl, als sei ein Defekt repariert, ausgefüllt. Es tut gut!
Erst beim Nachlesen erkenne ich, dass er nicht sagte: „mach dich an die Arbeit", sondern: „macht euch an die Arbeit."
Ich hatte diese Art an Hinweisen und viele genaue Details für unsere gemeinsame Arbeit ja schon oft, insbesondere von meinem lieben „großen" Engel. Was mich jetzt und in den kommenden Monaten doch immer wieder verblüfft, sind die Vielzahl und die Deutlichkeit dieser Hinweise. Vor allem erkenne ich bei meinem letzten Korrekturlesen, dass die ersten Hinweise von Sirius sich in den Sitzungen ab Sommer oft wortgleich wiederholten. Dabei spielte es keine Rolle, ob ich an den Sitzungen beteiligt war oder nicht.

Was hatten die anderen an Themen?
Thekla erlebt einen regelrechten Thriller, wie gesagt, es ist bei Thekla und mir immer besonders spannend.
Sie findet sich in einem dunklen Raum und hat schreckliche Angst. Sie weiß, dass sie als neunjähriger Junge in einem Raum ohne Ausgang eingesperrt ist. Wir suchen gemeinsam nach einer Lichtquelle sowie nach einem versteckten Ausgang. Doch ohne Erfolg.

Wir suchen nach den Gründen für dieses Eingesperrtsein, finden jedoch anfangs keine Spur, wobei die Angst des Jungen immer größer wird, er wird regelrecht panisch (Thekla zeigt diese Angst eindeutig, ihr laufen die Tränen die Wangen herunter).

Plötzlich spürt er einen Windhauch und er weiß, dass er von einer sehr negativen Energie angehaucht wird.

Es stellt sich heraus, dass in diesem Raum seine tote Mutter liegt, der Raum ist in einer ägyptischen Pyramide und tatsächlich nach außen versperrt.

Die Mutter hatte auf dem Weg zur geistigen Berufung zur Priesterin eine Prüfung zu bestehen. Dazu gehörte auch furchtlos zu sein. In dem Raum wurde sie mit diesem äußerst furchterregenden Wesen konfrontiert.

Die Erlebnisse waren so schrecklich, dass ihr vor lauter Angst das Herz stehen blieb, sie starb an purer Angst, während ihr kleiner Junge überlebte und nun in diesem Loch weiter vor sich hin vegetierte.

Dieses Wesen findet sich jedoch nicht damit ab, dass der Junge eine starke Natur hat und so lange (einige Tage) an diesem Ort überlebt. Es macht dem Jungen klar, dass es diese Stärke nicht zulassen wird, und übt nun immer mehr Druck durch pure Angst aus.

Der Junge hält diesem Druck nicht mehr stand und verspricht alles um diesem Geschehen zu entfliehen. Er gibt diesem Wesen freiwillig Seelenanteile mit den Anteilen Stärke und Kraft, Hoffnung und einige weitere.

Diese verlorenen Anteile führen dazu, dass er schnell entkräftet stirbt.

Wir gehen sehr schnell in die Zwischenebene um diese Erlebnisse, die Thekla doch sehr mitgenommen haben, möglichst schnell zu kompensieren.

Nach einem kurzen Einfinden stellt sich heraus, dass Thekla diese dort weggegebenen Seelenanteile noch heute fehlen und dass dieses Wesen sich auch heute noch bemerkbar macht.

So gehen wir nun voller Hoffnung auf Hilfe zum Hüter der Akasha-Chronik. Er empfängt Thekla sehr rührend und beginnt diese verlorenen Seelenanteile zu „reinigen" und ihr zurückzugeben. Auch bei Thekla ist diese Rückgabe mit sehr intensiven Empfindungen und dem Gefühl der Vollständigkeit verbunden.

Es dauert mit der anschließenden Versorgung im Tempel der Heilung sicher eine halbe Stunde, danach geht es ihr besser.

Die Sitzung mit Hannelore ist ähnlich spannend.
Beim Einstieg spüre ich schon, dass es emotional heiß werden wird.
Hannelore gelangt in einen Raum, der deutlich als Kneipe beschrieben wird.
Als junge Frau (29 Jahre) ist sie bei einer Bekannten angestellt, der diese Kneipe scheinbar gehört. Sie arbeitet dort und bedient an diesem Tag eine Horde laut grölender, äußerst unangenehmer Männer. Es sind insgesamt 18 Personen, dunkel gekleidete und sehr stark angetrunkene „Stinkstiefel".
Die junge Frau entwickelt eine wahnsinnig große Angst vor diesen Leuten. Sie weiß, sie hat etwas zu verbergen, auch ihre Bekannte spielt eine Rolle.
Die Situation spitzt sich zu, sie fühlt sich unter Druck gesetzt, und irgendwann gibt sie gegenüber einem dieser Männer ihr Geheimnis preis. Diese Männer sind unter anderem Großgrundbesitzer, denen die kompletten Ländereien der Umgebung gehören. Ihre Pächter wurden wohl in der letzten Zeit aufmüpfig und forderten ihre Rechte ein. Diese Auseinandersetzung bezahlten sie mit ihrem Leben. Alle wurden umgebracht.
Die Familien der getöteten Männer flohen und versteckten sich bei den beiden Frauen.
Deshalb ist die Panik dieser jungen Frau so groß, denn die Frauen und Kinder sind in einem dunklen Schacht unter dem Haus verborgen.
Irgendwann wird der Druck auf sie so groß, dass sie in ihrer Panik einige Seelenanteile (vor allem den Mut) gegen das Versprechen abgibt, dass sie und die Frauen und Kinder ungeschoren aus dieser Situation herauskommen.
Doch dieses Versprechen wird nicht eingehalten, sie wird enttarnt und ebenso aus dem Leben gerissen wie die Frauen und Kinder.
Hannelore erlebt diese Sitzung sehr intensiv. Panik, Druck, Mutverlust und viele andere bedrückende Gefühle erfassen sie intensiv.
Sie erkennt, dass nahezu alle Männer auch im heutigen Leben eine Rolle spielen. Sie sind für etliche Probleme, Ängste, Missstimmungen verantwortlich und das teilweise auch heute noch.
Bei Hannelore ist es ähnlich wie bei mir. Einige Themen, Leben und Personen verfolgen uns bereits über mehrere Seminare (und natürlich über viele Leben).

Wir gehen in die Zwischenebene und erhalten dort viele weitere Informationen und machen uns auf zum Hüter. Auch bei Hannelore gibt sich der Hüter viel Mühe und nimmt sich Zeit. Auch bei ihr werden die Seelenanteile vervollständigt, der Hüter gibt ihr viele Informationen, auch für ihr weiteres Leben.
Nach dieser überlangen Sitzung geht's noch kurz in die Zwischenebene und dann hinaus in die Abschlussfeier.

Zu diesen sehr heftigen und intensiv erlebten Erfahrungen muss man sagen, dass in den vielen Sitzungen, die in diesem Buch beschrieben werden, wenige Situationen abgebildet werden, die mit Freude und Glück verbunden sind.

Dennoch kann man ganz klar sagen, dass wir in all den Sitzungen niemals über unsere Grenzen hinaus belastet wurden. Mittlerweile sind wir so weit, dass wir auch mit schwierigen Erlebnissen umgehen können. Wir haben viel gelernt, aber es gibt noch viel mehr zu lernen.
Wie am Anfang des Buches bereits berichtet, hängt es vom Wunsch des Klienten ab, was er auf seiner Zeitreise erlebt! Wir haben natürlich viele, viele schöne und harmonische Leben gelebt. Oftmals haben wir uns einfach nur schöne Leben zum Ausruhen ausgewählt. Sobald wir uns dann zur Bewältigung einer Aufgabe entschieden haben, begeben wir uns auf einen neuen, spannenden Weg.
Und diese Entscheidungen sind frei, sie werden durch uns selbst getroffen.
Mord und Totschlag, Angst und Panik, Trauer und Unglück, Hass und Verfolgung und vieles mehr gehören zu den Erfahrungen die unsere Seele machen will. Sie benötigt sie um alles zu „erleben". All' dies gehört folglich zu unserem heutigen Erdenleben und natürlich auch zu unserer Vergangenheit. So ist es nur allzu normal, dass wir in den Rückführungen mit solchen Situationen konfrontiert werden.

Da sich die Spuren dieser Erlebnisse wie Kratzer in einer alten Vinylschallplatte in unsere Seele einprägen, verursachen diese „Kratzer" auch „Misstöne".
Diese werden dann im Hier und Heute durch die entsprechende hinterlassene Spur mit gleichen, ja meist identischen Emotionen, Ängsten und Phobien, Schmerzen und Leiden, psychischen Störungen und so weiter regelrecht aufgeweckt und abgespielt.

So lange dieser Kratzer in der Platte bestehen bleibt, ändert sich auch in künftigen Leben nichts an diesen Störungen.
Da die Vinylplatte (also die Masse an Informationen, die wir im Laufe unserer Leben sammeln) jedoch nach der Geburt, beziehungsweise im Laufe unseres Lebens aufpoliert und durch die vielfältigen neuen Informationen neu geprägt und übertüncht wird, fallen die Kratzer (aufgenommene Spuren, Informationen) lange Zeit nicht auf.
Werden die Informationen irgendwann durch eine identische Situation wie ein identischer Schmerz, eine Begegnung, ein Unfall oder Trauma „geweckt", ist der Kratzer freigelegt, er manifestiert sich als fortan wiederkehrende Problematik. Dazu sind in den vielen Sitzungsbeschreibungen etliche Beispiele aufgeführt (Allergien, Schmerzzustände, Trauer und Todesangst…).
Geht man nun an das Gedächtnis dieser alten Vinylplatte, die tiefer liegenden Kratzer, und untersucht diese genau, kann man ihre Spuren beseitigen, die Seele wird von den alten Informationen befreit.
Da unsere Seele auf ihrer Wanderung immer weiter nach Erfahrungen sucht, sind sowohl die Kratzer wie auch die Spurensuche immerwährende Bestandteile unseres Ichs, immerwährende Erfahrungen der Polarität und der Heilungen.
Manchmal leben wir viele Leben ohne jemals in diesen Speicher der Erinnerungen zu gehen um uns anschließend durch welchen Umstand auch immer wieder zu erinnern. Wir suchen und finden.
Dabei – und davon bin ich nach meinen gemachten Erfahrungen überzeugt – spielen unsere Begleiter eine sehr große, bestimmende Rolle. Engel, geistige Helfer und Wesen, aber auch Menschen, die uns regelrecht als Engel begegnen, lösen diese Spurensuche aus.

Nun zum Abschluss unserer Ausbildung.
Wir acht (beziehungsweise zehn) waren bereits mehrfach in dieser kompletten Konstellation unterwegs. In zwei alten Hochkulturen unter anderem auch als Lehrer, Heiler, Magier und Seher.
Und es wird wohl nicht das letzte Mal gewesen sein. Es soll ja Teilnehmer geben, die an das Ende ihrer „Chronik" denken, aber dann würde „euch doch was fehlen"!?

Eine liebe Kollegin hatte in der vergangenen Woche eine überraschende Begegnung mit einem Engel, der ihr klar und deutlich mitteilte, dass wir entsprechend unserer heutigen Berufe und Fähigkeiten das jetzt Erlernte einsetzen sollen.

Einzelne Teilnehmer und ihre Aufgaben wurden dabei sehr deutlich beschrieben.

Da es sich mit den Informationen aus einigen unterschiedlichen Quellen deckt, kann man dies wohl als einen neuerlichen Wink mit dem Zaunpfahl aufnehmen.

Unsere gemeinsame Abschiedsfeier ist ein kleines Weihnachtsfest, jeder erhält Geschenke, wie immer haben meine lieben Freunde kleine Aufmerksamkeiten mitgebracht, eine Karte geschrieben oder ein Gedicht getextet. Man hat einfach viel für den anderen übrig, wir sind uns „viel wert".

Es wird viel gelacht und geschlemmt wie „in besten Zeiten". Trotz der bevorstehenden Trennung herrscht Harmonie, Freude und Spaß (und ein wenig Wehmut).

Ja, das war unser letztes Seminar, jammerschade. Jeder hatte wohl mit Tränen gerechnet, so dass sich dann alles sehr schnell auflöst.

Die ersten Telefonate und E- Mailaustausche folgten schnell und ich habe trotz der Wehmut ein sehr sicheres Gefühl, dass mindestens sechs von uns intensive Verbindungen halten werden. Weitere Termine bestehen bereits und es wird eine gute Zeit werden!

☙❧

Kapitel XIII

Die Zeit nach der Ausbildung

„Das Leben danach"

Nun ist die Ausbildung vorbei und das Leben geht einfach so weiter.
Dennoch gehen die Erfahrungen, die Entwicklung, die außergewöhnlichen Begegnungen und Situationen weiter.
Ich führe seit meinem ersten Reiki- Kurs meine täglichen Übungen durch, auch das klappt recht gut.
Weitere Klienten haben Interesse und ich denke, es geht weiter, nein, ich bin mir schon sicher.
Nun wage ich mich auch zum ersten Mal an das Thema, das mir etwas Unbehagen (oder eher Unsicherheit) bereitet, die Besetzungen.

Eine Klientin, die trotz einiger anderer erfolgreicher Anwendungen immer noch ein anhaltendes Rückenproblem hat, hat laut Abfrage Besetzungen.
Nach kurzer Information über das Vorgehen und die Abfrage ihrer Erwartung, gehen wir auf die Suche.
Insgesamt zeigen sich drei Besetzungen an den Schläfen, an den Zähnen, an der Ferse und am Rücken.
Diese Besetzungen/ Fremdenergien sind uns eher gut gesonnen.
Die Klientin trägt eine Fremdenergie bereits seit drei Leben an den Schläfen. Diese verursacht dort Kopfschmerzen und weitere Beschwerden.
Diese Besetzung teilt mit, dass sie selbst in ihrem Leben häufig unter Kopfschmerzen zu leiden hatte und wollte das nun an die Klientin weitergeben. Außerdem ist die Klientin ihr das aus einem früheren Leben noch schuldig.
Des Weiteren hatte die Besetzung zum Todeszeitpunkt zu große Angst ins Licht zu gehen, sie entschied sich einfach, sich an die Klientin anzuhaften.

Die zweite Besetzung hatte sich am Rücken festgesetzt. Sie war lange umhergeirrt und hatte sich vor 20 Jahren an die Klientin gehaftet.

Der 18-jährige, wegen eines abgerissenen Beines im Krieg gestorbene Mann, beziehungsweise seine Seele hatte nun seine Schmerzen am Rücken und am Bein auf die Klientin übertragen.
Außerdem war er sehr einsam gewesen und froh bei der Klientin zu sein.

Die Krönung war jedoch die Besetzung, die Kiefer und Ferse beeinflusste. Sie wollte lernen, wie das geht (Laufen und Kauen, denn das konnte sie nicht). „Ich komme nicht von hier und bin nur mit meinen Gedanken hierher gekommen. Ich kenne diese Bewegungen, diese Gefühle nicht, deshalb hatte ich es mir zur Aufgabe gemacht das bei dir zu lernen." Nach mehrmaligen Abfragen verriet er auch seinen Namen (Merkus).
Da die Fremdenergie alles gelernt hatte, war sie ebenso wie die beiden anderen bereit ins Licht zu gehen. Wie wir es gelernt hatten, half ich allen Fremdenergien diesen Weg zu gehen.
Dabei zeigt die Seele des jungen verstorbenen Soldaten eine so große liebevolle Energie, ein so intensives Gefühl beim Gang ins Licht, dass es mich sehr beeindruckt. Alles geht recht unproblematisch, alle freuen sich ins Licht zu dürfen.
Nach dieser gelungenen Hilfe für drei mehr oder weniger unglückliche Seelen bin ich sehr froh und ebenso überrascht wie die Klientin.

&

Meine liebe Frau hatte bereits einige Sitzungen hinter sich, so dass ich mir dachte, sie solle auch mal in den Genuss, nein, in die Lage kommen, den Weg zu gehen, bei dem meine Veränderungen begannen.
Die ersten Zeitreisen – Rückführungen in die ersten Leben (meiner Meinung nach müsste es heißen „elementare Leben") – haben bleibende Erfahrungen hinterlassen.
Die zutiefst emotionale, tief greifende Erfahrung der Gottesbegegnung als Eisfläche war umwerfend, verändernd, es gibt einfach keinen Begriff für diesen Superlativ. Ich spüre es heute noch, mehr als ein halbes Jahr später. In das Universum zu gleiten um dort Gottes Allmacht, Gegenwart zu spüren, das hat mich verändert. Er ist da, er lebt mit und in uns und er ist für so viele Überraschungen gut.
Ich hatte den Weg zum Urlicht bereits mit einigen Klienten gemacht. Es war für sie alle berührend und beeindruckend.

Deshalb sollte auch meine liebe Frau dies erleben dürfen. Sie ist mit mir diesen Weg gegangen. Als ich mich zu dieser krassen Veränderung entschlossen hatte, ließ sie mich einfach machen. Ob ich ihr gegenüber dieses Vertrauen gezeigt hätte, auch und gerade wegen der Kosten? Ich glaube nicht.
Ob ich auch nur ansatzweise Verständnis für all diese merkwürdigen Dinge gehabt hätte? Ganz sicher nicht!
Anfangs beobachtete sie das alles mit skeptischem Blick, sie wollte natürlich informiert sein, aber ich denke, so recht glauben, was ich da alles erlebte und worüber ich erzählte, konnte sie das alles anfangs nicht.
Ihre ersten Erfahrungen bei Rückführungen, vor allem in Kindheit und Schwangerschaft, aber auch das überraschende Hineinrutschen in ein früheres Leben sollen Zufall gewesen sein?
Zufall, auch das weiß ich heute, gibt es nicht.
Danach kamen viele Erfahrungen und ich denke, es ist ihr Weg, es ist unser Weg.
Ich bin ihr sehr, sehr dankbar, dass sie mich so sein lässt, wie ich sein muss, und dass sie mich immer unterstützt hat.
Wie bereits dargestellt, haben wir einige mehr oder weniger schwierige Lebensphasen hinter uns.
Dass sie diese weniger schönen Phasen, die sicher deutlich mehr von mir verschuldet wurden als von ihr, mit mir getragen und ertragen hat, ist sicher nicht selbstverständlich, deshalb ein lautes und aus tiefstem Herzen ausgesprochenes „Danke".

So ging es nun nach vorheriger „Aufklärung" in die Sitzung.
Sie sieht drei Türen, eine hell strahlende, eine dunkle und eine grüne Türe.
Resi entscheidet sich die helle Türe zu nehmen (wen wunderts!) und sucht zunächst einige Zeit nach ihrer Bestimmung.
Sie ist erstaunt und tut dies auch lauthals kund:
„Nein, das kann nicht sein, das kann nicht sein, ich bin eine Sternschnuppe. Das kann doch gar nicht sein, das dauert doch nur kurz."
Bei einigen weiteren Fragen bestätigt sich diese Lebensaufgabe. „Ich habe mir diese Aufgabe ausgesucht um anderen Licht zu sein, ich wollte leuchten und für andere Licht sein."
Sie weiß zwar, dass dieses Leben nicht lange dauert, aber sie genießt es. Es ist wunderbar warm, sie sieht die vielen Sterne des Universums, sie hat eine große Geschwindigkeit und es ist wie gegen den Wind zu fliegen.

Sie weiß, dass sie ein Teil von etwas ist, sie hat sich bewusst von einem großen Gesteinsbrocken abgespalten, denn sie wollte ja Licht sein.
Durch die Schnelligkeit leuchtet sie und sie geht ihren Weg.
Es folgt eine „sprachlose Phase". „Nein", sagt sie, „das kann nicht sein."
Nach längerem Zögern sagt sie:
„Da sind 3 Könige unterwegs und denen leuchte ich, ich bin schnell, ich ziehe einen Lichtstrahl wie einen Pfeil hinter mir her. Ich habe sie durch mein Licht auf mich aufmerksam gemacht, ich wollte kurz auf mich aufmerksam machen und den Weg weisen."
Sie spürt, wie sie nach diesem Weg einfach verglüht, es ist ein Zerplatzen und ein Verteilen in alle Richtungen des Universums.
„Es entsteht durch mich Neues."
Ob sie wirklich der so genannte Stern von Bethlehem war, kann sie nicht sagen. „Dass ist nicht wichtig, ich wollte einfach nur Licht sein."

Wir gehen in die Zwischenebene, wo sie dieses wunderbare Erlebnis (das sie übrigens noch Wochen begleitet) reflektiert und den Weg ins nächste Leben geht.

Sie ist ein großer, starker Baum auf einer großen, schönen Wiese. Der Baum ist froh da zu sein.
Es ist ein erhabenes Gefühl, mit diesen großen Ästen und den vielen Blättern im Wind zu schaukeln. Sie hört das Pfeifen des Windes.
Es sind viele Tiere da, Vögel, Eichhörnchen, aber auch viele, die den Schatten genießen, den der Baum spendet. Sie lebt in Einheit mit diesen Tieren und der Natur um sie herum.
Sie ist etwas neidisch auf die Obstbäume, die ja viele Früchte tragen, doch auch sie hat ein schönes Leben.
Das Ende naht, als ein Blitz einschlägt, dabei ist der Baum nicht ganz zerstört. Er lebt noch. Einige Äste sind kaputt. Die Naturgewalten sollen dem Baum zeigen, dass es auch noch etwas Stärkeres gibt als ihn.
Es kommt ein Sturm, der ihn endgültig umstürzen lässt.
Er weiß, dass er sehr alt ist, und deshalb ist es vollkommen in Ordnung jetzt zu gehen.
Die Seele wehrt sich etwas ins Licht zu gehen, doch dann sieht sie, dass der Baum sehr viele Nachkommen hat. Er hat viele, viele Samen hinterlassen, die zu starken Bäumen wurden. Außerdem hat er sehr viel Energie weitergegeben an andere, zum Beispiel an die Tiere.
Nun geht die Seele und reflektiert diese schöne Erfahrung in der Zwischenebene.

Es geht in ein weiteres Leben. Alles ist dunkel.
Es dauert ein wenig, dann kommt ein erstaunter Ausruf:
„Och, ich bin ja ein Maulwurf, deshalb ist alles dunkel. Aber ich brauche keine Augen, ich sehe alles mit meinem Gehör, dem Geruchssinn und meinem Gespür. Ich kenne es nicht anders. Es ist gut so. Wir sind viele, ich habe viele Kinder und wir haben eine sehr soziale Prägung, ja, wir sind sehr sozial und familiär. Wir kümmern uns umeinander und bauen deshalb auch so viele Gänge. Das Graben ist ein Instinkt, der Raumgewinn ist wichtig für die Nachkommen."

Das Ende kommt abrupt, ein Fuchs frisst den Maulwurf auf.
Die Lebensaufgabe war, im Dunkeln Vertrautheit zu finden. Die Seele hat diese Vertrautheit gefunden und das Leben mit ihrer Familie genossen.

Resi ist völlig überrascht, und man kann sagen, ebenso erfüllt von diesen Erfahrungen wie ich es m entsprechenden Seminar war. Die Sternschnuppenerfahrung hinterlässt Spuren, häufig höre ich in den kommenden Wochen: „Ich war eine Sternschnuppe, ich habe Licht gebracht."

Ein Klient mit sehr vielschichtigen Problematiken hat sich angemeldet. Er hat lange überlegt, ob er sich trauen kann.
Mir ist klar, dass es eine sehr intensive und komplizierte Sitzung werden wird.
Wir steigen sehr behutsam über die Schwere und Entspannung ein und wie besprochen nehmen wir auch bewusst Helfer mit auf den Weg.
Überraschenderweise gelingt der Einstieg in die Rückführung sehr gut.
Es geht problemlos in die Kindheit, die ebenso mit Ängsten, Schmerzen, Druck und Konflikten gespickt ist wie die Schwangerschaft. Es ist wahnsinnig schwierig an die Hintergründe der Probleme zu gelangen, über allem liegen intensive Symptome wie Schmerzen und Ängste.
Trotzdem schaffen wir es etliche Probleme deutlicher herauszuarbeiten um sie später in der lila Flamme zu lösen.
Nach dieser sehr anstrengenden und langen Sitzung möchte ich ihm die Erfahrungen der Zwischenebene gönnen.
Aus der Schwangerschaft gehen wir deshalb über die Zeugung in die Zwischenebene, doch wie geahnt, passiert es, dass wir direkt (trotz deutlich fortgeschrittener Zeit) in einem früheren Leben landen.

Dieses Leben ist ebenfalls geprägt von überaus starken Schmerzen und es nimmt meinen Klienten sehr stark mit. Außer diesen Schmerzen lässt sich kaum etwas Weiteres an Informationen herausfinden, so dass ich ihn über das Sterben in die Zwischenebene führe.
Auch dies benötigt weit mehr Energie als üblich, aber endlich ist er entspannt und fühlt sich wohl, glücklich und geborgen.
Er weiß, er war schon oft hier. Er fasst Vertrauen und entdeckt verstorbene Familienangehörige wie seinen Vater und weitere Verwandte.
Bei seinen Lebensaufgaben entdeckt er einige, die ihn überraschen, denn er hatte wohl gedacht, dass seine Last, die Schmerzen und seine Erkrankungen, die er ertragen muss, ihm mitgegeben wurden.
Nein, er hatte sich ganz anderes vorgenommen, er wollte seine Schmerzen ablegen, eine Familie haben und sich selbst ein gutes Leben bereiten.
Nun, das hatte er bisher nicht verstanden.
Dann stelle ich ihm die Frage, welche Seelen und Helfer er sich zur Unterstützung mitgenommen hatte. Es folgen zwei völlig überraschende Erkenntnisse (eine Person und ein Haustier). Mit beiden hatte er nicht gerechnet. Es wird ein Sitzungsmarathon von etwa vier Stunden. Dieser Einstieg rechtfertigt den Aufwand, denn es kann für ihn der Beginn der notwendigen Hilfe sein. Ergreift er die Chance, kann er Hilfe finden.

Ich bin mir mittlerweile sicher, dass jeden Menschen das ereilt, was „fällig" ist.
Ich denke an die vielen, vielen Gespräche, die sich zu all den Themen, die auf diesen Seiten beschrieben sind, ergeben haben.
Wenn ich bedenke, dass ich vorher eher redefaul und kontaktarm war, ist dies alleine schon ungewöhnlich.
Es haben sich Menschen mit spirituellen Themen befasst, bei denen ich dies für absolut unmöglich gehalten hatte.
Noch heute teilt mir ein Mensch, der mir sehr viel bedeutet mit, dass sie einen Engel von Bekannten bekommen hat. Sie trägt ihn und „er fühlt sich gut an".
Menschen werden von ihrem Engel angeschubst, andere ertragen schweren Streit mit Familienmitgliedern leichter, wieder andere nehmen ihr Leben einfach gelassener.
Auch die Menschen, die sich gemeldet haben um Reiki- Energien zu bekommen, berichten zum Teil Überraschendes. Von einigen hätte ich nicht gedacht, dass sie sich überhaupt unter meine Hände legen.

Eine weitere Abfrage, wie sie vorher schon unter dem Stichwort Channeling beschrieben wurde, folgt Ende Juni. Es ist ebenso spannend und emotional wie in den ähnlichen Sitzungen vorher, nur mit dem Unterschied, dass ich es alleine schaffe.
Ich kann etliche Fragen stellen, von denen hier einige aufgelistet sind. Fragen und Antworten mit sehr persönlichen Informationen über verschiedene Personen werden nicht abgebildet.

- Carola und die anderen sechs, auch Rita, wie bereits häufig gehört:
  → "Arbeitet, lernt, forscht, geht neue Wege, festigt euch, baut auf Erlerntes auf und macht weiter. Aber macht nicht den Fehler der Vergangenheit und lasst euch nicht wieder zerstreuen. Baut Strukturen auf, habt Ziele und bindet eure Meister, Helfer und die geistige Welt ein"
- Gott und die Liebe: Das war mal wieder der Hit. Die gespürte Liebe ist so tränenreich, ich fasse es nicht. Genial. Ich kann auch gar nicht mehr fragen.
  → „Spüre einfach, ich bin es, ich. Spüre meine Liebe" Gleichzeitig spüre ich den Kosmos, ich weiß, dass ich dass „Alles in Allem" sehe. Ich spüre es und es ist unglaublich. Wenn ich es nicht schon erlebt hätte, wäre eine Einschätzung schwierig gewesen.
- Ich erfahre nicht nur Gottes Größe, sondern auch die positive Macht, die Stärke, unendliches Vertrauen, Begleitung, Stütze, Licht, Liebe, Anteilnahme, Beistand in Trauer und Traurigkeit. Es ist eine Erfüllung in meinem Körper, besonders in meiner Brust, ich weiß nicht, wo und wie diese Fülle in mich hineinpasst. Gleichzeitig treiben mir all diese Emotionen die Tränen in die Augen. Es fließt nur noch so.
- Die Meister – „meine Meister": Die Kraft, die Würde dieser Meister, der karmische Rat, beziehungsweise deren Mitglieder sind nicht beschreibbar. Es ist die Weisheit in Stein gemeißelt. Sie sind wissend und sie sind gerne bereit uns teilhaben zu lassen.
- Meine kleine Engelin Gabriele. Sie ist eine Sie. Komisch, beschwert hat sie sich nicht, dass ich sie als Er gerufen habe und dabei muss ich schmunzeln (heißt es nicht, dass Engel androgyn sind?). Aber sie liebt mich! Danke!
- Ich danke für diese tolle Erfahrung. Es hat geklappt, alleine, toll!

Es folgt das nächste Treffen mit Charlotte und Carola.

Zuerst haben Carola und ich eine Verabredung auf der Zwischenebene zum nächsten „Channeling mit unseren Meistern".
Der Einstieg gelingt immer besser und schneller.
Das Thema diesmal: die Liebe!
Da wir an vielen Stellen immer wieder den Hinweis erhalten haben, dass die Liebe eine unserer Lebensprioritäten ist, müssen wir diesem Thema endlich nachgehen.
Einige dieser Fragen werden nachfolgend abgebildet, zum Teil geben sie eine neue Sichtweise auf das Thema Liebe frei:

- Wie kommen wir zu dieser Liebe, wie lernen wir sie, wie empfangen wir sie?
    → „Liebe ist da, sie ist ebenfalls eine Art Energie, man muss sie nur nehmen. Aber dazu gehört ein entwickeltes Bewusstsein. Liebe kommt aus der Seele, sie ist deshalb nicht durch den Verstand zu beeinflussen. Wenn man sich nicht öffnet, kann man keine Liebe aufnehmen"
- Wie?
    → „Nehmt sie einfach auf"
- Was müssen wir denn dafür tun?
    → „Das habt ihr doch schon alles gelernt, zum Beispiel euer Herz zu öffnen. Jeden Tag. Besinnt euch, meditiert, geht nach Innen und öffnet bewusst euer Herz, weitet euer Herzchakra. Das habt ihr alles schon gehört, ihr wisst das"
- Kann man anderen Liebe geben, schicken, wenn wir sie nicht gefragt haben, wenn sie vielleicht gar nicht bereit sind?
    → „Grundsätzlich sollte man niemandem Energien geben oder senden, der diese Energien ablehnt"
- Aber woher weiß ich das dann?
    → „Man sollte dies klären. Wenn das nicht möglich ist, verbindet ihr euch mit dem höheren Selbst des Anderen und versucht es zu erfragen, setzt auch eure Helfer und Berater ein, sie helfen Euch"
- Kann denn Liebe tatsächlich etwas Negatives bewirken, wenn der andere sie nicht will?
    → „Liebe kann nie negative Folgen haben. Aber denkt daran, setzt sie bewusst ein, zwingt nichts herbei und achtet auf den Willen und das Sein des Empfängers. Nur derjenige nimmt Liebe auf, der dafür bereit ist"

- Nun haben wir ja oft ganz anderes in unserem Inneren: Wut, Zorn, Ärger, Hass. Wie kann man dann Liebe lernen, Liebe aufnehmen?
  - → „Das ist doch alles ganz natürlich, es gehört zum Menschen, es gehört zur Seele und zu all den Erfahrungen, die sie machen muss. Die Polarität. Und zur Polarität gehören diese Erfahrungen sowieso. Wie kann Liebe ohne Hass, Wut und Ärger existieren? Also benötigt ihr auch beide Erfahrungen – so wie Hell und Dunkel, das eine gibt es nicht ohne das andere"
- Was muss ich tun, um diese Liebe bewusst aufzunehmen, um mich mit dieser Liebe weiterzuentwickeln?
  - → „Das gelingt dann, wenn du es wirklich bewusst machst, wenn du im Einklang mit dir selbst bist. Dann wirst du Energien bewusst aufnehmen und zum Wohl aller einsetzen können. Je mehr Liebe ihr aufnehmt, je mehr ihr aus der Liebe lebt, umso mehr Entwicklung ist möglich. Aus der Liebe heraus ist Vertrauen möglich, Zweifel werden immer weiter zurückgedrängt. Alles was ihr braucht, ist in eurer Seele gespeichert, wie auf einem riesigen Speicher, ihr müsst nur in die Lage kommen, diesen Speicher zu öffnen und die benötigten Informationen abzurufen. Dieser Speicher, die Seele, enthält die Polarität, jede Information hat ihr Gegenüber, ihren Gegensatz. Hat die Seele diese Erfahrung noch nicht gemacht, dann wird sie danach streben. So erklärt sich auch, dass manche Menschen Leid oder Hass oder Neid förmlich suchen. Das ist natürlich, und so muss es sein. Erst wenn ihr das gelernt habt, seid ihr in der Lage zu verstehen. Das gehört zum „Bewusst – Sein" dazu. Auch Wissen und Weisheit sind Bestandteile eurer Seele. Ihr wisst eigentlich alles. Geht auf die Suche und findet"
- Was muss man sonst noch beachten?
  - → „Das Potential an Liebe benötigt ihr, setzt es ohne Vorbehalt und ohne Hintergedanken ein. Der Meister weiß um alle seine Erfahrungen und ist bewusst in der Lage seine Liebe in dem Maß zu geben, wie sie gebraucht wird"

- Wenn man sich dennoch schwer tut die Liebe bewusst fließen zu lassen, was dann?
  → „Versucht einfach zu bitten, zu beten, denn ihr wisst ja: Bittet und es wird euch gegeben. Außerdem wisst ihr ja, dass jeder Gedanke Energie ist und Wirkung erzeugt, so ist es auch mit euren Bitten"
- Wie verhält es sich denn mit der Liebe und der Sexualität. Geht das eine ohne das andere?
  → „Die Sexualität wird von Körper und Geist gesteuert, während die Liebe aus der Seele heraus bewusst gelebt, gegeben wird. Deshalb kann das eine ohne das andere sein, selbstverständlich. Und das ist absolut in Ordnung. Sexualität hat keine negative Seite, wenn sie zum Nutzen der Beteiligten gegeben wird. Werden jedoch die Sexualität und die Liebe bewusst gelebt und miteinander verbunden, führen sie zu höchster Erfüllung. Auch das kann der „Bewusste" erleben"
- Warum haben wir denn das Hemmnis Verstand auf diesem Weg?
  → „Weil der Verstand euch auf diesem Weg am Boden hält, ihr behaltet die Verbindung zur Erde und hebt nicht ab. Je weiter die Reife fortschreitet, desto mehr seid ihr in der Lage den Verstand „wegzuschalten". In diesem Bewusstsein seid ihr in der Lage die „echte Ekstase" zu erleben. Die Liebe aus der Seele ist dazu immer und jederzeit in der Lage"
- Liebe und Kinder, man sagt immer, Eltern müssen lernen loszulassen, Kinder ihren Weg gehen zu lassen. Aber das ist schwer und tut weh. Kann man seine Kinder denn loslassen und dennoch auf gleiche Weise lieben?
  → „Das ist doch kein Widerspruch. Ermöglicht euren Kindern, dass sie so sein können, wie sie sein wollen. Setzt keine Verbindungen, die eure Kinder nicht wollen. Da ihr in der Lage seid, Verbindungen zu lösen, solltet ihr dies für eure Kinder tun. Darunter wird die Liebe nie leiden. Lernt einfach aus der Liebe heraus zuzulassen und loszulassen, dann können sie sich frei entwickeln"
- Was kann man tun, um nicht auf der Strecke und alleine zu bleiben?
  → „Das kann nicht geschehen, wenn ihr das Gesagte berücksichtigt. Nur wenn ihr eure Kinder festklammert, besteht die Gefahr des Verlustes. Lebt bewusst und lasst eure Kinder ihr eigenes Sein entwickeln"

- Warum haben denn manche Menschen keine Kinder, obwohl der Wunsch besteht und alles Medizinische getan wird?
  → „Auch dazu kennt ihr die Antworten:
    – Die Seele entscheidet zu wem sie geht
    – Seelen entscheiden sich auf der Zwischenebene keine Kinder zu haben
    – Karmische Ursachen
    – Seelen entscheiden gemeinsam
    – Seelenverträge"
- Kann man daran etwas ändern?
  → „Natürlich können manche Ursachen wie Karma oder Seelenverträge gelöst werden, dass habt ihr gelernt. Der Erfolg ist nicht immer garantiert, aber oft ist eine Lösung möglich"
- Zum Abschluss noch eine Frage zu unserer Gruppe. Werden wir uns weiterentwickeln und gemeinsame Wege gehen?
  → „Auch das ist euch bekannt. Ihr habt alle Möglichkeiten, wenn eure Entwicklung bewusst geschieht und aus der Liebe heraus. Dann ist alles möglich. Ihr seid den Weg bereits mehrfach gegangen, aber ihr seid bisher gescheitert"
- Warum?
  → „Weil ihr euch habt blenden lassen, ihr habt nicht bewusst gehandelt und nicht aus der Liebe heraus. Neid, Hass und die Einstellung mehr und der Größere zu sein, haben euch getrennt und eure Gemeinschaft zerstört. Lasst das nicht noch einmal zu"

Diese Informationen waren uns schon teilweise bekannt. Aber auch hier macht uns die Klarheit der Aussagen im Positiven betroffen. Wir sind dankbar und froh.
Hoffentlich vergessen wir nicht zu schnell.

Jeder Mensch, jede Seele ist einzigartig, deshalb entwickelt sich jede Situation unseres Lebens vor allem dann, wenn wir mit anderen Menschen zusammentreffen, zu einem einzigartigen Ereignis.
Dabei ist es egal, ob es ein großartiges Geschehen oder einfach nur ein alltäglicher Ablauf ist. Nie geschieht ein und dasselbe noch einmal.
So ist es auch natürlich, dass jede Rückführung eine neue Erfahrung für den Klienten, aber auch für den Therapeuten ist.
Vor jeder Rückführung muss dem Anwender klar sein, dass er sich sammeln muss, er muss auf die Hilfe und Unterstützung seiner „Helfer"

vertrauen und sich im Klaren sein, dass nichts geschieht, was nicht im göttlichen Plan zu genau dieser Zeit an diesem Ort geschehen soll.
In diesem Vertrauen wird der Anwender niemals einen falschen Weg beschreiten können.
Ein weiterer Aspekt ist, dass man dem Klienten auf seinem Weg die bestmögliche Begleitung und Unterstützung gibt. Wer nicht den Klienten und den Dienst an ihm im Blick hat, der wird dem Menschen, der Seele, die sich ihm anvertraut, aber auch sich selbst keinen Dienst erweisen.
Für jeden Klienten, dem man helfen darf, sollte man ebenso dankbar sein, wie für die Unterstützung, die man bei dieser Hilfe erhält.

ುಲ

Ein weiterer Klient hat sich angemeldet und ist dankbar (Im Voraus! Das beeindruckt mich, welch ein Vertrauen!) für die erste Sitzung.
Er teilt mir mit, bereits seit längerer Zeit eine spirituelle Ader an sich entdeckt zu haben.
Da er schon immer heftige Probleme in seiner emotionalen wie auch sozialen Welt hatte, hofft er Erklärungen, möglicherweise auch Hilfe zu finden. Bisher konnte er nur mit diesen Problemen umgehen, weil er gelernt und erfahren hat, Engel um Hilfe zu bitten und diese Hilfe auch bewusst wahrzunehmen.
Nach dieser Information nehme ich ganz bewusst seine Helfer mit auf die Reise.

Der Einstieg gelingt mühelos, ich spüre die Reife dieser Seele und weiß, dass diese Sitzung „ein erster Schritt des Wachküssens" ist.
Der Klient sieht sich als Jugendlicher mit einem Freund beim Spiel. Dieser Freund und dessen Zuhause sind ein Zufluchtsort für ihn, denn sein eigenes Zuhause bereitet Angst und Unruhe. Das Spiel mit diesem Freund und die spürbare Freundschaft und Vertrautheit sind der richtige Einstieg in die folgenden, weniger freudigen Erlebnisse.

Er erlebt in mehreren Situationen in der Kindheit zwar eine fürsorgliche und liebende Mutter, doch gestaltet sich jedes Zusammentreffen mit seinem Vater zu einem absoluten Negativereignis.
Dabei spürt er die totale Ablehnung durch den Vater in der Kindheit, beim ersten Laufen, nach der Geburt und während der Schwangerschaft.

Auch die Ablehnung durch weitere Familienmitglieder und die Angst der Mutter beim Erkennen der Schwangerschaft werden als sehr niederschmetternd erlebt.
In vielen Sitzungen vorher wurden ähnliche Erfahrungen berichtet, doch in dieser Ansammlung nur selten, hier eine kleine Zusammenfassung:
Es ist, als ob der Vater ihn gar nicht als sein Kind betrachtet (er könne genau so ein Haustier sein)
- Der Vater lacht ihn aus, über jede Bewegung amüsiert er sich
- Der Klient fühlt sich immer, als hätte er etwas falsch gemacht
- Er spürt, dass er nicht geliebt ist
- Er schämt sich
- Er ist nicht erwünscht, fühlt sich fehl am Platz, er fühlt sich abgewiesen

Diese Liste ließe sich noch erheblich verlängern.

Nun erschrickt man ob solch grausamen Verhaltens gegenüber einem Kleinkind. Berechtigterweise, denn jede dieser väterlichen Entgleisungen, beabsichtigt oder unbeabsichtigt, hat negative Folgen für das Kind, den Jugendlichen und den jungen Mann, der vor mir liegt:
- Schreckliche, lähmende Angst in vielen Lebenssituationen und vor der Zukunft
- Große Einsamkeit und Angst Wichtiges zu verlieren
- „Es ist, als wenn man in ein dunkles Loch fällt"
- Vorbehalte gegenüber vielen Menschen
- Das Gefühl von vielen Menschen abgewiesen zu werden
- Fehlende Sicherheit
- Unsicherheit in vielen Situationen

Auch hier könnte die Liste noch erheblich verlängert werden.

Mir ist schon früh in dieser Sitzung klar, dass diese beiden Seelen, Vater und Sohn, diese Erfahrungen in ihren Seelen aus früheren Inkarnationen mitgebracht haben. Ich frage dies während der Sitzung auch ab, der Klient bejaht diese Frage.
Klar ist jedoch, dass ein Einstieg in ein früheres Leben aufgrund der Zeit, vor allem aber wegen der Anstrengungen für den Klienten heute nicht sinnvoll ist.

Nach einer langen und sichtlich bewegenden Sitzung führe ich den Klienten noch zur Auflösung in die lila Flamme, die als sehr heilsam empfunden wird. Ein kurzes Nachgespräch zeigt einen sehr glücklichen und dankbaren Klienten.
Er versteht jetzt die Gründe für seine vielfältigen Probleme im Hier und Heute und geht gestärkt mit dem Erlebten, mit dem Bewusstsein, von Engeln begleitet zu sein, und mit einigen Hinweisen und neuem Mut in den Alltag zurück. Ich freue mich ebenso wie der Klient und freue mich mindestens genau so über ein weiteres Reifen seiner Seele.

Ein weiteres Seminar wird besucht. Zu dem Thema des Seminars wird an anderer Stelle sicher noch umfassender berichtet: „Numerologie".
Ich bin jedenfalls erstaunt, dass unser Name und unsere Geburtszeit vieles (möglicherweise alles) über unsere Persönlichkeit und unsere Fähigkeiten verraten. Wir lernen in einer Gruppe von zehn Personen Namen und Daten zu entschlüsseln.
An dieser Stelle spreche ich diesen Kurs nur an, da er mir einen weiteren deutlichen Hinweis auf meinen Ursprung, meine Entwicklung, meine Fähigkeiten und meinen Weg gibt. Mir wurde vorgelesen, welche Seelenbestimmung ich habe. Alles recht interessant, aber bei dem Satz: „Du wirst die Menschen zu ihren Wurzeln führen", schrecke ich auf und denke: „Dass ist es, was ich will."
Genau dieses fühlte ich bei etlichen der vorher geschilderten Rückführungen. Wenn das mein Auftrag sein soll, werde ich ihn gerne ausführen.

☙❧

Der nächste Klient meldet sich an. Er erzählt im Vorgespräch, wie sehr er seit vielen Jahren, ja eigentlich schon immer unter mangelndem Selbstbewusstsein gelitten hat. Er hat immer unter seiner völlig orientierungslosen Mutter gelitten und er glaubt nicht, dass es auch schöne Erlebnisse in Kindheit und Jugend gegeben hat.
Er hat in seinen Kinder- und Jugendtagen immer wieder die selben Ängste erlebt und erlebt diese auch im Heute und hat bisher kein Werkzeug dagegen gefunden.
Wir steigen in ein schönes Erlebnis seiner Kindheit ein und er erlebt wunderbare Minuten in Spiel und Spaß mit einem kleinen Hund. Es ist deutlich zu spüren, dass er ob dieses Erlebnisses doch sehr erstaunt ist. Es geht ihm spürbar gut.

Scheinbar erlebt er zum ersten Mal unbeschwerte Stunden mit diesem Hund, den die Mutter ihm geschenkt hat.
In dieser Situation läuft ihm der Hund jedoch weg und hört überhaupt nicht auf sein Kommando. Es dauert nun recht lange, bis der Hund sich wieder einfindet, Grund für den kleinen Jungen seinen Spielgefährten zu maßregeln. Dies geschieht jedoch auf so ungestüme Art und Weise, dass dem kleinen Hund ein Beinchen verletzt wird.
Der Mutter versucht er eine andere Geschichte zu erzählen, da er denkt, dass sie ihm sowieso nicht glauben wird. „Das tut sie in anderen Situationen auch nicht. Immer wieder passiert mir so was, nie glaubt sie mir, deshalb versuche ich immer andere Geschichten zu erzählen, in der Hoffnung, dass sie mir diese abkauft."
Schreckliche Auseinandersetzungen folgen, und obwohl der kleine Hund nach einem Tierarztbesuch wieder gesundet, gibt die Mutter den Hund an fremde Leute, weil ihr Sohn noch zu jung sei, sich um ein Tier zu kümmern.
Der Junge ist daraufhin furchtbar gekränkt, enttäuscht und fällt in ein tiefes Loch, aus dem er nur sehr schwer wieder herausfindet.
In mehreren erlebten Situationen widerfährt ihm Ähnliches; jedes Mal kommt es zu Auseinandersetzungen mit der Mutter, die ihn zutiefst treffen.
Er fällt ihn tiefste Depressionen, fühlt sich missverstanden, entwickelt Ängste bis hin zu Panikattacken, verliert jegliches Vertrauen, sein Selbstbewusstsein wird zerstört.
Er fühlt sich einfach nur fehl am Platz und hasst dieses Dasein.
Es entwickelt sich eine „nervöse Grundstruktur", die ein geregeltes Leben gar nicht möglich macht.
Einzige Hilfe in diesen Kindertagen (zwischen dem fünften und zehnten Lebensjahr) ist der Großvater, der ihm Halt und eine Schulter zum Ausweinen gibt.
Die Situationen spitzen sich so zu, dass er eines Tages wegläuft und zu seinem Vater flieht, der schon seit Jahren von seiner Frau getrennt lebt.
Doch auch hier begleitet ihn panische Angst, dass er möglicherweise zurück muss. Er empfindet den momentanen Zustand als gläsernes Gebilde, das jeden Moment zusammenstürzen könnte.
Alles in allem zeigen alle geschilderten Situationen schlimme Auseinandersetzungen einer Mutter mit ihrem heranwachsenden Kind.
Wie die Mutter in den Situationen mit ihrem Kind umgegangen ist, offenbart nicht viel pädagogisches Geschick.

Oft hat der Klient durch verschiedene Anlässe, (Zerstörung, Unzuverlässigkeit) selbst Gründe für die entstehenden Probleme produziert.
Dennoch muss man sagen, dass solche Probleme für ein kleines Kind „normal" sind und dass solche Situationen in vielen Familien vorkommen, ohne dass es so schwerwiegende Folgen hat.
Auch hier ist mir sehr früh klar, dass die beiden Streithähne diese Problematik, die innerfamiliären Kämpfe aus der Vergangenheit ins Hier und Heute mitgebracht haben. Beide können nicht damit umgehen, beide leiden und zerstören sich gegenseitig, weil sie der Ursache nicht auf die Spur kommen.
Alle erlebten Situationen, alle Emotionen und Ängste haben im heutigen Leben gleiche Auswirkungen.
In Partnerschaft und Familie, im Beruf und im Zusammentreffen mit Fremden, insbesondere wenn sie ein bestimmtes Aussehen und Verhalten zeigen, kommen all diese negativen Informationen hoch.
Es zeigen sich Ängste, Panik, das Gefühl nichts wert zu sein, ein Versager zu sein, Schwachheit, Ausgeliefertsein, tiefste Traurigkeit und Ohnmacht.
Dieses Leid ist sehr deutlich zu spüren.
Eine lange Sitzung mit vielen Informationen und Erklärungen endet in der lila Flamme, die der Klient intensiv erlebt.
Er ist unheimlich dankbar für die Möglichkeit auf diese Weise den Ursachen seiner heutigen „Symptome" auf die Spur zu kommen.
Ich weise ihn vorsichtig darauf hin, dass die heutige Erfahrung ihm zwar ganz sicher Erleichterung und Hilfe bringen wird, jedoch einige wichtige Ursachen aufzuspüren seien.
Zuerst müssen sich die Erlebnisse setzen. Gut vier bis sechs Wochen sollten bis zur nächsten Sitzung vergehen um alles entsprechend zu verarbeiten.
Ein froher Klient verabschiedet sich – eine Tatsache, die auch mich immer wieder froh macht.
Der Klient meldet sich einige Wochen später und teilt mit, dass es ihm deutlich besser gehe. Er hat sein „Mutterproblem" im Griff und kündigt eine weitere Sitzung für den Herbst an.

Der nächste Klient kommt mit einigen körperlichen Beschwerden. Da er bereits einige Rückführungen erlebt hat, gehe ich recht schnell mit ihm auf die Suche nach seinen körperlichen und seelischen Erkrankungen.
Der Zugang gelingt schnell und problemlos und er findet sich als 25-jähriger geistiger Führer und Heiler in einem asiatischen Land wieder.
Lesen und Schreiben beherrscht er nicht, er sieht, dass viele Menschen ihn aufsuchen und ihn mit Geschenken, vor allem mit allen möglichen Nahrungsmitteln überhäufen.
Der Blick auf seine Person zeigt einen unheimlich dicken jungen Mann mit stark angeschwollenen Fingern. Er hat ständig Sodbrennen, Völlegefühl und Schmerzen in der rechten Bauchhälfte.
Er sieht, dass er eigentlich immer an derselben Stelle in einer Hütte sitzt, eine Hütte, die er noch nie verlassen hat.
In der Hütte ist außer vielen Buddha- Statuen, Räucherstäbchen und Bildnissen nichts Besonderes zu erkennen.
Die Menschen suchen ihn auf, weil sie von ihm Hilfe und Fürbitte erhoffen und erbitten. Er legt diesen Menschen die Hand auf und spürt, wie eine starke Energie seine Hand durchfließt und in die Menschen einströmt. Bereits als kleiner Junge kommt er aus seiner Familie heraus um hier seinen Dienst zu tun.

Doch nun spielt dieser Dienst eigentlich keine Rolle mehr, denn es geht ihm schlecht.
Durch die ständige „Fresserei" nehmen die Bauchbeschwerden immer weiter zu.
Der Klient empfindet diese Probleme so intensiv, als hätte ich diesen „Mönch" auf meiner Couch liegen. Schweiß steht auf seiner Stirn, Völlegefühl und Sodbrennen, sind förmlich spürbar. Die Schmerzen im Oberbauch nehmen immer mehr zu, so dass er keucht: „ich habe das Gefühl gleich zu platzen."
Alle geschilderten Probleme kennt er aus dem Hier und Heute. Er kennt die Beschwerden, denn immer, wenn er zu gut lebt, etwas Falsches oder eben zu viel gegessen hat, treten diese Symptome auf. Nicht unbedingt so heftig wie bei diesem bedauernswerten jungen buddhistischen Mönch, aber doch sehr beeinträchtigend.

So gehen wir direkt in die Sterbesituation des Mönches hinein, denn er erholt sich nicht mehr von diesem Zustand.

Er schaut auf sein Leben zurück und ist mit seinem Wirken sehr zufrieden, ja glücklich. Dennoch weiß er, dass er diese Wohlstandserkrankung nie wieder erleben möchte.
Auch in der Zwischenebene schmerzt ihn der Bauch immer noch heftig. Seine geistigen Helfer und Engel sowie der Hüter der Akasha- Chronik teilen ihm unmissverständlich mit, dass er alleine für sein Essverhalten verantwortlich sei. Niemand kann ihm dabei Absolution oder folgenfreies „Fressen" garantieren oder bringen.
„Das musst du selbst in den Griff bekommen, beachte, was dir geraten wird, dann schaffst du das." Der Hüter schickt den Klienten in den Tempel der Heilung, wo sowohl ein wundervolles „Therapiespektrum" wie auch eine intensive Beratung bezüglich seines künftigen Verhaltens folgen.
Obwohl ich ihm dort bereits mehr Zeit lasse als üblich, gibt er mir nach zehn Minuten zu verstehen, dass er noch Zeit braucht.
Auch hier ist es so, dass der Klient völlig überrascht ist, welche Ursachen seine heutigen Beschwerden haben, aber auch, dass diese Beschwerden sich in der Rückführung „live" anfühlen.
Erst nach dem Tempel der Heilung und dem lila Feuer verschwinden sie langsam.

Auch selbst zugefügte alltägliche Beschwerden und Wohlstandsymptome haben überraschende Ursachen.
Ich erinnere mich dabei an die Klientin, die sich in einem Harem mit Vergiftungserscheinungen sieht, die ihr im Heute eine Vielzahl von Allergien und Überempfindlichkeiten bescheren.
Also lohnt es sich bei ständigen essabhängigen Beschwerden nach der Ursache zu suchen. In der Schulmedizin bleibt diese Suche oft erfolglos, so dass viele Menschen wegen ständiger Bauchspeicheldrüsen- oder Gallenbeschwerden fast verzweifeln. Meist finden sich keine organischen Probleme, was zu zusätzlichem Frust der Patienten führt.
Hier kann ein „Rückblick" Gewissheit bringen.

Die Hinweise auf der Zwischenebene sind zu beachten. Es gibt hier nicht immer Freibriefe. Brockt man sich Probleme selbst ein, muss man auch selbst tätig werden.
Der andere Aspekt des „heilenden Mönches" in der beschriebenen Sitzung ist ebenfalls beachtenswert.
In einigen meiner erlebten Sitzungen haben Seelen in früheren Leben eine heilende Tätigkeit ausgeführt.

Wenn man betrachtet, wie untergeordnet, beziehungsweise verborgen dieses Wissen und die Anwendung dieses Wissens heute sind, ist dies überraschend. Doch ist es eine Bestätigung dafür, dass unsere Seelen alle Erfahrungen durchlaufen (haben).
Da viele Menschen behaupten, dass das Jahr 2012 einen intensiven Wandel bringt, frage ich mich, ob auch in Bezug auf das Heilerwissen ein Wandel bevorsteht.

ॐ

Eigene Besetzungen und weitere Erfahrungen

Das Thema Besetzungen gehörte innerhalb der Ausbildung zu den Themen, die mir recht fremd waren, mit denen ich mich nicht sofort anfreunden konnte.
Wir haben natürlich auch innerhalb unserer Gruppe viel darüber gesprochen. Dennoch muss ich sagen, dass das Thema Besetzungen ein wenig Unruhe und auch etliche Fragezeichen in mir hinterlassen hat.
Schon bald merkte ich, dass es Menschen gibt (auch in meinem direkten Umfeld), die nicht immer „sie selbst" sind, die sich nicht immer so verhalten, wie es ihrem Wesen und ihrer Natur entspricht.
Manchmal ist es für mich eindeutig, dass Menschen auf unnatürliche Weise durch irgendetwas geplagt werden.
Da ich in der Zwischenzeit auch selbst die Bekanntschaft mit einigen Fremdenergien machen „durfte", stehe ich der Thematik anders gegenüber als noch vor einigen Monaten.
Sicher ist es auch für Dich, lieber Leser, ein Thema, das dich möglicherweise ängstigt oder Dir ebenso fremd ist wie es mir war.
Aber betrachte doch einmal Dein eigenes Energiefeld oder das anderer Menschen und vielleicht fällt auch Dir auf, dass an der ein oder anderen Stelle etwas ist, das „fremd" ist.

So zeige ich nur beispielhaft einige Erfahrungen um zu verdeutlichen, dass es nichts „Weltbewegendes" ist mit Fremdenergien zu arbeiten. Aber es kann ein Leben verändern und auch für die Fremdenergie eine Befreiung sein.

Ein Klient beschreibt einen überfallartig gekommenen Husten. Dabei hat sich dieser Husten nicht unbedingt mit einer Grippe oder Erkältung angekündigt, sondern kommt einfach so. Er kommt in einer Phase der

Belastung und des Stresses und er ist dem Klienten aus Kinder- und Jugendzeiten bekannt.
Der Klient ist nach etlichen Tagen des anfallsartig auftretenden, sehr anstrengenden Hustens überdrüssig und meint, dass dies kein gewöhnlicher Husten sei, es sitze ihm etwas auf der linken Brust.
Also schauen wir nach und stoßen sehr schnell auf eine Fremdenergie, die sich dort niedergelassen hat. Er erkennt sie sofort als fremde Energie, hat auch einen Namen für sie und weiß, dass sie sich dort schon sehr lange aufhält.
Zum einen ist diese Fremdenergie da, weil sie den Weg ins Licht nicht gefunden hatte, zum anderen aber auch um den Klienten in seiner Entwicklung zu stören. In dieser Phase des Stresses hatte sie eine Chance gesehen, sich nochmals zu melden, nachdem sie lange Jahre ruhig war.
Nun fragen wir die Fremdenergie, ob es in Ordnung sei, den Körper des Klienten zu verlassen, was nach kurzem intensivem Austausch bejaht wird. Er freut sich ins Licht gehen zu dürfen und macht dies dann auch deutlich spürbar. Der Klient ist von einer Sekunde auf die andere den Husten los, es geht ihm gut.

Eine Klientin kommt mehrfach mit wiederkehrenden Schmerzen am Bewegungsapparat.
Auch hier ergibt die Abfrage eine Fremdenergie. Zuerst glaube ich an mehrere Energien, da sich an mehreren Körperstellen etwas zeigt. Doch dann kommt der Hinweis, dass diese Energie sich an mehreren Körperstellen gleichzeitig zeigen kann (Hüfte, Oberbauch, Hals).
Also gehen wir dieser Fremdenergie auf die Spur und erfahren, dass sie den Namen Kyros trägt und bereits seit langer, langer Zeit bei der Klientin ist.
Ihm ist absolut bewusst, dass er Beschwerden verursacht. Er gibt an in erster Linie da zu sein, seinem „Wirt" zu zeigen, dass es andere Methoden gegen Schmerzen gibt als ständig Schmerzmittel zu nehmen.
Ich bin mir sicher, dass dies nur ein Vorwand ist und hake ein paar Mal nach, doch weitere Erklärungen kommen da nicht, außer das er nur zum Nachdenken anregen und das er seine Macht zeigen wollte.
Er teilt weiter mit, dass er immer nach Abstellen von Schmerzen durch Medikamente eine andere Körperstelle aufgesucht habe.
Anschließend helfe ich ihm den Körper der Klientin zu verlassen und ins Licht zu gehen. Sie spürt dieses „Gehen ins Licht" sehr deutlich, da es auch mit positiven Energien verbunden ist – die Fremdenergie freut sich die Chance zu haben ins Licht zu gehen (was freilich nicht immer so ist).

Außerdem spürt der Klient natürlich die Befreiung, es fehlt etwas Belastendes. Die Schmerzen und Beschwerden lassen allmählich nach; nach Tagen sind sie vollständig verschwunden (nach jahrelanger Belastung).

Eine junge Frau hängt durchgehend in tiefen „Gemütstälern", sie fühlt sich überfordert, hat wenig Selbstvertrauen und ist ständig traurig.
Bevor ich eine Ursache in der Vergangenheit suche, frage ich ab, ob sie durch eine Fremdenergie geplagt wird.
Dabei zeigen sich zwei Besetzungen, die sich als belastend und kräftezehrend zeigen. Nach der „Befreiung" blüht die junge Frau auf und kann befreit ins Leben schauen.

Eine Kollegin beschrieb einen Fall aus ihrer Praxis, bei dem eine Besetzung eine Schwangerschaft nicht zuließ.
Auch mit Fremdenergien belastete Räumlichkeiten beeinflussen uns Menschen manchmal. Auch hier ist es oft möglich für Abhilfe zu sorgen.

Zusammenfassend muss betont werden, dass man Besetzungen weder als etwas zwingend Negatives betrachten muss noch als etwas, vor dem man Angst haben muss.
Oft sind diese Besetzungen ohne bedeutende negative Auswirkungen für den Menschen.
Da ich vor dem Lernmodul Besetzung keine Ahnung von diesen Fremdenergien hatte, geschweige denn von den bei mir vorhandenen Fremdenergien, warne ich auch vor einer Überbewertung des Themas.
Auf der anderen Seite kann eine Befreiung durch das Lösen von Fremdenergien ein völlig neues Leben bewirken. Ich fühle mich nach dieser Aktion zweifelsfrei erleichtert und befreit.

☙❧

Eine Klientin hat sich angemeldet, weil ihr eine Hundetrainerin sagte, sie solle in ihrer Vergangenheit nach den Ursachen für die Probleme mit ihrem Hund zu suchen.
Sie war wegen mehrerer Themen, unter anderem wegen diverser eigener Erkrankungen und Probleme zu mir „empfohlen" worden.
Der Einstieg gelingt sehr gut und ohne Probleme, obwohl sie vorher doch sehr aufgeregt war und daran zweifelte, ob es der richtige Weg sei, ihren Problemen auf die Spur zu kommen.

Deutlich wird innerhalb einer längeren Sitzung, dass eine schwere angeborene Erkrankung vielfältige begleitende Ängste hervorgerufen hat. Eine große Operation im Kindesalter ist aus ihrem Gedächtnis ausgelöscht.
Viele andere Situationen ihrer Kindheit, nach der Geburt und während der Schwangerschaft zeigen jedoch die entstandenen Ängste, die offensichtlich erheblichen Einfluss auf die Klientin haben.
Auch in Bezug auf ihren sehr kranken Hund bestehen gleiche (Verlust-) Ängste.
So schicke ich sie zur Auflösung in die lila Flamme. Dabei kommt mir die Idee (Impuls) ihren Hund ebenfalls mit in die Flamme zu nehmen.
Mein erster Versuch, gleichzeitig zwei Seelen in die Flamme zu schicken! Die Klientin nimmt den Hund bewusst mit in die Flamme und ich beziehe ihn komplett in diese Auflösung ein.
Ich habe den Eindruck, dass es ein guter Weg für beide ist, und ich hoffe, dass es beiden helfen wird. Sie verlässt mich jedenfalls mit viel „Denkstoff" und ich habe den Eindruck, dass ihre Ängste gelöst sind.
Deutlich wurde auch hier, dass es einige Themen gibt, bei denen man intensiver nachschauen muss. Aber das muss sich entwickeln!

❧

Meine nächste Klientin kenne ich schon sehr lange.
Sie klagt bereits seit Jahren immer wieder über verschiedene Beschwerden wie Allergien, Hautreaktionen, Ekzeme und Kopfschmerzen verbunden mit Sehstörungen, Übelkeit und Schwindel. Zum Teil nehmen die Kopfschmerzen Migränestärke an.
Diagnostisch und fachärztlich sind die Beschwerden abgeklärt, eine erklärbare Ursache wurde nicht entdeckt.
Ich habe der Klientin bereits mehrfach die Möglichkeiten dargelegt, die Rückführungstherapien bieten können.
Nach langer Überlegungszeit entschließt sie sich zu einer Sitzung.
Mir ist es irgendwie klar, dass es eine Sitzung der schwierigen Art wird, aber es wird schon werden.
Den Einstieg mache ich bewusst behutsam, denn sie ist sehr aufgeregt, ich spüre ihre Anspannung. Davon abgesehen kommt sie mit sehr starken Kopfschmerzen. Mir ist dabei klar, dass dies wegen der Sitzung so ist, da wehrt sich etwas gegen diese Sitzung. Aber da muss sie durch.

Durch mehrere schöne Erlebnisse in der Kindheit gelangen wir recht problemlos in die Geburt und die Tage danach. Sie erlebt etliche sehr positive Situationen und fühlt sich richtig gut.
Dies ändert sich auf krasse Weise innerhalb der Schwangerschaft. Insgesamt hat sie keine traumatischen Erlebnisse, sie fühlt sich geliebt und angenommen, also könnte es ihr gut gehen.
Wenn da nicht diese Kopfschmerzen und die Übelkeit wären. Die Mutter erlebt neun Monate Übelkeit und Brechreiz.
Die Schmerzen werden als sehr, sehr beeinträchtigend empfunden. Sie leidet sowohl als Fötus wie auch als Klientin. Es ist ihr so übel, dass sie das Gefühl hat zu erbrechen.
Diese Situationen dauern etliche Minuten, bis ich mich entschließe den Weg zur Zwischenebene zu wagen.
Nach einigen Zwischenabstechern, in denen sie intensive Kopfschmerzen verspürt, die jedoch immer wieder für Momente verschwinden, landet sie mit ihrem Schutzengel zusammen in der Zwischenebene.
Sie spürt auch hier weiterhin die Kopfschmerzen. Ich versuche über eine intensive Abfrage auch unter Hilfe ihres Engels an die Ursache der Kopfschmerzen zu kommen.
Letztlich hatte ich bereits seit langem eine Ahnung, wonach zu suchen wäre, dennoch kann man nicht gleich in der ersten Sitzung „in die Vollen" gehen.
Nun erhält die Klientin den eindeutigen Hinweis (der meine Vermutung bestätigt), dass die Ursache in einem Karma liegt. Eindeutig ist auch die Aussage, dass es einige Möglichkeiten der Hilfe gibt, jedoch alles nur kurzfristige und symptomatische Hilfen seien. Eine Heilung und Lösung des Problems kann nur eine Auflösung des Karmas bringen.
So wird sie noch von ihrem Engel in den Tempel der Heilung geführt und geht dann auf ihrer grünen Wiese in die lila Flamme.
Nach einer langen und schwierigen Sitzung ist die Klientin total erschöpft.
Ich versuche ihr mit bewährten Mitteln eine Erleichterung der Kopfschmerzen zu verschaffen, was mir bedingt gelingt.
Nach kurzer Nachbesprechung empfehle ich ihr, sich kurzfristig Gedanken um eine Auflösung des Karmas zu machen.

༺༻

Dass sie sich Gedanken gemacht hat, zeigt, dass sie nach etwa drei Wochen zur nächsten Sitzung kommt.

Zwischenzeitlich habe ich ihr wegen der fortwährend anhaltenden Kopfschmerzen Fernreiki gegeben, woraufhin die Beschwerden sich deutlich besserten.

Bei der zweiten Sitzung führe ich sie auf „gewohnte Weise" zu ihrer „Karmageschichte", denn der Hinweis auf diesen Ursprung für die Beschwerden ist weiterhin eindeutig. Die Klientin hatte zwischenzeitlich ihren Hausarzt aufgesucht, der ein Kernspintomogramm veranlasste. Es blieb jedoch ohne Befund, ebenso wie die Untersuchungen eines Neurologen.

Nun gehen wir also auf die Suche, mir bleibt jedoch die Vermutung, dass es für eine Karmaauflösung noch immer zu früh sein könnte.

Also starten wir und sie erhält viele Hinweise und es zeigt sich, dass es wieder einmal „anders" sein soll.

Meine Klientin sieht sich als Wanderbursche im späten Mittelalter von Ort zu Ort ziehen. Nachdem er einen Wald durchschritten hat, gelangt er in ein kleines Dorf, wo er sich am Brunnen stärkt.

Er beobachtet die Dorfbevölkerung, die ihn beachtet, ohne ihm näher zu kommen. Er sitzt dort eine Weile, bevor er aufbricht und sich an der Stadtmauer sieht.

Dort tauchen plötzlich zwei Straßenräuber auf, die ihm möglicherweise aufgelauert hatten.

Zuerst schlingen sie ihm einen Strick um den Hals um ihn zu erdrosseln. Da er jedoch stark ist, kann er die beiden abschütteln. Daraufhin zieht einer von den beiden einen starken Knüppel hervor, den er dem Wanderburschen über den Schädel haut.

Die Klientin kann ganz genau beschreiben, wo der Knüppel getroffen hat und dass diese Lokalisation genau dem entspricht, wo heute die Schmerzen und die Augenbeschwerden auftreten.

Danach spürt die Klientin ganz eindeutig, dass sie von ihrem Engel und einem weiteren Engel (Michael und Carolas) zur Zwischenebene gebracht wird.

Sie schildert das dortige „Sein" so wie viele andere auch, sie fühlt sich gut, auch wenn sie noch „Kopfbrummen" hat.

Ihre Lebensaufgaben werden ihr genannt, alles in allem unspektakulär.

Danach geht's in ein weiteres Leben, das sehr schnell erzählt ist.

Sie lebt als Bauerstochter mit drei Geschwistern und ihren Eltern in einem kleinen Bergdorf. Nicht nur Vieh und Landwirtschaft werden betrieben, sondern auch Obstbau.

Dann gehen wir bis zum 65. Lebensjahr durch viele Situationen. Immer wieder werden ihr mehr oder weniger starke Kopfschmerzen gezeigt, die sie zeitweise sehr in ihrer Lebensaufgabe einschränken.

Sie selbst bleibt ohne Familie, sie betreut die Eltern und stirbt mit ihren Kopfschmerzen ohne erkennbares Leiden (weder Tumor noch Schlaganfall) einsam und ohne Familie.

Zurück in der Zwischenebene werden ihr die Lebensaufgaben gezeigt sowie einige weitere Informationen für ihr Leben. Dann darf sie zum Hüter (!). Das wundert mich ein wenig, denn es gab ja nun kein Karma, keinen Seelenvertrag, aber gut so.

Sie sieht ein erhabenes warmherziges „engelähnliches" großes Wesen, das sich rührend um sie kümmert.

Er löscht die Informationen zu den Kopfschmerzen, worauf sich die Seiten in der Akasha-Chronik sofort verändern.

Er teilt ihr jedoch mit, an das Karma müsse sie noch heran. Nun darf sie in den Tempel der Heilung.

Dort wird sie von ihren beiden Engeln mit Energie behandelt, Energie, die zuerst Kopfschmerzen bringt, dann jedoch die Kopfschmerzen auslöscht. Auch in die lila Flamme nehmen wir die Informationen mit hinein und hoffen auf deutliche Besserung. Natürlich bleibt noch das Karma zu lösen. Zumindest vorübergehend wird es ihr besser gehen.

Sie meldet sich einige Tage und Wochen später, die Kopfschmerzen sind weg. Sie merkt noch einen dumpfen „Restdruck", aber die Beschwerden der vorigen Wochen sind verschwunden. Auch nach 3 Monaten ist sie beschwerdefrei.

༄༅

Ein weiterer „Neugieriger" meldet sich an.

Er möchte bestätigt wissen, dass er frühere Leben hat. Er möchte auch wissen, ob man Fähigkeiten wie handwerkliches Geschick und Kampfkunst mit seinen Genen mitbringt und sozusagen wiedererwecken kann.

Konkrete Gründe für seine Kommen erkennt er keine (?!).

Doch spürbar ist ein gewisser Zweifel, auch Sorge, nicht in die Entspannung zu kommen. Aber das kenne ich ja nur zu gut.

Ich erkläre ihm den Ablauf und weise ihn auf die eigentlichen Themen einer ersten Sitzung hin. „Weiter geht es normalerweise nicht."

Normalerweise! Meine Erfahrungen haben mich dies gelehrt und ich bin flexibel genug um dies anzuerkennen. „Die da oben wissen genau, was wann fällig ist."

Die Entspannung leite ich bewusst sanft und umfassend ein. Und er ist im Nu in tiefer Entspannung, auch der Weg hin zur „Zeitreise" ist problemlos.

Er gibt eindeutige und klare Antworten bis zur Ankunft in seiner Kindheit.

Denn der Jugendliche, der sich zeigt, trägt nicht seinen Namen (Karl). Karl hat moderne Kleidung an, befindet sich jedoch in einem Umfeld, das eher aufs Mittelalter schließen lässt.

Er sieht sich in einem großen Schloss oder herrschaftlichen Haus, in einem besonders schönen, großen und freundlichen, hellen Raum.

Er fühlt sich gut, dennoch hat er das Gefühl, dass er diesen Raum nicht kennt. Doch Karl scheint ihn zu kennen.

Er nimmt wahr, dass seine Mutter auch in diesem Raum ist. Seine Mutter aus dem Hier und Heute (aber anscheinend auch von früher) scheint hier zuhause zu sein.

Sie nimmt ihn an der Hand und führt ihn in die riesige Parkanlage des Hauses. Er schaut sich um und kann eine Vielzahl von Details des Springbrunnens und der Zäune, der Bepflanzung, der Gebäude und vieles mehr nennen. Doch er fühlt sich fremd, obwohl seine Mutter eindeutig hier zuhause ist.

Es erscheint eine weitere Person, die sich als seine Schwester zeigt. Er erkennt sie sofort wieder und kann ebenso wie bei seiner Mutter ein sehr, sehr positives, vertrautes Gefühl wahrnehmen.

Es besteht eine große Verbundenheit, die sehr emotionale Empfindungen bei meinem Klienten hervorruft.

Dann stellt er verblüfft fest: „Das ist nicht nur in diesem Leben, sondern auch im Heute meine Schwester." Auf meine Nachfrage stellt sich heraus, dass diese Schwester jedoch nie geboren wurde. Seine Mutter hatte ihm vor rund 30 Jahren erzählt, dass sie nach einem sehr traurigen Umstand und einer damit verbundenen traumatische Begebenheit ein Kind verloren hatte.

Der Klient hatte dies bereits lange vergessen, es war ihm nicht mehr bewusst. Nun führt die Mutter (die im heutigen Leben bereits vor längerer Zeit verstorben ist) ihn zu seiner Schwester. Sie stellt Karl seiner Schwester (und umgekehrt) vor. Hier werden die Emotionen bei dem Klienten spürbar intensiv.

Er weiß, dass er diese Schwester im früheren Leben kannte, nun wird ihm die Schwester als Schwester aus dem jetzigen Leben vorgestellt, „weil sie ihm vorenthalten wurde". Ihm wird dabei klar, dass sie ihm, aus welchem Grund auch immer, gefehlt hatte. Dieser Verlust war ihm nie bewusst gewesen, doch jetzt spürt er die Auswirkungen.

Schwester, Mutter und Klient hatten sich bewusst dieses Leben gemeinsam gewählt. Deshalb war der Verlust auch unterschwellig ein Problem für den Klienten.

Seine Schwester verschwindet nun langsam, was ich ganz bewusst unterbinde. Ich trage dem Klienten auf, sich bei seiner Schwester für alles zu bedanken und sich ganz bewusst zu verabschieden. Er solle die Bedeutung, die sie für ihn hat, deutlich benennen und sie abschließend umarmen. Dies tut er und kann mit großer Erleichterung „befreienden" Abschied nehmen.

Er ist danach wirklich befreit und es geht ihm sichtlich gut.

Wir gehen noch etliche Epochen seines Lebens als Karl (auch der Nachname ist bekannt) durch. Karl war Händler, verschiffte seine Waren von Lübeck aus, er war sehr wohlhabend und er hatte eine Familie. Im Alter von 65 Jahren verstarb er, wobei er sich gegen diesen frühen Tod wehrte. Zwei Engel holen ihn ab und führen ihn einen langen Weg, auf dem er die Möglichkeit hat, viele Fragen zu stellen. Er lernt seinen Schutzengel kennen und bekommt einige sehr persönliche Hinweise von ihm.

Die beiden Engel führen ihn zum Ausgangspunkt seiner Reise zurück mit dem Hinweis „Für die Zwischenebene ist es noch zu früh, das geht heute nicht."

Klarer Hinweis - und so führe ich ihn noch in die lila Flamme und anschließend in die Gegenwart zurück.

Ich sehe einen überaus überraschten Klienten, der überwältigt ist wegen der Vielzahl dieser Eindrücke.

Er hatte die „Existenz" dieser Schwester vergessen und hätte auch nie gedacht, dass ein nicht geborenes Geschwisterkind (das ihm auf unnatürliche Weise vorenthalten wurde) solch eine unbewusste Auswirkung haben könnte.

Aber auch die Klarheit der Informationen in der Sitzung hat ihn überrascht, ebenso die Leichtigkeit in die Entspannung zu kommen.

Schön, solche Erfahrung machen zu dürfen.

Eine Kollegin erklärt mir, dass sie einen guten Freund hat, der mit einer schwerwiegenden Behinderung geboren wurde und dem es seit langer Zeit immer schlechter geht.

Sie hat den Eindruck, dass sie ihm helfen könne, findet jedoch keinen Zugang. In einem kurzen Vorgespräch stelle ich ihr die Frage, ob es nicht sein könne, dass sie ein gemeinsames Thema hätten.

Nun machen wir uns an die Arbeit und finden in einer sehr langen und intensiven Sitzung viele kleine Überraschungen, die sich zu einem interessanten Bild zusammenfügen. Sie hatten eine gemeinsame Vergangenheit, in der sich die Klientin als Knappe auf einer Burg bei einem recht umgänglichen Burgherrn sieht. Dass hier eine unerklärbare Verbindung besteht, wird schnell klar. Dass sich dieser Burgherr dann aber als „unehelicher" Vater herausstellt, der die Mutter des Knappen verbotenerweise geschwängert hatte, führt zu zunehmenden Konflikten. Da dieser Lebensabschnitt sehr detailliert durchlebt wird und viel Zeit in Anspruch nimmt, lasse ich es bei dieser knappen Zusammenfassung.

Die aufkommenden Konflikte führen dazu, dass der Knappe aufgrund der unversöhnlichen Auseinandersetzung ein Karma „ausspricht", das für beide Seelen erhebliche Auswirkungen mit sich bringt.

Im heutigen Leben ist der Burgherr der gute Bekannte der Klientin.

Wir suchen den Hüter auf, der sowohl dieses Karma wie auch viele weitere begleitende Belastungen auflöst.

Er gibt meiner Kollegin etliche persönliche Informationen und anschließend auch unserer Gruppe weitere Hinweise für die intensive gemeinsame Licht- und Energiearbeit.

Auch darüber vielleicht an anderer Stelle mehr. Denen da oben scheint schon an uns gelegen zu sein, bei so vielen Hinweisen. Schön, dass es so ist, wie es ist.

Wenige Wochen danach verstirbt der Freund der Kollegin, er hatte sich bewusst gegen die Fortführung der Therapie und einen Abschluss des Leidensweges entschieden. Hatte die Karmaauflösung ihm diese „Befreiung" ermöglicht?

ॐ

Klientin mit diversen Bauchbeschwerden sowie seelischen Problemen
Eine Klientin meldet sich nach langem Leiden mit diversen körperlichen und seelischen Beschwerden. Da sie schon seit langem auf einem spirituellen Weg ist, ist ihr klar, dass sowohl die seelischen wie auch die körperlichen Beschwerden tiefer gehende Ursachen haben.
So machen wir uns auf den Weg.
Auch hier bekomme ich sehr früh den Hinweis „Du musst hier nicht den üblichen Weg beschreiten, gehe direkt in die Vergangenheit." Da mein Vertrauen zunehmend wächst, habe ich daran überhaupt keine Zweifel und führe sie zielstrebig in ein vergangenes Leben.
„Was empfindest du, was kannst du erkennen?"
„Nun ja, das ist nicht menschlich, ich weiß nicht so recht."
So finden wir sehr schnell heraus, dass sie kein Mensch ist, sie ist ein Wolf – und was für einer! Im Verlauf der Sitzung stellt sich heraus, dass sie der spirituelle Führer eines Rudels war, also nicht nur normaler Rudelführer. Sie war sehr stark und stolz. Sie hatte Wissen, sehr viel Wissen, sie stellte eine „erhabene Seele" dar.
Doch nun hatte sich alles verändert.
Sie steht in dieser Situation auf einem hohen Felsen und schaut nicht nur auf ihr Leben zurück, sondern auch auf das, was die Gegenwart ihr und dem Rudel gebracht hat. Der Lebensraum der Wölfe schrumpft, kaum noch Platz für diese erhabenen Tiere bleibt übrig. Nahrung und Rückzugsgebiete verschwinden immer mehr. Der Mensch und seine Städte fressen alles auf.
So bleiben diesem Wolf, der sich in seinen letzten Lebenstagen zum Sterben zurückgezogen hat, nur noch Ratten und Mäuse, sowie der Dreck der Städte als Nahrung. Und diese Nahrung liegt ihm schwer im Magen. Er hat allerlei üble Beschwerden vom Mund bis zum Darm – und zwar identisch mit den Beschwerden im Hier und Heute. Die tiefe Traurigkeit wegen des Verlustes (Aufgabe des Rudels) und einige weitere Beschwerden finden sich ebenfalls im Hier und Heute in ähnlicher Form und Ausprägung.
So gehen wir nach einer sehr intensiven und emotional tiefgehenden Sitzung durch den Tod des Wolfes unter Hilfe ihrer drei Engel in die Zwischenebene. Es kommt zum intensiven Austausch mit den Engeln, zur Feststellung ihrer damaligen, aber auch einiger der heutigen Lebensaufgaben. Im Tempel der Heilung und in der lila Flamme werden ihre Beschwerden und Problembereiche „transformiert".

Sie erhält von ihren Engeln den Hinweis, dass sie ein weiteres wichtiges Thema zu lösen habe, jedoch nicht heute.
So darf ich eine frohe und auch erstaunte und erfüllte Klientin ins Hier und Heute zurückholen.

ॐ

Drei Monate nach Abschluss der Ausbildung besteht weiter intensiver Kontakt unter den Kursteilnehmern. Wir telefonieren, wir mailen und treffen uns wie vorher beschrieben zu weiteren Sitzungen.
Wir werden weiter zusammenarbeiten und uns regelmäßig zu Arbeitstreffen zusammenfinden.
Ein solches Treffen hatten wir bereits. Ein Treffen, an dem alle teilnahmen und bei dem wir uns wie eine „Familie der anderen Art" erlebten.
Wir haben entsprechend eines Leitgedankens, eines Themas in fünf Sitzungen erstaunliche Erkenntnisse unserer gemeinsamen Vergangenheit entdeckt und viele Hinweise für die künftige Arbeit erhalten. So stellen wir fest, dass wir auf Atlantis ein Gruppenkarma „erarbeitet" hatten, dass wir zu 80% auflösen konnten. Wir erfuhren Erstaunliches über das Thema Gruppenenergien und Austausch auf nicht gewöhnliche Art und Weise. Einiges konnten wir mit erstaunlichen Wirkungen bereits testen.
Ein weiteres Treffen steht bevor, etliche interessante Themen werden bearbeitet.
So geht es weiter und vielleicht besteht an anderer Stelle nochmals die Möglichkeit am geschriebenen anzuknüpfen und von meiner Entwicklung und die der Gruppe zu berichten.
Auch im Bereich der Energiearbeit wie der Reikianwendung, aber auch dem Heilchanneln darf ich total spannende Erfahrungen machen. Ich bin froh und dankbar anderen Menschen mit diesen Methoden Erleichterung zu verschaffen.

ॐ

Schlusswort

Wenn man eine aufwendige, kosten- und zeitintensive Ausbildung hinter sich gebracht hat, stellt man sich natürlich einige Fragen.
In erster Linie natürlich die Frage: Was hat es mir gebracht?

Dazu muss man nochmals zurückschauen: warum bin ich überhaupt „hier" eingestiegen?
Letzten Endes war es die Neugier, wie ich dachte, aber es ergaben sich von Tag zu Tag, von Woche zu Woche neue Überraschungen.
Was ist denn nun das Wichtigste?
Eine Bewertung kann ich eigentlich nicht machen, denn es gab so viele Highlights, so viel Wunderbares, so viele Veränderungen.

Was kann ich herausgreifen, was war besonders herausragend?
- Herausragend war und ist für mich die Entdeckung der Wahrheit, oder anders ausgedrückt, die bestätigte Wahrheit. Und diese Entdeckung geschah dadurch, Gott im Urlicht, im Universum und in der Eisfläche zu spüren, zu erkennen. Auch die Erlebnisse der verschiedenen Klienten in dieser spirituellen Gotteserfahrung bedeuten für mich sehr viel!
- Natürlich bedeutet für mich das Abarbeiten der großen und vielfältigen Probleme, insbesondere mit Personen etwas ganz Besonderes. Während das gemeinsame Leben mit diesen Personen wie beschrieben unter keinem guten Stern stand, hat es sich so sehr verändert, dass es förmlich ein neues Zusammenleben mit diesen Menschen ist. Viele negative Emotionen, Zerwürfnisse, Ärgernisse und Auseinandersetzungen sind quasi in Luft aufgelöst.
- Mein Glaube, er ist so tief wie nie zuvor. Ich kann sagen, ich glaube nicht, ich weiß, ich weiß, wo ich herkomme und ich weiß, wo ich hingehe. Ich weiß, dass ich „diesen Funken" in mir trage und ich weiß, dass die göttliche und geistige Welt so viele wundervolle Geheimnisse für uns bereithält, Geheimnisse, die sich uns erschließen – wenn wir es nur wollen, wenn wir bereit sind!
- Meine Engel! Es ist etwas Großartiges solche Helfer und Beschützer zu haben. Danke!
- Die vielen Begegnungen mit der geistigen Welt, mit Meistern und Engeln und so weiter. Zutiefst spirituelle Erfahrungen, die man nicht

beschreiben kann, die erhaltenen Informationen und die begleitenden Emotionen waren wahrhaftig (und) unglaublich!
- Meine emotionale Welt: Diese Veränderung ist eigentlich ein kleines Wunder. Liebe lernen, Trauer und Schmerz fühlen, Ausgeglichenheit, Vergebung und Verständnis, Hass, Rache, Wut und so vieles mehr. Natürlich sind hier auch eher negativ behaftete Emotionen und Erfahrungen genannt, aber im Verständnis der Polarität sind es einfach wahnsinnig wichtige Erfahrungen, die letztlich zur Veränderung geführt haben.
- Das Helfen, wohl meine zentrale Lebensaufgabe, erhält momentan durch alles Gelernte eine andere Dimension. Und es ist ein Anfang, das weiß ich.
- Meine Freunde, diese Sieben, nein, die neun gefundenen, mir wahnsinnig lieb gewordenen Menschen sind ein Geschenk des Himmels und ich hoffe, dass es Freunde und Bekannte fürs Leben bleiben. Danach geht's ja weiter!
- Mein Empfinden gegenüber Gottes Schöpfung: Wenn du weißt, dass du Baum oder Blume warst, wenn du weißt, dass du eine Schlange oder ein Maulwurf warst, wenn du weißt, dass du Stein oder Eis oder Sternschnuppe warst, dann hast du eine solche Hochachtung und Sorge um die Natur, dass es einfach nur schön ist!
- Natürlich auch das Wissen, das erlangte Wissen, nicht nur, dass wir alle schon sehr oft da waren, nein auch das Wie und Warum. Das Wissen um die vergangenen Hochkulturen, das Wissen über die Dimensionen und die Zeit, all das hat mich wachsen lassen.
- Die Wahrnehmung meiner Seele, das Empfinden, das Bewusstsein, auch dies hat mich verändert. Und sie ist wieder komplett, meine Seele.
- Zu guter Letzt (ich könnte diese Liste noch unendlich verlängern) hat sich das Leben in meiner Familie verändert, und zwar im Zusammensein mit allen: Eltern, Geschwister, Kinder und Partner. Ich muss an dieser Stelle nochmals an die Rückführungsbegegnungen mit meinen Familienmitgliedern eingehen. Ich muss es, weil ich weiß, dass ich etwas vergessen hatte. Nachdem es wochenlang technische Probleme bei der Erstellung der Buchdateien gab, hatte ich „rein zufällig" eine Rückführung zur Auflösung eines Seelenvertrages. Als Nebeninformation erhielt ich den Hinweis meines Hüters, dass in meinem Buch eine Seite fehle. Bei der genannten Auflösung des Seelenvertrages wurde mir noch deutlicher als zuvor, dass alles was

ich (und das gilt für jeden Menschen) verursacht hatte auch nur durch mich zu lösen ist. Das was ich verursache, hat Auswirkungen auf andere und fügt ihnen möglicherweise Schaden zu. Meine Gegenüber hatten mit meinen Seelenverträgen und Karma nichts zu tun! Ich selbst hatte die Entscheidungen getroffen, zum Teil um zu lernen, aber auch zum Schaden anderer. Dies geschah manchmal unbewusst, aber auch oftmals sehr bewusst, ja teilweise auch mit Absicht. Bei den Auflösungen vor meinem Hüter ging es nie um Sühne oder Rechenschaft. Bei ihm stand immer die Frage im Mittelpunkt: „Hast du es nun verstanden?"

Auch als Leidtragender von Unrecht und Nachteilen, sowie Schaden und Trauer, ging es nie um die Person die mir etwas zugefügt hatte, sondern um das, was ich in den jeweiligen Situationen lernen sollte.
In diesem Sinne möchte ich Dich, lieber Leser dazu auffordern, in allen Situationen bei denen Du Dich über andere ärgerst oder Dich von Ihnen benachteiligt fühlst, zu bedenken, dass es für Dich lediglich eine Lernaufgabe ist.
Vielleicht ist es sogar eine Lernaufgabe, die Du von Deinem Gegenüber erfahren darfst, ja von ihm erbeten hast. Obwohl ich diese Wahrnehmung von Ursache und Wirkung im Zusammenhang mit der Bewältigung von Lernaufgaben bereits verinnerlicht habe, gelingt es mir nicht immer, dieses Bewusstsein in den Alltag zu integrieren.
So trifft vorher Beschriebenes beispielsweise auf mich und meine Mutter zu. Viele gemeinsame Leben mit nicht nur positiven Erfahrungen, Ursachen und Wirkungen haben Spuren hinterlassen. Diese Spuren (Kratzer im Tonträger) habe ich mehrfach beschrieben. Sie verursachen in unserem Zusammenleben immer wieder „atmosphärische" Störungen. Nur langsam gelingt es uns, die Kratzer zu polieren. Die Ursachen für die immer wieder aufgetretenen Missstimmungen zu kennen, ist ein Segen für uns. So kann ich alle beschriebenen Rückführungserlebnisse bewusst als Lernaufgabe verstehen und akzeptieren. Es gelingt nicht immer, die Folgen der Auseinandersetzungen in kurzer Zeit zu beseitigen, manches muss erarbeitet werden.
Dazu muss man bereit sein, man muss sein Herz öffnen, in die Liebe gehen und lernen den Anderen so zu akzeptieren wie er ist!

- Auch mit meiner Partnerin hat sich das Leben gravierend verändert. Wir empfinden sehr viel mehr Respekt füreinander. Wir haben viel aneinander gelernt, Gefühle und Emotionen, die lange begraben waren, sind wieder vorhanden. Ich denke oft an die merkwürdige „Steinefrau", die uns irgendwie den Weg gewiesen hat. Ihren Rat haben wir bewusst oder unbewusst beherzigt. Und diese Veränderungen gehen weiter. Noch einige Veränderungen und Entwicklungen stehen uns bevor, das ist sicher.

Seit ich das (Be-) Schreiben meiner Erfahrungen für dieses Buch beendet habe, durfte ich etliche neue Erfahrungen machen, beziehungsweise erleben.
Bereits vor Wochen bekam ich den Impuls besonders die bewusste Entscheidung für ein neues Leben (eine weitere Runde), die Entscheidung für bestimmte Lernaufgaben, dass Aussuchen der Familie und der Lebensumstände, Schwangerschaft und Geburt mit allem was dazu gehört zu Papier zu bringen.
Von der Begegnung mit einer Seelenverwandten, über einige Klienten mit ganz besonderen Erfahrungen in der Schwangerschaft, bis hin zur Schwangerschaft einer mir sehr nahen Verwandten, geschahen anschließend viele spannende Dinge.
Vielleicht habe ich ja Gelegenheit darüber zu berichten.
Dir lieber Leser danke ich für den Mut in diese „Lektüre" einzusteigen. Es würde mich sehr freuen, wenn Du das Buch weiterempfiehlst, natürlich nur wenn es Dir gefallen hat.

Meine liebe Kollegin Thekla fragte uns alle, um wie viel Prozent wir uns verändert hätten. Spontan konnte ich darauf nicht antworten. Es ist nicht in Prozent zu berechnen, ich bin ein anderer, und ich bin endlich mit mir zufrieden, ich bin meinem Ziel ein großes Stück näher gekommen.
Ich weiß, dass ich nicht mehr der bin, der ich vorher war.

Das Zweitwichtigste im Leben eines Menschen ist es, die Wahrheit zu entdecken. Das Wichtigste ist es, sie zu leben. Und auf diesem Weg befinden wir uns.
Ich bin gespannt, wie mein Urteil (und das der geistigen Welt) auf der Zwischenebene ausfallen wird!

Zum Schluss möchte ich meinen tiefen Dank aussprechen:

- An unsere Seminarleiter Rita und Chris unsere „Ausbilder"

Rita von Assel	**Christoph Steiner**
Limpericher Straße 156 B	Finkenweg 51
53225 Bonn	51503 Rösrath
☎ 0228/46 555 3	
🖨 0228/46 550 3	
⌨ rita@assel.de	
www.assel.de	

- Ebenfalls herzlichen Dank an die Gruppe, an diese 7 Menschen die für mich mehr als Freunde sind . Aus persönlichen Gründen wollten drei Kolleginnen/Kollegen nicht mit ihrem wirklichen Namen im Text aufgeführt werden. Hier wurde der Vornamen ersetzt.

- Und ein besonderes Danke an meine ganze Familie, insbesondere meine liebe Frau, die mich wie vorher bereits beschrieben, „einfach machen ließen". Auch Danke, dass meine Familie später den Weg, soweit möglich, mitgegangen ist.

- Ein herzliches Danke auch an die lieben Korrekturleser Brigitte, Tanja, Marita, Martin und Sylvia. Danke für die ehrlichen Rückmeldungen.

Ganz zum Schluss möchte ich mich natürlich auch bei meinen Freunden, Kollegen und Bekannten für ihr Interesse, ihre Unterstützung und ihre positive Energie bedanken.

Ich freue mich über Rückmeldungen und Anregungen zum Buch.

Falls Sie weiteres Interesse am Thema Rückführung haben, erhalten Sie mehr Informationen und Kontaktdaten auf meiner Homepage:

www.rückführungstherapie-leuwer.de

Natürlich können Sie mich auch gerne per E-Mail erreichen:

info@rückführungstherapie-leuwer.de

Horst Leuwer